中华现代学术名著丛书

钟敬文故事学文存

钟敬文 著

董晓萍 编

商务印书馆
The Commercial Press
创于1897

图书在版编目(CIP)数据

钟敬文故事学文存／钟敬文著；董晓萍编.
北京：商务印书馆，2025. --（中华现代学术名著丛书）.
ISBN 978－7－100－24161－8

Ⅰ．I207.7

中国国家版本馆 CIP 数据核字第 2024Z4Z418 号

中华现代学术名著丛书

钟敬文故事学文存

钟敬文 著

董晓萍 编

商 务 印 书 馆 出 版
（北京王府井大街36号 邮政编码100710）
商 务 印 书 馆 发 行
三河市春园印刷有限公司印刷
ISBN 978－7－100－24161－8

2025 年 1 月第 1 版　　　　开本 880×1240 1/32
2025 年 1 月第 1 次印刷　　印张 15¼ 插页 2

定价:75.00 元

钟敬文

（1903—2002）

1948年,在香港与朋友合影
(左起:钟敬文、郑振铎、郑振铎女、张瑞芳、曹禺)

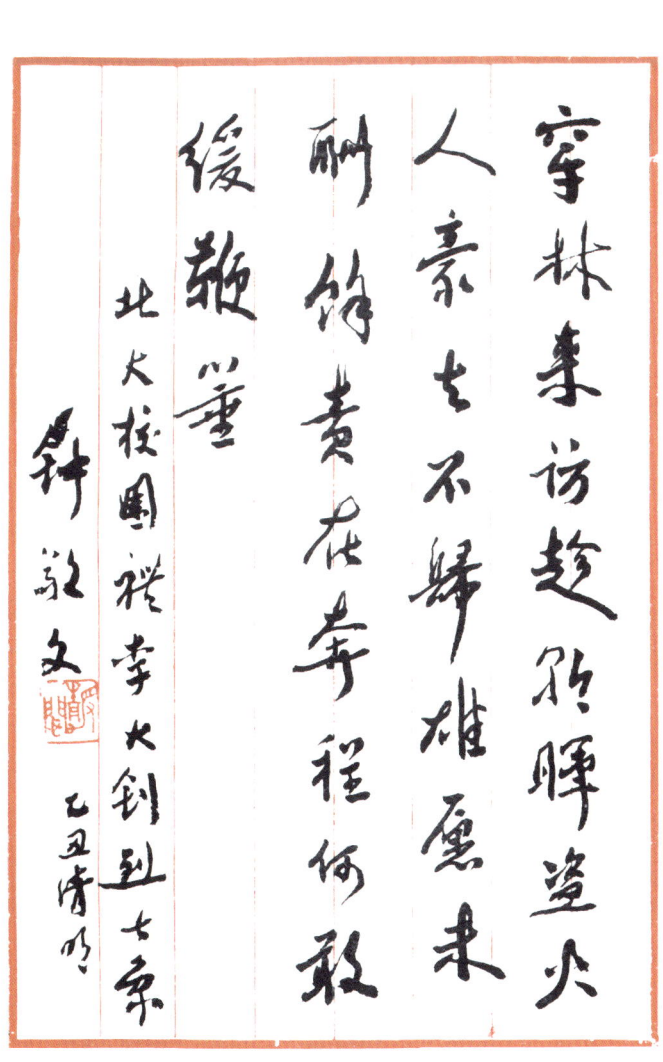

穿林来访趁初曙邃火
人亲也不归雄愿来
删却责在奉程何敢
缓鞭笔
北大校园礼李大钊烈士像
钟敬文
乙丑清明

1985 年,钟敬文题北京大学校园李大钊烈士像

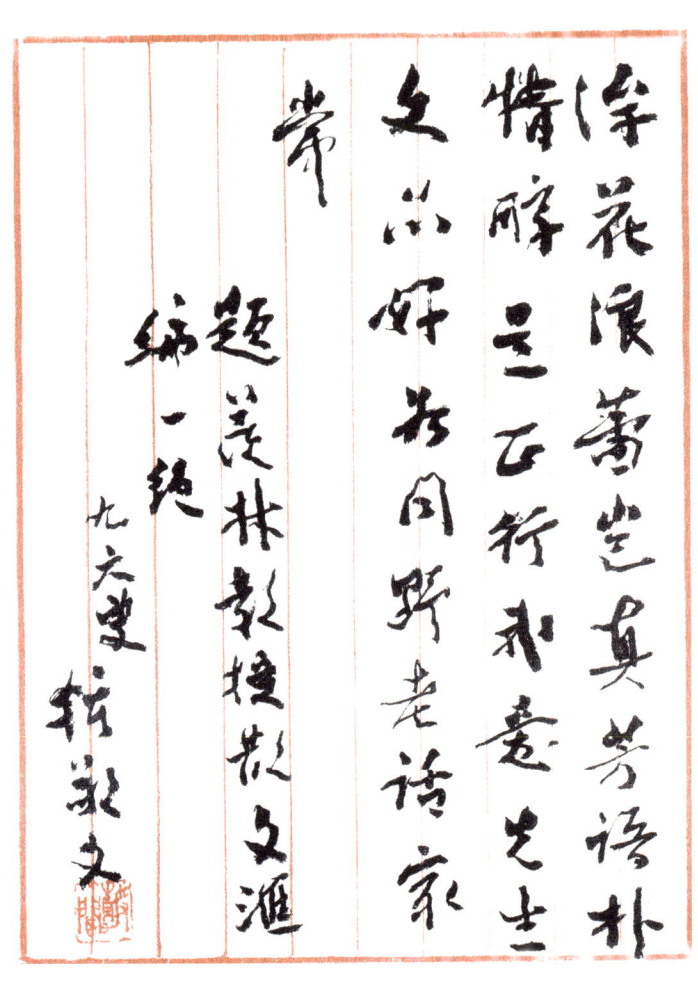

深花浅萼共轻盈，真芳语朴
情醉云正行水意无尽先生
又以好为同好老话家

常

题送林散枝散文汇
编一绝

九六叟
钟敬文

1998年，钟敬文为《季羡林散文全编》题诗

出版说明

百年前,张之洞尝劝学曰:"世运之明晦,人才之盛衰,其表在政,其里在学。"是时,国势颓危,列强环伺,传统频遭质疑,西学新知呕呕而入。一时间,中西学并立,文史哲分家,经济、政治、社会等新学科勃兴,令国人乱花迷眼。然而,淆乱之中,自有元气淋漓之象。中华现代学术之转型正是完成于这一混沌时期,于切磋琢磨、交锋碰撞中不断前行,涌现了一大批学术名家与经典之作。而学术与思想之新变,亦带动了社会各领域的全面转型,为中华复兴奠定了坚实基础。

时至今日,中华现代学术已走过百余年,其间百家林立、论辩蜂起,沉浮消长瞬息万变,情势之复杂自不待言。温故而知新,述往事而思来者。"中华现代学术名著丛书"之编纂,其意正在于此,冀辨章学术,考镜源流,收纳各学科学派名家名作,以展现中华传统文化之新变,探求中华现代学术之根基。

"中华现代学术名著丛书"收录上自晚清下至 20 世纪 80 年代末中国大陆及港澳台地区、海外华人学者的原创学术名著(包括外文著作),以人文社会科学为主体兼及其他,涵盖文学、历史、哲学、政治、经济、法律和社会学等众多学科。

出版"中华现代学术名著丛书",为本馆一大夙愿。自1897年始创起,本馆以"昌明教育,开启民智"为己任,有幸首刊了中华现代学术史上诸多开山之著、扛鼎之作;于中华现代学术之建立与变迁而言,既为参与者,也是见证者。作为对前人出版成绩与文化理念的承续,本馆倾力谋划,经学界通人擘画,并得国家出版基金支持,终以此丛书呈现于读者面前。唯望无论多少年,皆能傲立于书架,并希冀其能与"汉译世界学术名著丛书"共相辉映。如此宏愿,难免汲深绠短之忧,诚盼专家学者和广大读者共襄助之。

商务印书馆编辑部

2010 年 12 月

凡　　例

一、"中华现代学术名著丛书"收录晚清以迄20世纪80年代末，为中华学人所著，成就斐然、泽被学林之学术著作。入选著作以名著为主，酌量选录名篇合集。

二、入选著作内容、编次一仍其旧，唯各书卷首冠以作者照片、手迹等。卷末附作者学术年表和题解文章，诚邀专家学者撰写而成，意在介绍作者学术成就，著作成书背景、学术价值及版本流变等情况。

三、入选著作率以原刊或作者修订、校阅本为底本，参校他本，正其讹误。前人引书，时有省略更改，倘不失原意，则不以原书文字改动引文；如确需校改，则出脚注说明版本依据，以"编者注"或"校者注"形式说明。

四、作者自有其文字风格，各时代均有其语言习惯，故不按现行用法、写法及表现手法改动原文；原书专名（人名、地名、术语）及译名与今不统一者，亦不作改动。如确系作者笔误、排印舛误、数据计算与外文拼写错误等，则予径改。

五、原书为直（横）排繁体者，除个别特殊情况，均改作横排简体。其中原书无标点或仅有简单断句者，一律改为新式标点,专名号从略。

六、除特殊情况外,原书篇后注移作脚注,双行夹注改为单行夹注。文献著录则从其原貌,稍加统一。

七、原书因年代久远而字迹模糊或纸页残缺者,据所缺字数用"□"表示;字数难以确定者,则用"(下缺)"表示。

目　录

第三编　自然神话故事 Ⅱ：洪水和天体三子

第四编　英雄传说及其他

民间文艺学的建设（代序）*

一

　　一种科学的成立，绝不是很偶然的事，也不是任凭一二好事的学者可以随意杜撰的事。最要紧的，是那对象必须具有可以成立为一种科学的内外诸条件。像没有相应条件的水不能够结冰一样，没有具备相当条件的某种对象（自然的或文化的）是不能够成为一种科学的，尽管学者们怎样想创立它。

　　现代是学术空前繁荣的时代。许多本来只是片面地、零碎地被探究着的某种自然的或文化的对象，在今日，多数已成为一种具有整然的体系的科学。不仅如此，有些以前绝不曾在学者们的脑中闪动过的对象，也尽有取得了新的科学的资格，甚至于竟然成了学术王宫中的骄子，或是一位雄王。这是现代文化的一个跃进。有人以为这样一来，所谓"科学"的东西，不是将太多而且恶滥了么？我说，这是一种无用的杞忧，一种不合时宜的陋见！现代学术的繁昌，大抵是人类文化迈进的结果，而不是少数学者勉强的好事

＊　本文原题《民间文艺学底建设》，载《艺风》第四卷第一期，1936 年 1 月。

的作为。社会文化进步了，一切知识学问的探究，当然要求着扩大境界，而且尽可能地精密化、系统化。在这种情势之下，各种新科学的纷纷成立，岂不是再自然没有的事？

民间文艺的断片的、部分的理论方面的探究，可说是"古已有之"的了。但它的研究的科学化，却还是很新近的事。把这种文化的事象，作为一个对象，而创设一种独立的系统的科学——民间文艺学，这在寡闻的我，以前还没有听到过。但是，现在我以为这种科学的建设，是不容许再迟缓了。我们得勇敢地把这种职务担当起来。这不太过大胆了么？有人要这样地讥笑或疑惑也未可知。但是，大胆与否，这不是我们的问题。真的重要的问题，却在别一方面。

二

什么才是我们当前真正重要的问题呢？

民间文艺这种对象的研究，有着所以要成为一种科学的必然么？换句话说，它是否具备那可以或必当成为一种科学的内外的条件呢？这就是我们的重要问题所在。

先就对象的本身来考察。

原则地说，一种有独立范围的或特殊性质的自然现象或文化现象，到了某时候，必然要求着一种科学的处理。天文学、动物学、人种学等，是这样建立的，经济学、政治学、美学等，也是这样地建立起来的。民间文艺，要成为一种系统的科学研究对象，它本身是否具有那独立的范围或特殊性质呢？对于这问题，或者有人要这样地回答吧：民间文艺，只是文艺（就是普通所谓文学）的一种。假使文艺的研究，已经成为一种科学——就是文艺学（Literaturwissenschaft），它现在已经在建设的过程中——那么，关于这种对象的研究，便没有再建立一种独立的科学的必要了。但是，我们不能同意这种意见。因为它是不很明了那对象底蕴的一种说法，是仅仅触及外层的普通人的说法。

不错，广义地说，民间文艺，原也是我们所谓"文艺"的一种，它可以包含在所谓"文艺"这概括的名义之下。但是，我们得知道，它和普通的文艺（文人的文艺、书本的文艺）是有着很不相同之处的。关于这，我们试举出几点说说。

第一，民间文艺的制作，从前有些学者以为它一开头就是民众共同地活动着的。换一句话说，它彻头彻尾的是集团的创作品。这意见现在已经有稍为修正的必要。因为，在事实上，多数民间文艺的制作过程，未必真的是那样，虽然属于这种性质的作品，无疑是尽有的，例如在某种特殊的集团生活（舞蹈、祭祀、狩猎等）的环境中所共同地作成的歌谣等。但是，无论怎样，民间文艺的制作，仍然可说是集团的。因为尽管多数民间文艺的制作者，起初不过是集团中的某个人。但那作品暂时仅是一种胚子，一个未成熟的婴孩。它必须在传播的过程中，不断地经受集团的人们的修改、锤炼，到后来才成为较完整的作品（自然，这是指大多数说的）。这种过程，和文人文艺所经历的是有非常大的差异的。再从作品的内容方面看，民间文艺大都是某地域的某集团大部分人思想和情感的共同表现。这也跟以表现作者特殊的思想和情感为职志的文人文艺是很不相同的（自然我们知道，所谓特殊的文人的思想和情感，并不像一般人所想象那样的独立的——和他的社会、历史及现状毫不发生关系的独立的奇迹）。

其次，民间文艺，是纯粹的以流动的语言为媒介的文艺，就是所谓"口传的文艺"。反之，文人文艺，却大抵是以比较定形的文字为媒介的文艺，就是所谓"书本的文艺"。大体地说，语言和文字，都是表现人类思想和情感的记号，二者原是一件东西的两面。但是，在若干点上，两者却不免有某种程度的距离。因而以它们为表现媒介的文艺，也自然要受到许多影响——彼此显出差异来。随便举一个例，在民间文艺中有一种颇常看到的表现法，就是异义同音语词的巧妙借用（这种借用法，就是所谓"谐音"。这固然在歌谣，像六朝民歌以及现在南中国各地的山歌中最多见。其实，它的应用范围，并不仅限于这一方面）。而这在文人文艺中都是绝少影迹的。那理由在什么地方呢？很显明的，就是民间文艺是把"声音更占重要地位的语言"作为媒介的缘故。

再次，尤其重要的，是两者机能的差异。一般文艺（文人文艺）所表现的机能，大半不能适用于民间文艺。反之，大部分民间文艺所具的机能，在文人文艺中也是找不到的。例如民间文艺往往和民众最要紧的物质生活的手段（狩猎、渔捞、耕种等）密切地连结着，甚至它已成了这种生活手段构成的一部分。换言之，它在这里，是民众维持生存的一种卑近而重要的工具。它和一般所谓高级的精神的表现物或慰藉物是很不相同的。

以上所说的几点，不过是许多理由中的一部分。但是，依据这些，我们已尽够明白民间文艺的异于一般文人文艺的特殊性质了。具备着这种特殊性质的对象，当然有要求成立一种独立的科学的必要。否则，关于它的研究是不能达到可能的更高境域的。我们当然不反对把民间文艺和文人文艺并作一个研究对象，而成立一种系统的科学——文艺学（一般文艺学）。但为了使关于它（民间文艺）的研究精密化、系统化，我们毫不客气地要为这种研究另创立一种独立的科学。这正如关于艺术的研究，一面固然不妨把绘图、音乐、建筑、文艺等并合为一个对象，而建设一种总括的艺术学（Kunst wissenschaft），但同时更需要把这些独具范围和特殊性质的对象，各自成立一种独立的系统的科学——就是绘画学、音乐学、建筑学、文艺学等。

我们再移到另一方面的考察——对于建立这种科学的社会条件的考察。

用一句简单的话说，现在正是迫切地要求建设这新科学的时代。在所有人类过去的历史中，恐怕从没有像今日这样地觉悟到民众在社会构成上的重要性的了。别者且不说，就是民众的敌人——少数野心政治家、军阀，往往也非假装地开口闭口说到民众的重要不可。这不是偶然的事。因为今日民众已将从奴隶的地位，回复到主人的地位——虽然这种过程不免是颇为艰苦的。在学术的境界上，许多以人类文化为对象的科学，自然也就不能不渐渐地从旧日的狭隘的范围中解放出来，把那研究重新建筑在正当的基础之上。这是民众在学术史上光荣的抬头。在过去的时代，一般所谓文艺的东西，是和大多数的民众没有缘分的。因为民众对于那作为媒介的文字，根本就不认识。但是，民众不是没有他们的文艺的。他们有着自己的诗歌，有着自己的小说，有着自己的格言，这些就是过去的文人和文艺研究者所不知道或轻蔑了的民间文艺。这种文艺，是组织和促进民众生活的利器，同时也是反映他们内外生活的明镜。现在一般政治的活动，教育的活动，以及学术的活动，都不能不冀求对于民众的内外生活有充分的了解。作为达到这种了解的途径之一，民间文艺是没有理由可以不被重视的。

因为它很能够帮助他们达到那所要达到的目的地。中国近年新设立的民众教育的或社会教育的机关中,颇多努力于这种"野生的"文艺的搜集和刊行的事业。他们的工作,究竟有多少实际的效果,我们且不要去管它。他们这种行为,不是一种徒然的嬉戏或全无意识的盲动,这是十分明显的事。那是被看作为了达到教育的目的而采取的一种手段!因此,对于民间文艺的注意、探究,以至系统的科学的建设,在目前社会的境况中很感到需要,这是不必多劳我们细说的事。

由对象本身和社会的条件看来,要求民间文艺研究向着系统的科学之路迈进,并不是笔者个人的大胆或好事,而是一种客观的必然需求。像树上的果子到了一定时期必然要落下来,这种对象的研究到了今日,也自然地要求成为一种系统的科学。其实,民间文艺学的建立,在此刻与其说是太早,还不如说已是较迟了。因为民间文艺某些部门的单独的研究,早有成为系统的科学的,像神话学、童话学这类名称,在今日学术界中,还能算是很新奇的学术名词吗?

三

我们既然明白了民间文艺研究将成为一种科学是必然的事,便不能不再进一步来谈谈这新生的科学的构图。这不是粗率地容易草拟的,但同时也不能因为有困难便搁下不管。以下且简略地试述一下我个人的草案吧。

作为文化科学之一的、系统的民间文艺学,那主要的任务,不消说是在于阐明以下各方面的问题:这种对象的特点是什么呢?

它是怎样产生的呢？又怎样发展和变化呢？它的功用是什么呢？……简单地说，这种科学的内容，就是关于民间文学一般的特点、起源、发展以及功能等重要方面的叙述和说明。

民间文艺比较重要的特点是什么呢？关于这，我们在前面已约略说过一二，就是它的口传性、集团性等。此外还可以添上两项，就是类同性和素朴性。

民间文艺的类同性，是一个很有趣味的特点。不管它是散文的神话、童话，还是韵文的民谣、俚谚等，大都一个作品，同时或异时，在同一个地域或许多地域的社会中，往往存在着和它相同的或相近的东西。甚至于时代相隔千年以上，地域相距数万里以外，都会有这种现象。这是在文人文艺中绝少看到的。这种特殊现象的产生，大抵是由于口耳的传播和创作者心理的相同（因为物质的和文化的生活相似的结果）的缘故。

民间文艺的外表和内容，大致是很素朴的或比较素朴的。情节的简略，形式的单纯，修词的质朴，这在一般民间文艺作品中，都是容易看出的（但我们得赶紧声明一句，民间文艺的素朴，并不就是拙劣。反之，它的作者，往往具有某程度的可钦佩的才能）。当然，文人文学中，也有一些是原来写得颇素朴，或故意地模仿民间作品而写成素朴的。但是，无论怎样，把它试和本来的民间文艺比较起来，总不免有些不能混淆的地方。这在有文艺鉴别力的人是不难区别的。至于大部分文人文艺的风格和民间文艺划然殊致，那是用不着再絮絮解说的事。论到民间文艺这种现象的起因，我想它大抵和民众的生活形态（内的和外的）以及它的作者，又十之八九并非以创作为职业等情况有关。

民间文艺的起源问题，同时也就是一般文艺乃至于一般艺术的起源问题。这问题是重要的。自前世纪以来,有若干比较进步的学者,取材于民族学、考古学、人类学、民俗学等,对这个问题给予了一些科学的解释。但是,因为问题的复杂和艰难,他们的学绩,还有待后进者修正和补益的地方。大体上说来,一般文艺的起源,是出发于实用的,而非审美的动机——或者说,实用的动机过于审美的——这像是一个不容否定的论断。因为作为人类文化现象之一的文艺乃至于艺术的产生,是不能不从那原始社会艰苦的现实生活中去找寻其根源的。关于民间文艺起源的问题是这样,关于它的发展及变化问题也一样——不能不从那主要的社会生活去找寻正确的原因。

在民间文艺学上,机能的究明,也是具有极重要的意义的。像前面所说,民间文艺和文人文艺的机能,有很不同的地方。例如民间的韵语,大多直接地被应用于辅助劳动、医治疾病、咒诅自然、结合婚姻等方面(能否都发生确实的效果,是另外的问题),而神话传说,也往往被用以作为决定政治、解释疑惑、保证安宁等的工具——从这种作品第一义的作用说。简单地讲来,民间文艺的机能,在这里所表现的,大抵是很卑近的、实用的一种东西。固然,文人文艺不是绝没有直接地应用于现实生活的地方,但是,那是很少的。一般地,文人文艺的功用是在于某时代某部分人的精神的表白和陶冶。它不是和社会的功利根本无关的,相反,倒不如说是很和它密切地联系着的。但是,因为所属社会性质的不同,便不能不和民间文艺所表现的显出差异了。

以上所举的各项之外,其他像关于民间文艺的范围、分类、样式、形态及它和别的文化部门的关系等,都应该是作为系统的民间文艺学的构图的一部分。但是,因为篇幅的关系,虽然很抱歉,却不能不暂且把它们省略了。

四

  治学的方法，是科学研究上一个重要的因素。方法得当与否，可以决定那研究成果的命运。方法可以使研究成果完美地丰收，或者使它悲惨地失败。方法论在今日学术界中，特别地成了被注意的中心目标之一，这不是无理的事。

  产业变革的结果，迎来了学术界的空前的革命。这就是十九世纪自然科学长足的进步。在自然科学的全盛时期，文化科学（精神科学）的研究法，自然不免受到相当的影响。实证主义的开山祖师孔德（A. Comte，一七九八——一八五七），便倡导在文化科学中运用自然科学的方法。他说："把一切的现象，看作依从不变的自然法则的东西，而精密地发见这些自然法则，把它尽可能地还原于'少数'，这就是我们的目的。"

  这里孔德所说的是归纳的、实证的自然科学的法则，同时也是在前世纪的文化科学中一时占优势的方法。但是这种方法论，到了前世纪的末梢及本世纪的初头，便来了剧烈的反动。到现在，彼此仍各不相降服地对立着。例如最近德国著名文艺研究家埃尔马亭迦（Emil Ermatinger）教授发表在他自己所编纂的《文艺学的哲学》中的一篇论文（《文艺学的法则》），便极力主张文化科学（文艺学）方法的特殊化——和自然科学方法的背驰。他说："自然科学，把看出无限制的普遍妥当的概念作为目的，精神科学（文化科学），特别是历史，冀求概念地理解一次性东西和个性的东西。"又说，

"文艺学的任务,正像一切精神科学一样,它是把对象作为历史生活中具有'个性的一次性'的事物来看待的"。为什么呢?因为"具体的世界的形象,存在于空间和时间,那是从属着延长、重力、持续等制约的。我们看它(自然)自己运动的时候,把机械的东西的表象联结于这种运动中。反之,精神的概念,在空间的时间的限制的彼岸,绝对地浮泛于自由的东西的领域。在它(精神)的运动上是缺乏机械的东西的表象的。"

平情而论,埃尔马亭迦教授关于文艺学的那篇论文,中间决不是没有可以供我们考虑乃至于接受的地方。但是,像上面所说,他高唱精神科学(文化科学)和自然科学方法论的绝对分道的意见,是我们不敢率然苟同的。因为在今日的学术界中,就是把人类精神作为对象而研究的所谓"心理学",也已经被当作客观的科学而处理着。此外,其他所谓精神的产物的文化科学(像言语学、经济学等)更不用说了。我们承认文化科学和自然科学的对象颇有不同的地方,因而处理的方法也不免要有所差异。但是,却不能赞成埃尔马亭迦教授这种极端的见解:"在自然科学,对象是个性的、具体的,方法是抽象的、数学的;别一面,在精神科学,对象是抽象的、论理的,而方法是具体的、个性的。"

和上述埃尔马亭迦教授的主张相反,在文化科学上,仍然倡导自然科学的客观方法的,则有现代法国著名社会学者莫尼哀(R. Maunier)①教授一流的意见。莫尼哀教授在那《社会学入门》第一章中,说道:"自然科学,即客观科学,把'最初,事实的记述,其次,那些事实的比较和分类,最后,它们的说明或解释'作为眼目。换

---

① 莫尼哀,今译罗兰·穆尼埃(1907—1993)。——编者注

句话说，就是把对象个别地记述，其次把那些被观察到的各种特性对照比较，依据类似和差异，完成它们的分类，最后说明其一致和不同的理由，这就是自然科学的研究法。所以，人的科学（文化科学）特别是社会的人的科学，把人们在共同生活中的各种事实加以记述、比较、说明，同样是重要的事。像这样的观察、比较、解释，别言之，调查、对照、说明，实在是一切科学研究的三阶段的目的。一切科学的任务，在于做出关于各种事实及其原因的概括。"

莫尼哀教授这方法论，无疑是承受着孔德所倡导的实证主义的传统的方法论。这方法论，对于我们民间文艺学的研究，固然未必毫无问题地适用，但是，比较起埃尔马亭迦教授的意见，是更为有利于我们科学的建设的。

最后，我们不要忘记了下述的两件事情。其一件是，在民间文艺学（同样的在一般的文化科学）上，我们所用的方法尽管怎样的客观，但是，人们的思考，是不能够离开所属的社会而独立的。所以，民间文艺学研究的结果，大抵不能够像自然科学研究所得的那么客观（自然，自然科学的客观，也是有限制性的），就是，在学者的解释或说明上，多少地要被他那社会生活的范畴所制约。

别一件是，民间文艺学，是文化科学（也即是社会科学）的一种。这种科学的对象，是社会的人们之现实生活的精神反映的产物，像动植物等科学，把那些对象作为自然的一种现象而处理，民间文艺学，它的对象（民间文艺）主要的是作为社会的一种事象而处理的。在人类文化的发生和发展上，自然的条件，当然不容我们轻视。但是，作为文化科学之一的任何科学，却必须更集中注意于那相关的社会条件，远过于自然的条件。因为自然作用于人类精神的文化，大抵不是直接的，而是间接的。所以对于民间文艺种种现象形成的条件，我们不能无约束地泛求于自然（地理、生理等），反之，必须主要地寻求于那人类思考的最重大的根源的社会之中。

五

本文现在应该告一结束了。

在上文几段中，作者顺次地论述了民间文艺学建设的必要，它的构图的各个重要方面，以及所应采取的方法等。关于本文题目的比较基本的一些意见，已经算是相当地表白出来了。但是，一种新的科学的建设，决不是很轻易的事情，作为文化科学的幼子的民间文艺学的建设，尤其是这样。这种科学的能够成立，乃至于具有相当的发展前途，是没有较大的问题的。但是，在诞生以及发展的程途上，困难，也不是全可以幸免的事。怎样才能使这种科学顺当地发育滋长，这除了社会的种种条件之外，便要看从事这种学问的人的主观努力如何了。

目下的中国，决不能说是不适宜于这种科学产生的境地。它关于这方面学问的资料，是惊人的富有——可以夸耀于世界上任何民族，而对于民众内外生活的认识和改进，又正是为大家瞩目的一个迫切的大问题。固然，一般环境的不安静，和近代性的学问教养的比较贫乏等，不能不说是相当大的障碍。但这些并不见得是全不能克服的。抖擞起来，少壮的学者们！利用眼前优裕的条件，跨越可以跨越的难关，努力地开拓这个新兴科学的园地吧！

一九三五年十一月四日晨，东京

第一编　中国故事类型

中国印欧民间故事之相似[*]

我们都知道,各地的民间故事有许多是相似的。为什么会如此呢？这是一个很使人注意的问题。从来解释此点的,约可分为下列几派:

一、偶然说　　　　　四、历史说

二、假借说　　　　　五、阿利安种说

三、印度发源说　　　六、心理学说

在以上六派中,现在最得势的为心理学说,其理论也比较完满而有说服力。这一派为现代英国人类学派故事学者安德留·兰(Andrew Lang)等所创导,他们从生物进化论的观点出发,认为每个民族都经历过自己的原始时代。现在世界上许多文化上还处在这种原始时代的落后民族,就是人类历史上及现代那些号称文明民族的前身(童年时代)。各民族的神话、民间故事,有许多类似的地方。其中固然有些是由于一个中心点传布开去的,但是,更多的(特别是那些本来没有什么血缘或接触过的民族中间的)是由于民族间彼此心理状态的相似。这种情况,不但表现在许多民族的神话、故事这种精神产品上,同样也表现在他们的泥碗、石兵器等物质产品上。这就是今天学界相当流行的对各民族神话、故事相似

---

* 本文原载《文学周报》第六卷,1928 年 7 月。

问题的心理学解释法。

近来读英国民俗学会出版的《民俗学概论》，附有《印欧民间故事型式表》一篇（此文经我和友人译出，收为中山大学语言历史学研究所"民俗学会小丛书"之一，现已出版），把印度欧罗巴民族的民间故事，归纳成七十式，每式略举其情节，其间颇多和中国民间故事相似的。兹就一时所觉得的拈掇出来，不敢谓为严密的比较，只是随便杂举几个例子而已。

篇中第三则"天鹅处女式"云：

一、一男人见一妇人带了美丽的衣服在海滨洗澡。

二、他偷盗了衣服，伊堕入于他的法力中。

三、数年后，伊找到衣服逃去。

四、他不能再找到伊。

几年前草草看过的《西游记》，现在已遗忘八九了。隐约记得曾看演过一次关于西游记故事的戏，中有一群女子在水中洗澡，岸上衣服，为猪八戒所盗取，不得不受他戏弄的一幕趣事，这和上面所述的前半段十分相似。中国民间故事中有个型式是这样的：一动物幻出一女子代人操劳，及为人窥见而藏去其壳，即不复能再变形。经过若干年后，才因发见旧壳而化去。此正和上述故事的后半段相同。（景深按，比较近似一点的，我以为还是牛郎和织女的故事，此故事也曾编成戏剧《鹊桥相会》，在七夕演唱；并且拙编《中国童话集》中也收得有这个故事。）

篇中第十五则"杜松树式"云：

一、一继母恶其继子，因杀死他。

二、怪异的景象随着来，小孩灵魂回生：第一次变成树，第二次变成鸟。

三、继母受惩罚。

这和曹植《令禽恶鸟论》中所记伯奇化鸟的故事甚形似。小孩灵魂回生，第一次变成树，第二次变成鸟，这和蛇郎故事中，蛇郎的妻子给伊的姊妹弄死后，灵魂不散变成鸟，又变成竹一节的说法也很相近。

篇中第十六则"和尔式"云：

一、继母使继女为家中使婢。

二、继女以伊的和顺招来了极大的达运。

三、别一个女孩，因伊的恶癖而得到不幸。

这种民间故事的型式，在中国颇为通行，不过，有时继女改作男子或媳妇罢了。

篇中第十九则"白猫式"云：

一、一王命令他的儿子们做一种工作，应许最成功的继承他的王位。

二、长的两个被魔术迷惑了，幼子破除魔术，释放了他们，成全工作。

这种"季子得胜式"的故事，也是中国民间故事中所常见的，虽然我一时找不到适当的例，但大家总会在自己脑中觉得它确不是一个很生疏的故事样式吧。

篇中第二十一则"美人与兽式"云：

一、三姊妹，最小的受轻蔑。

二、父出旅行，应承给伊们每人一种礼物，最小的只要一朵花。

三、当取花时，父陷于危险，他应许交出女孩以赎生命。

四、因此，最小的女儿极富饶，并得到一个很漂亮的爱人。

五、姊等谋害爱人。

六、最小的救了他的生命。

这故事，自一至四所述的情节，和我国流行很广的民间故事《蛇郎》的符合极了！赵景深先生说："近来我有一个疑惑，以为妇女们所听的故事中有很多与希腊神话吻合。"像这类故事的若合符节，也叫我们惊怪不已。

篇中第四十七则"报恩兽"云：

一、一人救了数匹兽，及从陷阱中救了一人。

二、兽使他们的恩主致富，但人却设法破坏之。

我们故乡有一句俗语云："救蛇救虫，甭救二脚人！"我很疑他也和"人心不足蛇吞象"的谚语一样，后面是隐有一个故事的。在家乡时曾看过一出戏，名目已忘却了，略记其大概是这样：一人在水灾时，救了一只鸟（?）及一个人。后来，人谋害其恩主，鸟却反而报恩，这和上述故事很相近。

篇中第四十八则"兽鸟鱼式"云：

一、一人施恩于地上的一匹兽，空中的一只鸟，水中的一条鱼。

二、他陷入于危险，或从事工作。

三、他以报恩动物的帮助，得逃脱或成功。

我两三年前，曾记录过一篇《小龙报恩及猫犬鼠仇杀的故事》（见《文学周报》），里面情节，与这个型式大略相近，虽然它在故事上的形态是"混合的"（Diffusion）。又《齐谐记》中董昭救蚁故事，亦颇与此式同。

篇中第五十四则"骸骨呻吟式"云：

一、兄弟（或姊妹）以羡望或嫉妒杀了别个。

二、经许多日后，死尸的一片骸骨给风所吹，宣告了暗杀者。

前人笔记中，常有和这类近之故事的记载，在民间口头传述中，也有这种被谋害者自己泄案的型式，虽然他（或伊）的宣告，不一定与风吹骸骨相同。

其余，有些小部分相似的，如篇中第二十六则"白太式"云：

一、一王子遣迎将和他结婚的王女，伊与一侍女同出发。

二、侍女把王女从船中推下，自己假扮作新娘。

三、王女寻见了国王，诈伪于以泄露。

这第二节，和蛇郎故事中，姊姊把妹妹（蛇郎之妻）推下井中，自己假扮了新妇一节相同。

又第六十七则"三蠢人式"云：

一、一绅士和一个做了些愚蠢之事的女子订婚。

二、迨他发觉了伊那么愚蠢，发誓不结婚。

三、他遇见了三个蠢人，便回去和伊结婚。

这故事的后半，颇和《愚夫卖猪的故事》（见《民间趣事》第一集）的末段有点相像。不过他们已经结婚，而逃婚的却是他的妻罢了。

一九二八年二月五日广州

中国民间故事型式[*]

小引

民国十六年的冬天,我和友人杨志成先生合译了库路德那被修正过的《印度欧罗巴民间故事型式》(*Some Types of Indo-European Folk-tales*),当时想,把中国的民间故事照样来整理一下,该不是无意义的吧。次年(民国十七年)春,国立中央研究院历史语言研究所,在粤成立,谋出《集刊》第一期。主持其事的为傅斯年、顾颉刚诸先生,承邀分题做文,我即提出"中国民间故事型式"的题目。但只在忙碌中草就了数型,即因故中断进行。

后来,赵景深先生曾来函提议过大家分力合作;我也有时想起此事中断的可惜。但兴味既弛,课务又忙,因之,便长期悬搁。

去年夏,以神经衰弱过甚,不能应付较忙的课务,便决然辞去浙大文理学院的教职,来就省立民众教育实验学校"民间文学"的讲席。因为常常浏览国内民间故事一类书籍之故,所以整理型式

---

* 本文原载《开展月刊·民俗学专号》第十、十一期合刊(即《民俗学集镌》第一辑),1931 年 7 月。

的心思又形活动。高兴时,即信手草写两三个,以填塞此间《民俗周刊》的空白。本拟等写成一百个左右时,再加修订,印一单行本以问世。但数月来,半因为所讲的功课已换了新题目,半因为自己的兴趣又另转了一个方向;这样,写到了原定数目约一半,又只好中断了。但这回的结果,却不能与前次一概而论,它总算有了相当的收成,虽然是那样薄弱与粗糙。

现在,趁出《民俗学专号》的机会,合拢在一起刊出来,意思自然是想请求教益。倘若能够的话,也并拟给高明的同道以一点参考之资。

在此,我不能不想起这件事:自《印欧民间故事型式》,由国立中山大学语言历史学研究所刊行之后,有些人珍爱备至,常用以为写作民间故事论文援引的"坟典"。但也有些人,却很鄙薄它,以为全无用处,甚至把它视为断送中国民俗学研究前途的毒药。这两种"偏欹"的结果,都是我们翻译那"型式"时所遥未及料的。(关于此事,另日当作专文论之,此处不详谈。)这篇文字发表时,不知要惹起如前或更严重的反响否?我这样预想着,不免有些惴然了。

蜈蚣报恩型

一、一书生,养一蜈蚣。

二、他上京考试,带与俱往。

三、路遇人面蛇呼名,他知必死,因纵蜈蚣使逃生(或无此情节)。

四、夜中,蜈蚣与蛇斗,卒同毙。主人得救。

水鬼与渔夫型

一、一渔夫得水鬼之助,生活顺利。

二、一日,水鬼向他告别,谓将得替转生为人。

三、渔翁破坏了他计划(或水鬼自己未实行自己的计划),他仍留不得去。

四、不久,水鬼得升土地或城隍,复向渔翁辞行。

五、他们以后或一度再见,或永不再见。

云中落绣鞋型

一、樵夫在山中砍柴,以斧头伤了挟走公主或皇姑的妖怪。

二、樵夫与他的弟弟到山中寻觅公主或皇姑,弟弟把她带归,而遗弃哥哥于妖洞之中。

三、他以异类的助力,得脱离妖洞。

四、经过许多困难,他卒与公主或皇姑结婚。

求如愿型

一、一人救了龙王的太子或女儿。

二、龙王欲报德,使手下邀之进水府。

三、他以手下(或王子、王女)的密嘱,向龙王指索某物。

四、他终获得美妻或巨大的财富。

偷听话型

一、两弟兄(或两朋友),兄以歹心逐出其弟。

二、弟在庙里或树上,偷听得禽兽的话。

三、他照话做去,得了许多酬报。

四、兄羡而模仿之,卒为禽兽所吃,或受一场大苦。

猫狗报恩型

一、一人养了一只猫和一匹狗。

二、他以某种缘故,得一宝物,已而为人窃去。

三、猫狗或自动,或因被骂,去为主人偷回失物。

蛇郎型

一、一父亲,有几个女儿。

二、一天,他出门去,为蛇精所困,许以一女嫁之。

三、父遍问诸女,唯幼女肯答应嫁蛇。

四、幼女嫁蛇得幸福,姐姐杀之,而代以己身。

五、妹妹魂化为鸟,以詈咒其姐,复被杀。

六、她变形为树或竹,姐姐又恨而伐之。

七、姐姐遭妹妹之变形物的报复,受伤或致死。

彭祖型

第一式

一、彭祖高年不死,其妻之魂,告发于阎王。

二、阎王命各种鬼往拘捕之,皆上当而归。

三、阎王忿而自往,结局仍是吃亏。

第二式

一、阎王命小鬼往捉彭祖。

二、他们假装作洗炭人以赚之。

三、彭祖卒被捉归案。

十个怪孩子型

一、有夫妇年老无子。后来一次产了十个。

二、这十个孩子,或有奇怪的形相,或有殊异的能力。

三、小孩子的大哥犯罪,弟弟们依次顶替之,得不死。

四、后以分肉不均,众兄弟具淹死于幼弟的眼泪中。

燕子报恩

一、一人施恩于受伤的小鸟。

二、小鸟报以他物,因得巨资。

三、另一人模仿所为。

四、结果失败。

熊妻型

一、一人被风暴吹至远岛。

二、岛中的母熊,把他房作丈夫。

三、若干年后,其人乘机逃去,熊投海死。

享夫福女儿型

一、富翁有三女儿,他素爱第一、第二两个。

二、一天,他问她们要享谁的福;幼女所言,独拂父意。

三、父以幼女嫁一穷汉。

四、因某种机缘,穷汉家忽发横财,幼女的话终以实现。

龙蛋型

一、一孝子,在山中拾得一蛋,携归之。

二、放蛋于米中,米出不竭。

三、母亲卖谷或施米于人,蛋随以去。

四、儿子觉而追之,抢蛋纳诸口中,因吞下去。

五、儿子从此化为龙。

皮匠驸马型

一、一公主或贵家女儿,悬奇字以选婿。

二、皮匠因误会得选。

三、种种的试验,皮匠皆以误会获胜利。

四、他终享有其幸运。

卖鱼人遇仙型

一、一卖鱼人,以某种机缘,听得神仙经过的消息。

二、他当路等候之。

三、他以珠放水中洗腐臭的鱼,悉鲜活,因获大利。

四、同业妒之,欲夺其珠,他急吞珠入腹,遂成名画家(此节异态甚多)。

狗耕田型

一、两兄弟分家,弟得一狗(或初只得一小动物,后来才辗转换得狗)。

二、弟以狗耕田,得到意外的钱财。

三、兄羡而借用之。失败,因毙其狗。

四、狗的坟生长了树或竹,弟又因以获利。

五、兄效法或借用其物,结局仍失败。

牛郎型

一、两兄弟分家,弟得一头牛。

二、弟以牛的告诉,得一在河中洗澡的仙女为妻。

三、数年后,仙女得前被匿衣,逃去(或云往王母处拜寿被斥)。

四、牛郎追之,被王母用天河阻绝。

老虎精型

一、老婆子(或女子),以将被吃于某兽或妖怪而哭。

二、种种过路的人或物精,许贡献其所有物或自身以助之。

三、某兽或妖精来,遇埋伏,卒毙命或受伤。

螺女型

一、一人在水滨得一螺(或其他小动物)。

二、其人不在家,螺幻形为少女,代操种种工作。他归而异之。

三、某天,其人窥见螺女正在室中工作,乘其不备,搂抱之,因成夫妇。

四、若干时后,螺女得其前被藏匿的螺壳,遂离去。

老虎母亲(或外婆)型

一、一妇人,有两儿女(或一女一儿)。

二、一天,母亲外出,有老虎(狼或野人,或其他猛兽)幻形为他们的母亲(或外婆、叔婆)来到家里。

三、夜里老虎吃小妹,声为其姐姐所闻,惧而逸去。

四、老虎寻觅(或追赶)其姐,但卒失败(有的已尽于此,有的则下接卖货郎得七个女儿的情节)。

罗隐型

一、罗隐生而具有天子骨。

二、因母亲(或祖母)说错了话,被换成"贱骨"。

三、罗隐做不成天子,但说话却很灵验(或有其它超人的本领)。

求活佛型

一、一人,要解决某种困难问题,去西天求活佛。

二、道上遇见一些人与动物;他们各以自己不能明白的问题,请他代求活佛解答。

三、他到西天(或半路上),见了活佛,他们所托问的事情,各得到了圆满解答。

四、他自己的问题,也因了他们问题的解决而解决。

蛤蟆儿子型

第一式

一、有夫妇,老大无子,祷于神,但愿得一个像蛤蟆那样亦好。

二、未儿,得子,果如所祷求的。

三、儿子大,欲得一美女为妻。女家故出难题。

四、儿子完成其所要求之物事,得娶女。

五、结婚之后,儿子脱弃其皮,变成美少年。

六、妻以姑或母的话藏其皮,儿子遂不复化蛤蟆(异态:或因皮被毁,形骸立消,或日后得皮遁去)。

第二式

一、有夫妇,老大无子,祷于神,但愿得一个,像蛤蟆那样亦好。

二、未几,得子,果如所祷求的。

三、儿子长大,会国有兵事,他自请献身手。

四、破敌后,如约得尚公主。婚夕,脱皮变成美少年,与公主成婚。

五、国王闻其皮可以自由穿脱,因窃取穿之,卒变蛤蟆。

六、儿子得登王位。

怕漏型

一、一人以"屋漏可怕"为言。

二、老虎闻之,以为世界更有比己凶猛的动物。

三、窃贼来,虎因误会而不敢动。

四、贼以为猪或牛,携之以归。

五、虎或逃脱,或被杀。

人为财死型

一、一人给鸟以助力。

二、鸟带他往太阳之国,获得许多金宝。

三、另一人学其事。

四、因贪心,与鸟俱死(或云鸟逃去)。

悭吝的父亲型

一、悭吝的父亲,临死时,问他三个儿子以埋葬的仪式。

二、大、二两儿子的对答,皆使老人不悦。

三、第三的所说,独中其意。他遂瞑目而逝。

猴娃娘型

一、一老婆子的女儿,为猴取去做妻子。

二、老婆子以喜鹊的指引(或没有此情节),得入猴洞。

三、母女设法逃回。

四、猴思恋其妻,频到村中啼哭。

五、她们以某种方法中伤之,猴不复来。

大话型

一、一人向岳父或债主夸说某物的神奇,得售巨金。

二、岳父或债主,试其物。不验,往责之。又为所惑,另购别物以归。

三、试之,仍失败,愤而使人挟彼投之河。

四、他以诡计逃脱。

五、岳父或债主,终死于他的计策中(或无此情节)。

虎与鹿型

一、虎不识鹿,见而异之。

二、鹿知其傻,吓以大话,虎骇去。

三、虎见猴,告以所遇,猴与俱往。

四、鹿又以大话吓虎。虎狂走,猴吃大亏。

顽皮的儿子(或媳妇)型

一、一父亲(或母亲)有四个儿子(或女儿),他(或她)们与他(或她)为难。

二、他(或她)把他(或她)们送到官里去惩治。

三、官为他(或她)们的巧辩所惑,他(或她)反受咎。

傻妻型

一、一人对他的妻,称说朋友的老婆能干。

二、他的妻仿之,闹了大笑话。

三句遗嘱型

一、一富翁临死时,给儿子三句遗嘱。

二、儿子误会其意,事事失败。

三、最后,长官为解明遗嘱的本意。

百鸟衣型

一、一人,得一美女为妻。

二、他恋家废工,妻令带己(她)像往工作。

三、像为风吹去,贵人得之,大索图中人。

四、妻别时,嘱他日后以百鸟衣往叫卖。

五、贵人堕其计中。夫妻再合,并得富贵。

吹箫型

第一式

一、一人,平日只爱吹箫(或笛),别无所事。

二、以箫声感动了龙王,得邀宠幸。

三、出水府时,龙王送他一宝物。

四、他以宝物致富。

五、邻居或兄嫂借用之,以不解用法失败。

第二式

一、一秃子(癞痢头),平日爱吹箫。

二、某阔人的小姐闻而害相思病。

三、她看见他的像貌便死了思恋之心。但秃子又因之相思了。

四、他死后,化为一颗怪石或怪玉。

五、后来,这石或玉,获见小姐,即消灭。

蛇吞象型

一、一人养一小蛇。

二、后蛇大变成龙(或无此情节)。

三、他以欲医母(或贵人)病,往求于龙(割其肝,或剜其眼珠)。

四、他贪心不已,卒被龙吃掉。

三女婿型

一、富翁有三个女婿,第三的被轻视。

二、富翁以问题询第一、第二两女婿;他们的答案皆为第三婿所驳倒。

三、富翁再不敢轻视第三婿。

择婿型

一、一女被许与三个职业不同的人。

二、他们因争执而受试验(作诗)。

三、结局,最卑的一个得胜利。

书呆子掉文型

一、一书呆子爱掉文,夜遇祸事,他以文语告急于邻众。

二、众不解所谓。他家卒大受损失。

撒谎成功型

一、一人以躲避责问而撒谎(或他学会了占知幽秘之术)。

二、几度的试验,皆以凑巧成功。

三、他终享有极高幸福。

孝子得妻型

一、一人以孝行,得一有超自然法力的妻子。

二、县官见其骤富,故出难题困之。

三、他一一办到,县官卒无奈他何(并且吃亏)。

呆女婿型

第一式

一、妻恐夫到娘家显出傻气,命他先去学聪明。

二、夫(呆子)在外学了三个人的说话。

三、他到丈人家时,把学来的话,应对得恰好。

第二式

一、呆子将到岳父家去(或在家等候岳父),父亲或妻预授以应答的话。

二、他把那些话错乱地应对了。

第三式

一、呆子将赴岳家庆祝喜事,家人(妻或父)嘱他每说话必冠以某吉词。

二、他到岳家,遇某事发生,他一语一吉词地向人报告或叫喊起来。

第四式

一、呆子将赴岳家庆寿,妻(或别人)嘱他须学某人行动。

二、席中,某人有变常行动,他不明其故而仿效之。

第五式

一、夫妻将往岳家庆寿,妻恐夫失礼,预约定"牵衣举筷"的暗号。

二、届时,线为某物所扰,乱动不已,他的动作亦随之。

三句好话型

一、一人因忠厚,招来了仙人的三句好话。

二、他一一照好话做去。

三、他终于脱离了临身的灾祸。

吃白饭型

一、一人以善于猎食著名。

二、一天,仙人拟试其本领,特设宴俟之(或说在饮酒中偶被他碰见)。

三、仙人举行严酷的酒令,他以巧妙的方法对付之。

秃子猜谜型

一、一秃子以某种缘故,误会富家姑娘爱上了他。

二、秃子托人去求婚,被课以猜谜的工作。

三、他终得到她为妻(或否)。

说大话的女婿型

一、富翁有四女婿,第一、二、三婿说了大话,第四婿说不出来。

二、他们到第四婿家里,他的妻子以更大的大话折退他们。

一九二九年至三一年间作

老獭稚型传说的发生地[*]

——三个分布于朝鲜、越南及中国的同型传说的 发生地域试断

一

把古代扶余族间所传述的朱蒙传说①，来和现代朝鲜咸镜北道

---

　　* 本文原题《老獭稚型传说底发生地》，载《艺风》第二卷第十二期，1934 年 10 月。

　　① 朱蒙传说，在我国东汉的时候，已见于文人的著录(参看王充《论衡》第二卷《吉验篇》)。但这传说，因流播的长久和扩大，它的形态上自然要发生相当的变化，所以在中国和朝鲜的文献上所记，颇有互相出入的地方。现在，且录魏收所著的《魏书》的有关记载于此："……自言先祖朱蒙。朱蒙母河伯女，为夫余王闭于室中。为日影所照，引身避之。日影又逐，既而有孕，生一卵，大如五升，夫余王弃之与犬，犬不食，弃之与豕，豕又不食，弃之于路，牛马避之，后弃之野，众鸟以毛茹之，夫余王割剖之不能破，遂还其母。其母以物裹之，置于暖处。有一男破壳而出。及其长也，字之曰朱蒙。其俗言，'朱蒙'者善射也。夫余人以朱蒙非人所生，将有异志，请除之。王不听，命之养马……后狩于田，以朱蒙善射，限之一矢，朱蒙虽矢少，殪兽甚多。夫余之臣又谋杀之。朱蒙母阴知，告朱蒙曰：'国将害汝。以汝才略，宜远适四方！'朱蒙乃与乌引、乌违等二人弃夫余东南走。中途遇一大水，欲济无梁。夫余人追之甚急。朱蒙告水曰：'我是日子，河伯外孙。今日逃走，追兵垂及，如何得济?'于是，鱼鳖并浮，为之成桥，朱蒙得渡，鱼鳖乃解。追骑不得渡。朱蒙遂至普述水。遇见三人，其一着麻衣，一人着衲衣，一人着水藻衣。与朱蒙至纥升骨城，遂居焉。"

会宁附近等地方民间所传的近似老獭稚传说的故事①做一种故事学上的比较工作的,这在一九一三年日本人种学者鸟居龙藏博士所发表的三轮山传说的论文②中,已经启露了端倪③,但是正式地把老獭稚传说和朱蒙传说做比较研究的,那是一九三〇年彼国已故今西龙博士所作的贡献。今西博士关于这问题的探究的论文题目,是《朱蒙传说》及《老獭稚传说》④。在那里,今西博士从文献上和口碑上,提供出了非常丰富的关于朱蒙传说和老獭稚传说(及和它部分地同型式的诸传说)的资料⑤。临末,他给予了这样的结论,那历见于中国和朝鲜古文献上的朱蒙传说,它原始的姿态,是类似于现在会宁附近所流传的老獭稚传说一类的东西。换一句话说,就是现代的老獭稚型传说,是古代的朱蒙传说的原始形态。

这个问题,到了去年(一九三三)末,却又被彼国的另一位学者给予以新的论断。他以从别一个国境所获得的资料为根据,强力地推翻了今西博士的结论。这反对论的主持者,是那时候刚从越

---

① 鸟居博士所介绍的两则传说(一则关于明太祖的,一则关于清太祖的),都算不得较完整的老獭稚型传说,因为它们都缺乏天子地的一部分情节,换句话说,它们仅具有老獭稚型传说的前部分(三轮山型)而没有那后部分(天子地型),虽然它们也同样地带着异物所生之子孙,终于成功为人间的帝王的一类说明性部分。

② 这论文,后来收在《有史以前的日本》一书(一九二八年初版)中。

③ 鸟居博士于引录了《后魏书》中关于朱蒙传的记载的后面,接着说道:"这(朱蒙传说)我以为是和前述的豆满江畔的传说(他所介绍的关于清太祖的传说)颇同其形式的东西。"又说:"像以上所述的,那些传说,初看虽然像不同的样子,但把它们细加考察的时候,可以说是同一形式的东西。"(第一四五——一四六页)

④ 发表于为内藤博士颂寿纪念的《史学论丛》中。

⑤ 今西博士在那篇论文中所引用的关于朱蒙传说和老獭稚传说等的资料如下:《论衡》、《好太王碑》、《魏书》、金富轼《三国史记》、《旧三国史记》(以上朱蒙传说),崔氏《云渊实迹》、卢氏《记清太祖之父传说》、《清太宗汗之父努尔哈齐故事》、《努哈齐神话》、《老努哈赤之父底传说》、《兀良哈传说》、《清室祖先传说》、《满洲始祖出生故事》、《兀良哈始祖传说》等(以上老獭稚传说及和它部分的相类的传说)。

南的"学术之旅"归来的松本信广教授①。松本教授在同年的十二月号的《民俗学》(月刊、东京民俗学会辑编)上,揭载了一篇论文,题目作《老獭稚传说的越南异传》。据松本教授的意思,那现在流传在朝鲜会宁附近的老獭稚传说和过去流传在越南境内的丁部领出生传说,两者乃是同出于一个本源的异体②。他并推断:这些传说中的女子和动物结婚的情节,是两地各自固有的古传承,而那因为骸骨被安置于水里灵物的口中或角上,子孙便得成为天子的说法,却是从中国境内发生了而分头传开去的。他颇抱歉于不能得到中国的这种材料(关于天子地的传说)为左证。

以上,是老獭稚传说和别的传说(朱蒙传说及丁部领传说)的比较问题的提起以至于论驳的一段小史。

在这里,谈谈我现在重新来触动这题材的一点旨趣。

像前面所叙述了的,我们邻国的三数学者,各自运用专门的学识,来从事这类颇近于冷僻的"民间传承学"上的比较研究工作,他们的热心和毅力,是叫人钦佩的。正因为这样,我们不能不利用自己的方便,在他们赤足踏过了的道径上做更进一步的探险。这结果不一定就是成功,但我们总算尽了自己可能尽的责任,也是人类文化演进史上的一种必需的共同协力。

在这篇小文里,我所企图尽力的,不是要重新来讨论老獭稚型

---

① 松本信广教授著有《古代文化论》及《日本神话的研究》等书。去年,他为极东文化的研究,曾亲赴越南作学术的踏查。

② 松本教授云:"要之,这两种传说(老獭稚传说和丁部领传说)的相异点,并没有那么重大,都是从同一的本源而出的异体无疑。"但从他的整个的结论看,所谓"从同一的本源而出的异体"的,并不是指的这两个传说的全部分,而只是它们中间的某一部分,即关于天子地的那部分。

传说是否为朱蒙传说的原形的问题（关于这，我同意松本教授的结论），也不仅是为论定这两个传说同出于一源的问题。我的主要的工作，是一方面提供出他们所不曾发见的同型式（老獭稚型）的中国的资料，一方面根据这新资料而做出比较确切的论断——关于这些同型传说发生地域的决定。

自然，这工作是很困难的。本来关于诸种民族间文化流传的问题的考察，是极不容易成功的一桩事情，而这类问题属于"民间传承"方面的，那尤其是难于把握的了。何况笔者的学殖是这样荒落，更何况眼前环境不大适宜于从事这种细致的工作①，但是，明明晓得这样，却仍执笔来做这冒险的尝试，那正是为前面所说过的责任心所推动着的缘故吧？假如这小文能够相当地把我的本意大体表达出来，并且使读者于读完之后，觉得还不算是一种太不近情理的胡说，那就是笔者无上的满足了。

二

所谓老獭稚传说，是怎样情节的一个故事呢？在这里，试把崔基南氏的记录②介绍于我们的读者吧。这传说大体上可分为两部

---

① 本文的大体，虽然是在国内起草的，但那时候正忙着预备出国，心绪匆匆，自然许多地方没有做到周密的地步。到东京以后，又忙着一些别的事情，几把它全搁置在冷窨里，中间只为它从所在学校的研究院中，借阅过一两册参考书。现在暂时移居到这海滨的乡下来，一切需用的文籍，都无从得到，而文章又偏偏不能不在这时候脱稿，这真是无可奈何的事。

② 崔基南氏，朝鲜人。他关于这传说的记录，题作《云渊实迹》。作于韩隆熙二年，但至明治四十一年始刊行。

分,前部分是叙述女子私和水獭婚合,以至于怀孕及水獭的被发现等情节的,就是日本故事学者们所谓的"三轮山型"①。后部分是叙述地师发现天子地,使老獭稚入水葬骸骨,以至于试验结婚及成为天子等情节的,就是我所谓"天子地型"。

咸北会宁郡西十五里地西村(即鳌池岩也),有土豪李座首者,年老无子,只有一女子,绝代姿容,长养深闺,父母极爱之。一日,其母审视其女,则孕胎弥月。大惊,急告其夫。曰:"女儿急失行至此,家将亡矣!"其父大怒,打杀为计。直招女儿取问曰:"尔以未嫁女子,与何人通奸,即从实直告!"女儿曰:"小女生长深闺,果无犯罪。而但夜夜五更,枕睡之间,有何许四足兽,潜入闺内,密解里衣,□□而归。感悟而起,则迅出门外。夜夜如此者累朔,羞愧而不敢禀情。"云。……其父曰:"若然,则今夜假寐,□□之际,明绸细丝一缲丸,备于枕边,系其足解送,则必知其踪迹矣。汝亦慎从焉!"是夜,俟其来,果系其足。翌日,由丝寻迹,则丝入于附近小泽矣。于是,李座首多率里民,通沟注水,各持木桶,移水彻底,则有獭潜伏,丝系于足。于是,捕获打杀,埋于泽畔。其女子弥月解胎,即黄头小子也。不忍杀之,使母子即为别产,名其儿曰老獭稚。

① 所谓三轮山型,是日本的重要神话、传说之一。从古便见于记载,现在尚流传于民间。据各家著述所载,形态也很有不同的地方。现在就把其中比较普遍的一种说法,略介绍于下:有一个女子。每天晚上,跑来了一个男子和她同睡,后来,事情给父母晓得了。父母便吩咐她,等他晚上再来的时候,把穿了线的针,给刺在衣上,看他究竟回到哪里去。后验出那男子是来自三轮神社的,始知道他是一位山神。不久,女子遂生了一个孩子。

以上是前部分的记录。以下便是后部分的了。

> （老獭稚）渐长，气质武强，禀性敏异。善潜泳水，如獭性。每日出游，往于泽畔，守獭冢焉。一日，有客着蔽阳笠者，来访獭稚，指往泽畔。相见曰："我有堪舆之术，得吉葬之地而在渊中，故不得遂试。"老獭稚曰："第言之。"地师曰："深渊之中（此深渊未详，似指汉城岘深渊），有卧龙石，左角有天子之气，右角有王侯之气。裹尸骨挂其角，则子孙必有发祥之兆矣。则我葬于左角，尔葬于右角，则各遂其愿矣。"于是老獭稚左手持地师之父尸骨，右手持老獭之骨，投入深渊中。暗生诡计，换手挂角。须臾而出。地师亦知其情，然势莫奈何。叹曰："是亦天也！各归其地。"老獭稚居常不事产业，只为水猎而已。钟城郡南四十里地水门洞，家有一女子，其性迂阔，意气过于男子。年已冠笄，请婚者多。其父母欲许，则女子自谓非我述也。使其父母不许云云。老獭稚闻其言，往其家请婚。则女子窥其门户，出言曰："君为人非常，则我有试取之方。"同时小便，两人各穿地三寸。于是，应诺，成婚而归。连生三子，三郎即清太祖也。①

关于这传说，尚有咸镜北道庆兴郡守卢镒氏的记录②，因为情节上大致和这相似，便从略不赘了。

---

① 这个记述，是根据今西博士的论文中所引转录的。其中有一二很明显的误排或误笔，已给予改正，其他一律仍旧。

② 卢氏以外，尚有几则记录，因为它们都不能算是比较完整的老獭稚型的传说，所以，不提及。

顺次,得叙述到越南境内所流传过(或者现在尚以原来的抑稍变异了的形态流传着)的丁部领出生传说。这传说在彼邦,正和老獭稚传说在朝鲜一样,也有中文记录①。我们试先看看它的前部分:

> 丁先皇,华闾洞人也。世传洞中旧有深潭。其母为驩州刺史丁公著媵妾,常于潭边洗濯。适见一巨獭,胁与之交。归而有妊。居期生一男子,丁公甚钟爱之。母独知其为獭所生。未几,丁公卒,而獭寻为人所获。洞人烹而食之,弃其骨。母闻之,候众人散去,拾骨以归,封裹置之灶上。尝嘱儿曰:"尔父骨在此。"

再看后部分:

> 及(獭子)稍长,轻捷善枭(音斗),号为丁部领。辰有北客,就我国(越南——笔者)看地,因从龙脉至此。适觅天文,见有红光之气,自潭中起,望之如一匹练,直射于天马星。明日至其旁,觅看良久。曰:"水中必有神物。"因求善水者探之。原潭内有一处最灵,人莫敢近。客人以厚赏邀求,部领闻而愿往。即汆深处,以手摩之,果见一物,似马形,立于水底。登辰回报。客人曰:"尔可复下,以草纳这马口,试看如何?"部领即将草一把向马前。马果开口嗑之。再归以告。客相与语曰:"果然有穴。"即索银与部领曰:"今少酬劳,他辰更有厚赠。"

---

① 见彼邦文献《公余捷记》卷五。

仍约以暂且归国,不久复来。辰部领虽少,是个聪敏的人,闻北客语,曰:"穴在马口无疑。"待他去后,即取灶上骨,以草包之,下水推入马口。马便吃了。既而人多慑服,推为众长,居陶澳册。常与叔父战,奔过潭家湾桥。桥折,陷于淖(泥也)。叔父欲刃之,忽见二黄龙拥之,叔惧而退。由是,归附益众。居数年,客人即火烧先人骨,自北而来。寻至伊处,欲葬之。闻部领英才盖世,手下已千余人。知此穴他已葬了。自以枉费工夫,因此含怨。即就与之语曰:"闻君已得地,此穴虽佳,第马无剑也不好。今许剑一把,置诸马颈。必能纵横寰宇,到处清夷。"部领信之。遂入水,就神马处,以手摩其颈,置剑而回。其后,每战必克,号万胜王。卒平十二使君,是为先皇。在位十二年。寻为内人杜爽所弑,及其子琏。盖堕于客人之计,马首有剑(带杀故也)。①

这传说,若和前面所录的老獭稚传说严密地比较起来,自然有着许多歧异之点。例如:(一)故事中的那位和水獭交合的女子,在那里是处女,在这里却是"有夫之妇"。(二)在那里是水獭偷走进李家里和少女交,在这里是妇人到水边去而被奸于獭。(三)在那里有和三轮山传说中的情节一致的系丝于獭身的事情,在这里却没有。(四)在那里只说獭子常守老獭冢,在这里却有母亲置骨于灶上的事。(五)水中的灵物,在那里是卧龙石,在这里却是神马(或马形的东西)。(六)在那里不见存在地师复仇的情节,在这里却显然具着。(七)在那里所有的试验结婚情节,在这里也没有。(八)在那

---

① 依松本教授论文所引转录。除一二处错字略加订正外,大体仍旧。

里成为人王的是水獭的孙子,在这里是水獭的儿子。这种种的不相同的地方,我们是不能够否认的事。但这两个传说中,彼此所具有最重要的骨干,却是一致的。那就是下列的型式:

一、獭和人类的女性婚合而生的儿子,善于泅水。

二、因外人的请求,发现了水中的灵物。

三、安葬先人遗骨的时候,把自己父亲的骸骨放入。

四、因此,便成为天下之主。①

三

现在,我要来开始介绍在我国东部(江苏灌云)所流传的宋太祖(赵匡胤)的出生传说了。这传说的原记录者,是对于我国民间故事的搜录上有相当功绩的孙佳讯氏②。下面所写录的,就是孙记的述略。

从前有一姓赵的人家,把鱼船当做住屋,讨生活于海浪之上。一天晚上,船上忽然来了一只大水獭。它打一个滚,变成白面书生。跑进赵姑娘所住的舱里,说自己和她有缘分。从这以后,它便夜夜来和她同睡在一起。不幸,赵姑娘的肚子渐渐地大起来了。终于在父亲做寿的那一天,被他老人家看破了秘密。他便责骂他的老婆。其实,她也并不晓得女儿干过

---

① 这个型式,大体是用松本教授的语句写成的。

② 孙佳讯氏所记录的传说,民间故事很不少,已结集成书的,有《娃娃石》一册(开明书店版)。其他,散见于各种刊物及别人所编纂的故事集中。

些什么事。询问的结果，才知道原来是那么一回事情。她便吩咐女儿备好穿上细麻线的针，等它今夜再来的时候，给刺在衣上，看它把麻线究竟拖到什么地方去。晚上，水獭精来了，赵姑娘虽然不免因将断情而哭泣，但终于依照母亲的话做了。第二天早晨，她的父亲带了铁锹，尾随着麻线去追寻那怪物的踪迹。大水獭的身体，在沙滩上被发现了。结果，是他把它劈死了，埋葬在那里。以后赵姑娘每经那块地方，便禁不住哭泣起来。几个月后，她生下了一个小孩。她的父亲，因为自己没有儿子，便把他收养起来，给他一个赵小的名字。

赵小从幼便很能泅水。到了十一二岁的时候，竟能钻进冰冻了的海里去取鱼。有一天，他因为做买卖，打死了一个取货不给钱的滑头子，被送进衙门里去。县官很奇怪他年纪这样轻，会有力量打死人。接着听说他是卖鲜鱼的，更觉得诧异，因为，那正是海上结冰的时候。盘问之后，县官晓得他所捕鱼的那海中，有一条活龙在那里（它常给赵小嘘气保暖）。于是，他便要他（赵小）带自己（县官）祖宗的骨灰去送进龙嘴里。这样，就可以赦免了他的杀人罪。赵小自然同意。县官便把那装着骨灰的小瓶交给他了。赵小回到家里，硬要母亲告诉他自己是否有爸爸。她被迫不过，只得把过去的事情说出了。他立刻跑到埋葬水獭的地方，掘出了几根骨头，把它烧成灰，装进了一个小瓶里。他带了两个装着骨灰的小瓶，跳进冻窟窿里去了。这回，那活龙的嘴，却不像平常一样地开着，只从鼻孔里嘘出热气来。他为要使它开嘴，便把一根芦柴塞进它的鼻孔里去，叫它打喷嚏。当那龙正在打开嘴巴来的时候,他即刻把自己父亲的骨灰送进去,而龙的嘴巴马上又紧紧地闭住了。从这以后,无论怎样它再也不肯打开。他没有办法,只好把那只官祖先的骨灰瓶,挂在龙角上。囚爸爸的骨灰葬在龙肚里,赵小后来就做了皇帝。那便是宋太祖赵匡胤。那根芦柴的后代(柴王)和那位县官,也都因受了龙气的影响,各获得了相当的高位。①

读完了这宋太祖出生传说,不免使我们感到不小的惊异。它和前节所述的朝鲜的老獭稚传说及越南的丁部领出生传说,三者除一些细节不同之外,大体上是多么相像啊!

我们早就明白,因为民族或部族间彼此文化阶段的相近,而产生了相似的神话和传说等,这种神话学上所谓的"心理作用相同说"(即英国人类学家所主张的),是具有颇大的解释一般神话事象的能力的。但是,像前面所列述的那些传说主要情节高度的类似,不,简直该说是相同!却不能尽在这种原则(心理作用相同说)之下,去求正确的解释。换一句话说,我们与其把它们(流行朝鲜、越南和中国的三个同型式的传说)看做各自独立地发生了的,怕不如看做从同一的根源传布出来的更为符合事实。更简截一点说,就是对于这些相类传说的解释,用神话学上的"传播说",似较胜于应用那"心理作用相同说"。

---

① 原文刊在北新书局出版的《灰大王》(第四八——五四页)上。

四

如果我们像前面所说,肯定了这流传在朝鲜、越南和中国的三个同型式的传说,是从同一的根源分传出来的,那么,这些传说本来发生的地域应该在哪里呢?朝鲜?越南?还是中国?这问题,是自然地要求我们解答的。

前文所已提及了的,松本教授对于老獭稚传说和丁部领传说的来源问题,曾作过这样的论断:这两个同属一个型式的传说,前部分(就是三轮山型的情节)是两地各自固有的民间传承,而后部分(天子地型的情节)却是从中国发生了而分头传去的。这样,便产生了两地的型式上相同的传说。

松本教授的这个论断,对我们现在所直面着的问题,是否具有妥当地解决的能力呢?在我们看来,松本氏的论断,对于他所处理的原有的材料说,既已稍嫌牵强,他对事象构成的解释,是采取着那么凑巧的方式,而所援引的证据,又不免稍濒于薄弱①,对于我们现在的问题(已发见了新的更重要的材料的现在的问题),当然更是无力的了。我们得另外再找寻妥当的推断。

我们以为,这三个分布在亚细亚的东南部的同型式的传说,它发生的地域以位置于中国境内为适宜。

我们支持这论断的根据在哪里呢?

---

①　松本教授所用以证明越南地方原有的三轮山型传说的存在的,是《渊鉴类函》上一段关于南方獭类习性的记载。

第一，因为中国的这个传说，比于朝鲜和越南的，较近于原始的形态。关于这，我们试举出几点看看：

一、中国这传说中，把水里的灵物（龙穴）说是活龙（或有灵的龙），这比于越南传说中的说是马形物（或神马）[1]，朝鲜传说中说是卧龙石，都较近于原始的意味[2]。

二、中国这传说中，说水獭骨殖的埋葬，从灵物（活龙）的口中送进去[3]，比于朝鲜传说中说是挂在角上的，显然更属于传说的原来的型式[4]。

三、中国传说中，后来成为天子的，是水獭的亲生的儿子[5]，而在朝鲜传说中，他却成为老獭的孙子，后者无疑是被变形了的结果[6]。

四、朝鲜这传说中的女子试夫一段情节，从这类型式的故事看

---

[1] 松本教授曾在他那篇论文中，引用了越南地方的别一个故事，以证明越南民间对于"龙"和"马"两者的混同。倘若真的这样，它或反足以证明我所主张的这传说从中国传去后曾被变形的推测。

[2] 在中国许多比较典型的风水传说中，都把那葬地看做活的动物，例如龙、狮子、牛等。这种思想正是被灵魂主义（Animism）所深切支配着的原人或近原人的正当想法，虽然在我们现在看起来是那么可笑。又中国习惯，一切的葬地都叫做"龙穴"。这传说中，那葬地的活动物，在若干同型（天子地型）的传述上，既然都说是"龙"（中国的七篇记录中，有三篇说它是龙），那无疑是它的原始的一种说法。而所谓龙形石和马形物，都当是稍为变形了的东西。

[3] 关于这点，越南传说和中国的其他许多天子地型的传说，大抵都是一致的。

[4] 朝鲜传说中，所以有把骸骨分挂于灵物左右角的说法的缘故，大概由于原来故事中有把地师祖先的骸骨挂于角上（或项上）的情节（如中国和越南的说法）而传误的吧。

[5] 这点，越南传说也和中国一样。又中国其他许多天子地型的传说中，除了本文第五节所举例的那个以外，也没有不同的说法。

[6] 朝鲜传说中的这种变形，恐怕和试夫情节的混入有关系，就是说，因为混合了试夫的情节，不能不把"儿子"改为"孙子"。

来,实是一种添附的成分①,所以在中国传说中便看不到,越南传说中也一样。又越南传说中地师破地的情节,也不像是这传说原来所具有的(它似是因故事所附丽的主人公——丁部领——的事实的关系而增益了的),所以,在中国传说中就找不到这一点,当然,在没有和越南传说具着同样特殊背景的朝鲜传说中,也不会存在着它的。

以上,是我们粗略地检举出来的几点。当然,如果我们精细地加以考察,中国的这传说中,或许不无一些是较属于后起的成分,但是,从大体上看(如上面所列举的),中国传说比起朝鲜和越南的,较近于这传说产生时候的形态,这总是可以相对地肯定的。

本来,在若干同型式的传说中,较多地或最多地保存着那传说的原始形态的,固然不一定就足以绝对地证明它所流传的地域必为那些传说的共同发源地,但不能不说它往往具着较大的盖然性。假如,这同时更得别方面的左证的时候,那可靠性也自然越增高了。

五

其次,因为构成这些同型传说的主要的前后两部分情节(三轮山型和天子地型),现在一方面尚各自以独立的形态,流传在我国民间的口头上。

---

① 试夫的情节,在有些传说、故事中,虽然是一种重要的因素,但在这种传说(老獭稚型传说)里却分明是属于附益的成分。

关于三轮山型的传说,像今西博士和松本教授所已知道,它在千余年以前就已被记录于我国的文献上了。那便是唐代张读氏所记的曹氏子的故事①。和曹氏子的故事相类或稍为变形的传说,散见于古来杂记一流的书物中的颇不少,像清代李调元氏所记的柳树精传说②,便是一个例子。过去的且不必说。现在中国民间口碑中,这类型式的传说仍然很丰富地流播着。就已著录的几篇记载看来,我国东部临海各省都有着这种传说。下面所介绍的,是蒋昌声君笔录的浙江海盐地方的传承:

> 从前,某处有一所人家。那家里养着一位非常美丽的女儿。某天晚上,忽然有一位穿黑衣的少年,跑到她的闺房里和她同睡。这样过了好些时候,终于被她母亲知道了。母亲便责骂她说:"女儿呀!你怎么可以瞒着你母亲去偷和男子睡觉呢?"女儿只得羞涩地述说了事情的经过。母亲听完了,便说:

---

① 见张氏所著《宣室志》中。这故事大略的情节云:平阳人张景,有一个爱女,独居于旁室。一晚,房中来了一位白衣的男子,向她求欢,并自说是齐人曹氏子。女子很怕他。那男子到第二晚又来。次日,女子便把这事情告诉父亲。父亲交给她一支末端穿着线的锥子,向嘱咐她那人来的时候,给刺在身上。晚上男子又来了,女子使用甜言瞒他。到了半夜,她暗地用锥子刺他的项。那人跃然大叫,拖着线跑了。第二天早晨,女子的父亲,叫仆人追寻他的踪迹。到舍下数十步的古木下,发见一个洞穴,绳缕穿在里面。再探究下去深不到数尺,有一只大蛴螬蹲在那里,锥子正插在它的项领上。张景把它杀了。从这以后,那男人便不再来了。关于这种型式的传说,比《宣室志》所记更古的,有刘敬叔所著的《异苑》中的记载。在那记载里,有些地方更近于三轮山传说(像男子是山灵,至少他自认是山灵,及他曾经和女子实行交媾等点),但作为三轮山传说的主要情节之一的刺针(或别物)于异物的衣上(或身上)的情节,在那记载里却找不到。这,不晓得是在传承上本来欠缺的,还是由于记述者把它省略了。

② 见李氏所著的《尾蔗丛谈》卷一。

"这样,你更不应该了!连姓名和住址都不知道的人,怎么就可以和他睡觉呢?"接着她吩咐道:"今天晚上,我给你在犀车上绕一条很长的线,它的别一端穿在缝针上。当那男子临去的时候,你把缝针暗插在他的衣领上。这样,明天便可以寻出他的究竟来。女儿果然照办了。第二天,她们沿着那条线走,走,走,走到河边的一棵空心大杨树桩旁,向里面一看,那里一只大乌龟颈上正插着一支缝针。①

这个故事,不但大体上很和三轮山传说的情节相同,而其中和人间女子私通的异物,是属于水栖动物的乌龟这一点,尤其使我们想到它和宋太祖出生传说(及其他的老獭稚型传说)中的水獭的关系②。其实,在中国古来的传承上,把水栖动物的獭作为主人公的"人兽婚型"的传说(大致上和三轮山型相近的传说),是颇为丰富的③。而当中更表现着和老獭稚型传说的前部分情节相近的,是《通幽记》上所载的关于楚州沈氏女的故事。这故事的情节如下:

①　笔者数年来在浙江所搜集的"民间传说丛稿"之一。未刊。

②　关于这一类传说中的那异物的种属问题,鸟居博士所说的下面几句话,很值得我们玩味:"我以为这三轮山型传说的形式,最初,是像现今豆满江畔(或扶余族)所流行的,到少女之处来的美少年,乃是水獭一类的水族的东西,那或者变了成龙或蛇吧。且最初,美少年是走入水里去的,这渐渐变化,或者成为洞穴之中,而最后便至于变成像《古事记》的在山中神社的说法吧。"(《有史以前的日本》第一五八——一五九页)

③　例如刘氏《异苑》卷八所载的张道香的故事云:"宋元嘉十八年,广陵下市县人,张方女道香,送其夫婿北行。日暮,宿祠门下。夜有一物,假作其婿来云:'离情难遣,不能便去。'道香昏感失常。时有海陵王纂者,能疗邪。疑道香被魅,请治之。始下一针,有一獭从女被内走入前港。道香疾便愈。"

……村民有沈某者,其女患魅发狂,或毁坏形体,蹈火赴水。而腹渐大,若人之妊者。父母患之,迎薛巫(薛二娘)以辨之。既至,设坛于室,卧患者于坛内。旁置大火坑,烧铁釜赫然。巫遂盛服奏乐,鼓舞请神。须臾,神下,观者再拜。巫奠酒祝曰:"速召魅来!"言毕,巫入火坑中坐,颜色自若。良久,振衣而起,以所烧釜,覆头鼓舞。曲终去之,遂据胡床。叱患人令自缚。患者反手如缚。敕令自陈。初泣而不言。巫大怒,操刀斩之。騞然刀过,而体如故。患者乃曰:"伏矣。"自陈云:"淮中老獭,因女浣纱,悦之。不意遭逢圣师,乞自此屏迹!但痛腹中子未育!若生而不杀以还某,是望外也!"言毕,呜咽。人皆悯之,遂秉笔作别诗曰:

潮来逐潮上,潮落在空滩。有来终有去,情易复情难。肠断腹中子,明月秋江寒。

……须臾,患者昏睡。翌日,乃释然。方说,初浣纱时,有美少年相诱,因而来往,亦不自知也。后旬月,产獭子三头,欲杀之。或曰:"彼魅也而信,我人也而妄;不如释之。"其人送于湖中,有巨獭迎跃,负而没之。①

我们试把这故事中关于女巫作法的一段情节除去②,以它来和宋太祖出生传说中的水獭和人间女子私通以至于她的怀孕、生子等情节相比看,不是会使人自然地想到它们之间的密切关系么?

---

① 据《太平广记》卷四七〇水族类所引。
② 这种女巫作法驱魅的情节,恐怕不是这传说的原初时所具有的形态。大约,这传说原来是仅为叙述那人兽婚合的故事而作的,后来因被借用作女巫法力宏大的证明的时候才变成了这种形式的吧。

至少限度,我以为这比于松本教授所援引的关于南方土俗之类的记载,是更能说明那老獭稚型传说前部分情节的根源所在的。

我们再谈到天子地传说问题。关于这类传说,十分的和老獭稚型传说后部分情节的说法相似的,在我国古代文献上,似乎尚未被发现过,虽然像孙坚得仙人所指点的葬地,后来便成为天子的传说,早就显现于文籍中了①。现在民间口碑中,这种型式的传说(和老獭稚型后部分情节相类的传说),却很广泛地流布着。就我个人所看到的记录,已有六篇。从流播的地域说,像东南部的江苏、湖南、广东等省,都有它的踪迹存在。故事中的主人公,大多说是赵匡胤②,其次,是朱元璋③,也有说是不很知名的霍滔的④。诸传承的情节,大抵相类似。现在从其中检出一个来,把它重要的情节略述于下:

一、地师为了追寻龙脉,来到海滨。

二、他看见一个童子在那里呆望,便问他什么原因。童子说是看见海中有海狮在弄球。

三、地师晓得那里是龙脉的所在,便约定童子明天再到那里相会——替他带食物给狮子吃。

四、童子回到家里,把在海滨所遇到的事情告诉母亲。她心里

---

① 见《异苑》卷四。刘氏原文云:"……孙坚丧父,行葬地。忽有一人曰:'君欲百世诸侯乎? 欲四世帝乎?'笑曰:'欲帝。'此人因指一处,喜悦而没。坚异而从之。时富春有沙涨暴出。及坚为监丞,邻党相送于上,父老谓曰:'此沙狭而长,子后将为长沙矣。'果起义兵于长沙。"

② 象适(《李子长好画》)、俞琴(《朱元璋故事》)、张立吴(《呆黄忠》)等人的记录。

③ 象志桓和无名氏(俱见《呆黄忠》)等人的记录。

④ 见刘万章氏编述的《广州民间故事》中霍璧奇氏的记录。

明白了地师的用意。

五、第二天，母亲给了童子一包东西（她丈夫的骸骨）叫他带去给狮子吃，并嘱他不要让地师晓得。

六、童子到了海滨。地师也交给他一包东西，叫他带进海里去喂狮子。

七、他进了海里，把母亲所给予的一包先送进了狮口。狮子马上把口闭住不再开了，因此，他只得把地师所给予的那一包挂在狮项上。

八、地师虽然明白地看出了童子在水里所做的事，但因为即使这样，于自己仍然有着好处，便也不再多事了。

九、那童子便是做了皇帝的赵匡胤（宋太祖）的父亲。那地师呢，就是后来为宋室名臣的赵普的祖先①。

这叙述自然不是十分近于这传说发生时候的原形的东西，因为里面有若干的地方，像是比较的属于后起的②。同时它也不能算是其他诸记录的最严格的代表，因为在许多点上，彼此是颇分歧的③。但把这作为这类传承的一个例子，大体没有什么不可以吧。

我们把这例子的情节，去和流布在朝鲜、越南和中国的老獭稚型传说的后部分对比着看，彼此大致上相同的地方，谁还能够不承认呢？

---

① 见林培庐氏编述的《李子长好画》第一二一——一二三页。

② 例如说那水中的灵物是海狮，和后来做皇帝的不是童子本身而却是他的儿子等点，都不像是这传说最初所具有的形态。

③ 把各记录比较地看来，传说中主要的情节虽大致相同，但枝节的地方颇多差异。像张立吴氏所记的，临末有闻鸟声和灶神上奏玉帝等情节，这些，在适氏的这记录里是看不到的。而其他诸记录一致地说是地师父亲（或祖先）的骨被挂在灵物的"角"上的，在这记录里，却独说挂在"项"上。

由上面的论述看来,我们至少可以这样推定:所谓老獭稚型的传说,大概是原来流传在中国境内的三轮山型和天子地型的两种传说混合而成功的①。

六

再次,因为老獭稚型传说中所表现的"风水思想",是中华民族的最有特征的民俗信仰之一种。

自然,关于风水思想的发源地及其所流布的区域等问题,这在没有做过精密的学术上的检察的现在,我们是不能够随便武断的。但是,至少我们可以大胆地这样说:风水思想即使不是发源于中国,即使不仅仅流行于中国的整个的民间,但它老早已在中国人民的思想中占着势力(这是从文献上便可以考知的),它流传的广泛和深入,也恐怕要以在中国境内为最。

这不是笔者个人虚妄的臆说。松本教授在他论文的推断中,不把天子地的情节看做朝鲜或越南传承上所固有的东西,而特地把它归源于中国,也正是因为这缘故吧。

不论文献中、口碑上,表现着这种风水思想的传说、故事,在中国真是多到比太平洋中的波浪还不易数得清。所以像把这种思想

---

① 朝鲜(以及日本)虽早有三轮山型传说流传着(见僧一然撰述的《三国遗事》等),但关于天子地型的传说,却不被发见。而中国,一面既有混合形式的宋太祖出生生传说流布着,一面又存着三轮山型和天子地型各自独立着的传承(前者一千多年以前已见于文人的记载)。况且,水獭和人间少女(或少妇)缘结以至于生子等情节的故事,又那样显然地盛行着。我们自信这种假定,不是怎样地属于幻想的东西。

作为故事重要骨干的老獭稚型传说,在我们看来正是一宗很亲熟的"道地国货",一点不觉得是从别个民族传来的生疏的东西——自然我们晓得,在那流传着老獭稚传说的朝鲜境内,也颇富于风水思想和表现着这种思想的民间传说①。但那恐怕是由中国所输去的文化之果罢了。

更次,是因为中国对于朝鲜和越南的一般文化上的密切关系,换句话说,就是中国文化素来对朝鲜和越南的深重的影响。

朝鲜和越南,因为地理上接近中国国境的缘故,在古代,在政制上不用说,就是一般制度、习惯和信仰(简括地说:一切国民的文化),也都和中国有着极深切的关系,这是无论在历史书上,在考古学上,在民俗学上等,都可以历历证明的②。仅就朝鲜方面来说,她现在的民间传说中,和中国所有的大体相同,且可以断定,必是从中国流传过去的着实不在少数③。

假如我们真的承认流布在亚细亚东南部的三个境地的老獭稚型传说,是必出于一个根源的,那末,把它的最初发生地域安置在中国境内,这仅仅从这同型传说流传地的三个国度的从来文化的关系上看,也不见得是很不妥当的。

此外,如果我们从这些同型传说(老獭稚型传说)的三个流传

①　朝鲜民间所流传的风水传说,例如《河回柳氏墓地传说》、《松林寺缘起述》(俱见孙泰晋氏编述的《朝鲜民谭集》)、《风水先生的兄弟》(见中村亮平氏编述的《朝鲜童话集》)等。

②　我们仅从"文字"一项来看,便可晓得中国文化和朝鲜、越南两国关系的深切。她们虽然各有其自国的特殊的文字,但都曾经把中国的文字作为她们的"国文字"而使用着(参看久保天随氏所著的《朝鲜史》和李根仙氏撰述的《越南杂记》等书)。

③　详见拙著《中鲜共同民谭的探究》(未刊)。

地域相关的地理位置来看,以至于从朝鲜和越南传说中所谓"天子"的那实在人物(清太祖和丁部领)和中国政治的关系来看,把它们共同的起源断说在中国,也都是有很大的可能性的。

在这里,让我把全文的主要意思,概括在下面:

> 老獭稚型的传说,除朝鲜和越南之外,在中国境内,也一样地流传着。我们从(一)传说中所保存的原来的形态的多量;(二)传说所由组成的主要情节的独立存在;(三)风水思想的主要流行地;(四)传说诸流传地的文化的历史的关系;以及(五)传说诸流传地的地理位置、传说中主人公的政治关系诸点,推断这三个流布于亚细亚东南部的同型传说,它发生的地域大概在中国境内。

一九三四年八月十日脱稿于日本房州的海岸

中日民间故事比较泛说[*]

引言

1934 年晚春，我抛下浙江大学的教鞭，乘轮到了东京。记得那正是樱花盛开的时节。但我此行决不是为了游览或访问、考察。我的目的是颇明显的：学习与探究。学习什么呢？学习民间文学及民俗学的主要理论和相关的各种人文科学知识。因为过去 10 年，我从事这两种学科的资料采录和理论探索（同时还从事这方面学术的组织、传播等活动）。不用说，多少取得了一些成绩（有些论文，后来被国际学人认为是"力作"），也坚定了在中国学术上牢固地树立这种学科的决心。但我当时也清楚地认识到，我的专业学识和能力还不足以担负起我要完成的事业。因此，我必须创造条件，填补这种缺陷。我必须争取机会，到国外去学习一段时期。这是我出国的主要目的。其次，因为从 20 年代末到 30 年代前三年，

---

* 本文原载《民间文学论坛》1991 年第三期，1991 年 5 月。

55

我在教授民间文学功课和写作民间故事等论文之余,阅读了一些日本语文的著作(包括高木敏雄自费出版的《日本传说集》之类)。我感觉到中、日两国(还有朝鲜)的民间故事、传说,类型和母题相同或者相似的颇多,值得联系起来研究;而且当时我国在人文科学里,比较研究的方法已相当时髦。所以,我想在学习之余,也进行一些研究,把题目定为"中日民间故事(包括传说等)的比较探索"。这可说是当时赴日的副目的吧。

到了东京,我忙于学习活动。除了阅读民间文艺学、民俗学的理论及其历史的著作外,还要涉及民族学、人类学、社会学、语言学等社会、人文科学的著作。为了发表某些学术意见及卖文补助生活费用,还得执笔写作文章。限于时间和精力,我就把那副目的搁置了。在东京两年多的时间,对于日本民间故事等口头传承,我虽收集了一些资料和阅读过一些跟它有关的理论著作(如高木敏雄、柳田国男、松村武雄及芦谷重常等学者的撰述),却始终没有着手去进行那个原拟论题的研究工作。到东京不久,我曾在当时日本学者们共同出资刊行的《民族学研究》上,发表了题为《老獭稚传说之发生地》的论文。但那是关于中国、朝鲜和越南三个地区同型民间传说的比较探究,而关于中日民间故事、传说的比较,却始终没有动手。现在回想起来,尽管已是半个世纪以前的往事,仍不免多少有些惭愧和遗憾。

近年来,我国民间文艺学、民俗学走了从来没有的好运。民间文学三大集成(故事、歌谣、谚语)的搜集、编纂工作,大大推动了这方面的学术活动。各省、市、自治区都进行了普查,已印行了县、地资料本达数千册。各省、市刊行的省、市卷本(同时也是国家卷本)也在陆续定稿或编纂中。我因为职务上的关系,不断接触了故事记录资料和参与了这方面的工作讨论。这使我对中国现在民间口头的叙事文学（包括神话、传说及狭义民间故事），增进了知识和产生了新的看法。而十多年来，我国学界与海外学界的接触和相互理解逐年增多，日本这方面的学者如伊藤清司、大林太良、野村纯一和君岛久子诸先生、女士，不但一再来访，得以叙谈，并且他们中间有的关于中日民间叙事文学的论著，也使我们钦佩和感奋。对于我个人来说，也正是引起我想到半个世纪前想做而未能成功的学术课题。

今天这个中日两国民俗比较研讨会的召开，使我有机会重新温一温多年冷却了的学艺梦想——执笔来试写作两国民间故事比较这个老问题的谈论文章。我的心是热切的。但是，碍于种种条件（例如时间的仓促、特别是应用资料的不顺手等），我的文稿只能算是一个备忘录，或是在自己老年学术上补过的一个开头。

这篇文稿主要由两部分组成：(1)对两国同类型民间故事的概观，(2)对两国同类型故事，举出两个例子略作比较。

本文的论述，日本方面的资料的取材，主要出于下列数书：

甲、日本昔話名汇　柳田国男监修　日本放送出版协会刊行1946年

乙、昔話の型(《日本昔话大成》第11卷)　关敬吾等编著角川书店　1980年

丙、日本の昔話(1—3)　(本书3册，原各册都有名称。这里用副标题总称)　关敬吾编辑　岩波书店　1956—1957年

丁、日本昔話百选　稻田浩二等编著　三省堂　1971年

两国同类型民间故事鸟瞰

中国和日本,由于彼此地理接近和长期历史交往等原因,文化上的亲缘关系是相当广泛和深远的。两国在民间文学、特别是民间故事方面的关系则更具代表性。因为它既有长期人民交往和移居(主要是由中国移居日本)的传播途径,又有长期文书流通的传播渠道。这方面相同和相似的篇章不少,是大家公认的。但在数量上到底有多少?过去谁也没有做过切实的调查、统计。因此谁也不能确切地回答这个问题,即使是一个不完全的、近似的数字,也不容易说出来。

尽管如此,却仍有一些学者近年来有意无意地在这方面举了一些例子,或者做出了一些极概略的估计。

前者如《日本与中国的民间故事有强度的亲近关系》的作者(此文据小泽俊夫教授编著的《日本人与民间故事》一书所载。作者署名"プン・ュ・ホファン",并注明是中国人,但不知其汉语原名如何写法,不敢妄译)。他的中、日民间故事共同类型的比较篇章,举出了下列 6 个例子:

1. 旧房子的漏

2. 窝西拉君(或称马鸣菩萨,蚕神,即中国的马头娘)

3. 耳听(中国月下老人型故事)

4. 里正变做猴子的故事(中国恶家婆被罚变成猴子型的故事)

5. 蛇男子(类似中国蛇郎型故事)

6. 戴笠地藏(中国的米泉寺型)

在简要地比较了这6个同类型的故事之外,作者又举述了几个故事里的共同母题,那就是"从瓜中出生的女儿"、"动物食了人而变成人"、"用梨种子使枯了的梨树开花"、"善良人跟坏邻人的对立"及"欺骗敌人而完成正义的复仇"等。

日本从事日中神话、民间故事比较研究的学者君岛久子女士,在她的《日本的故事与中国的民间传承》一文中(该文是女士最近见赠的复印本,没有详细记明写作年月及登载刊物名称),也列举了两国同类型故事的5个例子,那就是砍竹翁(中国西藏的竹姑娘型故事)、浦岛(中国的龙女型故事)、蚁通(中国的采桑娘型故事)、婆皮(灰姑娘的异式)和花世之姬(中国西藏松嘉拉毛型故事)。

此外,还有这方面的专家伊藤清司教授进行比较论述的两国同类型的一些故事(《日、中两国民间故事的比较研究》,见他在华学术报告集《中国、日本民间文学的比较研究》,1983),这里不再多介绍了。

跟上述学者一些举例式的指说相反,另一部分学者却作了概括的比较或叙述。例如《中国民间故事类型索引》(1978)的编著者故丁乃通教授,就把自己编撰的类型去跟池田弘子女士的《日本民间文学类型和母题索引》相比较,指出了两国民间故事的共同类型23个。他因此认为两国这方面的交流并不那么密切(跟中国和她西邻的那些国家或民族比较起来)(《中国民间故事类型索引·导言》)。

　　但是,也有些学者对这方面的估计,跟丁教授所说的并不一样。例如,日本这方面研究权威、故关敬吾教授(《日本民间故事类型索引》等著作的编撰者)。他说,他重读了我的 30 年代前期在日本《民俗学》(月刊)上所发表的《中国民谭型式》一文(这是一篇未完成的著述,它只列举了 50 个左右的型式,尽管所取材的故事多是比较重要的),认为"中国的民间故事有一半以上与日本民间故事相同或类似"(关氏的《寄语》——给他编著的《日本民间故事》中文选译本的序言)。关氏的话虽然是一种概说,但是所估计的数量,跟丁教授所说有明显的差异——升高了。然而他这话,没有明确指出所比较的是否仅限于相同类型的,或者还并包含相同母题的在内。因为两者的分或合,估计结果相当不同。但是,从大体上说,我是比较倾向于他的估计的。

　　中日两国民间故事(包括神话、传说在内)的亲密关系,不仅是学界同志们所承认的;而且像上文所叙述的,学者们已在这方面做了些试探、估计的工作。尽管那些成果,目前还不能使大家满足,但到底在这块学术土地上动过锄,播过种。我们有责任踏着他们的足迹前进。而要进一步发展这项工作,当前两国这方面的条件都是比较有利的。

　　因为时间有限,又是单枪匹马作战,我现在这个工作只是一种粗略的尝试。我以《日本民间故事大成》资料篇所载的《昔話の型》(因为它刊行在《日本昔話名汇》之后,所收类型比较多)为根据,就我个人所知道的中国故事去相比较。我认为中国有同型式的,就把它登记下来,并附记上主题或中国同型故事。这样做的结果,当然不能说是完整、准确的。因为我多年来并没有专门从事这种工作(即中国民间故事的探究及其与日本民间故事的比较研究），所知道和记忆的故事到底有限。像上文所提到的，几年来，我国由于编纂民间文学三套集成，各地涌现的资料本已经有数千册，但我所读过的并不太多。然而，尽管如此，我想这次试作，仍然多少可以在这方面带个头，以促使两国更多的同志来参加这项工作，我自己也正好藉此对半个世纪前想做而未完成的课题从新做点补救。

现在，我把这次初步认为两国属于同类型的民间故事，举例于下：

1. 十二支的由来（猫与鼠的纠纷故事）

2. 猴蟹合战（后半即中国的猪哥精型）

　　猴的夜盗、蟹的报仇、马夫的报仇、雀的报仇，皆同型异式。

3. 旧房子的漏（中国的怕漏型）

4. 雁与龟（开口招害型）

5. 天仙妻子（中国的羽毛衣型）

6. 吹笛女婿（吹箫得妻故事）

7. 画中妻子（卖桃式、难题式，中国都有）

8. 蜜蜂的援助（蜜蜂帮助曾经救过自己的人解答难题，使其得到妻子的故事）

9. 破谜女婿（解答了女方的谜语得以成婚的故事）

10. 蛇儿子（救养小蛇，得到好报的故事）

11. 育儿的鬼灵（女鬼为育儿到市上购物的故事）

12. 烧炭财主（中国享夫福女儿型）

　　初婚型，再婚型，中国同样存在

13. 产神问答（享夫福型的另式）

14. 狗与猫与指环（猫、狗成仇型）

15. 花笑翁（跟中国狗耕田型相似）

16. 地藏净土（从鬼怪或动物那里得到好处。学样者失败）

17. 摘瘤爷（生瘤的人因跳舞得到好处。学样者失败）

18. 米福粟福（灰姑娘型）

　　米埋糠埋、皿皿山、阿银小银等都属同型异式

19. 捡栗子（后母虐待继子的故事）

20. 歌唱的骸骨（冤魂报仇的故事）

21. 没有手的姑娘（继女为后母所害，失去双手，后终得到幸福的故事）

22. 浦岛太郎（因救助海中动物而被邀游龙宫，并得到宝物而归的故事。中国所传，大略相同）

23. 龙宫童子，是上型异式

24. 黄金的斧头（诚实人失去斧头，因说真话，神仙给以金斧。贪心者学样失败）

25. 老狼报恩（某人帮助老狼得到报酬的故事）

26. 报恩的动物、忘恩的人（负义与忘恩型）

27. 忠义的狗（中国文献和口头传承，都有此类故事）

28. 天赐金锁链（中国的老虎外婆型）

29. 姐弟与山妖婆（与上篇同型式）

30. 旅人变马（中国的板桥三娘子型）

31. 收拾猴神（以人为牺牲的故事。李寄型异式）

　　收拾大蛇，也是同型

32. 宝怪（住凶屋得财宝型故事）

33. 甲寅三郎（与负义与忘恩同型式）

34. 太阳的三根毛（类似中国问活佛型）

35. 金子打鸭（中国享夫福型异式）

36. 手拉儿子裁判（亲生儿与养儿型。包公案故事之一）

37. 夫妻的缘分（命定的妻子故事。中国月下老人型）

38. 尼姑裁判（买镜子型笑话）

39. 牵线信号（中国呆女婿故事类型之一）

40. 新娘的齿牙（笑话）

41. 试胆（胆怯者的笑话）

42. 烧掉父亲（笑话）

43. 如果捡到金子（财迷笑话）

44. 八石山（善良人种煮熟的种子获得好处的故事）

45. 尾张远呢？金比罗远呢？（两人争论地方的远近，使裁判者得到好处的笑话）

46. 比赛沉默（愚人的笑话）

47. 蚁通明神（中国穿九曲明珠型）

48. 痫金子的马（以骗术取胜的笑话）

49. 远地的火警（合谋欺骗得利的笑话）

50. 熊的儿子（旅人与熊结合生子的故事）

51. 孟宗竹（中国古代孝子哭竹生笋的故事）

52. 竹笼打水（后母虐待继子的故事）

53. 鱼石（西域人识宝型）

以上粗略举出了 50 多个共同类型。就我个人所知，这是有关本课题所列举数量较多的一个表。但是，它决不是最后的、完整的统计。事实也远远不止于此。原因除上文所指明的几个弱点之外，还有其他一些不利条件，如我对于关氏《昔話の型》阅读得比较粗略，因而也多少影响了我确认类型的数目等。这是很抱歉的。

在此,我还想附带声明一点,即我确定类型的要求,一般比较严格。双方必须主题及基本情节大致相同的才给予承认。而那些只有部分情节相同或相似的多被舍去。所举类型不太多,跟此点也有关。我希望今后自己(或者与人合作)能够把这项工作继续下去,使它达到比较完整的形态。

为了对一些重点故事作点稍微具体的比较论述,我原拟第一次选出几个同型故事加以论述,那就是:

怕漏

老鼠嫁女

猴蟹合战

灰姑娘型故事

享夫(或自己)福的女儿

猫狗相仇

马头娘的故事

现在因为种种条件限制,暂时只能就《灰姑娘型故事》和《老鼠嫁女》两个类型进行论述,其他只好等待将来再执笔了。

灰姑娘型故事(比较例子之一)

大家知道,灰姑娘的故事是一种世界大扩布型民间故事,也是在我们中日两国民间有着较广泛传播的一种故事。在中国,1000年前,就出现了关于它的记录,并且是在情节上相当忠于当时民间传承的记录。日本方面,虽然时间稍后,但也有一些故事梗概或母题大略相近或相同的前代记录。与西欧各国先后流传着的灰姑娘型故事一样,我们东亚——日本、中国、朝鲜、印度、越南等地区,也流传着这个故事的各种型式大同小异(当然也有小同大异者)的说法,正像有些学者所指出的"亚细亚型"——尽管它所概括的未必充分。

(一) 中国的灰姑娘型故事

唐代诗人和学者段成式(803—863)在他那部颇有名声的笔记小说(《酉阳杂俎》)里,跟其他的一些民间故事(有些是产生和流传在外国的)一道,出现了这个各民族共有的、灰姑娘型故事的记录。从同型的故事在世界文献上的出现时间看,它是最早的(撇开古埃及那《两兄弟》的部分母题相同的故事不算)。一般学者认为较早的这种类型故事,如意大利巴西勒《五日故事》里的《灰猫》,也远在段记之后。从故事的主题、思想、基本情节等看,它也当然是属于这种类型的故事的典范。但由于中国文字的特殊性,过去有些西欧这方面的专家如 M.R.柯克斯女士,就在她的专著里遗漏了它。

中国这个古典的灰姑娘型故事,自从日本民俗学者南方熊楠在《随笔》里指出后,数十年,中日学者都注意到它了。例如,周作人就在民国初年的论文中论述了它(《古童话释义》)。稍后如松村武雄编著的《世界神话传说大系》的"中国卷"也收录了它(题作《后母故事》)。近年来两国学者谈论到它的文章就更多。因此,关于它的详细情节,这里就不再细述了。

这个世界性的故事在中国境内的传播,不仅很早就被记录了,到了现代,它的传播更加广泛和深入(局部地区)。除汉族聚居的地区外、东南、西北地区的少数民族,如苗族、藏族等,民间口头上也流传着。而就汉族聚居地区(包括当地少数民族同化程度较深的地区,如广西)的情况看,该故事的主要传播地是中国南部(广东与广西,特别是后者)。中部地区(如浙江)及北部地区(如河北),也有跟这类故事基本形态相同的说法流传。本文非灰姑娘型故事的专论,因此在主要取材(探讨对象的范围)方面,尽量加以限制。汉族所传的,也只取其形态比较典型的篇章。少数民族的,则除了广西壮族地区的,其余都不涉及。这样做,是由于壮族故事本身比较完整,还有它的历史较长、传播较广泛深入等原因。

本节的论述,主要取材于下列各记录:

一、达倪与达嫁(黄革搜集整理,手稿)

二、孤女泉(覃建真搜集、整理,手稿)

三、灰姑娘和达架(蓝鸿恩著《广西民间文学散论》,广西人民出版社)

四、牛奶娘(刘万章记录,《广州民间故事》,中大语言历史学研究所)

五、疤妹和靓妹(姚传铿记录,余同上)

六、牛奶娘(费林搜集、整理,《珍珠泉》,山西人民出版社)

七、灰姑娘(王秀华讲述,王春艳整理、记录,《抚宁民间故事卷》(中国民间文学集成)第一卷,秦皇岛市抚宁县三套集成办公室)

根据上述记录,并参考其他一些有关资料,我试把中国这种故事概括为下列类型:

一、有姐妹(或姐弟)二人。姐为前母所生,妹为后母所生。

姐美而妹丑。

二、后母虐待姐姐,使其干繁难工作(如短时间内完成绩麻或剥麻、纺线等活计)。由于母牛或神等的帮助,得以完成(一次或两次)。有的还有后母使妹妹学样失败的情节。

三、后母杀牛,食其肉,姐姐收藏或掩埋牛骨(或无此情节)。

四、后母带妹妹去看赛会、演戏,或参加歌会、宴会,使姐姐守家,并留困难的工作让她做(分拣相混淆的芝麻、绿豆等)。姐姐因神或母牛之灵的帮助完成工作,并得到美丽衣着(包括绣花鞋等),得以前去赴会。

五、姐姐在赴会或会后途中,失落一只鞋(或所戴戒指)。她答应鞋(或戒指)的获得者或代取者的求婚。

六、婚后夫妻生活幸福(或无以下情节)。妹妹妒忌姐姐,设法害死她,自己冒充姐姐。

七、姐姐的魂灵化作鸟儿,鸣唱以提醒丈夫;被妹妹杀害,又变为竹树等。后复变为人,寄寓邻居老婆婆家。

八、由于邻居的帮助,夫妻终得团圆。后母和妹妹受惩罚(有的较严厉,如妹妹被杀或舂死等)。

这个类型,自然只是那些活生生的、姿态不一的故事情节的抽象概括。许多生动的细节被略去或干枯了。有的情节甚至是重要情节,讲述中就被省略或改变了(如失鞋、对鞋、绣花鞋变为戒指之类)。我们所取材的记录,一般是情节比较完整的。但也有个别篇章比较简略,如抚宁的说法。对于去看赛会或参加歌会的情节,却变为王爷选王妃,因而也就没有失落绣鞋等情节,尽管她所得到的喜鹊报恩物里是有绣花鞋的。又浙江(《牛奶娘》)的说法,不仅姐姐是母牛喂大的,还有生母之灵给以蓝布衫,使她变丑,因而得嫁相爱慕的穷小子；却并没有失鞋、对鞋一类情节。至于两广故事里，婚后妹妹及后母谋害姐姐的大段情节，则是浙江、抚宁等的说法所没有的。

就上面所记类型以及所概括的原有故事的形状看，我觉得有下述几点意见需要说明。

1. 现在中国民间所流传的灰姑娘故事，与1000多年前的古代记录比较起来，虽然有些差异的地方（如帮助姑娘的是牛，而不是鱼之类），但在一些重要的情节方面（如后母虐待前妻女儿，动物的帮助者，得鞋失鞋，以至与得鞋者或有身份者结婚等），大体是一致的。我们虽还不能就此断定两者有直接"血统"关系（关于这点，下面还要涉及），但它们却无疑是有一定亲缘关系的——在广泛范围内的亲缘关系。

2. 中国现在所流传的这种类型的故事，虽然其开始很可能是外来的（这一点还有待于今后的细密研究）。但是，它既然进入中国人的口和心，就必然要跟这国土上的人民的生活和文化、特别是跟它的民间口头文化，进行着或大、或小、或深、或浅的接触和交融，因此被打上中国生活、文化的烙印。换句话说，它被中国化、民族化了。有关此点，我们试举一二例证。如故事中具有重要意义的物事"鞋子"，以及它的失落和被拾得的关键情节，在我们的叙述里，就有自己的特点。那在西方所谓金鞋、玻璃鞋之类，就大都变成了土香土色的"绣花鞋"或"凤头花鞋"。那捡到鞋子的求婚者，也多变成中国的秀才，乃至贫苦青年（说是王爷的，只是北方所传的那个例子）。此外，如那西方故事里的跳舞会，在我国的故事中，则一般改为中国民间流行的迎神赛会，或者演戏、庙会，甚至于某地方特有的歌圩等。它们足以说明，一个外来的民间故事在流传过程中，是怎样被民族化了。以前我们在进行故事的比较探究中，往往只着重在彼此类同的地方，而忽略了它们之间的差别。其实，这差别的地方同样具有值得重视的意义。这一点，在民间传承的研究方法上，是值得我们反省的。

3. 现代中国所传述的灰姑娘型民间故事，在结构上，有的比较单纯（即近于原来形态的），有的则比较复杂（即吸收了别的故事的母题，或复合了别的故事的）。有些日本学者就曾经指出，他们的灰姑娘型故事《米福粟福》等，是复合了两个本来各自独立的故事而成的（见下文）。在民间故事里，结构复合，特别是母题的移用，那现象的频繁恐怕是大大超出了我们的想象的。中国灰姑娘型故事也没有什么例外。

中国现在流行的灰姑娘型故事，如广东、广西的说法，故事里主人翁结婚之后的那些情节，我开始怀疑它是从广泛流行的蛇郎型故事那里借来的。但是，看了 R. D. 詹姆森的《中国的灰姑娘故事》（见《中国民俗学三讲》）之后，才知道在广西邻近地区越南的同型故事里，已经如此。可见，它的粘连或复合的由来是很早的了。至于故事中那些使灰姑娘感到无法做到的难题（如短时间内绩完麻丝，挑拣混和的芝麻、绿豆等），以及由于精灵的帮助而得以完成的母题，大概也是从别的故事中吸收过来的，尽管有的也已见于别的民族或地区的故事里。这一点，对于一般民间故事结构现象的探究是有益的借鉴。

4. 中国现代民间所传的灰姑娘型的故事，与中国古代有关这个故事的记录，是不是一脉相承的呢？关于这一点，我认为需要进一步研究。我不想在此就这个问题展开探索和论证（我也没有这方面的准备）。我只想发表一点个人看法。简单说，这个故事，很难说是本土产生的(这是由于这个故事世界扩布现象以及它本身存在的那种内涵的证据)。现代中国南北所传的故事中的那个帮助者(精灵、动物,一般说是"母牛"),在我国古代段氏的记录里却明明是"鱼"。目前各国所传的故事中讲牛的固然多,但说是鱼的也有。而在跟广西接壤,并且在人民血统上多少也有关系的越南,它现在流传的此类型故事中出现的帮助者正是鱼。但在地理相接、民族聚居和迁移关系也很密切的广西和广东,两者现在所传的这类故事中的这个角色却都是牛,与古代所传的不一致。对于这种现象,可以有两种解释:①认为这是一般故事在流传过程中常见的变异(由于这样、那样的原因,从甲动物变成乙动物)。②认为是前后故事传进来时原有的差异。在这里,我们自然不能完全排除前一种看法,但是从各方面的情况(如唐以来,两广国际的民族及文化关系)加以考虑,后者对于故事来源差异的看法,也并不是纯属臆测的话。只是要充分证明这种论点,还有待于作广泛、深入的分析和考察,我这里只算提出问题和一些揣想罢了。

(二) 日本的灰姑娘型故事

日本古代文献上就存在着许多继子故事,有的在情节上与灰姑娘故事有某些近似。但是比较典型的说法,似乎只见于近代的民间口头传承中。

日本学界注意民间文学工作比我国学界早些,数十年来,也在这方面涌现了一批优秀学者。依彼国的专门研究家所说,柳田国男氏主编的《日本昔話名汇》里,就举了 15 个型式,例子近百篇。稍后关敬吾教授编纂的《日本民间故事大成》,有关此类故事列举了 20 个型,例子三四百篇。后来还继续有新的类型出现(根据山室静氏《世界的灰姑娘故事》第八章所述)。他们的工作当然使我们羡慕,但他们所谓类型,似乎是包括与该故事情节有关的许多故事篇章在内的。其中有些是所谓"异式"吧。我们现在侧重以那些比较公认的类型的篇章为主,即《米福粟福》(中译名为《米布吉和粟布吉》或《米姐和粟妹》,见关敬吾氏编《日本の昔話》第三集)、《糠福和米福》(稻田浩二、稻田和子编《日本昔話百选》),以及柳田的《名汇》、关的《昔話の型》里所举的例篇等,来作为我们的考察对象。

为使读者对日本这个类型的故事有个概括认识,让我先介绍关氏所作的灰姑娘故事的类型:

一、后母把破袋子给继女(姐),好袋子给亲生女(妹),让她们去山上捡栗子。

二、姐妹投宿山妖婆的家。山妖婆叫她们捉虱子。姐姐干了,妹妹不敢干。

三、姐妹从山妖婆那里得到柳箱而归。姐姐的装着衣服,妹妹的装着青蛙和脏东西。

四、后母带妹妹去看戏(祭礼)叫姐姐看家,并令其(A)用筐打水。(B)分拣稻子、粟、米。

五、朋友(和尚)、雀子给予帮助,她跟友人去看戏。

六、(A)姐姐被妹妹看见。(B)姐姐给后母、妹妹投食物。

七、姐姐被在剧场看见的青年求婚。后母要他娶妹妹,但青年终与姐姐结婚。

八、妹妹羡慕姐姐的出嫁,母、女乘着石臼而行,落下水里,变为田螺。

　　　　——《日本民间故事大成·资料篇》第四七页

　　这个类型,基本概括了现在日本境内流传的灰姑娘型故事的主要情节和大略结构。但是,正如一切民间故事类型的制成,都不免有些缺陷,因为它要舍去细节,有时还是比较重要的情节一样,这个类型也不例外。例如,日本口头传承的该类型故事里,关于姐妹关系的一种说法是:她们俩相当和睦,主要是妹妹同情乃至协助受虐待的姐姐。具体事例是,她俩在山里时,妹妹叫姐姐去找剥树皮的爷爷补破袋。而更重要的一点,是在后母给她们分栗子时,妹妹设法瞒过母亲,把好栗子给了姐姐吃。这是在衡量故事讲述者和听讲者的思想、态度上,因而在衡量整个故事所表现的伦理观念上,都是颇关重要的。这种做法,虽出于情节概括时的不得已,但到底不能不使人多少感到有些遗憾。

　　从这个类型以及一些与它关系较密切的资料来看,我们可以得出下列各点看法:

　　1. 这种类型的日本民间故事,尽管有些一般应有的情节被失落了(主要如灰姑娘得鞋、失鞋等情节),但是从整个故事的主题思想、重要情节,以及结构框架等方面看,它基本是属于这个世界性类型的故事的。它决不仅是只有主题思想或局部情节(某些母题)的相同或类似而已。

　　2. 日本这种类型故事的结构,既具有世界这种类型故事构成的共同形态,同时又有自己的特点。它是复合了其他故事或吸收了别的一些母题的,如姐妹(或姐姐)寄宿山妖婆家,为山妖婆捉虱子并从她手中受赠宝物,以及后母迫使姐妹去山上拾栗子,叫姐姐用竹篮打水等故事或情节,都有这种痕迹存在。这不仅是从故事结构分析所得到的推理,而且是有其他相关材料足资证明的。在日本乃至于在中国的民间故事中,或多或少地(有些还是相对独立地)都是存在那种误入精怪之家,以及凶恶的人物向善良的人物故出难题等种种母题的(中国的同型故事中,就有后母使继女用煮熟的种子去播种,用漏桶或竹筐去挑水等情节)。日本口头传承中也明显存在着后母使继子拾栗子或杨梅的独立故事(参看关氏《昔話の型》)。而故事间的复合,是跟母题的借用同样常见的现象。日本学者山室静氏在他的专著《世界的灰姑娘故事》中,曾经着重指出,日本此类故事在结构上是复合两个故事而成的,前后两个故事的分界就在于参加祭礼那个地方。他并且认为因此而带来了故事的结局(妹妹的悲剧)的缺陷。他的意见,大体上是可以同意的,虽然还有些借来的情节(如使姐姐用竹篮子打水)没有被指出。

3. 日本这个类型的故事,据我看来,正如彼国某些学者所指出的,是从外国输入的,虽然那时间不能太明确决定。尽管在日本古代文献上有许多继子型传说、故事,但是像现在民间所传说的这种形态的,似乎没有见到完全相同的篇章。而这种类型的故事,既然是世界大扩布的,就有可能通过某种渠道传入三岛,又在那里经过不断讲述、改造、充实,而成为现在见到的、相对稳定的形态。因此,它一方面具有世界类型的那些重要共同点,同时又具有当地风土、文化的独自特点。它被民族化了。最显眼的,是它的从最典型的说法到各种异式,有时连袜子也上场了。但那作为此类故事的重要"物事"和相关情节——鞋及其得到与失落等,却始终看不到踪影。这就决非偶然了。它是因为日本民族的妇女,传统习惯是不穿鞋子的(她们穿的是"下驮(木屐)"或"草履")。因此,在别的民族所有的金鞋、玻璃鞋、绣花鞋等，在她们的故事里便统统无法出场了。此外，如那山里的女妖婆（山姥）之类，也是这个岛国的俗信的产物，并且还常常出现在其他的民间故事、传说里。总之，日本现在民间流传的灰姑娘型故事，在内容和情节结构上，既是国际的又是民族的。而且后者的香气是相当浓郁的。

4. 从民俗学、民族学乃至文化史的角度看，日本的灰姑娘型故事无疑是有相当价值的。但从一般文学的或美学的角度看，它又应该得到什么评价呢？不错，故事的主题有深刻的社会、历史意义，它的基本情节乃至一些细节，也多是写实的，或近于写实的（除了那些幻想性情节）。它的伦理意义和艺术意义是并肩存在的。但也如有些学者所指出的，它在结构上却有着拼合的痕迹，并因此导致了某些意义上的矛盾。我认为，从这种类型故事的那些世界的优秀篇章来看，它是比较质朴的、较少光泽的。也许正因为如此，它又赢得了较多的民族特色吧。

（三）两国这种同型故事的比较

关于这个问题，我只能提出一些粗浅的看法。

1. 两国现代民间所传播的这种类型的故事（它的典型或比较典型的叙述），基本是同属于这种世界类型故事的。因为它们的主题思想、基本情节及大体结构框架，大都是相符合或相接近的。但是，中国这种类型的故事（包括那个唐代的记录），在情节和结构方面，似与西方（如法、德等国）的有着较多应合的地方。在故事的情态上，有些说法好像也较为赡美些。

2. 两国的这种类型故事，在情节、结构上，都有混合别的故事或者吸取其母题的现象(后者如后母使姐姐用漏桶或竹篮子去打水之类的情节)。这似乎容易使我们推想到两者的传播问题,即出于直接的传播关系,或是直接的同 来源问题。中日两国,由于前文曾提到的种种原因,在民间口头传承(包括传说、民间故事及谚语等)方面,有许多作品的相同或相似现象是由于直接传播结果,这是不容否认的。但是,这是就大体上说的。至于个别同类型故事(特别是那些世界性的故事)要确定它们是否有直接传播关系,还必须进行全面和深入的考察,才能得出比较可靠的结论。关于中日的灰姑娘型故事,我们现在还没有做到这一步。

老鼠嫁女型故事(比较例子之二)

老鼠嫁女型故事,据日本有些学者指出,除了中国和日本之外,它还流传于朝鲜、越南、印度和印度尼西亚等国家。在东方,也应该说是一个颇有点名气的故事类型。

近年(1987),百田弥荣子女士在她的题名为《作为俗信产物的"鼠的出嫁"》的论文里,简要叙述了彼国学界有关这个类型故事的研究的(包括记录等)小史,指出了南方熊楠、松村武雄及大岛达彦等学者的学绩。我国几百年前的明代,就有学者刘元卿记录了这个型式的民间故事(《应谐录》,据《雪涛谐史》及《续说郛》所载)。"五四"新文化运动发生之后,记录、谈论民间文艺(包括传说、民间故事)成为学界风尚。记得30年代中期,就有一位学者(胡怀琛)发表文章谈论中国民间所传播的这种类型的故事,及其与印度故事的关系(《中国古代小说之外国资料》,《逸经》半月刊,第四期,

1936 年 4 月)。全国解放前夜(1948),我国印度文学研究家季羡林教授,进一步探索这个问题,发表了《"猫名"寓言的演变》的文章(刊于上海《申报》,4 月 24 日)。近年来,书刊上也时有关于这种类型故事的记录或译文出现。从已有的资料看,这种类型故事在大陆和三岛本土上的传播,都不能说是很普遍的。它的文化史和文艺史的意义,也不一定能超越两国那些比较优异的口传作品。但它在一般民间故事里具有自己的特点,从它的产生、流传历史的久远和扩布区域的广阔看,也实在不容许我们轻视它。特别是从中日两国民间故事的密切关系上看,尤其如此。

(一) 中国的老鼠嫁女型故事

像学者们所知道的,中国这种类型故事的较早记录,是上文提到的那部明人笔记所载的。它的主要情节如下:

1. 齐奄家蓄一猫,自信其奇特,把它命名"虎猫"。
2. 客人说,虎比不上龙的神灵,请改为龙猫。
3. 另一位客人说,龙升天要靠浮云,不如叫作云猫。
4. 又一客人说,风能吹散浮云,请改为风猫。
5. 又有一客人说,墙能挡风,应该叫墙猫。
6. 再一客人说,老鼠能在墙上打洞,就叫鼠猫吧。
7. 东里丈人(智者)笑主人昧于自知,致失本真。

这个古代记录,其故事基本情节和整体结构等与古印度寓言很相似,这是国内外学者们都承认的。

这种故事在中国现代民间传承里,是否照样(或大同小异地)存在着呢?我们的回答大体是肯定的。像上文所说,几年来我们进行了全国民间文学普遍的调查、收集工作。在这当中,许多过去未曾被搜集、记录的口头文学作品都涌现出来了。关于老鼠嫁女类型的故事,我们也看到了它的新的记录。首先,让我们看看四川遂宁市地方所流传的这个故事。原记录不长,就抄在这里吧:

> 有一个耗子的女儿长大成人了。耗子(妈妈)想给女儿找个本领大的丈夫。她想:"太阳高高在天上,本领一定大,我把女儿嫁给他吧。"于是,她去找太阳提亲。太阳一听,双眉一皱说:"我不行,要是遇着云一来,就把我遮住了。"耗子便去找云。可是,云又说:"我不行,要是遇着风一来,就把我吹散了。"耗子又去找风。风不安地说:"不行,要是遇着墙,就把我挡住了。"耗子又去找墙。墙又说:"遇着耗子,就要把我钻垮了。"后来耗子明白,还是自己的同类本领大,就把女儿嫁给了另一个耗子。(讲述、采录者:刘仙钰,《四川遂宁市卷》,文化艺术出版社,1990)

这个记录尽管跟我国古代文献上的说法有些差异的地方(主要是主人公不是猫,而是老鼠);但它跟这种类型故事其他地区的记录却是一致的(下文将论及)。而且这种故事的这种说法,在目前中国的口头传承中,也不是孤立的。近年出版的河北邯郸地区(涉县)的记录里,就有相似的说法。它的梗概如下:

1. 鼠妈妈生了一个俊秀的女儿。
2. 女儿长大后,许多鼠青年来求婚,鼠妈妈都看不上。
3. 鼠妈妈想把女儿嫁给一个无敌的大英雄,就首先想到了月亮。

4. 她带着女儿到天上去提亲。月亮说,他最怕云彩。

5. 鼠妈妈去找云彩提亲。云彩说,他最怕风。

6. 鼠妈妈又拉着女儿去找风。风说他的敌人是墙。

7. 鼠妈妈又转向墙提亲。墙说,他最怕老鼠。

8. 鼠妈妈看上一个好长相的鼠青年,向他提亲。他说,他怕猫,一碰上就没命了。

9. 鼠妈妈带着女儿去找猫女婿,找到了一只大花猫。她俩一下子就被他捉住了。

（王福榜记录《鼠妈妈选婿》,《邯郸地区故事卷》中册,中国民间文艺出版社,1989）

这个故事的说法,与上述例基本相同。差异的细节,是故事前半部分有鼠青年求婚遭拒绝和被认为伟大的英雄是"月亮"而不是"太阳"的说法。结尾处鼠妈妈拟向猫提亲,并被吃掉的情节,在同型故事中是颇特殊的。但从总体上看,这篇故事无疑是属于这种类型的。

此类故事大同小异的说法,也见于王树村君的介绍。在他所编辑的《中国美术全集·民间年画》卷"老鼠娶亲"的图版说明里,叙述了一则有关的故事（1985）。那故事的主题、人物情节、结构都与上述两篇大略相同。值得注意的,是它的结尾与上述邯郸地区的说法相符,就是鼠青年说怕猫,老鼠爹娘因此去向老猫提亲,终被吃掉的情节。这种情节,恐怕是在流传过程中由讲述者所增添的。它已带有现代民众文化思想演进的色彩。（有关此点,请参看拙作《从文化史角度看"老鼠娶亲"》,见《话说民间文化》,人民日

报出版社,1990)

综上所述,可见,老鼠嫁女型故事,在中国的民间传承中有着两种形态,我试把它们简化为两式:

1. 鼠女择婿式

2. 异猫命名式

前者即现在遂宁等处所传的,其故事主人公、基本情节同于古印度寓言(见后)。后者是明代文人所记录的(它现在仍活在日本的口头传承里(详见下文))。从故事的演变规律看,好像前者的说法是原始的,后者的说法却是派生的,虽然从被记录的时间看,后者倒是远远在前了。

我国流传的这种类型的故事,既然有明显的两式,那么,它便给我们提出了一个问题:这种现象,是故事输入中国后在流传过程中才产生的?还是在它输入中国之前就存在着这种分歧?要解决这个问题,我们只有回头考察一下印度等地这类型故事的记述篇章。

印度,是众所公认的这种类型故事发源地。在印度古典文学名著《说海》和《五卷书》里,都有关于这个故事的基本相同的记录。现在,我根据季羡林教授的译文,把《说海》所载的说法简括如下:

1. 一个隐士拾得一只从鹰爪里掉下来的小老鼠。

2. 隐士用法术将小老鼠变成一个少女,带回住所。

3. 少女长大了,隐士想给她找个有力的丈夫。

4. 隐士叫来太阳,要他娶这女子。他说,云比自己有力。

5. 隐士又去叫云来,要他娶她。云说,风比自己更有力。

6. 隐士又叫来风,要他娶她。风说自己不如山有力。

7. 隐士又叫来喜马拉雅山，要他娶她。山说，老鼠比自己更有力，因为他能在自己身上打洞。

8. 隐士叫来一只林鼠，要他娶这个女子。林鼠请隐士告诉他，怎样让她钻进洞穴。

9. 隐士把她复原为老鼠，让她进洞去配雄鼠。

《五卷书》所述，基本情节亦同，只有些细节差异，如开首说一个苦行者在恒河里洗澡，他把小老鼠所变的少女收为养女，以及少女成人后，苦行者的一些想法等等。

这则印度古代寓言，与我国现代民间所传的鼠女择婿式，在精神和状貌方面都是很相同的（只是两者情节的繁简有些不同罢了）。但是，它却跟刘元卿所记的"异猫命名式"有一定的差异，即主人公是猫和主要情节产生的动机是要为它取个伟大的名字。这是一种异式。但它是否也有国外的来源呢？可以说，我们还是能够从国际的文字记录中找到有关它的蛛丝马迹的。这就是被记述了的那个锡兰民间传承（学者认为它也是由印度传去的）：

> 梵志养了一只女猫，要把她嫁给世界第一个伟男子太阳。他使她去看太阳。太阳说，云比自己伟大。而云对于风，风对于蚁冢，蚁冢对于母牛，母牛对于豹，豹对于猫，递相推让。梵志终于把她嫁给猫完事。（据南方熊楠《田鼠的择婿》所引，原见《俚俗与民间故事》第九号，此依赤松启介《非常民的民俗文化》所载。）

这个印度邻近地域的民间故事，就其主题思想和情节结构看，虽然类同于鼠女择婿式，但其中一个差异之处，便是主人公是"猫"

不是"鼠"。我原以为中国第二式的猫及关于它的命名活动，是由印度故事传入后所产生的异文。现在觉得中国古代记录中的此类故事中的"猫"同样也是外来货。总之，锡兰所传的这个类型故事，跟中国的第二式(异猫命名)实有相当的关联，虽然它在主要情节及结构上仍近于第一式(鼠女择婿)。我们揣想，中国古代记录，大概正是沿着这种国际说法稍加变异而成的吧？而从历史上看，中国与锡兰(古称狮子国)的关系，也早在东晋时代便已开始。此后史不绝书，且一再见于唐宋僧人、学者的记录。明郑和亦曾亲临其地。在这样的一种历史、文化背景下，该故事得以传入我国，以后在流传过程中发生一定程度的变异，这完全是可能的事。更使我们惊异的是，日本民间所传的此类故事，几乎与我国的两式完全吻合。这就不仅是一种很有趣味的现象，而且也是提供了学理上可供思考的珍贵资料了。

(二) 日本的老鼠嫁女型故事

日本本土与中国大陆一样，民间流传着这种类型的故事。但是从柳田氏主编的《日本昔話名汇》的记载看来，它却远远没有《桃太郎》、《猴蟹合战》、《瓜子姬》和《一寸法师》等故事那样地广为日本人民所知(《名汇》里登载的关于《土鼠的选婚》项目的记录，只有福岛县的《磐城昔話集》、新潟县的《加元波良夜谈》等寥寥儿点)。尽管如此，它决不是一个完全没有声气的故事，更不是一个毫无意义的故事。这只要看看现代彼国学者对它的注意就知道了。可惜我一时手边有关这个故事的资料太少，只能将它跟中国同类型的故事稍作比较而已。

　　我们在上文中谈到中国此类故事的两式,在我所接触到的有限日本资料里同样存在。现请看关氏编辑的《日本の昔話》(2)中《田鼠的婚事》所记述的情节大要:

　　1. 一只田鼠有一个极可爱的姑娘。

　　2. 一天,他同别的田鼠商量,想把女儿嫁给日本第一名大将。

　　3. 有个田鼠说,日本第一名大将是太阳公。田鼠就想把女儿嫁给太阳公。

　　4. 另有个田鼠说,太阳公悬在天空,才成为第一名大将。他又想把女儿许给天空。

　　5. 又有田鼠说,天空会被云彩遮住,云彩才是第一名大将。他想把女儿嫁给云彩。

　　6. 又有田鼠说,风能吹散很厚的云彩,风才是第一名大将。他又想把女儿嫁给风。

　　7. 又有田鼠说,风吹不动土堤,土堤才是第一名大将。他又想把女儿嫁给土堤。

　　8. 又有田鼠说,多结实的土堤,老鼠也能挖出洞来。他又想把女儿嫁给鼠,因为日本第一名大将应该是田鼠。

　　9. 经过议论之后,田鼠姑娘还是嫁给了田鼠。

　　这个日本故事,除了一些小节如老鼠嫁女是同类相议的结果和"墙"变为"土堤"等并不动摇全故事基本情节的细微差异外,它与刘、王君等记录的故事(鼠女择婚式)大体相同;同样它与印度古寓言的关系也是如此。在日本民间故事的海洋里,这类故事的这种说法和记录当然不会是孤立的。在我手边,就有一个相似说法的故事译文,即蔡美连译的《老鼠嫁女》(注明"日本十大传说之二",见《山西民间文学》,1988 年第三期)。它的题旨和情节,大略同上文所记，只是细节稍有出入，如开首说鼠女的父母住在仓库里，食品很富有，但没有儿女，好容易靠神灵保佑，才得到一美丽的女儿。当她长大后，鼠父母便要为她找一位日本独一无二的女婿。以下情节，便与这种类型中的同式说法一样了。值得特别提出的是，那挡风的障碍物，既不是"山"，也不是"土堤"，而是与中国两式相同说法的"墙"。至于故事结尾，说这对鼠夫妻的后代子孙兴旺，只是它的一个异点罢了（这篇译文没有注明原文出处及原记录者或整理者，待查考）。

那么，在日本的老鼠嫁女型故事中，是否也有明显的与中国第二式（异猫命名式）相同的说法呢？回答是肯定的。请看下文叙述：

> 有一个人非常好胜，养了一只猫，还想给它起一个最伟大的名字。想了好久，给它起了一个"天"字。朋友听了说道："天也争不过雨云呀！""那么，就唤作雨云吧。""雨云也争不过风呀！""那么唤作风吧。""风还是争不过窗纸呀！""那么，唤作窗纸吧！""窗纸争不过老鼠呀！""如此说来，还是叫作猫吧！"（王真夫译：《日本古笑话》，《文艺杂志》创刊号，1943年。）

这个笑话的主题和主要人物，与上述《田鼠的婚事》不同，而跟我国的古记录却很相近——主人公是老猫，活动的动机不是择女婿，而是选好名称。我们不知道这个古笑话的原出处，也不知道它是来自文书记录，还是现在的口头传承（据推想，前者的可能性较大）。但不管怎样，它是流传颇广泛的老鼠择婚型故事的一种异式。据种种条件揣测，它很可能是由《应谐录》里的记录传衍出来的（我国明代书籍，特别是各类杂书，传到日本的颇多。彼国民间故事、传说，不少是源自这些书籍的记录）。

（三）两国这种同型故事的比较

1. 如上文所述，中日两国民间传承中不但存在着同样类型的老鼠嫁女故事，并且同样具有鼠女择婿和异猫命名的两式。此种特殊现状，加上过去两国长期的一般文化及口头传承的密切关系的事实，就不能不使我想起它们之间的传播关系。更明白一点说，即我认为日本的这类故事是从中国传过去的。在没有得到相反的证据之前，暂时我们只能作此判断。因为对这一现象的解释上，任何"各自创造"和"偶然相似"的理由，都不大容易令人信服。同此道理，我们也推断两国这种类型故事的渊源大概都在印度和锡兰等处。

2. 中日两国这种类型故事虽然很相似，但如上文所述，也各有这样那样的差异之处。而这些差异，则往往是民族文化、民族心理的特点的显示（或暗示）。比较显著的例子，像日本的说法中，那田鼠希望女儿所嫁的，是"日本第一大将"。这使我忆起过去在东京街头常见的店铺门上所标榜的"日本第一"字样（我当时心里不免窃笑。其实，这正是研究彼国民族文化的一种好资料），以及它所体现的日本民族心态。日本以往对军人的尊重，也能帮助我们理解故事里的这种心理的不自觉流露。又如我国明人记录后面的东里丈人这个人物及其思想，熟悉中国文献及文化的人会感到他（智者）是很"面熟"的。那种要求"不失其真"的想法，也是中国传统中不难见到的一种心态。

3. 从文学角度看，印度的古寓言在艺术构思上是比较精巧的。

这可能是原有的民间创作经过了记录文人的加工的结果。中日两国的同型故事大都比较朴素，大体反映了两国民间传承的一般现象。自然，有些被记录者润色了的，如《应谐录》所记的中国故事和蔡美连所译的日本故事，也在这里或那里多少映现着执笔者加工过的痕迹。它们也因此会跟广大群众创作和口传的作品有一定程度的差异。从科学(包括民间文艺学、民俗学、民族学、语言学等)研究的角度看，固然要求记录的民间故事绝对忠实于民众的口述，但从一般文艺创作和广泛阅读的角度看，则一定的加工乃至于再创作，只要符合一般艺术的要求而能对读者产生预期的教养的、审美的效果，那也并不是什么坏事。上述这种区分，是我们今天学术发展所达到的见识。它对于历史的或现代的部分记录者，却不能这样严格地苛求。因此，对于这种类型故事中所存在着的记录者加工的痕迹，从科学的观点看，虽然不能使人满意，但毕竟是一种无可奈何的事。完全符合科学研究的要求的记录，只能期望于今后那些有专业知识和受过科学训练的工作者们的贡献了。

1991 年 2 月中旬

于北京北师大小红楼

附录一

德艾伯华《中国民间故事类型》序[*]

> 不矜罗马眷东方,梦里华胥引兴长。
> 料想飙轮西去日,秦碑蜀锦压归装。①
>
> ——寄艾伯华博士杭州二绝之一
>
> (1934 年夏作于东京)

民间故事的产生和传播的历史是很悠久的,但是,对它的忠实记录,特别是科学研究,却是近代的事。据一般学者的说法(近年略有异义),它的忠实记录的出现,是在前世纪的初期,那就是德国格林兄弟的《民间故事集》。在将近前世纪的中叶,威廉·格林又提出了关于民间故事起源的看法,认为故事是远古神话在后世的变形物。此后,关于民间故事的见解、学说就不断地产生,如大家所知,有语言学派、印度起源学派、人类学派,以至于现代还在世界上相当流行的芬兰学派,即历史地理学派,等等。

---

　　* 本文原载〔德〕艾伯华(Wolfram Eberhard):《中国民间故事类型》,王燕生、周祖生译,商务印书馆 1999 年版,第 5—12 页。
　　① 秦碑:指艾博士为柏林人类学博物馆所购的碑刻拓本。

　　对民间故事进行类型的整理、探索,是芬兰学派的一种研究方法。自从阿尔奈等创用此法之后,它为许多国家的民间故事学者所采用。所谓 AT 民间故事类型索引,正是这方面最有代表性的著作。

　　中国民间故事的科学的搜集、探究,是在"五四"新文化运动的前后兴起的。关于类型理论的介绍和仿作,更是在那以后的事①。记得 1927—1928 年间,我和顾颉刚、董作宾、容肇祖诸位先生在广州中山大学创立了"民俗学会",继续进行北京大学歌谣研究会开创的这种学术活动。1927 年年底,我和同乡青年学者杨成志得到了英国民俗学会出版的《民俗学手册》(1914),我们都觉得书中所附的《印欧民间故事的若干类型》和《民俗学问题格》对我国这方面的研究颇有参考价值,就共同把其中的《印欧民间故事的若干类型》先行译成了中文,并于 1928 年刊行(稍后,杨成志译出了《问题格》)。这个小册子,一时颇引起了我和同行们的兴趣,接着,我跟赵景深都写了有关类型研究的文章发表。

　　1928 年秋,我从广州转到杭州工作。在那里,我在教学之余,仍继续着过去开始了的民俗学活动。我还制作了一些中国民间故事类型,分期刊载于当地出版的《民俗》周刊上,约五十余个,后来汇合起来,题为《中国民间故事型式》,初刊于《民俗学专号》(即《民俗学集镌》第一册,1932),后来译成日文,承日本神话学者松村武雄等的好意,刊载于他们创办的《民俗学》月刊上(1933)。据关敬吾博士后来的回忆,它曾经引发了他对民间故事进行比较研究

----

　　① 19 世纪 70 年代,英国学者戴尼斯(N. B. Dennys)在他的《中国民俗》(*The Folklore of China*)一书中,已有关于中国民间故事类型的试作,但因为数量无多等原因,未曾形成气候。

的念头。

我对中国民间故事类型的制作活动，后来因为学术上的注意点和对故事类型的作用的看法有些变化，没有一直进行下去。想不到，这种工作却由一位西方青年学者把它完成了，而且完成得那么漂亮！这就是艾伯华（Wolfram Eberhard）博士于1937年用德语写成、并在芬兰首都发表的这部著作——《中国民间故事类型》。

以后，这项工作沉寂了数十年。直到70年代，才出现了美籍学者丁乃通教授在同一地域发表的一部新著——《中国民间故事类型索引》（1978）。80年代以来，曾有些日本新起的"中国学者"加藤千代、马场英子等女士，颇有意于着手撰写这方面的新著，但由于种种条件的限制，终未能如愿。现在正在北师大攻读博士学位的高木立子女士，有志进行中日民间故事类型的比较研究，倘能成功，那她的成果，将是这方面的一部别开生面的著作。

艾伯华的《中国民间故事类型》，是关于中国民间故事的一种具有相当意义的学术工具书，它也是百多年来西方学者所撰写的一部比较有价值的中国民俗学力作。

这部由德国学者所撰写的故事类型学著作，尽管是在种种限制的条件下出现的，但是，它却具有一些使我们不能忽视的特点和优点。在这里，不妨略举一二谈谈。

首先，它是把中国的民间故事作为相对独立的对象，并按照中国故事的特点加以概括而写成的一部著作。一个民族的文化现象，尽管要受到别的民族（特别是周边民族）的文化或多或少的影响，但是，作为一个民族文化的整体，它总该拥有自己的相对独立的性格和风貌，尤其像中国这样历史文化悠久、地域广阔的民族国家，它在文化上的这种特点，无疑更要显著些。从这点上看，中国传承的民间故事，虽然在历史发展的过程中，曾经接受过邻近民族民间作品的影响（例如印度、阿拉伯等），但是，中国更多的民间文学作品，则是在本民族的社会文化和相关民族心理的土壤上发育和茁壮生长起来的。即使那些从外族移植进来的作品，也必然要在流传的过程中，或多或少地被本民族化（即中国化）。换一句话讲，就是它大都要具有中国特有的艺术精神与风致。因此，制作中国民间故事类型，首先必须具有这种理解，而后根据它去操作，才可能合理。关于这一点，别的学者也许有不同的主张。但是，艾伯华博士却是坚持了这个宗旨的。近年所接触过的一些国际同行，在谈话中，也大多承认这一点，并对艾博士的学术工作给予了赞许。

其次，本书所提供的类型是相当丰富的。它共收有类型200余个（正格故事类型215个，滑稽故事类型31个）。它所使用的资料，比较限于中国东南部沿海一带的省份，但是，中国现在比较常见的一些故事，大多数已经包含在里面了。作者要做到这一步，就必须占有大量的资料，而在当时要实现这个愿望，还不那么容易。如前文所提到的，20世纪30年代我费力所草成的中国故事类型，不过五十余个；数年之后，一位外国青年学者，在短短的数年里，竟完成了这样一部超过将近几倍分量的专著。六十多年后，我回顾这种学术史迹，实在禁不住赞叹和惭愧之情。

再次，著者在本书里，不仅提供了丰富的故事类型，并且还发表了许多对中国民间故事各方面事象的见解（包括对它的考证等），这些，从他的《前言》到许多类型后面的附记中，都随处可以见到。而且，像《前言》里所叙述的某些意见（例如，说中国民间故事的母题是富有生命力的，在现在还能形成新的民间故事、轶事之类），直到现在，还是值得参考的。总之，著者在这里，并不甘心于使他的书只成为提供给故事的比较研究者一些宝贵参考资料的检索文献，而是处处要以一个有自己见解的故事学者的身份出现在他们的眼前。

此外，书中附录的设置，也显示出著者的用心的精细和工作的周到。这些长处，就不一一多说了。

总之，这是一部用力甚勤、收获不小的学术性著作。当我们想到当时种种有限的实际条件时，对此书所获得的成就就不能不更为赞叹了。当时的情景到底怎样呢？从客观方面说，那时，中国民间故事的搜集整理工作还处在开始阶段，而且已发表的资料还相当分散，难于集中。我是比较勤于收集资料的本国学人，但是，就我所得到的，也到底有限，这是可以从我所编制的故事类型中看得出来的。这样的困难，对中国学者来说尚且棘手，何况对一个外来的学者呢？再者，艾博士当时还不过是年不满三十的青年学者，学殖和经验还都不够充分，而他在短短的几年里，却能够取得这样的成绩，这委实是不容易的。如果不嫌夸张一点地说，他的工作，也许可以称得上是一种学术上的"奇迹"吧。

这部值得重视的著作以德文出版后，在东亚民俗学界，尽管一直没有一个译本，但是，在不少能够阅读德文的学者的自己的有关著作里，它是经常被引用的，这也正说明它的学术价值所在吧。

我跟艾博士虽然很早就互通信息，却始终没见过一面。这的确是一件憾事。但是，我们的学术友谊是弥足珍贵的，是值得永远纪念的。

像前文所说的，1928年秋天，我到了杭州，仍然继续着在家乡和中大时开始了的民俗学的工作。1929年春，已经编辑了《民俗》

周刊。次年,又与友人创建了"中国民俗学会"。那时我们的劲头很大,还刊行了《民间月刊》及一些民俗丛书,并广泛召集同志(会员)来参加工作。当时,北大的歌谣学工作早已停顿,中大的民俗学活动也因人事的变动暂时趋于冷落。我曾在《中国民俗学运动歌》(1932)里说:"但现在啊,园丁不到,赏花人更是寂寥。"描述的正是这种情形。然而,各地被"五四"新文化运动的东风所吹醒的知识青年们,这时却涌起了爱护乡土文化的热忱。他们对我们的民俗学工作表现了共鸣,还在本地进行了同样的工作——收集资料和刊行小型民俗书刊等。于是,杭州,差不多一时成了全国民俗学活动的新中心。在这同时,一些外国的(主要是日本与德国的)同行,也注意到了我们的工作,与我们建立了通讯关系,互相寄赠刊物。在这中间,艾博士是最积极、最热心的一位国际朋友。他自动给我们写信,给我们寄来他们所办的刊物《宇宙》和他的学位论文(关于中国天文学史的),还为我们的刊物写过稿子。这对我们当时的工作是极大的鼓舞! 它使我们体会到"德不孤,必有邻"的真理。

1934 年春,我辞去了浙江大学的教职,到东京进修民俗学、神话学的学问。就在这年夏天,艾博士为柏林人类学博物馆来华购办民族志的物品,自然,也有借此来中国进行学术考察的用意。他到了中国,到了杭州,见不到我,心情颇有些惆怅。那里的友人在给我的信中报告了这种情形。我也同样感到惆怅,我在寄给他的诗中说:"闻说藕花湖畔路,怀人东望立多时。"既是体会到一位客居友人的心情,也宣泄了我自己这个不在家的东道主的同样心绪。

1936 年夏,我从日本回国,这时,艾博士不知是否仍在北京。可是,我们没有通信。不久就爆发了抗日战争和世界大战。一晃就是八年！接着是国内的解放战争。其间，我个人以政治的关系，又流亡香港。全国解放后，因西方国家对新中国的敌视，政府采取了闭关的政策。我们跟他们的关系，不仅在政治上相隔绝，在学术上也互不通气了（"文革"后期，略有些松动）。而在上说的这段时间里，我跟艾博士的联络，是彻底地断绝了，真有"生死茫茫两不知"之感。

记得在"文革"将要结束的那些时候，有一天，从中国社会科学院文学研究所转来了一封西德学者的信。寄信者是该国《民间故事大百科全书》的主编。信中附来了关于我的词条的拟稿，希望我给核实一下，以便刊载。那词条末端的执笔者的签名正是艾博士！这当然给我以意外的惊喜。因为，它等于告诉我，我们虽然都老了，但还彼此都健在；其次是故人没有忘记我，竟郑重地为我写作了词条——词条的内容，主要介绍我的出身、简历和解放前的一些著作（如《中国的天鹅处女型故事》等）。后来，我陆续从国外来访的学者口中，略知艾博士在美国的加利福尼亚大学社会人类学系任教，有时还到台湾旅行，并仍热心于中国的社会、文化研究，还取得了优异的成绩等。我听到后，自然在心里是为他喝彩的。

80年代前期，有一位菲律宾在华教学的女专家，在她届满将要回国之前，托人带信给我，说一定要见见我。当我跟她晤谈时，问到她非见我不可的理由是什么？想不到，她的回答竟是受了艾博士的影响。她说，艾博士认为，在大陆的学者中，我对民间文学（主要是民间故事）的态度是忠实可靠的。这使我大为感动，但在感动之余，也感到他对新中国这方面的事业有些误解。再后来，美籍华裔学者洪长泰来北师大访学，临返美时，我托他带了一些自己的近著和时下出版的忠实记录神话的资料本，目的是想增进艾博士对新中国成立以来记录民间故事工作的理解。谁曾想，当洪博士把书转送给他时，他已经去世了。这件事，我至今回想起来，仍有说不尽的遗憾。

前几年，美国衣阿华大学亚太研究中心主席金在温（Kim Jaeon）教授，来北京寻找关于东亚学术研究的合作者。他是加州大学出身的，曾经是艾博士的学生。当谈到合作项目时，我想起了艾博士的《中国民间故事类型》这部著作，就向他建议合作翻译、印行此书。我说，艾博士这本书，虽然是旧著，但还没有丧失它的使用价值。您是著者的高足，我是他早年的学术朋友，我们就合办这件好事吧。他欣然答应了。我们就开始运作。现在，这部译稿总算即将出版了。它得以汉文的形式，与东亚学界的广大读者见面，这将不但使中国学者从中得到好处，就是对于日本、韩国等国家的学者，也将会有所裨益。我想，艾博士若泉下有知，是一定能为他的这本著作在东方的广泛传播而感到欣慰的。

临末，我要向与我们合作出版艾伯华德文原著的美国衣阿华大学表示衷心感谢！是他们提供了关键性的赞助资金。一并诚谢热心促成此事的衣阿华大学亚太研究中心主席金在温教授！

我还要提到我们的国际学术友人、美国衣阿华大学历史系教授欧达伟（R. David Arkush）博士。欧教授曾于1996—1997年来华进行研究，其间，应我方之邀，协助校正艾氏原著中的全部威妥玛注音，还把索引中的威妥玛拼音换成现在中国通用的汉语拼音，这使这部译著能够在中文读者中间发挥它的实际学术作用。欧教授已于去年回国，借此机会，我也要向他遥致一份真诚的谢意！

在这里，还要感谢本书的德文翻译，北京大学的王燕生和周祖生教授夫妇！刘魁立教授对全书的译稿进行了审校工作。他的审校,使本书的专业研究水平得以再现,兹特致谢!

还要向承担了本书的电脑录入工作的研究生严优和庞建春道谢! 两位同学工作兼求知,其志可嘉。

董晓萍教授劳心费神地承担了全部译著的统稿工作,并协助我负责各项具体工作,在此一并致以虔诚的感谢!

最后,我要向商务印书馆郑重致谢! 如果不是他们独具慧眼,迅速地接受了这部重要的学术著作,它的问世,恐怕至今还是一个梦。

1998 年 3 月于北师大励耘红楼,时年九六

附录二

美丁乃通《中国民间故事类型索引》序*

最近,我重读了丁乃通教授这部关于我国民间故事类型及索引的著作,使我联想到世界和中国的民间故事学,广泛一点说,民间文艺学,它的兴起及发展的历史过程,它现在的种种成就,因而使我对这本书更感到兴趣,也更加思索着这类著作的学术意义。

丁乃通教授原是一位英国文学研究专家,十多年来,他又成为孜孜不倦地钻研我国民间故事的学者。他特别重视我国民间故事的类型整理工作。他这部《中国民间故事类型索引》译本的原著,就是 1978 年,在芬兰首都刊行的。

关于中国民间故事类型的整理工作,在前个世纪 70 年代,已经有一位当时住在香港的英文杂志经营者和编辑者戴尼斯(N. B. Dennys)初步尝试过。本世纪 20 年代末到 30 年代初,我在这方面作了一些努力(像有些同志所知道,我整理的故事类型,先后曾在《民俗学专号》(《开展月刊》)及日本《民俗学》月刊等上面发表过)。但是我刚走了几步,就停脚了。到了 30 年代后期,德国学者

---

* 本文原载〔美〕丁乃通(Nai-tung Ting)《中国民间故事类型索引》,郑建成等译,中国民间文艺出版社 1986 年版,第 1—7 页。

W. 爱伯哈德博士曾经刊行了《中国民间故事类型》一书。丁教授这部《索引》是这方面的最新著作。它距离我和爱伯哈德博士的旧著的出世时期已经四、五十年了。

丁教授这部新著有许多值得我们重视之点。首先，当然要数它所运用的资料的丰富。像著者所自述，他为了找寻这部故事类型的资料，曾经跑遍美国和欧洲的图书馆。他所使用的材料，不仅有"五四"新文化运动以后收集、出版的，并且也有采取自我国古代文献的。更值得指出的，是他大量地利用了全国解放后所收集、记录的，而当时国外有些学者正企图全盘否定这种记录的科学价值。本书后面附录了一个数量达六百余种的《参考书目》。就是比较熟悉这方面情况的我，看了这个书目，也觉得其中有些是自己从来不知道的。而远居太平洋彼岸的著者，却能找到并使用了它。这怎能不使人感佩呢？

其次，是编著者在整个工作上的认真。他花了近十年的岁月，从事这项工作。不仅像上节提到的在资料搜集上费尽工力，他的全部作业都是那样认真、严谨的。他以运用阿尔尼和汤普森的国际故事分类为主，排除各种困难，在浩如烟海的资料中，苦心地整理出几百个类型（国际共通的和中国特有的），并各记上有关的文献。在全书的前面，冠以长篇《导言》，书末除《参考书目》外，还附有《中日故事类型对照表》《专题索引》等。这是一件绞尽心血的科学工作。索引一类的著述，在学术上是很需要的，但编纂起来却是相当烦琐的。有些眼睛向上的学者根本瞧不起这种工作。过去我曾经暗暗赞叹陈垣先生编纂《中西回史日历》和叶绍钧（圣陶）先生编纂《十三经索引》的业绩。以他们的学术成就（陈）和创作才能（叶），却甘愿来过这种不显眼的"冷淡生活"。如果不是胸襟宽广和具有为广大学界服务的决心,是办不到的。这也正是我们要向这部索引的著者表示敬意的地方。

再次,是著者对中国的和国际的民间故事类型异同问题的意见。丁教授在他那篇精心撰著的《导言》里表述了一些优异的见解。这里我只指出他关于中外故事类型异同的结论。有些研究中国民间故事的学者,曾经认为中国民间故事是自成系统的东西,它跟国际的民间故事类型很少相同。这种论调,在没有得到有力的事实反驳之前,是颇容易被人相信的。对此,丁教授的实际作业给予了正确的回答。他用确凿的统计数字说话:

> 百分之几的中国故事类型可以认为是国际的故事呢?本书列入了843个类型和次类型,仅有263个是中国特有的。就连这些也有少数和西方同类的故事差距并不很大,也有的类型在中国邻近地方,例如越南曾经发现过的。

即使我们对他所说的数字打了些折扣,这个结论,仍然是使人惊异的。三年前,关敬吾博士在为自己所编录的日本民间故事集中译本作的序言上说,他重读了我的《中国民间故事型式》,认为中国的民间故事有一半以上与日本的民间故事相同或者类似。我看了颇为惊讶。尽管我当年所编成的故事类型很少,而我也知道日本故事跟中国相同或类似的相当多,但他这个估计(自然是约略的)却仍然出乎我的意想之外。丁教授上述的结论正使我产生同样的反应,并且还感到在这种学艺上国际亲缘关系的喜悦。

总之,丁教授这部花费了许多年月编著成的中国故事类型索引,是对于我国民间文艺学建设上一件极有益的作业。尽管由于他久居海外及我们对本国民间文艺学史料没有科学的清理，使他在《导言》的论述上不免有个别值得斟酌之处（如关于"童话"一词的来源及对冯飞、林兰业绩的评价等）。又像他自己所预料的，由于几年来国内收集工作的发展等原因，故事的类型和索引，将有某些"增订的必要"。但是，像许多优秀的著作大都会带点不足之处一样，这种"微瑕"是决无伤于它的整个成就的。

趁此机会，我想略谈自己对民间故事类型索引的编著条件、作用及它在我们民间故事学上的位置等问题的一点看法。

民间故事的研究有各种观点和方法。像我们前面所提到的人类学派的故事学（哈特兰德等），就是一种。又如苏联学者普罗普教授的形态学的研究（它被推为法国结构主义这方面理论的始祖），也是一种。又如近来日本河合隼雄教授的深层心理学的研究，当然又是一种。民间故事类型索引的编著，以 AT 分类法为最著名。它由芬兰学者阿尔尼发表于本世纪十年（此后，他还发表过关于芬兰民间故事及传说的索引），后来美国学者汤普森加以译述和补充。近年来日本学界对它颇为看重，著名学者柳田国男、关敬吾等都有类似的著作（《日本民间故事名汇》《民间故事的类型》等）。记得几年前，日本民间文学学者以臼田甚五郎为首的访华团诸先生，也曾经向我们提议合作编著这种类型索引。可见他们对此道态度的一斑了。

这类故事类型索引的编著，不管所处理的对象是一国的，或是全世界的，它的一个先决条件，就是在它所涉及的范围内，流传故事已经有相当数量的文字记录，而且其中有不少篇章的情节是大同小异的（可能少数是小同大异的）。而这种情形，在各国民间故事方面是比较显著的。这就使这类著作的编纂成为可能，乃至于必要。

　　这种故事类型索引,到底有什么作用呢? 我想,如果你是一个普通学人,它可以引导你去了解一个国家或者全世界的民间故事的类似情形,乃至由此窥见它(民间故事)的大略状貌。如果你是一位民间文艺研究者,你将在上述的作用之外,引起对某些类型故事进行探索或进一步搜集它的兴趣,或者你将被引起对于民间故事的某些宏观概念,并从这里进一步去给以钻研、阐发。自然,它最普通的作用,是作为一种工具书去供检查。因为有上述这些用处,它的产生和存在是自然的。也因此,那些辛劳地从事了这种工作的学者是值得敬重的。

　　如上所说,从整个民间故事学的观点看,这种工作无疑是有意义的,但它只是整体的一个侧面,或一个环节。我们所理解和要求的故事学,主要是对故事这类特殊意识形态的一种研究。它首先把故事作为一定社会形态中的人们的精神产物看待。研究者联系着它产生和流传的社会生活、文化传承,对它的内容、表现技术以及演唱的人和情景等进行分析、论证,以达到阐明这种民众文艺的性质、特点、形态变化及社会功用等的目的。类型索引的编著乃至根据这种观点、方法的探索,一般比较不重视故事思想内容和艺术特点等的分析和阐明。它的注意力比较集中于故事梗概的共同点及相异点,比较重视探究故事的流变过程和原始形态。没有疑问,应该说这种探索成果,对整个故事学的建立是有益的,对我们的研究来说,也是有用的。对于某些作品,或这种口头文学体裁的某些侧面,这种作法,不仅是有用的,甚至于是必要的(当然,主要是在我们的指导思想的统率下)。但是,作为一种故事的整理、研究的主要观点和方法,它跟我们所奉行的,不能说没有一定的距离。尽管如此，我们今后还要用一定的人力去编纂《中国故事类型索引》乃至于编纂《中国传说类型索引》(这是前几年丁教授回国讲学时，亲口向我提议的)。它是我们这门科学(故事学)发展的需要，是"面向世界"和未未的需要。

丁乃通教授，现在是美籍的学者。但他不忘出生和受过教育的祖国。他热烈地爱她。他不仅花费巨大的精力，编著这部祖国民间故事类型的索引(还发表过这方面的研究论文，像《中国和印度支那的灰姑娘型故事》等)，近年他又一再回来看望大陆的山河和同胞，殷殷关心祖国学术事业的发展。对于后者，他还充当了护法金刚。当海外有某些学者对我国民间文艺方面的活动或人物，有误解甚至于诬蔑的时候，他是那样"义形于色"地站出来为她辩护。他真不愧为有出息的炎黄子孙的后裔！

几年前，丁教授应招回国讲学时，我有幸一再和他握手倾谈。他的原籍是杭州。他用亲切的语言，谈起他在家乡中学读书时所知道的我在当地的学术活动。那时我还是个二十多岁的青年，出于对祖国民间文化的眷爱，不顾一切地在搞民间文艺和民俗的搜集、出版和探索工作。教授的谈话，引起了我对半个世纪前，在西子湖边那段生活的回忆。它像梦境一样，反映在我的脑屏上。它给了我欣悦，也使我感到惭愧——当时我在任何方面都是那么幼稚！

这个译本的原著(英文)，作者曾经寄赠过我。现在它由北京大学的老师们比较完整地给译成中文出版。这不但会使"身在海外，心在祖国"的丁教授感到高兴，作为中国民间文学事业的致力者和著者朋友的我，同样是满心欢喜。我希望这个译本的出现，能给我们这方面中、青年学者一定的知识和启发。它将成为一颗落在肥沃土地上的种子。它一定会开花结果。我想,这也正是作者希望在祖国出版界首先看到这个译本出现的本意吧。

承丁教授一再表示要我为他的这部著作的中文译本作序。这个任务,使我感到光荣,也感到惶恐。我生怕犯那"佛头点粪"的讥笑。但是,他的好意(还有其他朋友的劝勉),终使我勇敢地提起笔来。只要我的话不致贻误读者,我就将稍稍感到自慰了。

一九八五年六月廿六日,作于北京国谊宾馆

第二编 自然神话故事 I：
动物和植物

马头娘传说辨[*]

记得是前年春天吧,沈雁冰先生在《小说月报》上发表了一篇《中国神话研究》,中间对于马头娘故事,颇致怀疑。我阅后,觉与拙见略有出入,几次想把鄙意写出就正,终竟不果。现在特乘课暇执笔属稿,不妥之处,愿沈先生及大家有以教之。

一

沈先生说:"蚕是中华民族的特惠物,关于蚕的起源,应有一节很好的神话,并且我们是极希望有的。"诚然,在我国古代,确有这样一个神话。这神话最初的记述者,为三国时吴人张俨,题名《太古蚕马记》。可惜一时书籍不在手头(我所见的,还是在《五朝小说》的刊本中),无从征引,但晋人干宝《搜神记》里所载,是全从他那里抄来的,现在把干氏的文章录出吧:

> 旧说太古之时,有大人远征,家无余人,惟有一女。牡马一匹,女亲养之。穷居幽处,思念其父,乃戏马曰:"尔能为我

---

* 本文原载《民间文艺》1927 年第六期,1927 年 12 月。

迎得父还，吾将嫁汝。"马既承此言，乃绝缰而去，径至父所。父见马惊喜，因取而乘之，马望所自来悲鸣不已。父曰："此马无事如此，我家得无有故乎？"亟乘以归，为畜生有非常之情，故厚加刍养。马不肯食，每见女出入，辄喜怒奋击，如此非一。父怪之，密以问女。女具以告父，必为是故。父曰："勿言！恐辱家门，且莫出入。"于是伏弩射杀之，暴皮于庭。父行，女与邻女于皮所戏，以足蹙之曰："汝是畜生，而欲取人为妇耶！招此屠剥，如何自苦？"言未及竟，马皮蹶然而起，卷女以行。邻女忙怕，不敢救之，走告其父。父还求索，已出失之。后经数日，得于大树枝间。女及马皮，尽化为蚕，而绩于树上。其茧纶理厚大，异于常蚕。邻妇取而养之，其收数倍；因名其树曰桑。桑者，丧也。由斯百姓竞种之，今世所养是也。言桑蚕者，是古蚕之余类也。

案《天官》，辰为马星。《蚕书》曰："月当大火，则浴其种。"是蚕与马同气也。《周礼》教人职掌"禁原蚕者"。注云："物莫能两大，禁原蚕者为其伤马也。"汉礼，皇后亲采桑，祀蚕神，曰："菀窳妇人，寓氏公主。"公主者，女之尊称也；菀窳妇人，先蚕者也。故今世或谓蚕为女儿者，是古之遗言也。

唐人孙颜《神女传》中"蚕女"条云：

蚕女者，当高辛帝时，蜀地未立君长，无所统摄。其父为邻所掠去，已逾年，唯所乘之马犹在。女念父隔绝，或废饮食，其母抚慰之。因誓于众曰："有得父还者，以此女嫁之。"部下之人，唯闻其誓，无能致父归者。马闻其言，惊跃振迅，绝其拘绊而去。数日,父乃乘马归,自此马嘶鸣不肯饮龁。父问其故,母以誓众之言白之。父曰:"誓于人而不誓于马,安有人而偶非类乎?"但厚其刍食,马不肯食。每见女出入,辄怒目奋击,如是不一。父怒射杀之,曝其皮于庭。女行过其侧,马皮蹶然而起,卷女飞去。旬日,得皮于桑树之上。女化为蚕,食桑叶,吐丝成茧,以衣被于人间。父母悔恨,念之不已。忽见蚕女乘流云,驾此马,侍卫数十人,自天而下,谓父母曰:"太上以我孝能致身,心不忘义,授以九宫仙嫔之任,长生于天矣。无复忆念也。"乃冲虚而去。今家在什邡绵竹德阳三县界。每岁祈蚕者,四方云集,皆获灵应。宫观诸处,塑女子之像,披马皮,谓之马头娘,以祈蚕桑焉。

这篇与前面干氏所记,情节大略相似,但细较之,实有下列不同之点:

一、干记对于这故事发生的时代,只泛云"太古",这篇则指定是"高辛帝时"。

二、干记没有提及蚕女的生地,而这篇则说是"蜀地"。

三、干记对马说"尔能为我迎得父还,吾将嫁汝"的,为蚕女的戏言。这篇则"誓于众曰:'有得父还者,以此女嫁之'"的,是蚕女的母亲。

四、干记"父曰:'勿言!恐辱家门,且莫出入。'"这篇作"父曰:'誓于人而不誓于马,安有人而偶非类乎?'"

五、干记于这故事的收梢,只云:"后经数日,得于大树枝间。女及马皮,尽化为蚕,而绩于树上。其茧纶理厚大,异于常蚕。……"这篇则云:"旬日,得皮于桑树之上。女化为蚕,食桑叶,吐丝成茧,以衣被于人间。父母悔恨,念之不已。忽见蚕女乘流云,驾此马,侍卫数十人,自天而下,谓父母曰:'太上以我孝能致身,心不忘义,授以九宫仙嫔之任,长生于天矣。无复忆念也。'乃冲虚而去。……"

六、这篇有"宫观诸处,塑女子之像,披马皮,谓之马头娘……"数语,干记无之。

尚有一二处,因关系不大,所以从略了。

唐朝以下,关于这个故事的记载,多依据自干、孙二氏的话,没有什么差异之处。如宋时《鼠璞》书中所载,是从《搜神记》节录出来的。元人《三教搜神大全》及清人姚福均《铸鼎余闻》等书,俱记录此事,而本源于孙氏的蚕女,不过中间略有删节或稍加增饰而已。时人亦我君也写录过这个故事,情节大都与孙氏的相似。由此我们可见这个传说,从唐代到现在,是一直的流传着。

二

在《中国神话研究》一文中,沈雁冰先生对于这《太古蚕马记》,表示几个怀疑之点,归纳言之,可列如次:

一、那父亲所说"勿言!恐辱家门"一语,与原始人民思想相差太远,原始人是不想到辱不辱家门的(敬文案:沈先生所依据的是干氏《搜神记》的记载)。

二、马皮为什么不化别的东西,而独化为蚕,故事里却没有说明。

三、原始人常把特惠物解释作出于神赐,而此篇中并无这个意思。

四、中国旧传有槃瓠的故事,情节和这传说略有部分的相似,恐为后人看了它而仿造出来的。

我现在把个人愚见,略为依次辩解于下:

我们知道,事物常因空间与时间的差异而呈现变态,这是普通的原则,流行在民众口上的文学尤其逃不了这种显明的规例。如孟姜女故事,在重"天人感应说"的汉代,则谓她"哭倒杞城",到了人民苦于兵役的唐朝则说她"万里寻夫",这不是件很可证明的事吗?干记中"勿言!恐辱家门"一语,未必不是尊重门阀的魏晋人所加增的,沈先生何必斤斤焉着眼于此?这是我所要略为辩解的第一点。

马皮卷了女子,为什么不化别的东西,而独化为蚕,这确是值得疑问的。沈先生说:"原始人民创造一段神话来解释一件事情,一定把'何以如此'解释得十分清楚。即使这解释是十分怪诞的,然而总是解释,总是根据原始信仰与生活而创作的。"是呀,蚕儿是马皮裹女子变成的,这话有什么凭据呢?

> 有物于此、儵兮其状,屡化如神。功被天下,为万世文。礼乐以成,贵贱以分,养老长幼,待之而后存。名号不美,与暴为邻,功立而身废,事成而家败。弃其耆老,收其后世,人属所利,飞鸟所害。臣愚而不识,请占之五泰。五泰占之曰:此夫身女好而头马首者与?……

荀卿《蚕赋》中这几句话,读者想还能记忆吧?"身女好而头马首",这话描写蚕的形状多么肖妙!读此,我们总不能不说故事中

"蚕是马皮卷女子变的"之说法是很合"解释"的意思吧。(明郎瑛《七修类稿》曰:"所谓马头娘,本荀子《蚕赋》'身女好而头马首'一语附会。"这话颇武断,我们不必深信。)沈先生大概忘记此层了,所以要怀疑到后人"引证经籍,以证马皮与女尸之必变为蚕之理",而却没看出这传说本身已经把她的形状"何以如此"一事,解释得十分清楚。这是我要略为辩解的第二点。

世界许多原始人的神话中,往往把对于他们生活有厚惠的东西——例如火——归功于神明的赐予,这是不容否认的。但这,我们只能说,大多数是如此,不能谓没有少数的不同,甚至于例外都不容有。中国有些关于事物的起源传说,便不见得一定说出于神赐,即使尽是有利于初民的。所以蚕马记中没有这个意思,并不足拿来当作断定这神话的缺少真实性的证明。(按以上是就干氏所记的来说;唐以后的,多增了这样大段的话:"旬日,得皮于桑树之上。女化为蚕,食桑叶,吐丝成茧,衣被于人间。父母悔恨,念之不已。忽见蚕女乘流云,驾此马,侍卫数十人,自天而下,谓父母曰:太上以我孝能致身,心不忘义,授以九宫仙嫔之任,长生于天矣。无复忆念也。……每岁祈蚕者,四方云集,皆获灵应。宫观诸处,塑女子像,披马皮,谓之马头娘,以祈蚕桑焉。"这却也已深饶着一种"把特惠物解释作出于神赐"的意思了,虽然说法是近于后起的。)这是我所要略为辩解的第三点。

沈先生因对于这个故事有上面三点怀疑,所以联想到槃瓠的传说。以为前者是模仿后者而作的。这话自然不是凭空说的,因为这两个故事,在情节上实在有些相似的地方。但民间传说的相似或交缠,是可能而且常有的事。随便举点例,情节类近的,如隋侯与杨宝的同因救护生物——一是蛇,一是雀——而获报答,情节交相缠夹的,如祝英台故事的渗入范杞良,蔡伯喈与赵五娘及孔子与采桑娘等传说(详见北大研究所《国学门周刊》《孟姜女故事研究》(一四)顾刚先生按语)。所以我们对于干宝(或什么人)伪造的证见,没有充分发见时,这故事的真实性(这里所谓"真实性",是指这故事在民众心口中诞生与传述的"真实",不是说它在事实上的"必有"),就不该随便把它否认吧。(沈先生以郭璞所著《玄中记》的槃瓠故事与在干宝《搜神记》里颇有不同的一点,来作干宝有伪造故事的旁证。这话不见得很可靠,因为故事是随人随时随地而转变的东西,我前面已说过,槃瓠故事在记载上的先后不同,未必一定就是经过笔录者润色的结果。)这是我要略为辩解的第四点。

总之,我觉得这个蚕的故事,在背景上既很有诞生的可能,在故事本身上也找不到更充分的可疑的破绽;即使中间或确有经后人点染的所在,我们似乎也不必就以此否定它整个的存在。一个人的意见,因种种关系,有时总不免失于疏略或偏颇。我自己就是常常犯着这种毛病的人。沈先生是我们现在文坛上一个比较肯小心地讨究学问的人。他对于这个相传已久的蚕女神话,突然给以否认,自然这种怀疑的精神,是很勇敢而可佩服的,可是我觉得他的意见,似不免有些流于疏漏或偏激。但我这个很粗心的人,偶尔感到的一点管见,未必比沈先生的更不偏颇。如果有人像我这样不客气地向沈先生请教者启发我,我心里是当要感到很大的欣幸的。

一九二七年十一月二十五日夜于屈园

蛇郎故事试探[*]

一

无论我们从故事流布的区域看,从故事内容与形式的艺术性看,从故事中所蕴蓄的学术价值看,蛇郎故事在她们少数姊妹篇章中,都不失为比较动人的一个——即使不是唯一的一个。

从前有人怀疑这故事只流行江、浙一带。现在我们就已著录的三十个左右的篇章看来,除了我国西部外,其他如北之直隶,南之广东,东之江、浙、鲁、闽、皖等,都有同母题的故事流传着。

这故事,比较单纯的、近于原始的模型(这自然不免带着几分猜度的意味)大约是:

一、一父亲有几个女儿。

二、一天,他出门去,为蛇精所困,许以一女嫁之。

三、父归遍问诸女,唯幼女肯答应嫁蛇。

四、幼女嫁蛇得幸福,姊姊妒羡而杀之,代以己身。

五、妹妹魂化为鸟,以詈咒其姊,被杀。

＊ 本文原载《民俗学集镌》1932 年第二辑,1932 年 8 月。

六、又变形为树或竹,姊姊又恨而伐之。

七、姊姊卒困于妹妹的变形物,受伤或致死。

正如这故事流布区域的广远一样,它的形态也显着分外歧异。把故事复杂的形态区分是件不容易的事;但要勉强分析一下,也不是绝对不可能的。试先分为三大型:

一、原形的

二、变态的

三、混合的

第一型是指相当于前面所述那样型式的一类。这一类最占多数,大约十分之六七篇章是属于此型的。第二型指那故事中的男主人公,不再是虫类或兽类,而已合理地被说成了"人"的。(第三型中第四式——"与灰娘式及螺女式两故事混合的"——男主人公也已变成了人类如秀才等,但那似因跟着灰娘式的情节而才变动的,所以不归入本型之内。)属于此型的材料,暂时只见于从广东境内收集到的篇章。就此型论也有两式:

甲、单纯的——即不组织入别的故事情节的。如我所记的《陆安传说》(见北大《研究所国学门周刊》)。

乙、混合的——即拌和了螺女式故事的。例如:袁洪铭君记录的东莞传说(见中大《民俗周刊》)。

第三型,凡和别的故事拌和了的属之。(本来第二型的第二式,也应属此型,以其男主人公的变化,与该型含义较密切,所以纳入其中。)这个类型里所包含的小式有四:

一、与老虎外婆式混合的,如《花花小蛇郎》(灌云传说,孙佳讯记)、《老狼娶七姐》(陈百睨记)。

二、与螺女式混合的,如《花蛇的故事》(广州传说,叶恭伟记)、《蛇郎》(东莞传说,袁洪铭记)等。

三、与老虎外婆式及螺女式混合的,如《大黑狼的故事》(直隶传说,谷万川记)。

四、与灰娘式及螺女式混合的,如《牛奶娘》(广州传说,刘万章记)、《疤妹和靓妹》(广州传说,姚传铿记)等。

统上三型,可列表如下:

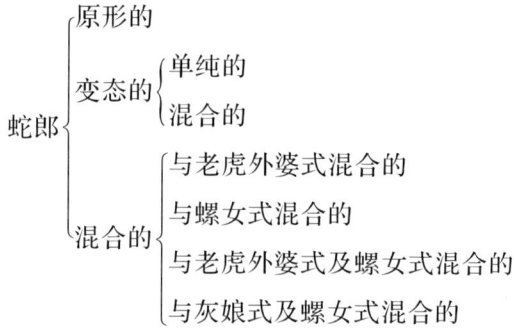

我们不敢由此就断定这故事大概的形态(枝节的比较,下面另论)是中国一切民间故事中之最纷歧的,但它总可算是颇不简单的一个了。

二

在这故事上,有个很可注意之点,是关于"文体"的。犹如在文士的文学里一样,在民间的文学中,也有"散行的""韵律的""半散半韵的"三种体式。自然,韵律用以表情,散行用以表事,这是比较通常的。反之,以韵律表事,以散行表情,也并非什么例外。我们在这里觉得不能太大意地放过的,是同一的故事相近的情节,而表达上却有三种体式,并且在三者中间,文字上似或有某种程度上的蜕变的形迹可寻。一个故事,被演成散文的故事,同时又被唱成韵律的诗章,这在"通俗文学"中固然很常见,即在纯民间文学里头也不是怎样奇特的。但这个故事可注意之点是:从韵文到半韵文、非韵文的三种形态中,不但在内容上、情节上而且在语词上,有着使人不免为它惊异的肖近的面目。

在上说的三种体式中,以散行的占多数,(文中虽也仍不免夹杂着一二处韵语,如父女之问答及鸟的咒詈等,但从全体看,不能不说所占的部分是很微末的)。几乎从极南到极北,都有这类篇章。半散半韵的可以《从民间来》中的《螳螂哥哥》为适例。试把它篇中父女对答的话录出:

> 大因,站在门坎上头来戴花吧!
> 一根头绳一朵花,
> 两根头绳两朵花,
> 三根头绳三朵花,
> 四根头绳四朵花,
> 五根头绳五朵花,
> 戴了螳螂的花,
> 去给螳螂做人家! ——父唱。
> 我不要戴,
> 我不要戴!
> 爹爹老骨头不足惜,
> 我是嫩嫩骨头嫩嫩皮。 ——女答。

这类复叠谐和的唱答,比之那些用散文叙的固不必说了,就是同样用韵语而口气和这颇相同的如:

> 一套头绳一朵花,
>
> 你跟黑狼做妻家。——父唱。
>
> 不舍爹,不舍娘,
>
> 一心不寻黑屎狼!——女答。

也不是来得更诗意葱茏吗?并且就篇幅论,全文中韵语与散语,也正各平分了一半的地位。全以韵律歌咏的比较最少见。我暂时所能看到的只有永康金竹君记录的一首(载《金属歌谣》①中,此书为曹松叶先生所编辑,尚未刊行),全文一百一十余行。故事中情节多用各人口中歌唱表出,用第三者记述的口气之处较少。我们看它一开篇,就是这样的一段问答:

> "爹,爹,
>
> 起早刚午②到哪里去?"
>
> "北山南山去。"
>
> "北山南山有好花,
>
> 摘朵我戴戴。"

接着叙述老头儿因摘花到蛇郎家一段,颇可供我们与散文的写法

---

① 金属指金华、义乌、浦江等县。

② 刚午,早晨也。

对比看：

> 寻得山上无好花，
> 寻得山下无好花，
> 到得蛇郎哥哥家，
> 摘朵牡丹花。
> 摘又摘不动，
> 咬也咬不动，
> 到得蛇郎哥哥家，
> 借把剪刀剪牡丹花。

这篇的结束处，也颇与许多散文的和半散文的叙述不同，它是斗然地以这样的几句鸟语做"尾声"的：

> 几拉古，
> 几拉古，
> 姊姊贼面嫁妹夫。

总之，在比较的研究上，无论是文体的、内容的，这个全韵律的篇章是很值得注意的。

我们都明白，民间故事中往往杂有韵语或全以韵语歌咏。这该是"口头文学"自然的特征吧。但是这个故事之半韵语化或全韵语化，我以为还有它别的缘故存在。因为我们从这故事的内容、组织看，它是许多常被认为"童话的"中之"较童话的"。世间除了枝头终日不停地唱着的黄鹂，那"歌唱"的爱好者便无过于儿童了。

这样说来,我们更可以明白"这故事为什么会韵语化"的缘故吧。

三

　　关于这故事在各地流布上比较枝叶的形态的差异,想在这里略说一下。

　　这故事的男主人公,自然多半被说是蛇精,但也有说它是老狼的(如《大黑狼的故事》),说它是马精的(如《马郎》),说它是螳螂的(如《螳螂哥哥》),甚至于说它是人类的(例详前文)。蛇郎妻子的父亲(只胡寄尘先生的记录作"母亲"),多说是樵夫或农夫。但也有说他是货郎的,如灌云、直隶等处,也有说他是拾屎者的,如闽南、陆安筹处。更有的是没有说明的(这或者由于记录者之疏忽),如翁源、金华等处。

　　老头儿究竟有多少个闺娘呢?这是一个有趣的问题。据统计的结果,最通行的说法是三个,属此数的,有山东、江苏、浙江、福建、广东等处的篇章。其次是七个,属此数的,在北有直隶,南有广东,中有江苏等处的篇章,但没有浙江的,而她(浙江)却是这故事被记录得不少的省区。在浙江、广东等处,也有说是二个的,但说四个的只有翁源一处。

　　老头儿为什么要把女儿嫁蛇郎?最多数的说法,自然是因摘花给女儿戴所闯来的祸(摘花,也有自动的及女儿要求的两种说法)。但也有许多地方,是并没有这种"因由"的。此外,有一个较特别的述说,是老头儿因工作求助于蛇所致(孙佳讯君记)。

　　凶恶的姊姊的排行,以说"大的"为普通,其次是"第二的",再次说"第三的""第四的"也有。有一二处是没有指明哪一位的。

较普遍的说法,是蛇郎妻子被杀于母家;但说在夫家的也不少。山东沂县的,却说在路上。福建某处的了无明文。至她的死处不外"井"与"河",而前者尤占多数。

蛇郎妻的冤死变形,是这个故事中极重要的情节。第一次所变的,差不多无例外地都说是"鸟";不过同是鸟类之中,却仍不免有画眉、八哥、黄雀、黑雀、了哥、乌鸦、怨鸟(《埤雅》云,"杜鹃一名子规,……一名怨鸟"。《禽经》注亦有"怨鸟春分时于林中苦啼"的话。故事中所指,不知是否与此同一属类)、清水鸟、小虫鸟等差异。第二次所变的有"树"与"竹"两种的不同。说树的较多数,并也有种种殊异的名目,如枣、桃、枇杷、橄榄、杨梅、摇钱树等。也有说是金豆或金人的,但那是极少数的例外了。第三次所变的(有些地方的——例如陆安——已没有这一次的变形)较为复杂,有几处都说是金菩萨。此外,说竹、蛇、面包、白龟、火星、青铜钱、小媳妇等的也各有其地。

许多地方的说法,故事都已在蛇郎妻第三次变形复仇之后终止了。其有未结束的则于第四次仍变回做人,与蛇郎再为夫妇。

以上不过略拈几点说说,倘要精细地一一加以比较,怕还可以写上几页稿纸呢。

四

记得周作人曾经说过:"这篇里包含着兽婚、变形、季女胜利诸事,都是构成传说神话的重要分子,处处可与原始文化对照发明,是极有学术价值的故事之一。若能把流传各地的这一类故事搜集起来，得到百十篇，比较研究，不但是文化史上的好资料，也是颇有兴趣的工作。"(《关于菜瓜蛇通信》)

在此，我们想把这故事中所含有的"原始文化"的重要成分，做一点大略的探索。

在这故事里，深深地反映着的原人思想，变形是其中重要的一项。篇中说到变形的有两处(有些地方，只有一处)，而方式也各有不同。第一处是故事的男主人公，由虫或兽变成人类。(这一处的变形，在故事中不是普遍地存在的。换言之，是只有一部分的篇章中才有这种情节——如翁源、杭州、惠来、东莞、沂县、富阳、绍兴等处的，——余则虽说是蛇精或兽精，但却没有说明会变形。更有些地方是具体地模状着它的可怕的虫类之形状的。)另一处的变形是由人的鬼魂辗转变幻，最多的有四处，少的也有二次。变四处的它的递变的途径大约是：

鬼魂(？)——鸟——树(或竹)——金菩萨(或别物)——人(女人)。

前一处的变形，说是"因文化的变迁"之故，大约是不错的。翁源这故事的说法中有一种谓"蛇"乃龙王太子所变(别处也偶有同样说法)。这里虽然仍不免存在着文化尚荒野的思想，但把它和说是赤裸裸的动物或这种动物是能够变形为人的一比较，似乎不只是平面的形态的差异，或许还当有纵的文化变递的形迹存在。

第二处的变形，自然也是根源于初民的思想和信仰而产生的，在故事中也极常见。神话、故事中的变形，细探之有着种种不同的因由与形式。这第二处的变形，是"再生的变形"。它的目的在达到报复或发泄所身受的冤愤。在神话的领域中有许多关于动物或植物起源的故事,便是属于此种门类的。例子真是掇举不尽,只要我们没有完全忘记中国的精卫、伯劳,外国的潜水鸟等的来源传说便够了。但这一类的变形,通常似乎在形态上是很简单的。因为他或她死了,自动地或被咒地(后一种,中国故事中较少见)变形为能暂时或永久从事于某种"心愿的工作"之物类,便算完事了。它没有辗转变幻,如被迫变形之必要。(被迫变形的,其幻化的次数,往往在四五回以上,如荷马(Homer)史诗中,海神被麦尼劳抱持着,他变幻成许多形象:狮子、大蛇、豹、猪等,便是好例。)但这故事里的变形,在次数上是较特别的。欧洲民间故事中的"杜松树式"(Juniper Tree Type)(格林童话集中,有这个故事的记录),云前妻子为继母所杀,灵魂回生:第一次变成树,第二次变成鸟,卒以歌唱之力,换到一具磨石,把后母击死,而自己从烟火中仍回复为人,与父、妹重叙天伦之乐。大体上与这故事极相近。但从化鸟到复变成人,不过三次变形,和这故事变形占最高率的四次比较尚差一回。(其实,这故事中说灵魂变形为第三种物,即已达到泄愤、复仇的目的而休止的,或当是较初期的形态。第四回的转变成人,恐是后来纠缠了"螺女式故事"情节的结果。我们细细把这个故事各地的记录检察一下,便不难明白。)我国流传极广的两弟兄系故事中的"狗耕田式",也有灵魂辗转回生的情节。只是那灵魂乃属于动物(狗)而非属于人的。那故事也各处所述不同。据一位无名氏的记述,灵魂的回生有两次:第一次变荆条,第二次变炒豆(也许还有说变幻到三次的,一时来不及细检了)。这也可以供我们讨论这回生变形情节的一点参证吧。

我觉得在这故事里,有一点在研讨原人思想上是极足留意的。虽然它并不普遍地存在于各处的传述中,但它的重要性,却使我们

忘怀了它流播区域的狭窄,而要向前做点讨索。这要点可名为"原人对于灵魂与躯体的观念"。我们先看下面一段叙述:

> 有一天,她(按谓老婆子)特别早返家,静静地走到厨房,看见一个黑影在淘米。她连忙把黑影抱住,说:"你究竟是什么人? 为什么替我弄饭呢?"那黑影说:"……我是你隔邻那秀才的妻子,叫做靓妹,被我的疤妹推下井(里)淹死了。现在我的灵魂还没有散失。请你给我一个饭斗(饭桶),做我的头;一双筷子,做我的手;一条洗碗布,做我的肠脏;一把火箝,做我的足;这样我便可以再变回原形的。"①

这是说故事中女主人公第二次变形后,被制作竹床,因触怒了姊姊,见弃于垃圾堆上,隔邻老婆子见了,把它携回家中,不久之后变形出来替老婆子理家务,终于恰被发见的一节。马为一女士及清水君记的这故事,都有极相同的说法(但他们都不说她是"黑影",而说是一个从灶中出来的"美丽的女子")。

原人(或近原人)对于灵魂与躯体之关系的观念,是颇不易把握的。他们有时承认灵魂脱离了躯壳,仍然可以生活,甚且与生前一样(当然是指死了的)和人同居,而人不觉怪异,如吾国文籍上所记的许多鬼的故事中之情况。有时谓灵魂须藉躯壳才能存在,躯壳摧毁,灵魂也不能单独存活。有些野人对于已死的术士之躯体,加以焚毁破裂,便是原于这种观念。有时谓灵魂必须找到寄寓物(人体或禽兽躯体),方得从事于活动,例如信死者能托栖于巫婆身

---

① 见《广州民间故事》第一四——一五页。

上以与家人谈言聚会。有时则谓他们(灵魂)能无凭藉地变形为各种兽类或怪象的人,以出现于人间,这在故事中是最常见的。这些不过略举几要而已,详究之,当更有许多花样。

这个故事中第二处前半的变形,似显然属于上面所述四种中之末一种——鬼魂无凭藉地变为动物和植物。但后半(其实当说结处)却有两种不同的说法,一谓被老婆子(或蛇郎自己)撞见的女人,便是与生前完全一样(简言之,是"复活")的蛇郎妻。另一种,即是前文所引述的,谓她是只有灵气而无骨肉的"阴魂"。(既是阴魂,何以看得出是个美丽的女子?如果你要这样问时,那你自己倒是"阿木林"了。原人的说话多半是经不起这样用我们的逻辑去追问的。)把人类所用的器物镶到身上去,便可使阴魂复变成原来的人,这在我们,与其说是朴素,毋宁说是滑稽的思想,倘从原人的眼光看去是颇自然的。原人对于灵魂与躯壳的观念,已有上述种种为我们所知道;加以他们"同形交感"观念的发达,于是,以圆的东西做头,直而长的东西做手足,这想法便当然地成立了。

如我们所知道,在传说、故事中,谈到兄弟姊妹们,同从事于某一项(或多项)工作,而终局占取胜利者,多是最幼的一个。这是不是偶然的呢?不。据学者们探讨的结果,它是远古制度季子权的倒影。这故事中蛇郎妻子的属于幼女,只是一个类例而已。

五

人与动物婚媾,是民间故事中常见的事。但说到与蛇结婚的似乎不很普遍。有人说,这故事和北美洲土人所传《妇人嫁蛇》差不多(见张梓生君的《论童话》)。古代的波斯,是十分崇拜"蛇神"之国(中国浙江、福建、广东等处,民间也很神事蛇蝎)。它的民间故事中,有蛇王子与宰相女儿结婚的故事。但那蛇不是野生的,而是国王的产物。欧洲的《蛇王子故事》,也和它相近。我国旧传,也有蛇精娶妻的故事,例如《搜神后记》所载云:

> 晋太元中,有士人嫁女于近村者。至时,夫家遣人来迎,女家好遣发,又令女乳母送之。既至,重门累阁,拟于王侯。廊柱下,有灯火,一婢子严妆直守。后房帷帐甚美。至夜,女抱乳母涕泣,而口不得言。乳母密于帐中以手潜摸之,得一蛇,如数围柱,缠其女,从足至头。乳母惊走出外,柱下守灯婢子,悉是小蛇,灯火乃是蛇眼。(卷十)

这与现代民间所传说蛇郎型故事,虽已显出极差异的面目,但两者也许多少有些源流关系吧。又《许仙故事》,也是我国有名的蛇精传说,不过与现在所传的情节绝少关系罢了。

两年前,我曾把《印欧民间故事型式》,与中国民间故事作一比较探讨。文中有这样的话:"这故事(按指《美人与兽》*Beauty and Beast*)自一至四(指表中所列)所述的情节,和我国流行很广的民间故事《蛇郎》,真符合极了。"①《美人与兽》的型式如下:

一、三姊妹中最小的受轻蔑。

二、父出旅行,应承给她们一种赠物。最小的只要求一朵花。

三、取花时,父陷于危险,他应许交出女儿以赎他的生命。

---

① 见《文学周报》六卷七期及中大《民俗》周刊十一、十二期合刊。

四、因此女儿极富饶,并得了一个漂亮的爱人。

五、姊妹们谋害爱人,几置之死地。

六、最小的救了他的生命。

这故事型式的标题下,有这样一句小注:"与第一对照"。所谓第一者,即《丘比特与赛支》式,是欧洲古代一个很有名的恋爱故事。故事中谓女主人公以美名触怒了女神。父亲为女儿求丈夫于天神。神告以她当穿着丧衣,去嫁给可怕的蛇。后女主人公的两位姊姊见她家很富贵,思谋害她,使偷窥丈夫的脸。这是她丈夫所叮咛禁戒的。约誓既破,他便离去了。她历尽了许多困难,才复得到了他。这故事中虽然说到嫁蛇,但事实上她的丈夫乃是很美丽的爱神丘比特。在故事产生的初期,或许那丈夫真是一条可怕的大蛇也未可知。

六

数年前,这故事的某一篇记录发刊时,曾经有人这样颇郑重地附说道:"这篇结构何等简朴;感情何等真挚;表现初民思想,也非常真切;在民间文学中,委实可算模范的作品。"(《妇女杂志编者附记》)这是大略地从文艺的观点上说话的。如一般神话和民间故事的成例,这故事的美丽动人,固然多半在故事富于诗趣的情节上,但我觉这篇中的特别美妙处,尤在那些巧俏圆熟的对话,无论老头儿与他的闺女们的,或蛇郎妻的姊妹与蛇郎的都一样可爱。

"怎么你家去几天,模样儿改变成这样了?"

　　"咳！甭提了！你知道我家里很穷吗？所以家去了常做
粗活，才弄成这样！"

　　"那么为什么脸上有麻子呢？"

　　"在黑豆茬里睡觉弄的。"

　　"为什么肉皮儿变黑了？"

　　"太阳晒的。"

　　"为什么手变粗了？"

　　"拉磨拉的。"

　　"为什么脚变大了？"

　　"踩畦背儿踩的。"（《大黑狼的故事》）

这段对答里，尽管含有"欺骗"和"愚蠢"一类的质素，但它终究是
一朵美妙的花，有毒而却姣丽的菌花！

　　似乎还有许多待说的话，但篇幅确已不少了。暂且休止吧。

　　这故事，已见著录的篇章如下：

　　《花花小蛇郎》（孙佳讯述，见《娃娃石》）

　　《马郎》（一茎雪述，见《妇女杂志》）

　　《蛇郎》（娄子匡述，见《绍兴故事》）

　　《嫁蛇》（清水述，见《海龙王的女儿》）

　　《菜瓜蛇的故事》（雪林女士述，见《语丝》）

　　《蛇郎精》（张荷述，见《语丝》）

　　《蛇龙哥》（胡寄尘述，见《文艺丛说》）

　　《蛇郎》（黄诏年述，见《蛇郎》）

　　《花蛇的故事》（叶恭伟述，见《广州民间故事》）

　　《大黑狼的故事》（谷万川述，见《大黑狼的故事》）

《蛇郎》(徐静如述,见《虾蟆王》)

《蛇郎君》(克罗尔曼述,见《福建故事》)

《螳螂哥哥》(隙百崧述,见《从民间来》)

《老狼娶七姐》(述者及出处同上)

《七姊嫁蛇郎》(马为一女士述,见中大《民俗周刊》)

《嫁蛇精》(叶镜铭述,出处同上)

《嫁蛇精》(述者及出处同上)

《蛇郎》(袁洪铭述,见中大及厦门《民俗周刊》)

《蛇郎故事》(方怀民述,见中大《民俗周刊》)

《蛇郎的故事》(贺家骏述,见厦门《民俗周刊》)

《蛇郎》(娄子匡述,出处同上)

《嫁蛇》(翁国梁述,见厦门《民俗周刊》及宁波《民俗旬刊》)

《姊夺妹夫》(静闻述,见北大《国学门周刊》)

《两姊妹的故事》(袁洪铭述,见中大《民俗周刊》)

《疤妹和靓妹》(姚传锃述,出处同前)

《牛奶娘》(刘万章述,见《广州民间故事》)

《爹爹》(金竹述,见《金属歌谣》——未刊稿)

《蛇郎的老婆》(汪延高述,未刊)

《蛇郎》(徐蔚南述,见《小说月报》)

(上列各篇,有题目与述者,甚或刊印处都相同的,这不是一篇的重见,而是所录情节小有不同,或竟采自两地的。至于同文而刊处不同者,时或一并署明,但也单举某处的,随手拈来,很不一律。)

一九三〇年九月一日作完,于西湖大佛寺兜率内院

〔付印题记〕

本期集镌，原拟写一篇《中国古代的预兆》论文，终以种种关系，该文一时不能脱稿，而集镌印务又急待结束。不得已只好从抽屉里找出这篇旧稿来塞责。因为是将近两年以前写的东西，并且是匆促地写成的，自然不免觉得有许多欠妥及未备之处。但要一一更动起来，实在颇需要时间。反正是旧东西了，就让它这样去吧。

一九三二年劳动节的次日

蛤蟆儿子[*]

看了这个故事,不免令我们自然地联想到格林记录的《蛤蟆王子》吧,虽然两篇的情节并不十分相同。

这故事,在中国流传着两种稍为不同的型式(当然只就已发现的材料说),可以区别为第一、第二两式。

第一式是:

一、有夫妇,老大无子。祷于神,但愿得到一个,即像蛤蟆那样也好。

二、未儿,得子,果如所请求者。

三、儿子大,欲得一美女为妻。女家故出难题。

四、儿子完成其所要求之事物,得娶女。

五、结婚之夜,儿子脱弃其皮,变成美好少年。(异式,或因皮被毁,形骸立即消灭,或日后得皮遁去。)

第二式是:

一、有夫妇,老大无子。祷于神,但愿得到一个,即像蛤蟆那样也好。

二、未儿,得子,果如所请求者。

三、儿子长大,会国有兵事,他自请献身手。

＊ 本文原载《民众教育季刊》第二卷第二号,1932 年 6 月。

四、破敌后,如约得尚公主。婚夕,脱皮变成美少年,与公主成婚。

五、国王闻其皮可以自由穿脱,因窃取而穿之,卒变为蛤蟆。

六、儿子得登王位。

这本来是无烦反复地说明的。故事的形态,虽然可以规律地归纳出型式来,但我们知道这型式只是个极粗略的"大概"而已。不但细节处要有不同,就是型式中的大干,也往往不能没有异同之处。

让我们来谈谈这故事的异态吧。蛤蟆这主人公的名号,有的叫做田鸡(娄子匡记),有的叫做蟾蜍(清水记),有的叫做蟛蜞(姚德润记)。但是还都不走出蛙的范围。某无名氏记录的,称作"鸡蛋",叶镜铭君记的,称做"鸭子"(即"鸭蛋"),那就多少教我们感到新奇了。蛤蟆的父母,有或富或穷的不同;也有些地方,说他父亲是做小官的。求子的情节,除了极少地方没有外(例如翁源),颇为宽泛地存在。但向以祈求的对象,也略有不同。向天的较普通,其他有向月的,有向大王庙的,有向土地爷的。也有没有对准任何神祇祷求,而只在口里诉说希望有个蛤蟆大的孩子的心愿的。

多数的说法,自然谓蛤蟆是老妇所生的。但也有说他本是一只生长在外面的野蛙,跑来受老妇抚养的。

这故事的第一式,有蛤蟆发获珠宝的情节。珠宝的寄藏所,或在田地或在坟墓,或在荷叶中,或在大石里。当蛤蟆请人到他所爱的女子家求婚时(有的没有这情节),女家大出其"难题"。那"难题"中的物事,或说是珍珠花轿,或说是金柱玉梁屋及金珠轿。第二式,本没有此种情节,但姚君所记的,有国王令他(蛤蟆)在侍婢堆中认出公主的情节,也可算是这故事中"难题"之一种。

蛤蟆的结果,有种种差异:

一、立即毁灭;

二、得皮逸去;

三、安乐过日;

四、得立为王。

前三种,是属于第一式的;后一种,是属于第二式的。

这故事,最重要的一点,是人类生产或抚养小动物或别的小物类。这种思想,是可能(或必然地)存在于那文化未进展的原人心里的。于野生的文学园地中,这种情事随处可以找到:无论是中土,抑是西洋;是古时,抑是现代。譬如我们随意翻开我国古籍,就可见到像下面这样的记载。

后汉定襄太守窦奉妻,生子武并生一蛇。……(见《搜神记》卷十四)

晋怀帝永嘉中,有韩媪者,于野中见巨卵,持归育之,得婴儿,字曰撅儿。……(同前)

长沙有人,忘姓名,家江边。有女下渚澣衣,觉身中有异,后不以为患,遂妊身。生三物,皆如虾鱼。女以己所生,甚怜之,着澡盘水中。养经三月,此物遂大,乃是蛟子。……(见《续搜神记》)

晋州神山县民张某妻,忽梦一人衣黄褐衣,腰腹甚细,逼而淫之。……已而妊娠。……居半岁,生二狼子。……(见《稽神录》)

在外国口碑中,如《蛇儿子》、《豌豆先生》、《蛇王子》等,都是和这些同类的故事。至于有一种，说生产或抚育的不是异物，却是躯体异常渺小的人类的。如十七世纪贝洛所记的法国民间故事《小拇指》(*Le Petit Poucet*)，后来格林弟兄所记德国童话《拇指汤》，中国现代流传着的《张不大》等，都和这类故事有着相当的近似或关系的。

这故事的第一式几乎全与前文所说欧洲的蛇儿子式故事相同。它的型式，据约瑟·雅科布斯的《修正表》所述如下：

一、一个母亲无子女。她说只要有一个，即使是一条蛇、一只兽亦好。

二、她果在床上产生了一个小孩，竟如她所希求的。

三、她把小孩嫁给一男子，或娶一妇人，在夜里能变成人形。

四、她脱弃其皮而焚烧之。以后，她的小孩脱离兽的形态。

第二式的中间一部分，则颇和古代所传"蛮族来源传说"及"蚕的神话"相近。《后汉书·南蛮西南夷列传》云：

> 昔高辛氏有犬戎之寇，帝患其侵暴，而征伐不克。乃访募天下，有能得犬戎之将吴将军头者，购黄金千镒，邑万家，又妻以少女。时帝有畜狗，其毛五采，名曰槃瓠。下令之后，槃瓠遂衔人头造阙下，群臣怪而诊之，乃吴将军首也。帝大喜，而计槃瓠不可妻之以女，又无封爵之道，议欲有报，而未知所宜。女闻之，以为帝皇下令，不可违信，因请行。帝不得已，乃以女配槃瓠。……（按《玄中记》及《搜神记》等书，俱载此传说，但颇有繁简异同之处。）

蚕的起源神话，与此略似。但立战功者，乃马而非狗。又末端,也稍有不同(欲知其详,可参阅《搜神记》及唐人《神女传》等)。这类故事的主要相同点,是异类(狗、马、蛙等)应国王之募而立战功,目的在尚公主。虽收梢略有差歧,而大干上初无二致。在这种地方,我们可以见到一点原始时代的背景——尤其是那时代的思想和信仰。

《朝鲜史略》云:

> ……扶余王解夫娄,老无子,求嗣,祭山川。所御马至鲲渊,见大石相对而泪。转石,有小儿,金色蛙形,喜而养之,名曰金蛙。及长,立为太子。……(据《古今图书集成·朝鲜部汇考》所引)

这段传说,很和这故事(《蛤蟆儿子》)的前半相同,不过它的主人翁是贵族,而不是平民罢了。(朝鲜,不但土地和我国相邻,她的一切文化,也和我们的有密切关系,民间所传"口碑"的类近,这仅其一例罢了。)

还有点较零碎的意见,不妨说说。

原人对于"语言"的观念,颇不像我们现在这样平凡。他们以为话语一出口(尤其偶然的或虔心的),往往要发生某种可喜的或可怕的结果。法术、祈祷、谶兆、禁忌的盛行,都不能说和这没有某种限度以内的关系。我们做小孩子时,母亲对于我们的口,是非常注意的。无论对于神、鬼、山川、草木,都不容许我们乱说话,尤其是在年节的时候。好像我们的话,真的会像所谓"出必应验"的"圣旨"。记得俄罗斯有个这样的故事:一个孩子的父亲,一天,偶然发怒,说他的儿子当去跟从魔鬼。言出不久,魔鬼便来把他的儿子带走了。这类故事，在民间非常丰富。这篇中蛤蟆的母亲，因祷词或自语，而致来了异类的孩子，也是例证之一。

我们乡下有一种蛙，叫做"钟支"（chion chi），腹很膨胀。俗谓它那里面充满毒气，人倘不慎，被它用毒气吹进口里，便要发生一种危险的病症。这故事里蛤蟆吹气退敌的说法，想也是根源于这种民间信仰而来的吧。

构成这故事的主要点，是求子观念。在文化荒野的民族，对于小孩子虽然有种种的轻视，但种族蕃衍的观念，他们则比我们强烈得多。求子风俗在文化较低的民族里，似乎是颇普遍的。中国的民间，至今还到处可看见求子的神庙，预兆得子的节日及仪式，在民众中仍有力地沿例奉行着。（关于古代的这种风俗，很早就有求子高禖，祷于尼山一类名王圣者的传说流布了。）在这一点上，这篇故事，也可供给我们一点研攻的资助。

我在上文一再提到《蛤蟆王子》的故事，其实两者虽同有以异类（蛙）尚公主的情节，但在"变形"上，却有个很大的区别。就是它那故事中的变形（化成美少年），是解除了恶咒，恢复本来的面目，而这篇则否。变形，已颇被认为有修改的痕迹（这修改者是民众，不是记录者，我们不要误会），说是恢复原形，似乎更是增饰中的增饰了。西洋故事中的变形，多说是由于魔术，在中国虽然属于这类的也有，但相比却不能不说是少数。我国民间故事中主人翁的变形，多是自动的，非他动的。这一点，也颇可注意。

这故事中有出难题的情节，这也是民间故事中很重要的一种因素。关于这点，在别篇里当有让我们细谈的机会吧。

此刻所见到的这故事的记录如下：

《蛤蟆儿子》(孙佳讯述,见《娃娃石》)

《田鸡串珠轿》(娄子匡述,见《绍兴故事》)

《蟾蛛的故事》(情水述,见《海龙士的女儿》)

《青郎》(米星如述,见《吹箫人》)

《养蛋》(无名氏述,见《渔夫的情人》)

《蛤蟆儿》(无名氏述,见《瓜王》)

《一个蟥蜥王的故事》(姚德润述,见广州《民俗》周刊)

《蛤蟆儿子的故事》(赵熙述,见杭州《民俗》周刊)

《鸭子变人》(叶镜铭述,未刊稿)

《蛤蟆儿》(波子述,未刊稿)

《蛤蟆儿子故事》(郑楚尧述,未刊稿)

一九三〇年九月七日于大佛寺

田螺娘[*]

　　这个故事,就我所见到的近人记录,约略在十篇左右。就流布地域讲,除了中间有两三篇因采录者没有标明外,大概都在东南滨海的江苏、浙江、福建、广东等省区。我不敢因此便断定这故事是产生并只流传于海涯一带,但也颇疑心这故事主人公田螺精,或许与"水乡"不无某种程度的关联。

　　这故事大略的型式是:

　　一、一人在水滨得一螺(或其他小动物)。

　　二、其人不在家,螺幻形为少女,代操室内工作。彼归而异之。

　　三、别天,其人窥见螺女正在家中工作。乘其不备,搂抱之。因成夫妇。

　　四、若干时后,螺女得其前被藏匿螺壳,遂离去。

　　如我们所知道的,恐再没有一件事物,比民间的故事,更容易把它的形态纷歧得使人难于捉摸的了。(自然在另一方面看来,它还会不全失其"本是同根生"的面目的。)正文(指刘大白先生所记的这个故事)里所述的,和上面的型式一比勘,就颇有些令人寻找印证不易的地方。例如:

---

　　* 本文原题"《田螺精》后记",载《民众教育季刊》第一卷第一号,1931 年 1 月。

一、篇中女主人公螺之来历，是没有叙明的（此点在某君所记的螺蛳精中亦如此）。

二、后段螺女为雄鸡啄破眼睛毙命，与她的姊姊来按尸体等情节，是别的许多同型故事上所没有的。

其他，像对于螺女幻形的察觉，不出于有意的窃窥，而由于偶然的早醒，及她因怀胎而认姑母为干娘等，是比较不很重要的小节，可无须细说了。

除正文外，其余诸篇自然也各有大异小异的状态。如最重要的女主人公，在江苏灌云说是蛤蜊精，广东翁源说是红金鲤精，东莞说是海蚌精（并说，金鲤精和海蚌精，都是海龙王公主）。有些地方说是盒仙，有些地方说是九天玄女。螺女的逃去，有的是因缘分已尽，有的是因丈夫的出言不慎，有的是因孩子之受讥笑。至于《海龙王的女儿》（翁源传说）的收梢，丈夫因妻子的话，把她与富翁做调换的交易，富翁终于上了个弥天大当。那显然是拌合了别个故事之情节了。

不要提及这故事历史方面的材料吧，提到时，我们就不能不想到"旧本题陶潜撰"的《搜神后记》里的纪录了：

> 晋安帝时，侯官人谢端。少丧父母，无有亲属，为邻人所养。年至十七八（一作"至年十七八"），恭谨自守，不履非法。始出居，未有妻，邻人共愍念之。规为娶妇，未得。端夜卧早起，躬耕力作，不舍昼夜。后于邑下得一大螺，如三升壶。以为异物，取以归。贮瓮中，畜之十数日。端每早至野，还，见其户中有饭饮汤火，如有人为者。端谓邻人为之惠也。数日如此，便往谢邻人。邻人曰，吾初不为是，何见谢也。端又以邻

人不喻其意。然数尔如此。后更实问。邻人笑曰,卿已自取妇,密着室中炊爨,而言吾为之炊耶?端默然心疑,不知其故。后以鸡鸣出去,平旦潜归,于篱外窃窥其家中。(此句或作"于篱窃窃窃其家中",显系误抄,今依湖北崇文书局本校正。)见一少女,从瓮中出,至灶下燃火。端便入门,径至瓮所视螺,但见女。乃(此字坊本多作"仍")到灶下问之,曰,新妇从何所来,而相为炊?女大惶惑。欲还瓮中,不能得去(坊本省"去"字)。答曰,我天汉中白水素女也。天帝哀卿少孤,恭慎自守,故使我权为守舍炊烹。十年之中,使卿居富得妇,自当还去。而卿无故窃相窥掩,吾形已见,不宜复留,当相委去。虽然,尔后自当少差,勤于田作,渔采治生。留此壳去:以贮米谷,常可不乏(或作"常不可乏",依湖北版校正)。端请留,终不肯。时天忽风雨,翕然而去。端为立神座,时节祭祀(此句或省"节"字)。居常饶足,不致大富耳。于是,乡人以女妻之。后仕至令长云。今道中素女祠是也。(末句或略去。按:此条系据文澜阁《四库全书》本抄录,间校以湖北崇文局版本及其它坊印本。)

又"旧本题梁任昉撰"的《述异记》,也著录了一节和这颇相近的故事:

晋安郡有一书生谢端,为性介洁,不染声色。尝于海岸观涛,得一大螺,大如一石米斛。割之,中有美女。曰,予天汉中白水素女,天帝矜卿纯正,令为君作妇。端以为妖,呵责遣之。女叹息升云而去。(据《汉魏丛书》本钞录)

严格地说,这两个故事的情节,颇有些不同;用以和现在各地活在口头的相比,更不免显出颇大的歧异。(最重要的一点,是这两节都说螺女没有为男主人公老渡,而现在口传中,却可说几于无例外地与此相反。)但我们仍不妨当它做同一个"类型"的故事看。因为以时间和空间不同之故,而显现出差异的形态来,这正是民间文学必然的特色。关于《搜神后记》这篇故事与现在许多同型的传说这问题,近人郑振铎、赵景深二氏,曾发表过一些意见。

一、郑氏谓现在流传的螺女民间传说,当为《搜神后记》那则故事的重述。(参看《中国文学研究》《螺壳中之女郎》一文。)

二、赵氏谓《搜神后记》中的农夫没有和神成婚,而现在民间的传说却与此相反。这是由于古今人对神观念之不同。原人极崇敬神,今人则否。(参看《童话概要》。)

二氏的话,自然有相当的理由;但我认为颇有可以商酌之处。

先谈郑氏的。诚然,我们也承认郑君"许多民间故事都是民众的口传的文学,但亦有由书籍中重述的,(那是由读书人讲给他们听的)"这话有某种限度的可能。但我们要先问的是,螺女的故事,本身是否在未被著录前已经是一个流行民间的传说。从这故事的形态及内容看来,我们不敢断定它必是高雅文士的创作吧(即使加以相当的润色是可能的),何况又有大同小异的《述异记》著录可参证呢?(《博物志》、《搜神记》、《述异记》等志怪的古籍,其中所记故事,往往有彼此大同大异的,倘我们若大意地一口咬定谁是抄袭谁的,那也就罢了。当然我不是说古书中没有谁抄袭谁的这么一回事。)否则呢,因时地不同,载笔者各就所闻见的记录,这颇近情理的解释,是应该被容许的。若然,则民间自当有代代相传下去的口头故事,何必一定借助于文人记载的重述?且就故事的本身看,口头所述的，比《搜神后记》的记载，在形态上更觉得富于原始意味。谢端的故事，实涂饰上若干文明的道德、伦理观念了。（这不是出于记录者的润色，就当时在流传上已有这么一种被渗进较为"高雅的"成分之说法了。）关于这个问题，我以为还是用郑氏自己下面的话来说明，较为妥当吧："这三个故事（敬文按：此指《搜神后记》、《述异记》及他自己所记录的永嘉螺女传说）显然是同源的，是由一个故事而歧化的。"

　　赵氏以古今人对神观念的变迁，来做故事形态歧异的解释之钥匙。粗看似很妥帖，其实是颇靠不住的。第一，所谓"原人"的涵义，是非常广泛的。譬如说，"灵魂主义"的时代的人是原人，那么"前灵魂主义"时代的呢？也说他是原人吧，但这中间就有着他们观念的不同存了。这样说，要不过只是一个"比方"。第二，原人非原人，不能概括地用时间来区分，这意思是，原人与否的判别，除"时的"以外，还要留心到同时而"地域"不同的，同地而"阶级"不同的。倘把这个忽略了，那么结论的错误是难于避免的。第三，"原人崇拜神，所以对于神不敢蔑视，更不用说到与神成婚。"这话果否无疑的正确呢？最原始的人民，对于超自然的神怪，往往是取征伐驱逐的态度的。人类对于鬼神的极度的崇拜，恐是比较稍为迟起一点的观念了。（因为人类对于超自然世界观念的变迁，是要根据它实际的社会情况而产生的。）就是在神权未堕落的时代，人神通婚观念，恐也未必不能同时存在的。古希腊神话中，人神成为配偶的事，不能说是怎样例外。中国古传说中，凡人与神女结合的，更不只限于一二例。吾乡有公爷婆刘奶的故事。所谓公爷者，固一般民众所极虔诚崇敬，而认为灵威显赫之神。总之，对于螺女故事，今古传说上形态殊异，只以人民程度的"原始的"与"非原始的"来判决,恐有些欠允当。因为像我在上段里所说,就这故事的形态看来,现在的要比古人所记的更为粗野。

关于这故事的古记录,除《搜神后记》及《述异记》两则以外,据我所见尚有一条,在研究上颇足令我们重视:

> 义兴吴堪,为县吏。家临荆溪,忽得大螺。已而化女子,号螺妇。县令闻而求之,堪不从。乃以事虐堪,曰,今要虾蟆毛、鬼臂二物。不获致罪。堪语螺妇,即致之。令反谬语,曰,更要祸斗。堪又语螺妇,妇曰,此兽也。须臾牵至,如犬而食火粪,以为火令,与火试之,忽遣粪烧县宇,令及一家皆焚死焉。(《原化记》,据《说郛》本)

这篇,有两点极可注意:

一、谓螺女与男人成夫妇,与《搜神后记》及《述异记》所载不同,和现在流行民间的传说一致。

二、后段说县长老爷,因想霸占人妻,不能从心所欲,便出"难题"给人做。卒因她有超自然的本领,解除了他的困厄。这是民间故事中颇习见的情节。时人所记故事中,有大略如此的一个型式:某穷人得一物精为妻,国王妒忌之,因命从事种种困难工作,卒以物精之助完成之。与此篇所说略同。至于赵氏所记的《盒仙》,则几乎与此篇若合符节了。

近代人的记载,则有清人程麟氏所述《田螺妖》一则,见于他所著《此中人语》(书凡六卷)。情节大略与现在江、浙一带的民谈相似,篇中对田螺来历,也没有说明。赵景深氏曾把它录入《民间故事杂抄》中,恕不复录了(读者可参考《民间故事丛话》)。除程氏记载外，尚有钱塘施可斋的一段记录。其文云：

> ……余少闻人说，有贫人得大螺于钱塘江上，置之家中。
> 家无余人，每日出贩，归则饭熟馔具，釜上尚有蓬蓬气。邻人
> 疑其藏匿妇女，伺其出觇之。见一好女，方为之炊。共欲执
> 之。女忽不见，只大螺壳在焉。乃知为螺怪也。贫人思念不
> 已。邻人乃令群儿持螺壳至其门，以杖击之而歌曰：
> 　　铮，铮，铮，敲杀田螺精。
> 　　橐，橐，橐，敲杀田螺壳。
> 吾乡谓大田螺田为也。久之，贫人亦不知所往。……

这篇虽然是近代人的载笔，却也没有说到成婚的，可见赵氏前面所
说意见之不易自圆了。

　　关于这故事与西方传说比较问题，赵景深氏曾一再地以为它
是属于欧洲很著名的"天鹅处女式"（Swan-Maiden Type）故事。（见
赵氏所著《中国民间故事型式发端》及《海龙王的女儿序》等篇。）
我以为这故事虽与天鹅处女型故事，有一部分相近的地方，但似乎
以分作两个类型来研究，较为适宜些。中国的天鹅处女型故事，我
已找到相当的材料，别天当作专篇论之，这里不想细说。与本篇同
型的西洋故事，此刻尚未有整篇的被我们发见。不过在格林（Grimm）
所记的《罗苍及五月鸟》中，有一段情节和这故事颇相近。现依亡
名氏的《鬼话》文中译本抄出来：

> ……五月鸟于是独处田间，不胜惆怅。乃化其身为小延命
> 菊。自祝曰，脱有人过而践之者，则吾之愁丝断矣。俄有一牧

人至。瞥睹花鲜艳甚,遂携之返室,而供诸案侧之瓶中。曰,
吾生平未见有如此名花也。自是牧人家道日兴。晨起则家中
大小诸务,均已毕。室已扫除,火已举,水已储。下午牧人返,
则案布已施,佳餐已备。牧人至此则大奇。室中阒无人在,谁
实为之?顾穷力搜索,一时终不得要领。一日,偶举此事语邻
妇。妇曰,此其间必有妖术。尔今夕返,伏室隅以伺。苟有变
动,则立起而以白布蒙之,妖术破矣。牧人从其言,竟夜不寐,
伏伺之。天将破晓,突见所供之延命菊,冉冉自瓶中出,一跃
至地。牧人奇且骇,急起而以白布蒙之,魔顿解。则立其前者
非他,固亭亭一好女郎也。牧人既尽得其故,又见五月鸟美
甚,欲娶之。则对曰,不可。盖彼倾心于亲挈之罗岑,而立志
不改。惟仍许勾留其间,为居停主人治室。……

这自然带着相当的西方原始的思想和习俗,但大略地看来,是
不免和中国田螺精故事有着若干的相近吧。

我们谈一谈这故事所由构成的一些原始思想吧。我觉得有两
点是颇重要的:

一、变形

二、人与异类婚媾

变形的思想,起于何时,虽然不很容易确知,但灵魂主义时代,
该已有它的存在了吧。许多原始人都相信人会变成各种动物(如
虎、狼、鳄鱼之类),以捉弄人或残害人;同时也相信各种动物,能幻
形为人(老婆子、少女等),与人类婚媾或吃掉他们。这故事的重要
思想之一,就是动物之精灵幻为人形,与人类结合。这种故事的类
似者,差不多在各民族中都可找到。中国故事里更是列举不尽。

随便拈出一则来:

> 唐长安中,豫州人元结,居汝阳县。养一牝猪,经十余年。
> 一朝失之,乃要汝阳变为妇人。年二十二三许,甚有资质。造
> 一大家门云,新妇不知所适,闻此须人养蚕,故来求作。主人
> 悦之,遂延与女同居。其妇人甚能结束,得钱沽酒,并买脂粉
> 而已。后与少年饮过,因入林醉卧,复是牝猪形耳。两颊犹有
> 脂粉在焉。(出《广古今五行记》,据前人类幻引。)

人与异类结婚的思想,自然起于人们尚未能区分人与各种物
类有怎样不同的时代。那时,大约只是赤裸裸地说某人与某种兽、
某种鸟结婚,连幻形为人的情节都用不着。因为故事中许多物类
变做美少年或好女郎的想法,已可谓比较的合理化的。自然,说她
是天上的仙女,或龙宫的公主(如这个故事所包有的一些说法),在
思想的历程上讲,那更是稍进一步的了。

我们知道夹缠是民间故事上常见的现象。这故事也没有例
外。它在有些地方混入了别的故事的情节,同样地它也小部分或
大部分地被吸收于别的故事中。如安徽、山东、广东、福建等省的
蛇郎型故事中,都把这故事大部分的情节去当作它的尾巴。

为供参考的便利,我在后面列举出时人所记述的这个故事的
篇章:

《蛤蜊精》(孙佳讯述,见《娃娃石》)

《田螺精》(亡名氏述,见《鬼哥哥》)

《螺狮精》(胡怀琛述,见《文艺丛说》)

《螺壳中之女郎》(西谛述,见《中国文学研究》)

《蚌壳中之女郎》（袁洪铭述，见《民俗》周刊）

《朴朴朴嫊娘田螺壳》（娄子匡述，见《绍兴故事》）

《海龙王的女儿》（清水述，见《海龙王的女儿》）

《盒仙》（赵景琛等述，见《中国童话集》）

《九天玄女》（李元化、崔允升述，见《金田鸡》）

一九三〇年八月一三日草于西湖大佛寺

〔附记〕

《格致镜源》，卷九五，引《搜神记》云：

> 福州谢端，钓于江上，获一巨螺，大如斗。置之于家。出归，则饮食盈案。端潜伺之，有一好女子，具馔于室。执而问之。曰，吾螺女，水神也。天帝悯君孤子，遗为具食。君已悉，我当去。乃留空螺。曰，君有所求，当取于其中。因出门不复见。后端有乏，探螺皆如意。传数世犹在。号江曰螺女江，洲曰螺女洲，庙曰螺女庙。其地在虔州西南。

按今本《搜神记》（足本的如《四库》本、《百子全书》本，省略的如《汉魏丛书》所收本），俱无此条。但考宋《太平寰宇记》中，于"侯官"条下，亦有与此相近的记载，其结语谓因名其处曰钓螺江。又考前文所引《搜神后记》，有"云今道中素女祠（某坊本之《太平广记》，省略了此"祠"字，文理不可通）是也"之句。苏君东坡《虔州八景图诗》注，也引谢端故事做诠释。据此，则在别处当作普通"民谈"讲的螺女故事，在福建与江西，便变成像煞有介事的"地方传说"了。

　　施某云，"传述之说，有无尚不可知，不能定在何处。"这是求真的学者之说话，用以处理民间传说，是没有什么意义的。

　　再者尚有一个关于螺幻形为女子的故事，虽和这篇所说的不同型，但也可少供参考。其大概情节如下：

　　一、一男子，好游历，某天出门，回时迷路，误至荒僻处。

　　二、投人家住宿，主人乃一少女，遂同寝。

　　三、明天，男子醒，见己身卧田中，而女子乃一大螺。

　　四、男子从此栖心道门，不事游玩。

和这故事大略地情节相似的甚多，女主人公或为家畜，或为虫豸，或为野兽，或为飞禽，甚至植物及各种器物的亦有。以和本题无关，不多涉及了。

——写完正文后附记

老虎与老婆儿故事考察*

　　诚如某君在他的记录前头所写的，"这是一篇讲给乳儿听的故事"。并且，我觉得它在这类故事里，还是比较美好的若干篇中之一。从已著录了的篇章看来，北至直隶，南至广东，都有这个故事流布的踪迹。即使不能说它是中国民间故事中传播最广远的，也可算是占居着相当地位的了。

　　这故事，大略的型式如下：

　　一、老婆子（或女子）以将被吃于某兽或妖精而哭泣。

　　二、种种过路的物精或人，应许贡献其自身或所有物以为之助。

　　三、某兽或妖精来，遇埋伏，卒毙命或受伤。

　　我们现在试来检查一下这个故事因时、地的关系而显现的异同的姿态。先看这个趣剧里异类主人公的种属：

　　一、虎——直隶、闽南、绍兴（浙江）、灌云（江苏）、东莞（广东）等。

　　二、猪精——梅县、潮州、陆安（皆属广东）。

　　三、猢狲——？

　　四、直脚野人——余姚（浙江）。

---

　　* 本文原载《民间月刊》第二卷第一号，1932 年 10 月。

五、猫精——江苏(？)。

六、狨瓜麻——翁源(广东)。

七、熊——广州(广东)。

由这小小的表看来,说那位想"吃人"而终于"吃亏"的主人公的种属是虎的,较占多数,次之是说猪精的。但这个统计并不全面:第一,收集的地域不够普遍,第二,材料的分配不平均(如占第二位的猪精,其传述地都在广东境内,并且仅限于东江一带)。可是,它对我们也有相当的参考意义,那是:

(一) 这区区的十数个同型的故事中,它的主人公竟有七种以上不同的种属。

(二) 在将近半数的广东境内所传述的同型故事,(这故事的全数,本十五篇,有一篇说主角是虎的,因地址不明,所以略去。又有一篇是潮州的,说主角是猪哥精,因表中已有全同的,故亦从略。附此声明。)而主人公的种属,竟多至在全表中为四与三之比。

至于这些好吃人的主人公,或为家畜,或为猛兽,或为不经见的动物(如直脚野人,狨瓜麻),这怕多少有点地域及其他的关系使然吧。

种种过路的帮助者,他们是组成这故事的重要成分之一种。这些帮助者,大概可分为两类:

一、帮助者,为各种物精(生物的、器物的),而用以为助之物,即其本身。

二、帮助者是各种行业的人,而用以为助的,是他们行业中的物品。

属于第一组的例,如正文中(老虎与老婆儿)的纺车精、蝎子精、炮仗精、西瓜皮子精、溜柱精、蛤蟆精、碾子精。属于第二组的例,如潮州的《若水君记》卖摇鼓的、卖猪屎的、卖蛇的、卖甲鱼的、卖蟹的、卖鸡蛋的、开井的、糊纸眠床的、卖牛的。在已著录的篇章中(除了一些地域不明的),大约第一组的说法流行于中国北部(如直隶、江苏的北边),第二组的说法流布于中国南方(如浙江、福建、广东等省)。

我们现在要接触到这题目的核心了。这种不同处,是否为偶然的无意义的呢?我以为这中间至少反映了人类在某些文化阶段迁移的脚印。原人的"万物有灵观",在文化已进入某阶段的人看来,是不免自然地感到"稍欠合理"或"简直不合理"的。于是,他(也许应说他们)所要做的工作,便是根据着自己所认为"合理的"去给它以修正。人类的许多文化成果就是这样地被修缮了的,民间的文学,尤其如此。这故事里的帮助者,从第一组变化到第二组,在我们看来,显然是文化的修缮者此种工作之昭著的例证。还有一点,也可在这里附带地提及,那是,故事里吃人的主人公,有些地方,说它是野兽或家畜的精怪(如梅县、潮州、闽南等处),有些地方,只说它是某种动物,而全没有"拟人化"(如东莞、翁源等处),也有些地方,却明说它变了形(老婆子)的(灌云)。在这里面,也可以看到一点人类文化的递嬗之痕迹。

如果我们把各篇的帮助者的本身或赠品,列举了出来,做种种比较详细的研究,那结果也是很有意思的。可是,我们现在似只被容许来做点示例的工作。如在帮助物中,最多见的为卵(凡九处)、针(凡七处)、鳖(凡五处)、蟹(凡五处)等三数种。这大概是比较原始的。又如螃蟹虽凡五处,但考其故事流播的区域,都在海滨的广东境内。这也不是全无道理的吧?

关于妖精自己或人用物类预伏室中,待敌人来而中伤之的情

节,有人名之为"牝牡鸡式"。据探究的结果,谓可分三种型式:

一、不连贯的。

二、有连贯的。

三、介在第一、二两种之间的。即中间有连贯的和不连贯的。

我们试举一个例(用文贺君所记):

预伏	故来	遇伏
牛屎涂门	用手推门	手染牛屎
置蟹于缸	向缸濯手	为蟹所钳
藏卵于炉	就炉吸烟	卵爆伤之
床头缚马	愤奔床头	为马所踢
床尾缚牛	遇阻而来	为牛所伤
井上安椅	因痛思憩	堕井而死

这是正面的(即第二种有连贯的)、负面的及"中间面"的,我想可类推了。总观十多篇故事中,这类情节,彻底有联系的,实属不多,但绝对不联系的,似也很少,大多数是有联系和不联系相参的。这些地方,在传授上和记录上,恐都或不无相当关系。

其他,如想吃人的凶物的结果及它为什么要来吃人的原因等,都有一些可资比较。凶物的结果,自然不外伤与死,而死的实占多数。死法,又各因所埋伏的而异。伤的呢,有的说逃去,有的说是被缚。凶物逞暴的原因,南方,尤其是广东,多说是由于索物不遂(所索的,或为食物,或为用物)。也有些地方说是因被詈骂的。但许多地方,却说是"没来由的"——这没来由的,可稍分为直接的与间接的二种。因为有些地方,说它所以声言要来吃掉她之故,(这些地方,关于这故事的传述,都拌合了另型的老虎外婆故事。所以将被吃的,不是老婆子,而是少女——老婆子的女儿。)直接的理由,虽像是由于被欺骗或被拒绝,但进一步考之,则它所以被欺与被拒,无非仍是要到树顶或进屋里去吃掉她。因此,这只能归于"没来山的"之间接类中,而不能和前一种"有因的"放在一起。在这小小的异物吃人的"有因"与"无因"的问题中,我们能否发见什么较可玩味的意义么?我想这也许是可能的,但决不是很容易的事。以现代对于原始文化的研究之尚未深入,加以各考查者于原人文化的阶段与其思维法之报告或结论的分歧,我们在这问题上,似颇难把握到它真实的意义。

这故事中一部分的情节,与格林记的牝牡鸡故事相似,已经有人说及了。其实,从全故事的蹊径上看,也有某种限度内的类似。西藏有《亨得尔和小猫》故事,与这篇亦近同型。其主要情节如下:

一、两小猫同出外找食物。

二、中途碰见亨得尔(一种可怕的怪物),拼命奔逃。

三、在途中相继遇牛、犬、乌鸦、灰、针、豌豆等,它们闻悉其情,俱愿为之助。

四、亨得尔到小猫家,相继为种种埋伏所困,卒果犬腹。

所谓"亨得尔"者,据说"是一个可怖的怪物,有绝大的齿,能把人家的孩子嚼食,还有大而可怖的、和爪一般的手"。这和翁源的"身粗如牛,头大如斗,牙爪犀利,眼炯炯,毛茸茸的着实怕人"的猱瓜麻,及浙江的"遍体生毛,身干很高,喜欢吃人"的野人,不都很相像吗?

其次,日本也有和这大略相近的民间故事。那是《猿蟹合战》故事,情节如下:

一、蟹与猿同至山下,猿得柿核,蟹得饭团,猿以巧语瞒蟹,卒相掉换。

二、蟹以咒语使柿核生长结实。

三、蟹欲采树上柿实，以身体关系不能得。适猿来，央之帮忙，卒遭击毙。

四、蟹有子，知父为猿所杀，大哭。时值马蜂、栗子、昆布、臼钵等相继过此，愍其冤，共助之复仇。

五、卒以马蜂等之力，杀死猿。（埋伏发时，是带有连贯性的。）

（按《猿蟹合战》故事，在日本传述上，颇有差异的说法。这里是根据那被认为比较定式的提要。）

印度的古文献《五卷书》中，有雀和啄木鸟、苍蝇、蛙等协力杀象的故事，恐怕是此型民间故事中较古的记载了。其型式可约述如下：

一、雀儿苦于象。

二、雀儿求助于啄木鸟。

三、啄木鸟为求助于苍蝇。

四、苍蝇为求助于蛙。

五、蛙设定了分工合作的毙象办法。

六、它们各依计做去，象卒毙命。

依上列的型式看，从"二"到"五"的辗转求助，及由最后的一位帮助者（蛙），设定整个毙象的计划等节，和我国及日本等的说法，虽稍有出入的地方，但在大体上，仍可说是同属于一个型式的故事。例如此型民间故事最重要之点，是各帮助者以自己的特长，去诱致或伤害当事者的敌人，而造成了美满的大团圆。这种情节，在这故事中，是明显存在着的。（蝇飞入象耳中，象觉得舒服而闭其眼。啄木鸟乘机把其眼啄穿。盲象喉咙渴，蛙以鸣声诱之。它误以蛙穴为池,前往饮水,终陷死在那里面。)又这种型式的民间故事,其造成全体故事的起因,大都是由于弱者的无力抵抗其敌人,以悲哭而引起物类或人类的援助。这一点,它也一样具备着。

临末,试来探究一下这故事在人类早期文化史上的意义,自然,详细地说是不可能的。在荒蛮的古代中,人们有时且不免吃自己的同类(这事,在原人中当然不是什么特别的例外,便是中国到了文化已不算很低的时代,尚有"易子而食,析骸以爨"(《左传》)的记载。要证明这事件,自然不用借助于以"人牲献祭"的风俗。但似有人以人牲的风俗,为引起食人事件的原因之一,这恐怕是倒果为因的说法),何况那时势力还雄厚的兽类哪里会不来吃与它杂居着的人群呢?所以在现在我们要感到太凶残的异闻,在原始时,实不过一桩"平凡的故事"。这篇民间故事所映现在我们眼前的,便是古代人民生活图中的一角——自然已被涂上了一些非原始的色彩了。

次之,篇中老妇(有些地方变为少女)闻凶兽或怪物晚上要来吃她,她只是啼哭,却不想到逃走或躲避。又各种过路的精怪或职业者,一闻老婆子的话,即慨然相援助。当然,这些地方,不免有若干说故事者的匠心在中间掺杂着,但我以为大部分还是原人的受限制的环境与其一般的朴素的生活、思维之真实的反映。最后,我觉得原人或近原人对于生物与无生物的认识、制造及应用等学识,我们也可以从这故事中略窥一斑。

这故事的时人记录如下:

《老丑虎》(孙佳讯述,见《娃娃石》)

《猪哥精》(文贺述,见《潮州民歌故事集》)

《老虎精》(娄子匡述,见《绍兴故事》)

《猱瓜麻故事》(清水述,见《海龙王的女儿》)

《八客》(米星如述,见《吹箫人》)

《群妖精救老太太》(无名氏述,见《瓜王》)

《老婆婆与猢狲》(无名氏述,见《瓜王》)

《猪哥精的故事》(张乾昌述,见广州《民俗》周刊)

《直脚野人》(黄泽人述,见《妇女杂志》七卷)

《猪哥精》(静闻述,见《北大研究所国学门月刊》)

《猪哥精同老妈妈故事》(若水述,见广州《民俗》周刊)

《熊人婆》(刘万章述,见《广州民间故事》)

《老虎同老婆子的故事》(袁洪铭述,见广州《民俗》周刊)

《虎姑婆故事》(陈清波述,见《闽南故事集》)

(上列各篇,有些是与"老虎外婆型"故事混合成篇的。为便稽查,一并录入。)

〔附记〕

这篇小文刚写完,因查《广州民间故事》,重看到景深先生序文中把这个同型故事与格林《牝牡鸡》比较而发的一段话。他说:"《牝牡鸡》第二则是最原始的,卵、钉、磨等能自己动作,也就是说,讲这故事的人还是信仰万物精灵论(Animism)的。到了《熊人婆》和《直脚野人》,卵、钉之类,便改由人手放上去,而不是卵、钉自己走路了。"我涉笔时,确已忘记了他有这段说话(虽然文章是曾经看过的),所以文中颇发了些和这相近的议论。但赵先生研究中、德两国这同型故事的结果,是"中国故事比德国进化"(原文);而我的暂时结论,却正好来推翻他的原案。原因很简单,是赵先生写文章时还未发见我所发见的材料。中国民间故事材料正在发掘,暂时实谈不到十分正确的结论。质之赵先生及其他同道，以为然否？

　　上边的正文和附记，是两年前在大佛寺避著时所写的许多"民间故事后记"之一。两年以来，中国继续发见的关于这型式民间故事的篇章，几等于当时我所根据以写此文的所有材料。仅从这点看，我此文所考查的不完备，已很可晓得了。一切待作"续论"时补过吧。

一九三二年九月十日

中国的天鹅处女型故事[*]

——献给西村真次和顾颉刚两先生

一

　　"天鹅处女型故事"（Swan Maiden Tale），如这个标题所昭示，在许多民间故事中，它是特别地富有所谓"诗之美丽"的情趣的。从另一方面看，它又是一个在我们地球上，有着极广泛的流布区域的故事。因此，于一般的故事阅读者、搜集者不必说，便是神话学、人类学的研究者们，也对它怀抱着特别的兴味。

　　关于这个故事的谈论、研究者，在西方和东方的学人中，虽然不在少数，但成绩更昭著的，恐怕要算英国的有名人类学者哈特兰德博士（Dr. E. S. Hartland）[①]和日本早稻田大学教授西村真次氏[②]了。而后者（西村氏）所搜集世界的同型故事儿近五十篇，一时颇

---

* 本文原题《中国的天鹅处女故事》，载《民众教育季刊》第三卷第一号，1933 年 1 月。

　① 在哈氏的名著《童话的科学》（*Science of Fairy Tales*）中，对于这故事，有很长的篇幅的论述。

　② 见西村氏所撰的《神话学概论》的"附录"中。

156

使人有"叹观止矣"之感。

西村氏关于故事同型篇章的搜集，虽不能说他没有达到相当的程度，但对于我们中国这样世长地人的国度，却仅收录了一篇，并且是属于蒙古族的。这至少在我们中国人，是要感到相当的遗憾吧。从前（十九世纪）欧洲学者谭勒斯氏（Dennys）作《中国的民俗》一书，把中国使臣所记琉球的天鹅处女型故事和欧洲的比较后，颇诧异于中国本土（对琉球而说）的没有这故事出现。后来日本神话学者高木敏雄氏，把《玄中记》中所载的"女鸟"故事举了出来，证明在中国古代，曾经存在过这种类型的故事①。其实，这插着翅膀飞遍地上各处的天鹅处女型故事，在中国古代固然早已出现，就是现今国内各处，也莫不呈现着它的踪影，并且姿态万千。

因为种种的障碍，外国学者对于中国神话、故事、民俗等的观察、研究，正如对于同国的别部门的探讨一样，往往非常隔膜，有的甚至于是错误的。（自然，正确而较深入的获得，也不能说完全没有，不过仅限于很少数罢了。）这在我们，是应给以谅解的。但是，利用自己的能力与方便，把外国学者所不易摸捉住的真相，给以叙述说明，这难道不是我们忝为主人者的职务？

根据上述的理由，使我不敢再秘藏自己的疏浅，鼓着少年的勇气，来一度担负叙述这有世界性的天鹅处女型故事在本国传播情况的责任。我自己比任何人更先明白，这工作，是不能达到使读者感受满意的程度的。但事实上，这微薄的献礼，倘能于研攻这故事的学者们的成绩之上略有所增补，这于自己的愚念，不是已相当地酬偿了么？

---

① 见高木氏所著《日本神话传说的研究》"神话传说篇"，第二三一页。

二

什么是天鹅处女型故事呢？换句话说，天鹅处女型故事，是具着如何形态的一种故事呢？

这个问题的提出，在一部分对于神话、故事已具素养的读者，诚然不免觉得太多事，但在一般人面前，不见得全是没有意义的吧。

我们在这里，将如何完成解答这个问题的任务呢？这看来似简单的故事，其实它的形态的复杂，正和传播的广远及历史的悠久①成一个正比例。详细的述说，在这里不但非篇幅所应许，而且也是不必要的。我们且画一画它的轮廓吧。

这故事在各地传布着的形态，哈特兰德博士，把它归纳为下列六式：

一、海生式

二、平阳侯式

三、海豹女郎式

四、星女儿式

五、梅露西妮式

六、梦魇式②

这里各式相互间颇呈现着高度的异态，甚至于有令我们要诧异或

---

① 西村教授推断这故事开始传播的时间，至少也当在"新石器时代"终了以前。然否固待考究，但这种型式的故事，它的产生必非甚近是不容疑惑的。

② 参看赵景深先生编著的《童话学 ABC》第八章。

怀疑它们原来是同属于一个类型的。在约瑟·雅科布斯氏（Mr. Joseph Jacobs）所修正的哥尔德氏（S. Bring Gould）①的《印度欧罗巴民间故事型式》中，也载了这故事的型式。它的情节如下：

一、一男子见一女在洗澡，她的"法术衣服"放在岸上。

二、他盗窃了衣服，她堕入于他的权力中。

三、数年后，她寻得衣服而逃去。

四、他不能再找到她。②

这是比较普遍、单纯、近于原形的状态。依西村教授的研究，这故事的"本来形态"，应该如下面所列：

一、天鹅脱了羽衣，变成天女（人之女性）而沐浴。

二、男人（主要的，为猎师或渔夫）盗匿羽衣，迫天女与之结婚。

三、结婚后，生产若干儿女。

四、生产儿女之后，夫妇间破裂，天女升天。

五、破裂原因，即由于发见了"在前"为"结婚原因"的被藏匿的羽衣。③

现在地球上各处所流布着"五花八门"的形态，是从这种"基本型"分化、加减而成的，这是西村教授所提示于我们的意见。

我们就在这里终止了"正文之前"的叙说，让下节直接地去开始那"正文"的描述吧。

---

① 哥尔德，又译库路德。——编者注

② 原文见伯恩女士（Miss Burne）编著的《民俗学手册》附录 C，中文有我和友人杨成志先生合译的单行本出版（国立中山大学语言历史学研究所印行）。（伯恩，又译班恩。——编者注）

③ 见西村教授的《神话学概论》第三七二页，及同氏的《人类学泛论》第六章。

三

天鹅处女型故事，开始产生或传播于中国境内的时代，现在实在不容易考见了。倘就尚存的文献看来，在晋代当已很流行吧。干宝《搜神记》中，有着这样的一段记载：

> 豫章新喻县男子，见田中有六七女，皆衣毛衣，不知是鸟。匍匐往，得其一女所解毛衣，取藏之。即往就诸鸟，诸鸟各飞去。一鸟独不得去，男子取以为妇。生三女，其母后使女问父，知衣在积稻下。得之，衣而飞去。后复以迎三女，女亦得飞去。①

郭氏的《玄中记》②也记述了这个故事。把两者比较起来，语句大致相同③。但后者（《玄中记》）前面多了这样一段关于鸟的叙述："姑获鸟，夜飞昼藏。盖鬼神类。衣毛为飞鸟，脱毛为女人。名曰帝少女，一名夜行游女，一名钩星，一名隐飞鸟。无子，喜取人子养

---

①　见《太平广记》卷四六三所引，现行本《搜神记》第十四卷中有此条。

②　此书旧云"郭氏撰"，作者的时代及名字不详（有人以为郭氏就是郭璞，恐未免误会）。但就南北朝隋唐学者的频见称引（《水经注》、《齐民要术》、《北堂书钞》、《初学记》、《艺文类聚》等，都曾引用此书）一点看，它的著作时代，在晋代前后，约略可以推知。

③　《玄中记》所记，豫章下少"新喻县"三字（据《太平御览》所引），郦道元《水经注》卷三十五所引，首句作"新阳男子"，而下文也颇有不同。马国翰氏以这是由于"约意言之"的缘故。

之以为子。人养小儿,不可露其衣,此鸟度即取儿也。以血点其衣为志。故世人名为鬼鸟。"①周作人先生怀疑这种"鬼鸟"传说,原来并非和天鹅处女型故事一道的。不过因为"衣毛为飞鸟,脱毛为女人"二语,而联带记述了它(天鹅处女型故事)罢了。② 这个推想,我以为是颇近情理的。

这故事的古代记录中,特别使我们感到珍贵的材料,更没有比得上二十世纪初年敦煌石室中新发见、题句道兴撰的《搜神记》里所载的田昆仑故事了。这记录长近两千字,叙述文词,不但十分浅显,并且相当地采用了当日的口语。故事的内容,也拙朴少装点。它在学术上应当占有的价值是很高的。微可惋惜的,是语词之间略有脱落讹夺的地方。但这些是不足抹煞它的好处的。现在把它逐段转述于下。

从前有一位田昆仑,他的家里很贫乏。到了相当年纪,还没有讨老婆。境内有一个水池,水深而且清澄。有一次,正是禾稼成熟的时节。昆仑到田里去,远远地望见了三个漂亮的姑娘在洗澡。他要看清她们,谁料忽然已变成三只白鹤。两只坐在池边的树头,一只仍在池中洗垢。他便悄悄地跑近了她们,并且偷取了一套衣服③。一会,大的两个各抱了自己的天衣,乘空而去。只剩下一个最小的留在池中不敢出来。久之,她遂向昆仑吐露实情,说她们姊妹三人,原是天女。偶游戏于池中,因被他看见,两位姊妹各自抱了天衣而去,她自己留在池中,衣服被他取去,所以不能露形出池。深愿他把衣服发还。出池以后,当和他结成夫妇。昆仑怕她得衣

---

① 此段语句,参合《荆楚岁时记注》及《太平御览》所引而成。
② 见周氏近著《儿童文学小论》第四八页。
③ 原文没有此句,这是我依下文语意补上的。

即飞去,所以只答应脱自己的衣服给她盖体。天女起初不肯接受,后来看看实在没有办法,只得服从他的意思。出池的时候,天女又想向昆仑骗回天衣,但他终坚持着不肯放松。结局,他们一道回到昆仑家里,成为夫妇。

以上,可算是这故事的第一段。

昆仑夫妇,过了若干时候,便产下一个儿子。形容端正,叫做田章。昆仑因事西行①,一去不还。他临行的时候,天女说,他去后,她当抚养儿子三年②。到了期满时,她便向阿婆索看天衣。当昆仑离家时,曾叮咛地嘱托母亲,勿使媳妇得见天衣,并商定了秘藏它的地方。这时阿婆本不愿意把天衣给她看。无奈被她诉说得太频繁了,只得让她看一回。她见了天衣,一时以未得方便,所以暂隐忍着没有披了它飞去。不久,她又向阿婆求看天衣。阿婆初不肯,但被她用甘言说动了。在防备谨严之中,天女竟穿了她从前的衣服,从屋窗飞了出去。此时在这屋子里剩下的,只是阿婆的伤心。

到此处,算是故事的第二段。

天女在人间,虽然已经历了五年的时光,但从天上的日历看来,不过仅有两天而已。她这回归到了天上,给姊姊们骂了一顿,怨她不该和地上众生缔结夫妇③。她在天上因挂念世间的儿子而哭泣④。两位姊姊便劝慰她不要干啼湿哭,说明天和她再到人间游

---

① 原文此句作"其昆仑点着西行"。
② 原文此处道:"夫之去后,养子三岁。"由上下文势看来,线索颇欠分明,姑揣译之如此。
③ 原文此句作"你(指昆仑妻)共他阎浮众生为夫妻"。
④ 原文此处接连下文语句似颇朦胧,或许有讹夺也说不定。

戏,定可以看见儿子。另一边,突然失去了抚养的幼儿田章,也在因想念母亲而啼哭。正是天女们要下凡间来游戏的那一天,田章在田野中悲哭着。忽遇了一位来散步的董仲先生。他晓得哭的是天女的儿子,又知天女将到世间来。便对小儿说,当日中时你即向池边看,有三个穿白练裙的女人走来。两个举头看你,其他一个低头不看你的,便是你的母亲。田章依从了他的教训做去,果于日中时看见三个穿白练衣裙的女人,在池边割菜。他便跑前去叫唤"阿娘"。她止不得地悲哭起来。于是,姊妹三人便把天衣共乘这小儿到天上去。

以上为第三段。

小儿被带到天上,天公看了,知道是自己的外孙,他老人家兴起怜惜的心肠,便教他学习方术技艺。至五六日间(小儿在天上虽然只经过了几天的学习,但成绩却抵得人间的十数年以上),天公对小儿说,你带了我的八卷文书下去,将得一世的荣华富贵。倘若入朝,必须谨慎言语。小儿听了吩咐,便回到人间来。当时一般人都晓得他的本领,皇帝听到了,便召为宰相。后来因在殿内犯事,被流谪于西荒之地。

以上为第四段。

后来,官众在田野里游猎,射得一只白鹤。厨人破割鹤嗉,里面有一个小儿,身长三寸二分,带甲头牟,见人辱骂不休。当时朝廷群臣百官,都不晓得他是什么人。不久王在田野中游猎,又得一枚齿,长三寸二分,捣击不碎。朝内群臣又没个晓得它的来历。于是,官家便发出榜文,昭告世人,有能够晓得这两件物事的,赐金千斤,封邑万户,官职由他选择。但结局终没有人来应征。

以上为第五段。

这时候,朝廷中群臣百官便共商议,大家以为这种奇物,恐怕除了田章,别人是不容易晓得的了①。官家便即发驿马走使,去把配流的田章找了回来。于是,便发问道,近来听说你聪明广识,奇怪的事都晓得。现在问你,世间有大人么? 田章回答道,有,那是秦故彦。他是皇帝的儿子。因为战斗②,被打落板齿,不知所在。有人得到的,当可证验。接着官家又问他道,世间有小人么? 他回答道,有,那就是李子敖。他身长三寸二分,带甲头牟。曾在田野之中,被吞于鹤。到现在,尚在鹤嗉中游戏。不是(?)有人猎得的,验之便可知道。官家又问天下之中,有大声不? 章答曰,有。有者何也? 雷震七百里,霹雳一百七十里,皆是大声。天下有小声不? 章答曰,有。有者何也? 三人并行,一人耳声鸣,二人不闻,此是小声。又问天下之中,有大鸟? 田章答曰,有。有者何也? 大鹏一翼起西王母③,举翅一万九千里,然(后)始食,此是也。又问天下有小鸟不? 曰,有。有者何也? 小鸟者,无过鹪鹩之鸟。其鸟常在蚊子角上养七子,犹嫌土广人稀。其蚊子亦不知头上有此鸟。此是小鸟也。皇帝便封田章做仆射之官。这样一来,皇帝和世间百姓,才晓得田章是天女的儿子④。

以上是故事的收梢——第六段。

这个记述,和干氏的及郭氏的记录比较起来,不仅是描写上繁简的不同而已,内容的演变,情节的增益,处处表现着这故事在当

---

① 原文,此句作"惟有田章父识之,余者并皆不辩。"以下文看来,"父"字或有误。

② 原文,此句作"为昔鲁家战斗"。

③ 此处"西王母"三字,似当作地名解。

④ 这故事全文,见罗振玉氏辑印的《敦煌零拾》第一五页(铅印本)。

时民间传播上形态的进展。我国古代小说,到了唐朝,有着蓬勃生长的气势。我们现在读《霍小玉传》、《南柯太守传》、《柳毅传》、《虬髯客传》等传奇的作品,颇赞赏那时散文文学艺术手腕的进步。这篇天鹅处女型故事的记录,在一般守旧的文学评论家看来,语词上殊欠所谓"雅驯"也未可知。其实,依我们的眼光评量,这一篇最早期的现代语化的散文文学的作品,至少它的价值——文艺之历史的价值,不应远在前文所提及的《霍小玉传》等之下①。它实在和同被发见于石室中的《季布歌》、《昭君出塞》等②通俗文学,有着一样被重视的意义。这虽然是就文学方面来看的,但是,同时它的作为民俗学资料的价值,不也因此更加唤起我们的注意么?

四

现在,中国境内,尚存活着的天鹅处女型故事,因在流传上经过了改削、增益、混合等种种自然的作用,它的姿态不但和古代的显出差异,便是同时彼此之间,也有很大的悬殊。为了叙述及研究之比较上的方便,我们可试把它划分为数组——自然,这不必是较严格的型式的区分。

现在,在这里开始第一组的篇章的叙述吧。

---

① 句氏《搜神记》,似从来未见著录。它著作的年代,不能详知。但以同时被发见的许多通俗文学作品推测起来,当在唐代,或在这前后,所以把它和当时(唐)的传奇比较。

② 俱见刘复博士编辑的《燉煌掇琐》上辑(国立中央研究院历史语言研究所刊印)。

　　首先要提到的,是赵景深和赵克章二君所记述的《牛郎》。据说,从前有弟兄两人。弟弟心肠忠厚,哥哥却很奸猾。弟弟因常赶牛的缘故,被人叫做牛郎。弟兄分家,弟弟只得了一辆破车和一只老牛。一天,老牛对主人说,某处河里,有许多仙女在洗澡。倘他能取得她们中间任何人的衣服,便可以得她做妻子。第二天他跟了老牛出发,果然看见了许多正在洗澡的仙女。他抱了一堆衣服上车(牛车)就走。结果便带回了一个仙女做妻室。她就是织女。织女和牛郎生下一对男女。一天,她用巧语骗得了自己从前被取去的衣服,便乘云而去。牛郎忙担了他的儿女,穿上牛衣(这是老牛死时所嘱咐的),急赶上去。谁晓得慌张中少穿了一只牛腿,使他不能即赶上了织女。正在追逐的当儿,忽来了王母。她用玉簪划成一道天河,把他们两人分开。牛郎托了燕子去说合,不意被误传了日期,所以后来永远只能一年一会①。这个故事,没有记明所由采集的地域,但附注中有"北"人称妻室为媳妇的一句话,也许是我国北部的哪一省所流传的吧,虽然两记述者都是西部四川地方的人。

　　其次,是洪振周君所记的,和前篇用着同样标题的奉天的传说。从前某处,有一个叫做王小二的孩子,依着坏心肠的哥嫂过活。一天,他在牧场看牛。忽然黄牛告诉他,哥嫂在家里弄好东西吃。他忙跑回去,果得分吃了香喷喷的蒸豚。后来有一次,黄牛又告诉他,哥嫂正在准备给他毒药吃;并嘱他分家的时候,只要求分得了自己(黄牛)便算。他回到家里,果证实了哥嫂的毒计。便立即提议分家。自己什么也不要,只带着黄牛走了。走到一个地方,

────────────────

　　①　见赵编《中国童话集》第一册。

黄牛忽变成了苍颜白发的老头子。他对小二说，自己乃是天上被谪的星宿。它死了，坟上必定长出一棵葫芦秧子。他（王二）沿着秧子走前去，便有很大的好处。到了那时候，王二遵从了黄牛的话做去，看见一道河流，里面有一位美丽的姑娘，正在那里洗澡。他便拿走她放在岸上的衣服。到了夜间，那姑娘说，自己和他有夫妇的缘分，愿意一道过日子。并说，她是王母的女儿，名字叫做织女。于是，王二把衣服还了给她，彼此共同快乐地过活。有一天，是王母的诞辰。织女因怀念母亲，便和王二同去拜寿。王母见了，把他们痛斥一顿。二人啼啼哭哭，终不忍分开。王母便用金钗在他们中间划了一道天河，吩咐他们于明年七月初七日再见面。从此，他们每年便只有一回相会的机缘了①。

再次，我们看着郑仕朝君的记录，他的故事的采集地，是浙江省南部的永嘉。据云，有个看牛的孩子叫做牛郎。一天，他正要回家的时候，他的老黄牛，忽然向他说起话来。自称本是上界神仙，因犯罪被谪于人间。现在主人（牛郎）有性命的危险，他为报答平日善遇的恩惠，所以要向主人告说。接着说家里的哥嫂，怎样在设计谋害他，并吩咐他分家时，只要分得了它自己（老黄牛）和一辆破车及一只破皮箱便算了。牛郎回到家里，立即证明了哥嫂的狠心——要把毒药杀死他。于是，他便去请了舅父来替他们分家。舅父颇想帮助他，使他多得点东西。但他却服从了老黄牛的吩咐，终竟只要求了那三件不值钱的东西（老黄牛、破车、破皮箱）。牛郎和老牛离了家，老牛变出酒菜让他吃过之后，又告诉他以获得美貌老婆的方法。它说，前面的河里，有个女子正在洗澡。她是位神

① 见《妇女杂志》第七卷。

仙,名叫织女,和他(牛郎)有夫妇的姻缘。他前去取得她的衣服,彼此便可成为夫妇。牛郎依所吩咐的做去,果得了织女为妻。三年过去了,牛郎和织女,已生下两个孩子。一天,老黄牛告诉牛郎,说自己灾期已满,要回到天上去。它(黄牛)死后,织女定要逃走。那时穿了用它的皮所做的靴子,便可赶上了她。老黄牛死了不久,织女果然乘牛郎不备的时候,穿了从前的浴衣,腾空而去。牛郎穿了皮靴,抱着儿子赶上去。织女拔下金簪,划了一条天河,阻住了牛郎的去路。彼此在河的两岸,以牛轭、梭子互相抛掷。(这些东西,至今每当七夕前后,还可见于天河两岸。)后来,天帝替他们说和。但"逢七见面"的消息,竟被拙于言词的鹌鹑,说错成了"七七见面"。直到现在,鹌鹑还短着尾巴,口里常说"不对不对",这是被罚和想改正误报的缘故①。

更次,有孙佳讯君记述的流传于江苏省灌云地方的《天河岸》。从前,有一个贫少年,家里只有一头老水牛。他因为常常看管着它,所以大家称他牵牛郎。有一次,老水牛忽然告诉主人(牵牛郎),说草地南边的河里,有七位仙女在洗澡,他前去把她们的宝衣一套藏起来,便可以得到一位做妻室。他照老水牛的话做去。那时,其他许多仙女,都披了各自的宝衣上天去,只一位叫做织女的,因为衣服被拿掉,不能腾空驾云,结果只好跟着牛郎做妻子。不久,牛郎的老水牛生病了,它临死时,吩咐主人等它死后,把皮剥下来,包上许多黄沙,又用它鼻上的索子,捆成一个包袱。每天把它背在肩上,遇紧急时,一定能够给他以帮助。牛郎当然遵话做去。两三年后,织女生了一男一女。她时常追问她从前被取去的宝衣,

---

① 见拙编《新民半月刊》第五期。

牛郎总不肯老实告诉她。这一次,她又问起了它,并且动以甘言,牛郎终告诉以埋藏的地方。她得了自己的宝衣,便披着驾云而去。牛郎忙拉了儿女,靠肩上牛皮的法力,腾空赶去。织女为了隔断他们追逼,用金钗划成了一条白浪滔滔的大河。牛郎皮包袱里的黄沙洒了出来,立时河中现出一道沙堰。织女仍被紧紧追赶着,于是,她用前法再划了一条天河。可是牛郎却因牛皮包袱里的黄沙已洒尽,而不能赶过去了。他把捆包袱的索子抛了过去,织女也用梭子回报他。(后来我们在牛郎织女二星身旁所看到的小星,便是当时抛掷的索子和梭子。)在这当儿,忽来了一位白胡子的神仙,奉了天帝的命令,替他们解决此事。从这以后,两人各住河的一边,每年七月七日在河东相会一次。他们便永远服从这个命令了①。

这四个说法,相互间固然也有许多歧异的地方,但大体上是一致的。因为它们都是被借以解释牛郎织女两星的起源的,所以为了方便,不妨把它们简称作"牛郎式"吧。

五

属于第二组的篇章,其内容的梗概如下。

首先,且述林憾君记录的闽南故事的《七星仙女》之一。据云,许多年以前,有一位德行很好的穷农夫。天帝可怜了他,便问七星仙女,哪一位肯下凡给他做妻子。答应了这命令的,是她们中间最

---

① 见林兰编《换心后》第五三页。

小的一位。仙女既到人间做了农夫的妻子,他们的家境,便渐渐富裕起来。不久,又生下一个儿子。三年期满,她便离开丈夫和儿子回天上去了。儿子稍大时(十余岁),入塾跟从了有名的术数家鬼谷子读书。他常常悲哭自己没有母亲。后来鬼谷子指示他会见母亲的方法道,某天到某山中去,那边有一条小溪。在正午时有七只白鹤飞下来洗澡,那便是七星仙女。他要先躲着,等她们洗澡要飞去的时候,向那只羽毛略松的白鹤哭叫"母亲",她便会现出真形(一个美丽的仙女)相见。并郑重吩咐他不好说出是自己教他这样做的。儿子照了先生的话去做,果然和生身的母亲快乐地相会。天女临去时,给了他一些宝物,并嘱他带了一个葫芦去送给先生(鬼谷子)。儿子回时,把葫芦掷进先生房中,这一来,把他推算天上事情的书籍都烧光了(从此世上无人更能晓得仙人们的事)。现在七星的末一颗,比较没有光彩,便为的是她曾经下凡做过母亲的缘故①。

　　其次,是孙佳讯君记的《海上仙女》,采集地为灌云。东海扶桑谷上有一个洞,洞里住着八个仙女。一天,她们同在天河洗澡之后,最小的一位,忽觉得自己有尘缘未尽,便独自地飞下人间来了。她遇见了一位小秃子,一道同到他的家里,因此就成为夫妇。小秃子渐渐发起财来,秃头也长出了黑发。不到两年,又养了一个孩子。过了三年之后,来了一位走江湖的先生,对小秃子说他遭遇了女妖怪。并给予他三张治理她(女妖)的神符。仙女见了他拿着神符进来,便说他和自己(仙女)缘分已尽。她去后,儿子倘想念她的时候,可到东海扶桑谷,悬杨柳下,扶着白版石,左右各唤三声"妈

---

　　① 　见林兰编《龙女》第一五——一九页。

妈",便能够相见。她走了以后,小秃子一切回复到以前的不幸。他懊恼之余,便抱着孩子决意去寻他(孩子)的妈妈了。经过了几个月的路程,最后又爬过高山,渡了人海,(渡海时,靠着一只人虾蟆的帮助)才达到扶桑谷。依前日仙女所吩咐的话做去,他看见了带着铁索链的妻子了,——她因破坏仙家的清规,受了刑罚。仙女给儿子戴上一顶风帽,对秃子说了几句话,便不见了。他只得仍抱着孩子,走那回家去的路。在道上,他发见了风帽带上的六个青铜钱——永远使用不完的宝贝。直到现在,海边的人还常能听见浪头里的铁链声呢。①

复次,有黄廷英君记述的广东境内罗定县流行的传说——《七月七日的一件故事》。据说,董仲舒的母亲,是天上的一位仙女,因一时动了尘念,到人间和董仲舒的父亲结为夫妇而生下了董仲舒。后来,她忽辞别了丈夫及儿子而去。数年以后,仲舒在私塾里念书,因为同学带点心的事,使他怀念起自己的母亲来。回到家里,便向父亲询问。于是,父亲对他说,到了七月七日五更的时候,东海里面,有一群女子在洗澡,他的母亲就是其中的一个。他把岸上摆列着的第七套衣服拿起来,然后高声唤"母亲、母亲",她便和他会见了。时候到了,仲舒照父亲的话去做,果然在东海的海边和母亲相会。他不肯把衣服交还母亲,苦苦要她同回家去。后来,她摘了海边的棠莺果给他吃了,才得取回衣服而去。②

最末,我们来介绍广东梅县民间的七星传说,那记录者是黄伯彦君。从前有一个穷孩子,为奴于星卜师。时常因苦于没有母亲

---

① 见国立暨南大学出版的《秋野》。
② 见国立中山大学民俗学会的《民俗》周刊第十七、十八期合刊。

而哭泣。一天，星卜师告诉他说，他本有母亲，不过现在她已列籍仙邦。七月七日，在七星桥上，将有似乞丐装束者七人走过，其中一个衫角有血光的，便是他的母亲。他信从了星卜师的话，到了那时候，跑到桥上去等候，果然来了七个乞丐模样的女人。他向那位衫角有血污的拉住而哭。她见同伴已远去，儿子尚不肯放手，便拿出一个葫芦来给与他。并对他说，以后倘需要什么，葫芦必能使他如意，可不用啼哭。另外，又取一葫芦，叫他带回给星卜师。她既去，儿子也循原路回家。他把葫芦掷入星卜师的房间，于是，所有的星卜书籍，都被烧掉了。①

六

现在，轮到属于第三组的篇章之叙述了。

第一个，我们就提到《华姑》吧。据说，古时有穷少年张三。一天，他在山前的河旁捞草，忽然跑来了一只老麋鹿，向他乞求救命。一会，猎人来时，他依照了老麋鹿的话把他骗走了。老麋鹿忽变成老头子，请他一道到它家里去玩。他到山洞里，备受了优待。老麋鹿又叫孩子们送米到他家里，并替他盖好房子。过了几天，他要回家，老麋鹿怜悯他没有女人。便对他说，它家后花园里，有八位仙女在池里洗澡，衣裳都挂在池旁的树枝上，他若取了一套跑回家里，自然有一位给他做妻子了。他依了它的吩咐做去，果然得到那

---

① 见中山大学民俗学会的《民间故事调查表》(未刊稿)。

本来住在北方很远很远的华姑。结合两年后,她养了一个男孩子。一天,华姑问张三宝衣藏在什么地方,他给甘言所打动,便老实说出来了。他说完话,到山洞里去看老麋鹿。老麋鹿知他的妻子寻到从前的衣服,必已经抱着小孩跑了。便给了他一个小瓶(含在口里,使人不饥饿),并告诉他去找寻妻子的方法。他听从了老麋鹿的话,便向北方走去。走了三天,到一块地方,被一条大河阻住了去路,因为得了河岸上一位老婆子抛线锤子的帮助,才安稳地渡了过去。他一直走了七天七夜,到一座荒山上,才会见了所想念的妻子和儿子。她很感激他的殷勤,并说明自己母亲是一个欢喜害人的老妖精。他见了岳母,依妻子的吩咐,不敢吃她(岳母)命令吃的饭。夜里他歇息在东廊房,岳母使蚊虫精去吃他,因为华姑绿手帕的帮助,得免于难。第二天晚上,他睡在西廊房,又来了吃人的黑蚤精,但同样地因为被认为华姑(他盖了她的绿手帕)而幸免了。次天,岳母觉得他还有点本领,所以不再想谋害他。因此,他们夫妇便快乐地住在这荒野的山上。[①] 这故事的记录者,是孙佳讯君,但采集地域,却没有注明。

第二个,是陈凤翔君所记的《刘孝子娶仙女》。流传地是浙江的台州一带。据说,从前某村,有一个姓刘的人,平日很孝顺父母,所以人家称他做刘孝子。他家里很穷苦,到了三十岁,还没有讨妻子。他怨恨土地菩萨没有保佑他,所以把偶像凌辱了一阵。晚上,梦见土地菩萨来指点他得到美丽的妻子的机会。第二天,他便依梦中所听得的话去做。带了铁锄,在离家三十里的松树旁掘了一

---

① 见林兰编《鬼哥哥》第四六页。

会,果然发现了一条巨大的蚯蚓。他立即闭着眼骑在它的背上飞去。到耳边没有风声时,他把眼睛打开了。当前立着的是一位土地菩萨。他告诉他说,这里已是天上。天上有七颗星(即北斗星),是七姊妹。今天她们要到某处烧香,必须经过此地。他躲在这里等待着。到那时候,让她们前面的六位走过去,将第七位抱住,她便是他的妻子了。土地菩萨说完忽不见,他便伏在一间凉亭里等着。不久,仙女过时,他抱了最后一个,于是,她便成了他的妻子。他们同回到人间。但世代已离他别家时很远了。仙女以法术造出大房子和许多器物。不知怎样,事情给仙女的父亲知道了。他愤怒地到了人间,把刘孝子和自己的女儿带回天宫去。一面把女儿关闭在冷房中,一面以严刑处置刘孝子。当天,他吩咐下人,于晚上把刘孝子送进水牢淹死。他第四个女儿,把消息传给七妹。于是,刘孝子得了妻子和她姊妹们的帮助(给了他一个避水的纸包),才安然过了这难关。次天,仙女的父亲,吩咐下人当晚把他送进火牢烧死。又被第四个女儿泄漏了消息。刘孝子得了妻子所给予的小瓶(瓶里装着水)的助力,仍没有损伤地过了一夜。父亲恨极了,便准备自己去处理不怕水火的刘孝子。第四个女儿,仍然把这消息传给了七妹。于是,她便偷走出了冷房,去预备帮助丈夫。当父亲拿刀来杀刘孝子时,她却掷去一个布包,他便失明了。他们夫妇乘此机会,重回人间过甜蜜的生活。以后,天上七颗星中只有六颗光耀着,就是这个缘故。①

　　上述两则,除这故事一般共有的情节外,其较特异的地方,如最后一段,便是前举许多则中所没有的。

------

　　①　见《新民半月刊》第三期。

七

　　除前述三组的许多篇章外，有在别的型式的故事中，包含着这故事（天鹅处女型故事）的一二情节的。这些，本来原可略而不述。为了材料上提供的较周详起见，不妨试举一例，以资参考。

　　我们就举出米星如君所记的《孔雀衣》吧。这故事，从大体的情节上看，是属于在中国境内流行颇广的"百鸟衣型"①。但前面叙述主人公白秀得妻一段，却假用了这天鹅处女型故事一部分的情节。据说，主人公生性呆呆，屡受同伴们的欺骗。到了七月七日，那些聪明的人们，又打算欺哄他了。他们当他走过时，便说当天的半夜里，南天门是会开的。从天上下来许多的仙女，都落在村后的山上。山顶上有一个清水池子，仙女们要到那里洗澡。又说，天上的仙女，每年有一个下来嫁给世上的凡人。若是谁有福分，今天夜里到山顶上去，伏在池子的旁边，定会看见她们，而且不定可得到一个做自己妻子。白秀听了他们的怂恿，半夜里果然到山上的池旁去等候。当好听的音乐把他的睡眠惊走时，见从水池的那边走过了七位仙女，都穿着轻飘明丽的衣服。等她们走过面前，他便把末了一位的裙子拉住，要求她做自己的妻子。仙女终于笑着答应他了。从这以下，述的都是属于百鸟衣型一般所具的情节，和

---

　　① 见拙作《中国民间故事型式》，其情节大致如下：（一）一人，得一美女为妻。（二）他恋家废工，妻令带己（她）像往工作。（三）像为风吹去，贵人得之，大索图中人。（四）妻别时，嘱他日后以百鸟衣往叫卖。（五）贵人堕其计中。夫妻再合，并得富贵。

天鹅处女型故事没有关系，不更说下去了。①

八

在这里，让我来做一点比较的探讨吧。

干氏《搜神记》和《玄中记》的记录，不但在文献的"时代观"上，占着极早的位置，从故事的情节看来，也是"最原形的"，至少"较近原形的"。关于这，我们只消把它和西村教授或雅科布斯氏等所拟定的型式一比较看，便自然地明白了。

这故事，到了句道兴氏的记载中，便有很大的演化。以前的女子，是鸟的变形（衣毛为飞鸟，脱毛为女人），现在的白鹤，却反是仙女的化身了。中间如术士的教唆，田章的召对等重要情节，都是出于后来的增益。此外，像干记中没有明言男主人公姓名，句记中却说是田昆仑②，干记中的女子六七人，句记中却说是仙女三个，干记中女鸟生三女，句记中却说是一子，干记中女鸟使女问父亲而晓得了藏衣的处所，句记中却说是仙女自己向婆婆问出来的等差异，以及其他干记所没有，而句记细写着的零星情节，更不必细述了。总之，这故事情节的进展，在一千年前③已是那样地足令人惊异了。

---

①　见米星如君编述的《吹箫人》第一〇〇——一一五页。

②　我国古代有所谓"昆仑奴"，唐人文籍中尤常提及。据近人考证的结果，是指一种"黑奴"（参看《现代学生》第一期《昆仑奴考》）。这里田昆仑的"昆仑"二字，自然有指为"黑奴"的可能，但却未必一定这样——由公名借为私名，可能性也很大。又"田"字，必一定是姓，因为下文他的儿子叫做田章。

③　敦煌所发见的文籍，其写藏年代，约从唐末始，至宋初止，最近的也在千年左右了。

属于现在这故事的第一组的所谓"牛郎型",大概共同的情节如下:

一、两弟兄,弟遭虐待。

二、分家后,弟得一头牛(或兼一点别的东西)。

三、牛告以取得妻子的方法。

四、他依话做去,得一仙女为妻。

五、仙女生下若干子女。

六、仙女得衣逃去。他赶到天上被阻。

七、从此,两人一年一度相会。

四个记录里面,虽然大致的情节是相同的,但部分的或极微末的地方,自然不免互有差异。为了阅览上的方便,我们不妨略选几点,写出一个对照的表来——

	主人公	仙女数目	子女数目	离去原因	划河者	隔居原因
赵记	牛郎	许多	一男一女	骗得衣服	王母	燕子误报
洪记	王二	一位		向母庆寿①	王母	王母之命
郑记	牛郎	一位	两个孩子	取得衣服	织女	鹌鹑误报
孙记	牛郎	七位	一男一女	骗得衣服	织女	天帝之命

注:① 女主人公的回到母家庆寿,是和丈夫一道同行的,和普通的单独离去(并且是偷偷地离去)的不同。

第二组里四则,它的较根本的型式,大约如下:

一、仙女(大多是星之女神)由于天帝之命或自己的缘分,下嫁一凡人。

二、仙女生子后,以某种原因离去。

三、儿子思母,以术士或父亲的教唆,而寻见了母亲。

四、儿子得利，术士遭殃。

五、解说某种自然现象所以致然之故。

各篇中，也有部分情节和这"型式"不尽符合的。例如，术士因泄漏天上的事情被报复一点，在孙佳讯、黄廷英二君的记录上是没有的。又如关于某种自然现象成因的说明，也不是很普遍的，所以在两位黄君的记录上都看不到。（两君的记录，同是采自广东境内的传说。）其他，各篇尚有或大或小的诸差异。好像在黄廷英君的记载上，仙女的儿子是历史上大名鼎鼎的董仲舒，于其它各篇中，他却是连姓名都没有的"谁某氏"。仙女的离去，大都是出于自动的，但在孙君的记录上，却出于术士符箓的迫勒（虽然同样说是因缘分已尽）。在黄伯彦君的记述上，这故事极重要的情节之一——仙女或鸟浴于水中——却变成十分稀淡的残影（七月七日，七仙女装做乞丐模样在桥上经过）了。此外，歧异的地方还尽有着，读者当能更详细地留意到吧。

第三组中的故事，我们试假定它共同的型式如下：

一、一男子有某种美德。

二、他以动物或神仙的帮助，得一有超自然力的女子为妻。

三、女子生子后，自动或被动地离去。

四、女子的父或母，以异力谋害男子。

五、他以妻子的帮助得免。

六、女子的父或母宽恕了他们，或他自己反受祸。

这组虽然材料只有两则，但除较基本情节的相似外，彼此歧异的地方也颇不鲜少。略举数点如下：一、男主人公得助的原因，在孙记是救了老麋鹿，陈记说是他愤辱了菩萨。二、使男主人公得妻的经过，孙记大略和这故事一般的述说相近（由动物的吩咐或引带，他窃取了女鸟或仙女的衣装,而得到她为妻),但陈记却有骑着蚯蚓到天上去一类的情节。又陈记中仙女非为洗澡而来,乃因烧香经过,也不是普遍的说法。二、男主人公到妻子的母家去,孙记说是寻找妻子,陈记以为是被妻父所带走(与妻子同被带走)。四、男主人公的遭危难及解脱,孙记是他被送到东、西廊房,夜间动物精前往侵害他,依妻子的手巾而得免,陈记却说他被送进水、火二牢,以避火及避水的宝物(妻子所给与的)而脱险。五、收梢,陈记说明天上某星光所以不亮的缘故(和前组的林君的记录相同),孙记却没有这种说法。其他更微末的异点,不必尽举了。

最后,关于米星如君记述的《孔雀衣》中所包含的这故事(天鹅处女型故事)情节的一部分,是一般同型故事的记录上所共有的(自然同时也是重要的部分),这该用不着叨叨申说了吧。

以上所做的比较工作,自然是很粗略的,并且比较的范围,大都各限制于狭小的境域(如以古代的与古代的对比,现代的又分为各组而相较)中。但为给予读者一个较简单明了的印象,这也许勉强足够了。

九

前节把中国古代和现代的天鹅处女故事,枝节而粗略地比较了一番,在本节里,我们想把这故事的形态上的变化,再概要地叙述几句。话分做几段说吧。

（一）旧有情节的修改

　　一个故事（民间的故事）从前代传到后代，或从甲地传到乙地，它的形态必然要或多或少地被修正改削。这种修改，有人仅仅归因于口舌传述的错误，这是太把修改者的心理（无论是意识的或非意识的）忽略了。因为时间上的或地理上的文化程度高低的不同，往往把传来故事的原有情节，给与以适合于自己社会的习俗和心理的改正，这是学者们所公认了的事实。例如灰姑娘式故事[①]，在文化较高的社会里所说的那位帮助女主人公的仙女，在文化低级的社会里，原只是山羊或牛或狗之类[②]。把这种歧异，单看做由于误传的缘故是很缺少理解的。

　　在这故事（中国的天鹅处女型故事）里，对于原有情节的修正的地方颇为繁夥。我们选择几点较重要的说说吧。

　　（一）在干记上的女主人公女鸟，自句记以下，差不多无例外地都变成仙女了。

　　（二）女鸟或仙女的无意被男主人公看到，在现代有些地方的传述上，便变成自己有意的（如灌云、罗定的）或被命令的（闽南的）行为。

　　（三）女鸟或仙女衣装被盗因受劫持的情节，在现代的传述上，变成女身被抱住，或衣裙被拉牢（前者如陈凤翔君所记，后者如黄伯彦君所记——但在这里，拉衣裙的人已不是她的丈夫而是儿

　　[①]　当时也称灰娘式故事。——编者注
　　[②]　据英国人类学者安德留·兰（Andrew Lang）氏的说法。

子了)。

（四）女鸟或仙女，到后来得衣而遁，在现在或变为缘尽而去，或以别种理由而离开（前者如林惠、孙佳讯二君所记，后者如洪振周君所记）。

前述四处情节的改变，大都是有社会文化史的意义的。原始的社会不存在了，它遗留在文艺（神话、故事、民谣等）中的事物和思想等，不再适宜于后阶段社会人的理解，所以不能不按照着当时的思考给以变形。这些修正，一方面是促进了故事的合理性，一方面却渐渐地使它远离了原始创作时的形态了。

（二）吸收或混合了别种故事的情节

吸收或混合了别种故事的情节，使自身渐渐地和原始的形态显出了不同，这也是一般传播广远的故事的常例。中国的天鹅处女型故事，在这一点，并没有什么例外。略掇举数点于下：

（一）句记中后段述朝廷官员因为打猎得了奇物，没有人能够辨识，便召回远谪的田章来询问。他一一给以满意的答复。这一种"答奇问"的情节，大概是从别的故事上吸收来的（或者重新创作的）。

（二）现代的牛郎型四篇记录中，除了孙佳讯君的以外，首段都混合了在我国民间故事中最常见的"两兄弟型"的情节。

（三）句记及林、黄（伯彦）二记，都混合了一部分术士泄漏天仙行事的情节。孙、黄（廷英）二君所记虽略有不同，但可看做这种情节的变形，或对另一种情节的吸收（后者用以解黄记较妥当）。

（四）第三组的两个记录，都有男主人公到了妻子家里，被她的父母所虐待的叙述,这种施用酷刑的情节,也是从别的故事上吸收过来的。

这种情节的吸收,大抵自然是为了"必要"的关系,但其中也不无是一时偶然拌合的吧。

(三) 故事性质的转变

在后代流传的民间故事(Folk Tales)中,有许多是由于原始时代的神话(Myth)、传说(Legends)堕落而成的,这是神话学者、童话学者所常说的话。反之,民间故事也未尝不可以变成严肃的神话或传说。两者实有彼此变换的可能,不,两者还有"循环转变"的可能。

天鹅处女型故事,它开始时便是一个民间故事,抑是由于神话的堕落,这笔老帐颇难数得清楚,并且恐怕各地所有的,来源未必尽同,倘使我们不赞成全世界这型式的故事,都出于同一根源的话。但就中国这故事最早的记录看,却只是一个"民间故事"。如果后来这个故事的演化,是由于这里(即干氏等所根据的民间故事)做出发点的,那么,我们可以说,这故事是由民间故事而转变为其他性质不同的故事——神话、传说的。

(一) 变为名人传说　在句记上已有这种意味。不过,所谓田章并不真是历史上有名的人物,而只是传说中的"名人"而已。在现代某地方的传述中,便老实把它和汉代的名儒董仲舒拉在一起了①。

---

① 这地方的董仲舒,恐怕因句记中所说的术士董仲而缠误的吧。但无论如何,一个民间故事被变形为名人传说是很常见的事。

又在林君的记录中，所谓术士的就是有名的鬼谷子先生。

（二）变为自然现象起源神话　在"牛郎型"中，这故事都成为解释牛郎、织女两星运行的神话[1]。又在有些地方，或变为星光的解释（如林君、陈君所记），或成了潮声的说明。

此外，如林君记录上谓术士书籍被烧毁后，人间再不能晓得天上仙女们的行事（黄伯彦君所记梅县的传说，虽没有明白写出，恐也有同样意味），这也是一种解释性的神话——关于人事的神话。

以上所述三种形态上的变化（旧有情节的修改、吸收或混合了别种故事的情节及故事性质的转变），自然是择举较重要者叙说而已。其他还有枝叶的变态，这里姑且从略了。

十

在这里，我们要做点关于这故事所含的质素的探讨，这可以略补足前文过偏于形态方面的论述吧。

---

① 中国的牛郎、织女星神话，起源甚古，在传播上形态也屡有变化（参看《妇女杂志》十六卷第七号黄石先生的《七夕考》及中大《语言历史学研究所周刊》第一集第十一、二期拙作《七夕风俗考》）。但像现在这故事（天鹅处女型故事）的牛郎型所具的形态，于文籍考核起来，在宋代也许已经存在。龚明之（宋人）的《中吴纪闻》有一段云："昆山县东，地名黄姑。父老相传，尝有织女、牵牛星降于此地。织女以金篦划河水，河水涌溢，牵牛因不得渡。今庙西有百沸河。……"这记载，虽于二星故事写得太缺略了，但现代牛郎型故事中的以金篦（或作金钗之类）划河的情节，在这里已昭然地存在。且从这记载的文意看来，牵牛和织女，因故互相追逐的情事，并非毫没有线索可寻。所以我疑心在当日，现代牛郎型的情节已相当地成立了。《江宁府志》记织女庙条，文意大约和龚记相近，并说该庙是宋咸淳五年，嘉定知县朱象祖重修的。

自然，这故事依前文所叙述，篇章相当的繁富，它里面所包含的要素也不免很庞杂。因为篇幅的关系，我们只能从中选择出若干点，加以适度的论述。假若比较重要的那些不被刊落，这目的就算完成了。

一、变形　这是世界神话、民间故事中所共同的要素之一。它出现在故事中的形态很复杂，但归纳起来，可分两类：一类是自动变形的，另一类是被动变形的。后者例如格林所记《蛙王子》、《百合花和狮子》等的男主人公，都是被魔术师使变形的①。前者例如阿西娜的变海鹰，海神的幻形为狮子、野猪等②。但西洋民间故事中的变形较多属于后者，在中国呢，却以前者为常见。天鹅处女型故事的变形（女鸟化为女郎，或仙女化为白鹤），也是前者的一类。像这种禽鸟或兽类，化为女子，或仙女化为鸟类的故事，在中国古代文籍上，或现代民间口碑中，真是不少③。关于鸟类化为女子，以至仙女化为鸟类的原因，西村氏引用哈特兰德博士的话，疑这是图腾主义时代的思想，以为脱羽衣而沐浴的理由，虽不呈现于故事的表面，但所谓白鸟舍弃重荷而发达为人的过程，似潜藏在故事的里面④。这自然是有相当理由的看法。但我以为鸟兽脱弃羽毛或外皮而变成为人的原始思想，或许由虫类脱蜕的事实做根据而衍绎成功的也未可知。我们故乡，有一个关于"人为什么会死"的解释神话。大意说，人类本来是没有"死"这回事的，到了老年，只要像

① 俱见《格林童话集》。
② 俱见于荷马（Homer）的第二史诗 *Odyssey* 中。
③ 例如猪变女子（《搜神记》卷十八），白鹭变女子（《搜神后记》及刘氏《幽明录》等），鹿变女子（《太平广记》引《五行记》），狐变妇人（张读《宣室志》），又天女化燕子（《采兰杂志》等），仙女化白鹤（《太平广记》引《河东记》）等等。
④ 见《神话学概论》第三七四页。

虫类一般脱了一回皮（即蜕），便又回复少年了。后来，有某人，正在脱皮时期，误被媳妇所窥见（破坏了他的禁戒），从这以后，人间便永远存在着死神了。这明明是应用虫类蜕化的事实到人类上面来的想法。又如前人所记董上仙故事，关于她仙去时的情形，有云："因蜕其皮于地，乃飞去。皮如其形，衣结不解，若蝉蜕耳。"这和上述神话，都足以加强我的"假设"成立的可能性。至于由仙女变成鸟类或兽类，可以看做这种思想的引申或递变，抑或由另一种思想（当然也有某种事物做根柢的）所形成的。

二、禁制　禁制的风习，在原人社会中有很大的势力，因而于神话及民间故事里，也深映着它的踪迹。例如西藏的《白鸟王子》的故事，女主人公阿乃杜，误信了老妇（大约是妖妇吧）的话，把白鸟王子（这时他被魔法变为白鸟）所卸下的羽毛烧掉了，因此他（白鸟王子）便失掉了灵魂——虽然结果仍由她经过种种困难去换回了它[1]。希腊神话中，爱神丘比特和赛支恋爱的故事中间也有一段和这意味相仿佛。中国民间故事中，如《直往西南》里的男主人公因违背了妻子的告诫，在中途张开了雨伞，因此使她（妻子）陷于苦难的境地[2]。这也是一种禁制。天鹅处女型故事中的女鸟的羽毛或仙女的衣裳被人所藏匿，便不能不受人的支配。一直到她重得了羽毛或衣裳，才恢复了原来的自由。这是显然的禁制思想的表见。

三、洗澡　这故事中除了极少数的变形外，差不多都有洗澡的情节——女鸟或仙女到池或海中洗澡的情节。这看去虽然是像不

---

① 见远生氏编译的《西藏民间故事》。
② 见谷万川君编述的《大黑狼的故事》。

关什么重要的事,但在民俗学上的意义是颇可吟味的。在神话和民间故事中,这种女性(人间的或超人间的)洗澡的叙述,往往可以碰到。希腊神话里面,常见女神们在溪涧或海中洗浴的事①。在印度,也有王女到外面的池里洗澡,遇着了豹的一类故事②。中国故事中的这种情节,最深印于我们的脑海的,怕是《西游记》里蜘蛛精在濯垢泉洗澡,而猪八戒前往鬼混的一幕喜剧吧③。前人所记关于融县铁船山的仙女泉的传说云,七月七夕,尝有仙女浴于泉侧④。这不但洗澡一点和天鹅处女型故事相近,并且使我们不能不怀疑到它原是这故事所吸收或分出的一部分。现在民间故事中,如《摘心避难》的男主人公,在山里见到池中一位天女似的姑娘在洗澡(她是大红蛇变形的)⑤。这也是一个显例。这类情节的叠出,是颇有可研究的意味的。许多关于原人的记述中,常提到他们在河海中野浴的事。例如清人六十七在《番社采风图考》中,记台湾野人妇女的川浴云:“彰化以北,番妇日往溪潭盥颒沐浴,女伴牵呼,拍浮踥蹀,谑浪相嬲,虽番汉聚观,无所怖忌。”这故事所具有的洗澡的情节,看做他们(原人)平日实际生活的反映,自然是很正当的。但我们如果再做进一步的思考,也许可说其中或带有“除秽”一类宗教上的意味。说到这里,我联想起古代弗里季地方,他们的女子在结婚之前,照例要到河里去洗澡,目的在奉献她们的贞洁于费略

---

① 例如月神狄亚娜常和她的从者在深林的小川中洗澡。史克拉在清池中洗浴,为格老苦士所看见等,不一而足。

② 见戴伯河利(Lal Behari Day)的《孟加拉民间故事集》(*Folk Tales of Bengal*)《豹媒》篇。

③ 参看《西游记》第七十二回。

④ 见《名胜记》(据《月令粹编》卷一二所引)。

⑤ 见谷编《大黑狼的故事》。

斯精的民俗①。又希腊及许多印度欧罗巴民族间，多有相似的风习。著名学者卫斯特马克氏（E. Westermark）以为这种行为，暗示着"净化"的目的②。我们虽然不敢遽然断说这故事中洗澡情节的原义，是一种献贞或净化的作用，但在后来的传说上，或多或少地带着这种意味也未可知。再者，这故事中的女主人公原本是一种鸟类（外国大多是天鹅，中国则是女鸟）。鸟类里面有许多是常沐浴于水中的（如天鹅、凫、鸥、鸳鸯等）。脱羽毛洗澡的情节，或仅是原人极幼稚的一种推想也未可知。（后来的仙女洗澡，是一种情节上的因袭，或者夹杂着另一种意义。）

四、动物或神仙的帮助　再没有比动物友谊地或报恩地帮助主人公的情节，更普遍于民间故事中的了。欧洲故事中，像《靴中的猫》③一类的谈述，是大众所周知的。中国古代记录上，像《蛇衔珠》、《黄雀入梦》的故事④，我们也不至于忘记吧。和动物的帮助人相近，神仙（超自然者）也常在故事中演着这种脚色。这在古代希伯来民族及希腊民族的神话、传说中，已不是怎样生疏的事例了。中国古今的故事中，这类情节更丰富。随便拈掇一例，如张成因幻形为妇人的神明的帮助，岁岁大得蚕⑤。这是一个极普通的民间故事。中国的（其实别国的也有一样的）天鹅处女型故事，有一部分的说法，是含着动物（牛或鹿）或神仙援助男主人公的情节的。这在故事的演进上看，是以后吸收而来的成分的一种。但就这种

---

① 见沙尔·费勒克著的《家族史》第十二章。
② 见卫斯特马克氏的《人类婚姻小史》第八章。
③ 法国贝洛、德国格林等皆记录过这故事。
④ 前一条是隋侯故事，后一条是晋杨宝故事，详见干宝《搜神记》卷二十。
⑤ 见干氏《搜神记》卷五。

"成分"的本身看,却是在故事中很普遍而富于文化史意义的东西。人类学者们以为动物对人类报恩或友谊的资助,这种故事的发生,应追溯到人类生活和动物还有密切关系的时代。而神仙(超自然者)和人类交涉的思想,也已远在人类宗教行为产生的远古时代。

　　五、仙境的淹留　哈特兰德博士在他的名著《童话的科学》中,所论述到的五类童话,里面有一种,就是"仙境淹留"(Supernatural Lapse of Time in Fairyland)。这种类型的故事,虽然各地所传情节不很一致,但重要之点却是大抵相同的。记得宋人绝句云:"娟娟红树碧峰前,为爱桃花入洞天,偶逐霓旌才百步,却忧人世已经年。"①又云:"棋罢不知人世换,酒阑无奈客思家。"②这都是歌咏淹留仙乡的情景的。欧洲民间故事中,我们可举出格林所记,牧人彼得因追踪亡羊的缘故,到了一个仙人所居的洞穴,回来时人世已历二十余年的故事③。中国古籍上关于这类型故事的记载,最为我们所熟悉的,是晋朝王质入山采樵,看两位童子下棋,等到棋下完时,他的斧柯已经烂了的传述④。但和天鹅处女型故事中的这种类型情节(指陈凤翔君所记录的)相近的,是刘晨、阮肇误入天台的故事⑤。因为两者都是说及男女两性的因缘的,和彼得、王质或李班、惠霄、蓬球等⑥传说颇有不同的地方。

---

　　①　陈尧佐《洞霄宫诗》。
　　②　欧阳修《梦中作》。
　　③　见英译本《格林童话集》。
　　④　见梁任昉撰《述异记》等书。
　　⑤　见《太平广记》六十一引《神仙记》。
　　⑥　李班等故事,都见于唐段成式撰《酉阳杂俎》前集卷之二。

十一

前节纪述了这故事所含的要素五种,在本节里我们还要继续写述下去。

六、季子的胜利　据学者们的搜集和研究,人类的家族制度上,曾经存在过一种奇异的继承法,就是继承家业的,不是年纪长大的儿子而是最幼小的季子。这种制度,现在亚洲、美洲、澳大利亚等处的自然民族多尚残存着。而世界上许多文明的民族,它的上代大都也可以找出实行过这种制度的痕迹。有力地证明着这种初期的继承制度的,是神话、民间故事中"季子胜利"题材的普遍。《小说的童年》作者麦考劳克(J. A. Macculloch) 氏,谓周英斯(W. H. Jones) 氏的《马札尔人民间故事集》所收五十三个故事中,竟有二十一个是属于"季子胜利"式的。日民俗学者松村武雄氏说:"这种现象,殆一切民族的故事所共通的。是不问东、西洋,也不问自然和文化民族地显著的民间故事的普遍相之一。"①西洋故事中如前文所提到《靴中的猫》,便是季子胜利式的好例。中国古代,是否存在过季子相续制(Ultimogeniture),这问题还有待于社会学者们的探讨、证实,但民间故事中这种情节的存在,确乎是无可怀疑的,至少现在口碑中,这种讲述极为丰富。我们试举一个最显明的例,如"狗耕田型"故事,占胜利的总是年幼的弟弟,而齿长多谋的哥哥,

---

① 见松村博士所著《末子相续制与故事》(《民俗学论考》第三三三页)。

所赢得的无非是恶劣的结局①。中国的天鹅处女型故事，在现代某几处地方的叙述上，也显明地具有这种情节。据我想，这大约是从本来独立地存在的狗耕田一类兄弟型的故事中吸收了来的。

七、仙女居留人间　和前节所说的凡人淹留仙境的"主题"相反，而一样地广布于故事中的，是仙女居留人间的故事。希腊神话中，往往有上界女神到人间帮助凡人，或和他们结缘的，这是大家知道的事②。中国古代记述中，这种型式的故事也非常的丰饶。如晋干宝所记《园客妻故事》，云园客貌美，没有娶妻。后来有天上神女，下来助他养蚕。不久，便一道成仙去了③。这以外，像成公智琼、杜兰香④等故事都是好例。但以上所举的，不过泛说是仙女，没有指明是何种星宿的女神。和天鹅处女型故事中现代一部分的说法（指把那仙女认为七星之一的说法）尤相似的，莫如唐朝牛峤所记的织女下偶郭翰的"罗曼斯"⑤。这篇记录写得很缛艳，自然是和当代许多传奇性质相近的东西，但它的骨髓里，怕不会没有若干民间故事的成分吧⑥。

八、缘分　神话、民间故事中的重要质素，大多是世界上各民族所共通的。这只要看本节和前节的一些论述，便可以相当地感觉到了。但也不是完全如此。有许多要素则是仅存在于少数民族

---

① 参看拙作《中国民间故事试探》（《民众教育季刊》第一卷第一期）。

② 仙女到世上帮助凡人的，如荷马史诗中所述，其例甚夥。至和凡人结缘的，像丘比特女儿的下恋安特米翁之类便是。

③ 见《搜神记》卷一，又出《女仙传》（据前人类书所引）。

④ 见《太平广记》引《集仙录》及《墉城仙录》。

⑤ 见牛氏所著《灵怪录》（依《唐人说荟》本）。

⑥ 这故事大概的情节，和晋以来许多笔记小说所记载的相似，而天上织女下嫁凡人的故事，也不是很仅见的。例如为董永偿债而来的仙女，便自称是"帝之织女"（参看《搜神记》卷一）。

中间的。例如我们现在要谈到的"缘分"，便是其中的一个。在西洋及其他各处的故事中，说及缘分的似乎很少见。在中国，不始于现代，自六朝以来的记载上，含有这种成分的故事，早就大量地存在了。这种故事的情节，大致说天上的仙女，以和世人有宿缘的缘故，自动或受天帝命令去和那人结合。后来缘尽，便独自回上天去了。这是约略的说法，实际上各故事自然有和这稍稍出入的地方。例如前人所记唐宝历时封陟的故事。那仙女以"业缘遽紫，魔障剡起"的缘故，虽然对这位男主人公怎样地献媚殷勤，无奈他老用着"不欺暗室"的理由回绝她。结局，他却不免陷于恸哭自咎的境地。① 这便是一种较特异的说法。（其实，这种变异，可能是儒教思想所渗入的结果。）中国天鹅处女型故事中关于缘分的情节（洪振周、孙佳讯二君所记述的），是很近于通常的形式的②。本来缘分的思想，不是中国的固有物，这只要查考一下汉、魏以前的神话、传说便了然了。它大约是跟佛教一道传入中国的。所以，六朝以来的故事中，多浓郁地带着这种色彩。自然，我们晓得一种思想或制度，由甲地传至乙地，在那里所以能够发育滋长，是要有相当的土壤的。但关于这问题的话只能暂止于此了。

九、术士的预测 法术（Magic），到了我们文化已高度进步的社会里，和微生虫在极讲究卫生的场所一样地是不适宜于存活了。但在文明民族的远古时代，或现在尚停留在文化史初期的自然民族，法术在他们的社会里一般是演着很重要的角色的。近世考古

---

① 见前人类书援引《传奇》。
② 这种型式故事的记载，屡见于前人笔记中。兹特举近人记录的一个民间故事为例。某君所述的《水獭精》云，当水獭变成白面书生，走进船舱里时，对赵家的女儿说道："我俩生前有缘分，我早已被你迷住了。"（《小猪八戒》第四八页）

学者和土俗学者所揭示于我们的事实,是怎样的显明而真确。英国人类学者马栗特(Marett)博士说:"法术实未开人秘密的科学。"①这话是很接近真理的。法术,在它产生的初期,也许是由于一般人执行的,到了后来,便渐渐有了术士、巫师一类的专门家。于是,大部分较重要的法术,都由这种专家去司理。神话、民间故事中,以法术或术士作为要素而组成的,是很普遍的事。如古代阿刺伯故事中,所谓非洲法术师,使徒弟下地穴盗取神灯的事情,我们凡读过《天方夜谭》的人,是不会忘记的。埃及故事中,含有法术或术士的要素的,到处可以找到②。我们中国,在古代已很富于这种故事了。其中说术士能预知神仙的行止,像天鹅处女型故事里所具有的一样,我们可以举出三国时管辂的故事为例。据说,这位大术士,一天去到平原地方,见了一位姓名叫做颜超的小孩子。他断说他不易活到壮大。于是,小孩子的父亲便求为设法延命。他指点他们于某天用酒食去诱求在大桑树下弈棋的仙人,找寻解救的办法。颜超依话做去,果然获得完满的结果③。这和天鹅处女型故事中,术士嘱咐仙女的儿子,于她(仙女)下凡或在某处经过或洗澡时,把她缠住的情形,不是极相似吗?

十、出难题　人类或超自然者课役人去从事于智力上或体力上种种艰难繁重的工作,而被役者终获得了胜利(或否)。这种情节,在世界各民族的神话、民间故事里,是广泛存在的。古代希腊

---

①　见博士所著《从咒文到祈祷》一文。按博士此话(法术实未开化人秘密的科学),乃为修正世界著名民俗学者弗雷泽(J. G. Frazer)博士的"法术是相应于我们的自然科学的未开化人的科学"的话而说的。
②　例如《木乃伊与法术的书》、《比赛法术》、《苦敷王与法术师》及《咒的黑箱》等故事,不一而足。
③　见《搜神记》卷三。

神话,说半人半兽形的斯芬克斯(Sphinx)蹲在道旁,要求过路的人猜它那"早上用四只脚,白昼两只脚,晚上三只脚走路的是什么"的谜语,这不是人家更熟悉没有的故事么!古代印度的故事中,像耶沙怕尼王误听了恶臣的谗言,使正直的和尚去做种种超越人力的工作①,也是这类故事的适例。关于试验智力一类的故事,中国现在民间颇丰富②。要求和女子结婚的青年,被女子的家族课以种种困难的工作或可怕的危害,但他卒因女子(或超自然者)的帮助,得以成功,这是所谓有名的"求婚故事型"③。我国古代记录中,如杨伯雍求婚于著名徐氏之女,徐氏故索白璧一只为聘仪,杨氏因超自然者的助力,终于达到他的目的④。虽然这故事的一部分情节,和一般的求婚故事型略有出入,但因求婚而被课以自己力量上所难办到的事物,而终由于"他力"的帮助解除了那困难,这种要点是赫然存在的。天鹅处女型故事的古记录中,田章被召回的时候,有解答奇异问题的情节。这大体上可看作"答难题故事"一类的说法。

至于近人孙佳讯、陈凤翔二君记录的末段,说男主人公到了妻家,受尽种种的虐待,终因妻子的帮助免于危难,这简直是一般求婚故事型中重要的情节了。

除本节和前节所论述的十项外,关于这故事中所包含的要素,尚有好些。不过在这方面确已写得不少了,还是暂告结束吧。

一九三二年夏作于西湖

---

① 见于印度的古童话集 *Jataka* 中。

② 例如《李太白识破蛮书》、《孔子穿九曲明珠》等故事。

③ "求婚故事型",即故事学者所谓"远旅的故事"(A Far-travelled Tale),这类故事的著例,像希腊《耶松取金羊毛》、日本《大国主命逃出根坚洲国》等都是。

④ 见《搜神记》卷十一。

槃瓠神话的考察[*]

引言

　　槃瓠神话是中国南部少数民族祖先起源的神话[①],具有高度的文化史的意义。在这个神话中,我们可以窥见原始人生活、习惯及思想的一斑。如果把从古到今世界上各民族的同类神话搜集起来,进行精密的整理和研究,这对于阐明人类幼年期的文化史,无疑将会有所帮助。

　　槃瓠神话虽然只是偶然地被记载在早期的中国文献上,但这终究是一件可喜的事情。根据可靠的材料,这个神话在东汉时代

---

　　[*]　本文(日文本)原载日本《同仁》第十卷第二、三、四号,1936 年 2—4 月。

　　①　关于中国南部各省的少数民族,古来许多文献上,几乎都说是槃瓠的子孙。这种说法恐怕没有什么"可凭信"的价值。刘锡蕃在其近作《岭表纪蛮》中,极言只有瑶族(包括畲民)才是槃瓠的子孙,因为祀槃瓠的只有那个民族。本文引作例证的文献,较多采用瑶族的材料,偶然也引用属于苗族的材料。因为在中国古代文献上,"苗"字含有广狭二义。前者和泛称南方少数民族的"蛮"或"番"是同义词,后者则是专指某个特定的民族。为此在关于"苗"族的文献中,往往混杂有关于瑶、壮等民族生活的记录。本文在使用有关苗族的文献时,是从"苗"字的广义着眼的;凡涉及瑶族的地方,也不得不从古代文献泛称为"蛮族"。古代文献中,对少数民族往往有称为"蛮夷"之类的歧视称呼,本文有的地方又不得不引用,但并非同意这种偏见。

已有著名学者应劭的记录①。到了魏、晋、南北朝，它在流传中又产生种种的歧异，分别见录于当时文人、史家的著述。直至今日，这股余波仍未断绝。

古代的学者记录了槃瓠神话，但却不能正确地理解它。《通典》的作者杜佑最先对于范晔的记载提出非难②。到了宋朝又有罗泌出来应和。罗泌本人也被后世的学者指摘为好著录怪诞，可是他对于槃瓠神话，却毫不含糊地斥之为诡妄③。其后还有侯加地的辩难——一种"唯理主义式"的辩难④。直至现在，《岭表纪蛮》的著者刘锡蕃，还把《后汉书》等关于这个神话的记载看作是"附会无稽之词"，并由此慨叹国人之妄言妄听，正是造成学术不进步的最大原因⑤。可见这个神话在中国古代的学者们那里，所受到的误解真是不少。

然而这个富有意义的神话，决不会永远为误解的迷雾所掩蔽。目前，对于它的科学探究的曙光已经出现在学术界的一隅，而且是越来越扩大了。一九二八年，笔者的朋友余永梁首先在《西南民族研究专号》上发表了《西南民族起源神话——槃瓠》⑥，我在为他写的论文《后记》中指出这篇文章提出了两个问题：一个是"槃瓠故事

---

① 据《后汉书·南蛮西南夷传》李贤注。又罗泌也说："应劭书遂以为高辛氏之犬，名曰槃瓠，妻帝之女，乃生六男六女，自相夫妇，是为南蛮。"（《路史发挥》卷一《论槃瓠之妄》）

② 杜佑《通典》卷一八七《南蛮》上"槃瓠"条云："按范晔《后汉书·蛮夷传》，皆怪诞不经。大抵诸家所序，大多类此。"

③ 见罗泌所著《路史发挥·论槃瓠之妄》。文中有云："……是黄闵《武陵记》所志者，然实诞也。"又云："高辛氏之事，常窃诞之。"

④ 转引自清修《湖南通志》。侯加地的辩论之词如下："犬负公主至南山石室，道数千里。即使一虎负人，人将逐之，而况一犬乎？"

⑤ 见刘著第一章"瑶族"条。

⑥ 见中山大学《语言历史研究所周刊》第三集第三十五、六期合刊。

和盘古故事"，另一个是"槃瓠故事与马头娘传说"①。余文的论断虽然未必是定论，但是这种探讨是一种开创性的而且合理的研究。余文发表两年之后，笔者在起草《种族起源神话》一文时，除了引用《搜神记》中关于这个神话的记录之外，还引用了明代邝露及近人某君的记述，希图证明槃瓠原是南方少数民族的动物祖先——自认为是血统所由来的"图腾"②。但是笔者那篇文章只不过是简略的论述。对于这个富有学术意义的问题——槃瓠是南方少数民族图腾的问题——的探讨，去年由于松村武雄博士的着笔而比较有力地展开了。博士在那篇《狗人国试论》的论文中，引用了关于这个神话的历史文献及其他记录，从而推断说槃瓠是某个南方少数民族的图腾③。由于他的文章重心并不在此，有关槃瓠是南方少数民族图腾的考证只是他文章中的一个侧面，所以对于这个问题不能作更详尽的论述，但是他的探讨还是很有价值的。

如前所述，关于槃瓠神话的科学研究，现正在逐渐开展中。但是，在这个境域之内确实还有很辽阔的荒土，需要我们用很大的努力去从事开垦和耕耘。不仅是材料的搜集、比较工作需要做，有关槃瓠图腾的性质问题也需要研究。此外，我们还面临着许多新近提出而有待于解决的问题。

看到这一情况，笔者不敢偷安，决心要尽力来耕耘那些尚未开

---

① 这类问题在余文未发表之前也偶然有人论及。例如关于"槃瓠故事和马头娘传说"的问题，沈雁冰和笔者都曾先后论及。余文主要是对于槃瓠神话的一种比较的和综合的探讨。

② 见《民众教育季刊》第三卷第一号。

③ 见《民众教育季刊》第三卷第一号。松村博士在这篇论文中所引用的文献，见之于《搜神记》、《玄中记》、《后汉书》、《三才图会》等书。博士根据干宝《晋纪》的叙述，从而推断犬属是古代南方少数民族的图腾之一种。

拓的部分。这方面的有关问题都是很有趣味的,但是为了便于探讨,只能先从中选择一些来进行研究。本文主要论证两个问题,即对槃瓠神话诸记录(文献的和口碑的)的搜集和比较研究,以及确定主人公槃瓠的图腾性质。

上篇

槃瓠神话,有的文献说在汉朝已经被录于应劭的著作之中。但是,在他流传下来的著作《风俗通义》里,却找不到有关的记载。如果退一步,依从章怀太子的说法,就算把范晔的记述看作是应劭的手笔。但是,仅仅弄清楚应劭对这个神话的记录情况还是不够的。

现在且先来看看干宝的《搜神记》中有关的记录。干宝这本书目前有两种流行本。一种是作为单行本发行的,另一种则被收录在《汉魏丛书》、《龙威秘书》等丛书中。前者凡二十卷,后者十卷。两方所记载的槃瓠神话,不仅有些地方文字不同,连情节也有相异之处。松村博士在《狗人国试论》中所引用的是后者①,而笔者在《种族起源神话》中引用的却是前者。很明显,两者之中无疑有一种是后人假作或篡改过的。然而我们一时不能断定哪一种是真,哪一种是假②。鉴于这些记录都是比较前期的文献,对于这个神话

---

① 松村博士文章中引用此文献时并未注明出处,可能是从类书中转引的。由于其文词完全和丛书本的《搜神记》一致,所以笔者作此推测。

② 载于单行本的槃瓠神话,隐约可见《魏略》所记的槃瓠犬由来的传说和《后汉书》的槃瓠神话记录相混合的痕迹。然唐朝欧阳询等所撰的《艺文类聚》兽部中引用的《搜神记》记述,也有和《魏略》所载的槃瓠犬的由来相同的一段文字。所以事实究竟怎样,一时颇难断定。

的研究都有相当重要的意义,所以都抄录如下:

> 高辛氏,有老妇人居于王宫。得耳疾历时。医为挑治,出顶虫,大如茧。妇人去后,置之瓠篱,覆之以盘。俄尔顶虫乃化为犬,其文五色,因名"槃瓠",遂畜之。时戎吴强盛,数侵边境。遣将征讨,不能擒胜。乃募天下有能得戎吴将军首者,赐金千斤,封邑万户,又赐以少女。后槃瓠衔得一头,将造王阙。王诊视之,即是戎吴。为之奈何?群臣皆曰:"槃瓠是畜,不可官秩,又不可妻。虽有功,无施也。"少女闻之,启王曰:"大王既以我许天下矣。槃瓠衔首而来,为国除害,此天命使然,岂狗之智力哉?王者重言,伯者重信,不可以女子微躯,而负明约于天下,国之祸也。"王惧而从之。令少女从槃瓠。槃瓠将女上南山,草木茂盛,无人行迹。于是女解去衣裳,为仆竖之结,着独力之衣,随槃瓠升山入谷,止于石室之中。王悲思之,遣往视觅,天辄风雨,岭震云晦,往者莫至。盖经三年,产六男六女。槃瓠死后,自相配偶,因为夫妇。织绩木皮,染以草实,好五色衣服,裁制皆有尾形。后母归,以语王,王遣使迎诸男女,天不复雨。衣服褊裢,言语侏僇,饮食蹲踞,好山恶都。帝顺其意,赐以名山广泽,号曰"蛮夷"。蛮夷音,外痴内黠,安土重旧,以其受异气于天命,故待以不常之律。因作贾贩,无关繻符传租税之赋;有邑君长,皆赐印绶;冠用獭皮,取其游食于水。今即梁、汉、巴、蜀、武陵、长沙、庐江郡夷是也。用糁杂鱼肉,叩槽而号,以祭槃瓠,其俗至今。故世称"赤髀横裙,槃瓠子孙"。①

---

① 见单行本卷十四。

以上是载在单行本上面的。下面抄录丛书本的：

　　昔高辛氏，有房王作乱，忧国危亡，帝乃召群臣，有能得房氏首者赐千金，分赏美女。群臣见房氏兵强马壮，难以获之。辛帝有犬名槃瓠，其毛五色，常随帝出入。其日，忽失此犬，经三日以上，不知所在，帝甚怪之。其犬走投房王，房王见之，大悦，谓左右曰："辛氏其丧乎？犬犹弃王投吾，吾必兴也。"房氏乃大张宴，为犬作乐。其夜房氏饮酒而卧，槃瓠衔王首而还。辛见犬衔房首，大悦。厚与肉糜饲之，竟不食，经一日，帝呼犬亦不起。帝曰："如何不食？呼又不来？莫是恨朕不赏乎？今当依募赏汝物，得否？"槃瓠闻帝此言，即起跳跃。帝乃封槃瓠为会稽侯，美女五人，食会稽郡一千户。后生二男六女，其男当生之时，虽似人形，犹有犬尾。其后子孙昌盛，号为犬戎之国。周幽王为犬戎所杀。只今土蕃，乃槃瓠之胤也。①

和干宝差不多同时代的郭璞，在他的《山海经》注文中也录有槃瓠神话。郭云：

　　昔槃瓠杀戎王，高辛以美女妻之。不可以训，乃浮之会稽东南海中，得三百里地封之。生男为狗，女为美人。是为狗封之民也。②

---

① 见《龙威秘书》本卷三。文中的"会稽侯"、"会稽郡"或又写作"桂林侯"、"桂林郡"。
② 《山海经广注》卷十二。

此外，在晋朝还有一向题作郭氏所著的《玄中记》，其中也载有这个神话，大体上和上面所引的郭璞注文相同，署名上所谓"郭氏"也许就是郭璞吧①。

范晔的《后汉书·南蛮西南夷传》说（也可以看作是应劭的记录）：

> 昔高辛氏有犬戎之寇，帝患其侵暴，而征伐不克。乃访募天下，有能得犬戎之将吴将军头者，购黄金千镒，邑万家，又妻以少女。时帝有畜狗，其毛五采，名曰槃瓠。下令之后，槃瓠遂衔人头造阙下，群臣怪而诊之，乃吴将军首也。帝大喜，而计槃瓠不可妻之以女，又无封爵之道。议欲有报而未知所宜。女闻之，以为帝皇下令，不可违信，因请行。帝不得已，乃以女配槃瓠。槃瓠得女，负而走入南山，止石室中。所处险绝，人迹不至。于是女解去衣裳，为仆鉴之结，着独力之衣。帝悲思之，遣使寻求，辄遇风雨震晦，使者不得进。经三年，生子一十二人，六男六女。槃瓠死后，因自相夫妻。织绩木皮，染以草实。好五色衣服，制裁皆有尾形。其母后归，以状白帝。于是使迎致诸子。衣裳班斓，语言侏离，好入山壑，不乐平旷。帝顺其意，赐以名山广泽。其后滋蔓，号曰蛮夷。外痴内黠，安土重旧。以先父有功，母帝之女，田作贾贩，无关梁符传租税之赋。有邑君长，皆赐印绶。冠用獭皮，名渠帅曰精夫，相呼为姎徒。今长沙武陵蛮是也。②

---

① 例如，宋朝罗苹曰："《玄中》之书……不知撰人名氏。然书传所引，皆云'郭氏《玄中记》'。而《山海经》记狗封氏事，与记所言同一，知为景纯。"
② 见《后汉书》卷七十六《南蛮西南夷传》。

范晔以后直到清朝的一千多年之间,槃瓠神话依然不断被著录于史乘之中,但是,却未发现有比前引的几篇更重要的新材料。在《艺文类聚》、《通典》、《太平广记》、《太平御览》、《册府元龟》、《通志》、《文献通考》、《三才图会》等古籍中,关于槃瓠神话的记载,不是直录旧文,便是删存骨干,或合并古记而加以删节①。

关于槃瓠神话比较完整而重要的文献,已尽于前所引述②。此外,还有一些和这个神话有关的断片记录,为节省篇幅起见,这里就不再抄录了。

笔者近来出于种种的机缘,得到一些有关这个神话的新材料。新材料和上面引述过的典籍记载大不相同,如果把二者进行一番比较,实在是很有意思的事情。

余永梁在他的论文中最先引用了从广东省采集到的记录。它的内容如下:

> 从前有一个皇帝烂了足,很利(厉)害,遍请医生们医理,都不见效。时帝蓄有大黄犬一只,性甚驯,无论命它什么事,它都很顺从。一天帝独居,犬在帝旁,便向这犬说,你能医好我的足么?它表示可以医好。帝对它说,你真能把我的足医

---

① 载于《册府元龟》等书的是直录《南蛮传》旧文的例子,刊于《通典》等书的是删存主干的例子,而《三才图会》中所载的是合并古记而加以删略的例子。

② 刘著《岭表纪蛮》第一章有如下一则记录:"南越王,有犬名槃瓠。王被擒,其母传令有能脱王归者,当以王女妻之。槃瓠闻言欣然往,窃负而逃,遂妻以女。槃瓠纳诸石谷,与之交媾,生子数人:曰僮、曰傜、曰僚、曰俍、曰伶、曰侗,各成一族,自为部落,不相往来。故傜人多姓'槃'。嫌犬名不雅,改为'盘'。且冒称盘古之裔,其实非也。"按:此传说是槃瓠神话的异传。故事的一部分极似马头娘传说。据刘氏自注,此文引自《古今图书集成》一四一〇卷。但笔者曾在匆忙中查阅此书,却未见有载。姑志于此,以待进一步查考。

好了,情愿将公主配你,并封你疆土。它于是点头将己舌向帝烂足舐了一阵,不数日,足便好了。它便向皇帝作要求的样子。帝晓得它的意思,但不愿将公主给它,因为人和兽怎能配合。只允给予许多金子和封以广土。它见帝不允,很不快活,几天不食。帝怜念它医好自己的足,不得已将公主配它,并封以荒土。公主见父言出法随,也只得从它居住这荒土。后来生的儿女多有尾。这是关于人类有尾的传说。①

　　这个故事无疑是槃瓠神话的一个异传,因为它们的情节大体上是相似的。类似这样的传承情况,在浙江省南部畲族所居住的地区也有发现。笔者近来已经获得两则有关的材料。下面先转录怀清所记录的一则:

　　　　昔某皇帝患烂足疾。国内的医生都不能医好。皇帝便下命令谁能够医好烂脚便把皇女嫁他。某天,有一匹狗来对皇帝说,你的脚让我舐三天一定会好的。皇帝起初不相信它。后来觉得有点奇怪便让它试试看,却意外地有了效果。因为舐过一次而大大减少了痛苦,便让它继续舐下去。第三天,脚竟完全好了。于是,狗便向着皇帝要求皇女。但是,皇帝和皇女因为它是畜生而不允许它。狗便说:“请你把我藏在柜中,四十九天之后我便成为一个漂亮的人了。”皇帝照着他的话做了。皇女非常懊丧地在第四十八天就把柜子打开来。这时狗

────────────

　　① 见《语言历史学研究所周刊》第三五、三六期合刊的《西南民族研究专号》,记录者是叶观君。

的身体已经变成人样,只有头还没有变成。他因为皇女不守戒约而不能变成完全的人样,所以很恨皇女。这时候皇帝和皇女已经不能找出口实来拒绝他,便招他做了驸马。他们所生的五个孩子由皇帝赐以五姓,即雷、兰、锺、鼓、盘。现在多数的畲民都是从这五人出来的。

以下再抄录魏人箕的记录:

从前,某个贤明的国王有一个非常美丽的女儿,国王十分的溺爱她。某一天皇女突然不见了,国王十分焦急地使下臣们各处搜查,但是半个月还一点消息都没有。国王深思之后,贴出一张布告。说是有谁找到了皇女,便招他作女婿。这张布告贴出后几天,某一天黄昏时候,一只壮大的狗带皇女到宫里来。国王大为欢喜,可是,看到带皇女回来的却是一个畜生,不觉烦恼起来。但是因为他不想失信,便对狗说:"皇女当然要下嫁给你了,而你又是兽类,怎么好呢?"狗听了频频摇动尾巴对王说:"把我放在铜柜内七天,我可以变成漂亮的人。"王就命侍臣照办了。宫女们听说狗要变成人,觉得很奇异,但因为国王的禁令还不敢打开铜柜。到第六天夜晚,一个宫女终于打开来看了,那只狗的身体和手脚已经变成人的样子,只有头还没有变成。因为被人打开来看了,已经不能再变。国王为了履行自己的约言,不得已把皇女给它。狗和皇女就是后来畲民的始祖。①

---

① 魏人箕和怀清二君的记录稿,是笔者收着的未刊稿。

这两份记录，一看便可知道和余永梁所引用的是同一个故事，无需再加分析。不过，值得注意的是现在在朝鲜人民当中，也流传着和中国南部少数民族起源神话同样的故事。他们是这样叙述的：

> 从前黄帝轩辕氏有一个最爱的女儿，为了选女婿而用绳作一个大鼓挂在门前，布告说：如果有人打这个大鼓使鼓声传到内庭去便收他作女婿。某一天有了鼓声，出来一看，见是狗在打鼓。叫它再打，它又举起脚来，真的发出像敲大鼓一样的声音。只得依照约言把女儿给了它。狗伴着女子，日里是狗，夜晚就变成美少年，言语应对也和人一样。某天狗对妻子说，明晚为了要完全变做人，须得禁闭在房内。房内如果有痛苦的声音也切不可偷看。第二晚果然房内有痛苦的声音，妻子忘记戒约跑去偷看，狗已经脱去皮毛几乎是完全的人形，但是只有头上还剩有些皮毛，因为被妻子所窥，已经不能再脱了。现在的□□人是他们的后裔，所以头上留长发作标志。①

为什么会产生这种地域相隔较远，而其流传的故事却相似的情况呢？是由于人种迁移，还是由于故事本身的传播，或者还有其他的原因？探讨这类问题，对传承学的研究是有意义的。然而这不是本文的主意，因此不准备去讨论它。

关于槃瓠神话的近代人的记述，除了前面介绍过的以外，还有刘锡蕃所记的新资料。

---

① 见今西博士《朱蒙传及老獭稚传说》（刊于为内藤博士颂寿纪念的《史学论丛》，原文是长川口卯氏所采访的）。这和中国南方少数民族起源的神话无疑是一致的。

其一云："或谓瑶之始祖,生未旬日,而父母俱亡。其家畜猎犬二,一雌一雄,驯警善伺人意,主人珍爱之。至是,儿饥则雌犬乳儿,兽来则雄犬逐兽。儿有鞠育,竟得生长。娶妻生子,支裔日繁。后人不忘狗德,因而祀奉不替。"①

其二云："或又谓瑶之始祖畜一犬,甚猛鸷。一日临战,于阵上为某大酋所执。将杀之,刃举而犬猛啮酋。酋出不意,竟死。瑶甚德狗,封之为王,以所爱婢妻之。其后子孙昌大,遂成一族。"②

其三云："其又一说,则与范晔《后汉书》所云相类。唯谓犬子长成之后,与狗父出猎。狗父老惫,堕崖而亡。子负犬还。犬时口流鲜血,沿子肩部下交于胸。子哀之,自后缝衣,即象其形,另缀红线两条,以为纪念。"③

上面所录的三则记述,虽然过于简略,但其重要价值是不容忽视的。下面先就其中最重要的两点发表一些意见。

其一,综观上述各种记录,可以看出现代所搜集的槃瓠神话,倒似乎比古代文献的记载更接近于原始的形态。范晔、干宝的记录都是在一千多年以前写下的,但是故事中所涉及的制度和所表现的思想,却类似于文明社会的产物。例如:"乃募天下,有能得戎

---

① 见刘锡蕃《岭表纪蛮》第八章"狗王"条。

② 同上。

③ 同上。又刘氏所著《苗荒小纪》中也载有这个神话,说法略有不同,今并录之以资参考。其文曰:"瑶之始祖,父犬而母人。或曰,女为高辛氏公主,生四子。及长,挈犬出猎。犬老惫不能工作。子怒,推之河,死焉。及归,其母问犬。子以告。母大恸,以实语子。子呕赴河,负犬尸还。犬时口流鲜血,沿子胸部而下。子哀之,自后缝衣,必纫红线两条,交叉于胸,所以为纪念也。"(见第八章)按无名氏著《桂杨风俗记》中,叙述土人赛槃瓠的礼俗云:"其歌尾词,辄曰寻耶(爷)去。言槃瓠以寻父死于野,招其魂焉。"(《小方壶斋舆地丛钞》第六帙)这一记述过于简略,使人无法明白传说的原委,但仍可以肯定必与刘氏的记述有关,系同一神话的歧传。

205

吴将军首者，购金千斤，封邑万户。"以及"帝大喜，而计槃瓠不可妻之以女，又无封爵之道。……女闻之，以为帝皇下令，不可违信，因请行。"等等的记叙，就是明显的例子。过去有些学者之所以对这个神话产生怀疑，主要原因就在这里①。固然，古代文献中也有能比较保持原始文化色彩的记载，但是大体上都已被套上了后代文化思想的锦衣。而现代所记录的几篇材料中，虽然也同样表现出某些和产生这一神话时的社会情况不相调和的地方，然而从全局来看，比起范、干等人的记述来，和口头流传的原型显然接近得多。例如在浙江的畲祖传说中，一方面有着"皇帝和公主，因为它是畜生而不许它"这样的说法，另一方面其整体的叙述却毕竟保存了一种比较纯朴的形态。

应该如何解释古记录（以至一部分新记录）中存在比较后起的文化色彩的这一现象呢？以笔者的浅见，认为可能由于以下三个原因。

一、产生和传承这个神话的少数民族，后来他们的文化发展到相当的高度（不论是全体或是一部分），所以一面承继着远祖的传说，一面又有意识或无意识地进行了修改。

二、当这个神话由少数民族传到汉族的时候，汉族人民不知不觉地把自己比较高级的社会文化色彩掺和进去，因而改变了它的原形。

三、出于记录者有意无意的改动。

上面所说的第一条，是造成各民族大部分的神话先后异形的一个重要原因。然而对于这个特定神话的变形考证来说，却不能作为主要的理由。为什么呢？因为产生及传承这个神话的少数民

---

① 例如杜佑说："晔云：高辛氏募能得犬戎之将军头者，购黄金千镒，邑万家，妻以少女。按黄金，周以前为斤，秦以二十两为镒。三代以前分土，自秦汉分人。又周末始有将军之官，其吴姓宜自周命氏。晔皆以为高辛氏之代，何不详之甚！"

族,迄今为止文化程度仍滞留在比较幼稚的状态——由于分布的地区不同,文化状况稍有差别,但基本上是没有太大差距的①——不管怎样,实际情况都和范晔、干宝记录中所反映的不相适应。

第二、三两条,虽颇富于盖然性,但也不能很容易地判别它们的主次。——或者可以说,从某个方面看来,还是后者起了较大的作用吧。②

其二,古今各种记录,故事情节虽然多少有所不同,但是故事主干却大体相同。换句话说,它们似乎是同出一源的异传。

众所周知,神话、传说很容易变形,这是"传承学"上的一条规律。至于变化的程度、原因,却是各不相同的。无论如何,只要经过相当的时间或空间的流传,任何神话、传说恐怕都不可能完全保持着产生时的固有形态。一部族、一种族或者一民族的神话(包括极严肃的族祖起源神话在内),辗转传述的结果,必然分化成若干大同小异或小同大异的型式。流传的时间愈久、范围愈广,差异也就愈大。试举一、二个例子来看。如台湾巴娃奴族的关于祖先发祥的神话,就因部落、蕃社或者叙述的人不同而产生差异,以致想作出一个概括的说法都非常困难。仅只关于祖先出生这一点,就有以下各种的异说。"有说是由石卵孵化的,有说是从大石的裂缝生出的,有说由竹里生出的,有说是由大树根生出的,又有说用神仙的歌造出的。"关于出生地点的说法同样也是纷歧不一③。另外,

---

① 参检有关南方少数民族的各种文献,其中所记述的瑶、畲族的生活情况,大抵是处在狩猎兼初期农耕(即刀耕火种)的阶段。近年来其中汉人化了的部分,大抵也只从事稍为高级的农业。

② 范、干二氏的记录,一部分文词和本来是素朴的"民间传承"相异,这大约是经过记录者渲染了的。

③ 见台湾总督府习惯调查会出版的《番族习惯调查报告书》第五卷之一。

苗族(狭义的)的种族起源神话也呈现颇为歧异的样式①。总之，世界各民族的神话和传说，在经历了相当的时间和空间的口耳相传之后，都必然会多少有所改变。

综观槃瓠神话的古今诸记录(除刘氏记述的第一则外②)，故事的主要情节大体是相同的。它的简略型式是：

一、某首领遭遇某种急难③。

二、一只狗为他完成工作。

三、狗得首领女子为妻。

四、狗和女子成了某一种族的祖先。

以上这些主要情节，必定是这个神话产生时的本来样式。——至少是非常接近于本来的形态。我们在上述各种记录中所见的种种异说，主要是在"传承过程"(包括汉族传述阶段)中产生的。这是就一般而言。如果细加剖析，那么，其中也会有由记录者所加的部分，或者神话中某些初生时的说法，由于部族分化而仅留存于某一部分族人的口中。例如在采自浙江南部的记录中，有着当狗正在变形时因妻子违约而失败的情节，这种说法似乎并不是后起的。

----

①　参看东京帝国大学出版的《苗族调查报告》第四章及刘锡蕃《岭表纪蛮》第一章。

②　刘氏所记的这个槃瓠神话(上文引用的"其一"："或谓瑶之始祖，生未旬日，而父母俱亡。……"条)，和这个神话的一般说法颇不相同。但由故事的情节看来，大约不是极后代的产物，也不是汉民族的伪造。因为像这个类型的神话，在一些文化后进的种族中也在流传。举例来说，《周书》卷十五的记载云：突厥的祖先在幼年时，被部族中人弃于草泽之中，一只牝狼给他肉吃，得免于死。长成之后，与狼交合而传下后代，是为突厥。在罗马的建国神话中，也有说一个被弃的婴儿得牝狼的哺乳而长大，后来成了建国英雄的故事。

③　这一节在间岛朝鲜族的同型神话中有一种说法是"酋长特意出难题"。

卜篇

　　如"引言"所述,从唐朝到现在,有些学者对槃瓠神话持有怀疑的意见。他们中有的人认为,这个神话所说的不符合历史事实;有的人觉得神话中的事件太过于违反事理;也有的人说,神话中的怪诞之处是由于后人误解附会而加上去的。他们的意见虽然彼此不同,但是对于这个神话中所说的事情,以至神话本身,都一致抱着怀疑的态度①。

　　应该承认,这些看法并不是没有理由。甚至可以说,它们在一定程度上还是正确的。不过我们不能满足于这种简单的否定结论,而必须作进一步的科学的探讨。

　　任何神话的产生和流传,都必定有它的现实根据和心理根据。槃瓠神话中的狗祖先及其行为,在很长的年代里一直被南方少数民族认为是真实的事情。可见这槃瓠神话的存在无疑是真的存在过的。它不是后人(包括记录者)的随意捏造。

　　在澳洲、亚洲及美洲等地区的土人部落中,把动物或植物——极少数是无生物当作亲人而对之敬爱的习惯,即所谓 Totemism(图腾崇拜),谁都知道到今天还残存着。这种习惯的表现之一,是凡信奉图腾的氏族,大抵把那作为图腾的动物、植物或无生物,认作自己的血统所由来,并造出种种的神话、传说来加以证明。美洲的

---

　　① 以为不合历史事实的有杜佑,认为太违反事理的有侯加地,主张因后人的误解、附益而产生这种怪诞的说法的有罗泌、刘锡蕃。

印第安图腾氏族,乃至古代及现代信奉图腾的人群之中,都存在这类的传承。关于这种信念和行事的资料,除民族学的及文献学的以外,在先史考古学中也可以发现①。现在试举民族学上一二个显著的例子。

据美洲绰头人(Indian's Chotows)的传说,那些蛇氏族、鹰氏族,便是蛇、鹰和人类的女子结合而发祥的②。虾氏族传说,以从前绰头人从缸里拾到虾,便教它用两脚走路,把它的脚爪和身上的毛除掉,这个甲壳动物就逐渐变成人了。据说这就是那个氏族的起源③。又有一个神话说是一只鸟捉住一只蜂壳,那壳忽然变作少女,后来产生了印第安的一个氏族④。在马达加斯加岛的亚卡拉脱拉人当中,传说狗是本部落的祖先⑤。诸如此类的例子,实在不胜枚举。所以许多学者认为,氏族成员自认为出于动物祖先的血统,正是图腾制度的一种特征⑥。

由此看来,槃瓠神话,不也就是我国南方某些少数民族在其氏族时代产生的关于自己图腾祖先的一种传述么?

所谓"槃瓠"——这个神话的主人公,并不是以动物命名的祖

---

① 早川译《世界原始社会史》第二编第四章中说:"在法兰西的某个洞穴内发现如次的绘画:一个肚子很大的孕妇仰卧着,上面站着驯鹿。这个绘画,恐怕是表现了一种动物起源的图腾信仰。"

② 见于托依(C. H. Toy)著《宗教史序说》(*Introduction to the History of Religion*)第五章。

③ 见培松(Maurice Besson)著《图腾主义》第三章。

④ 同上。

⑤ 同上。

⑥ 例如高尔登魏赛尔(A. A. Goldenweiser)在他所著的《图腾主义的分析与研究》中所举图腾主义五特征中的"从图腾发展来的信念"一例。又伯恩女士也在她增订的《民俗学概论》中有关于成员和图腾的血缘关系或他们自信是来自图腾的例证。

先的误传①，也不是开辟中华的盘王的讹传②，实在是某些少数民族所信奉的动物，是图腾时代的"动物的祖先"。因为在这个神话中，兽和人结合，以及族人是从兽的传殖而生的种种说法，正是图腾时代人类所必然产生的思想——人和兽没有分别，甚至还有着亲密关系的一种合理的"心之反映"。

如果认为这个神话还不足以说明槃瓠是某些少数民族的图腾动物，我们还可以另外找到各种更加有力的证据。首先从宗教的仪式来看。因为礼仪是原始人群真实生活的一个重要方面。

法国著名的社会学者杜尔干（Emile Durkeim）将原始人群的宗教仪式（图腾氏族的宗教仪式）作了分类，其中有所谓"模仿的"及"纪念的"仪礼。前者是当氏族举行宗教典礼的时候，族员及司祭者们模仿氏族图腾的形态、举动及声音等等的行为。这样做的主要目的是表示族员和图腾是同一性质的，彼此间有亲缘关系，都是共同社会的成员。后者是在行宗教典礼的时候，族员及司祭者们，以种种的设备和动作表演神话祖先的"传说生活"。这样做的目的是在使氏族的"神话的过去"复活在氏族成员的精神中，使他们振奋起为生存所必需的集团意识——社会的意识③。

以上所说的两种礼仪（特别是前一种），在各地的图腾部落中是常见的。下面举几个明显的例子。澳洲的阿仑达族在举行图腾

---

① 罗泌说："伯益经云，卞明生白犬，是为蛮人之祖。卞明黄帝氏之曾孙也。白犬者乃其子之名。盖若后世之乌麟、犬子、豹奴、虎狳云者，非狗犬也。"

② 刘锡蕃认为《后汉书》等所记述的槃瓠，乃是最先开辟华土的一个瑶民族长——盘王的误传。

③ 参照杜尔干的《宗教生活的雏形》第二编第三、四章。

动物(青虫)的祝祭的时候,有模仿青虫由蛹蜕壳出来的仪式①。
又在举行另一种青虫图腾的祝祭时,"主祭司一下向地面曲下身
体,又一下跪行着,同时抖动伸出的手腕,以表示昆虫振动翅翼。
还时时伏在楯上,模仿蛾由卵生出来飞回在树上的样子……祭司
模仿那动物脱出蛹时或者努力想飞起时的动作而转动着。"②瓦拉
蒙加人(Waramunga)也有这种模仿的祭仪。"祭仪在晚间十一点开
始。到半夜时,氏族的酋长便很单调地学着鸟的啼声。"③澳洲西北
大多数的部族中,都存在着这种模仿的礼仪。如果在食物很少的
时候,属于这一动物图腾的氏族首领,就要伴着它到某个一定的场
所去举行宗教的仪式,而在仪式进行中,首领的主要动作便是模仿
那动物最重要的特征④。得基沙斯地方的印第安人也有这样的宗
教仪式。狼氏族的少年战士达到成年的时候,用狼的皮包住身体,
和其他同样装束的战士们一齐把两手放到地上,做四脚走路的样
子并且学狼的叫声⑤。住在中国最南部的黎族,传说着少女和犬配
合而成为那一族祖先的神话,据前人记录:"醉即群作狗号,自云狗
种。欲祖先闻其声而为之垂庇也。"⑥这大概也是模仿图腾动作礼
仪的一种变形或误记。以上说的是模仿礼仪,下面再举一些纪念
仪式的实例。澳洲的娃兰格族在举行黑蛇祝祭的仪式中,有演出
祖先历史(从由地下出来到决定再回地下时止)的一幕⑦。亚仑达

---

① 杜尔干《宗教生活的雏形》第三编第三章。
② 同上。
③ 同上。
④ 同上。
⑤ 见培松《图腾主义》第三章。
⑥ 见张庆长《黎歧纪闻》、陆次云《峒溪纤志》。
⑦ 见杜尔干《宗教生活的雏形》第三编第四章。

族也有这种表演图腾的"神话历史"的仪式。

松村博士在前述的论文中引用了干宝《晋纪》中的一段记载："武陵、长沙、庐江郡夷，槃瓠之后也。杂处五溪之内。槃瓠凭山阻险，每每常为害。糅杂鱼肉，叩槽而号，以祭槃瓠。俗称赤髀、横裙，即其子孙。"博士接着说："如果这种记述是传达着事实，那么为狗人的远祖的槃瓠是一种灵威。其子孙崇拜之，用'糅杂鱼肉，叩槽而号'的祭仪而祭祀之。"①博士所说"如果这种记述是传达着事实"的话，恐怕只能看作是行文上的委婉，而并不包含怀疑的意思。总之，在我们看来，在那个自称为是槃瓠后裔的少数民族中，这种"叩槽而号"、模仿图腾动物动作的祭仪是确实存在的。因为这除了见诸干宝的记载之外，还可以从其它文献得到证明。如马端临《文献通考》卷三百二十八中云："（瑶民）岁首祭槃瓠，杂糅鱼肉酒饭于木槽，群号为礼。"明朝邝露的《赤雅》也载有"侧具大木槽，扣槽群号。"②清朝的官书和私人撰录中都有同样的记载③。笔者在十多年前调查广东省的某个峯山所得资料也和文献记载相符合。"他们（峯民）每年到了阴历五月初五，不许外人进村。传说他们在这天取出狗祖宗的像来，挂在祠堂中间，一起顶礼膜拜。这时全

----

① 此处所引《晋纪》及松村博士语均见《狗人国试论》，载《民众教育季刊》三卷一期（一九三三年）。

② 见邝氏书卷二"瑶人祀典"条。

③ 见于官书的记载，如《皇清职贡图》卷四第三十一页记述兴安县（广西）平地瑶的风俗云："每岁首祭槃瓠，杂置鱼肉酒饭于木槽，叩槽群号以为礼。"私人的撰述中，如陆次云《峒溪纤志》说："岁首祭槃瓠，糅鱼肉于木槽，扣槽群号以为礼。"（据《龙威秘书》本）又闵叙《粤述》中说："岁首祭先，杂糅鱼肉酒饭于木槽，扣槽群号为礼。"（据《说铃》本）

部人员都以手足抵地，做出兽类的种种动作。"①刘锡蕃在他的近著《岭表纪蛮》中记述瑶族祭狗王的祀典说："每值正朔，家人负狗环行炉灶三匝，然后举家男女，向狗膜拜。是日就餐，必叩槽蹲地而食，以为尽礼。"②以上许多记载划然一致，足以证明这类模仿仪式是确实存在的。也许有人怀疑以上诸文献所载，是传闻错误或者互相抄袭的结果。不过这种怀疑实际上是不可能成立的。为什么呢？因为这些文献大半出于曾亲去察看的学者之手，其中有两三位还声明他们是专为传达事实而写的③。可见，这种模仿图腾动作的祭仪，的确是和槃瓠神话相结合而存在于南方某些少数民族的实际生活中，这应该是毫无疑义的。

至于少数民族中纪念的礼仪，似乎没有模仿的礼仪那么丰富。但是不管这方面可考的文献是多么缺乏，我们仍然可以肯定这类仪式也是确实存在过的，正如模仿礼仪是确实存在过的一样。关于纪念礼仪的文献，有前面提到的邝露的著述。其文曰："其乐五合，其旗五方，其衣五彩，是谓五参。奏乐则男左女右，铙鼓、胡卢、笙、忽雷、响瓠、云阳。祭毕合乐，男女跳跃，击云阳为节，以定婚媾。侧具大木槽，叩槽群号。先献人头一枚，名吴将军首级。予观祭时，以桄榔面为之，时无罪人故耳。"④这是邝露记述"瑶人祀典"的一段文章，其中最值得我们注意的是最后的几句话。从行文的

---

① 参照中山大学《语言历史研究所周刊》第一卷第六期拙作《惠阳峯仔山苗（畲）民调查》。

② 见刘著第八章。

③ 例如陆次云《峒溪纤志》自序云："峒溪种类多矣。诸书所载，同异攸殊。余征诸见闻，详为考正。措辞虽简，征事弥该。"刘锡蕃也在《岭表纪蛮》中说明自己是根据实际调查所得来写的。

④ 见邝露《赤雅》卷二"瑶人祀典"条。

语意看，当时该地的瑶人在祭图腾槃瓠时，照例要举行有关的"神话历史"仪式——用一个罪人的头当作神话中人物吴将军的头而供献于灵戚之前。邝露去看的时候，恰巧没有罪人，得不到生人头，便用桄榔面来作祭品①。这里所述的仪式情况也许和原来的多少有些不同，但是仍可以断言大体上是从前遗留下来的。因为这种仪式不仅和前面所说的澳洲图腾氏族的纪念仪式非常相像，而且和本部族所郑重传承的神话也是完全合致的。

其次，从与宗教仪式有关的衣服、装饰来看，以证明南方某些少数民族和犬属之间确实存在着一种图腾关系。

如前所述，信奉图腾的民族，在举行宗教仪式时，通常都要学那图腾动物的各种举动。有的部落，其司祭者或全体，都要服用那种动物的皮革或羽毛（或身体的其他部分），把自己装扮得和图腾动物相似。这样做的目的，不用说就是为了表明或促进和图腾的亲密关系。类似的做法并不局限于举行宗教仪式的时候，在平时的装束中也往往表现出来。例如美洲奥马哈（Omaha）地方的龟氏族，族人把头发剃成龟甲一般的形状，四边分开编六条小辫子，以象征龟的头尾和四脚。小鸟氏族的人，在额上编极小的辫子以象征鸟嘴，有的还在脑后垂一条小辫子以象征鸟尾，两耳上还扎起两丛头发以象征鸟的两翼②。中国古代西南部的哀牢夷，是一个以龙为图腾的部落，所以"种人皆刻画其身，象龙文，衣皆着尾。"③

《搜神记》和《后汉书》在记录中，对于自信为槃瓠后裔的族人

---

① 以人头作祭品是在自然种族中常见的风习，中国南部少数民族中也不乏此例。

② 见培松《图腾主义》第三章。

③ 参照《后汉书·南蛮西南夷传》及鸟居博士《有史以前的日本》中的"倭人的文身"。（此文笔者曾译成中文，刊于《艺风月刊》第二卷第十二期。）

服饰，都作以下描述："好五色衣眼，裁制（或制裁）皆有尾形。"作此装饰，其目的不正是为了表明自己和犬属的血缘关系吗？明朝学者陶宗仪在《南村辍耕录》中"老苗"条记述当时南方苗、瑶人的衣饰说："束腰以帛，两端悬尻后若尾。无问晴雨被毡毯，状绝类犬。"陶氏所说，不能视之为后代人好奇夸诞的记述。因为他所描写的装束，确是以犬属为图腾的氏族的一种"同体化"的表现，和干、范二氏的古记录也可以互为证明。

　　《贵州通志》中《土民志四》记述狗耳龙家的风俗说："衣尚白，……男子束发而不冠。妇人辫发，螺髻上指，若狗耳状，衣斑衣，以五色药珠为饰。"陆次云的《峒溪纤志》"土司"条中也说："狗耳龙家妇人作髻，状如狗耳。"又《皇清职贡图》卷三中，也记述古田（福建省）的畲妇头上的装扮说："妇以蓝布裹发，或戴冠，状如狗头。"所以会形成这种特殊的风俗，决不是偶然的，其中想必有重要的原因。也就是说，这种装饰风俗，和把犬属奉作亲族的社会、宗教制度（图腾信仰）是直接有关的。进一步说，这种风习，就是原始时代模仿图腾形状的遗俗。在《魏略》和单行本的《搜神记》中，在记述槃瓠的由来时，都说"俄化为犬，其文五色"①。而《搜神记》及《后汉书》又都说槃瓠的子孙好五色衣。关于这一点，松村博士认为犬有五色毛的说法，是由于那个少数民族在祭槃瓠的时候，司灵者穿上五色衣而形成的。这当然是一种合理的假定。但是反过来说，不也可以把后者当作前者的结果吗？具体地说，先有了图腾动物是"五色毛"的神话，后来族人们才在祭祀时穿上五色衣以表示自己和神话中的祖先原来是同体的。如果这个假说可以成立的

———————
　　① 《魏略》的记述被引用在唐人的《后汉书》注中。

话，那么自《搜神记》以下，各种文献都基本一致地说南方某个少数民族好着五色衣服①，这一事实足可证明那个种族的人是多么喜欢在衣饰上模仿他们的图腾动物（同时又是他们的神话祖先）。

再次，某个南方少数民族对于犬属的敬爱、禁忌，也可以证明有关的图腾信仰确曾存在。

氏族人员和图腾的关系，决不止是名义上的、淡薄的关系。氏族人员希望从图腾得到保护、指示以及其它利益。而他们的义务是必敬重和爱护图腾。所以一般图腾氏族大抵不伤害、不食用他们的图腾（如果是无生物就不使用它），甚至于连碰它都不允许。他们并且往往禁止或限制别族人伤害它或食用它。有的图腾氏族，在发现图腾动物尸体时，为它营葬仪或服丧服。许多学者把以上这类行为看作是图腾主义的重要特征②。我们不妨举些实例来

① 中国古今文献中关于这一点的记载很多。这里举一、二个例子。《隋书·地理志下》曰："诸蛮本其所出，承槃瓠之后，故服章多以斑布为饰。"明末屈大均《广东新语》曰："槃瓠毛五彩。故今瑶姎徒衣服斑斓。"（卷七）清朝魏祝亭《两粤瑶俗记》曰："衣则男女皆湅五色缕织之。若贸汉纯素及间色布，亦必绣刺五彩。以槃瓠毛五彩故也。"（收于《小方壶舆地丛钞》再补编第八帙）近代莫加巧《融县苗山概观》曰："瑶中女人头发掩于面前，衣裳多为花者。"（南宁《民国日报》副刊）

② 例如里法治所拟的《图腾主义大纲》第三项说："对上述那些动物、植物、无生物（按系指与人类某个集团有关的动物、植物、无生物）表示尊敬。这种表示尊敬的类型样式，如果对象是动物、植物的时候，便严禁吃它；如果是无生物，便禁止使用，或使用而加以某种限制。"（被引用于别里著的《太阳之子》中）伯恩女士在《图腾主义三个特征》的第三条说："相信在人类集团和图腾之间，存在着咒术—宗教的结合。集团的成员在希望得到图腾的保护时便对它表示尊敬。这种尊敬的表现形式各种各样，最普遍的是禁止毁伤他们的图腾，如果是可以吃用的东西便禁止吃用。"（《民俗学手册》第一部第三章）。莱那黑（S. Reinach）及弗罗伊特（Freud）也以为，氏族偶然发现死了的图腾动物，便和族员同样对待，予以追悼、埋葬。这是图腾主义的一个象征。（见莱那黑《祭祀、神话及宗教》）

看。亚仑达的氏族以蚊为图腾，那氏族的人就不能对蚊加以伤害[①]。奥马哈族不能碰麋鹿的任何部分。澳洲的图腾氏族，见到图腾动物的尸首，就要为它服丧或举行郑重的丧礼[②]。

关于槃瓠后裔的风习，在我国古文献中也有记载，可惜未见述及对于图腾动物的爱敬、禁忌风俗的，甚至连痕迹也见不到[③]。不过在文献中不能获得的资料，却一再地见于近人的记录，因此仍无妨于我们的论证。如兰英在《荔浦瑶民生活素描》[④]和廖我在《广西瑶民生活缩影》[⑤]、《蒙山县瑶民生活概况》[⑥]等文中都提供了这方面的资料。由这些新记录看来，有的南方少数民族（至少是其中的一部分部落），至今还流行着对于图腾动物的敬爱、禁忌等风习。这种风习无疑是从图腾时代一直传下来的。

上面从信仰、礼仪、服饰形象以及对于犬属的爱敬、禁忌等方面论证了“犬属曾是某个南方少数民族的图腾”这个命题，其他还有可作为旁证的一些记载。例如某个南方少数民族地区有槃瓠石像。《辰州图经》说：“隍石窟如三间屋，一石狗形，蛮俗云，槃瓠之像。”[⑦]游朴的《诸苗考》也说：“麻阳民，土著者皆槃瓠种。……一

---

① 见培松《图腾主义》第二章。

② 见培松《图腾主义》第一章。

③ 晋周处《风土记》曰：“每岁七月二十五日，种类四集于庙，扶老携幼，宿其旁，凡五日。祀以牛彘酒酢，椎歌欢饮即还。唯不用犬云。”（原书已佚，这是根据《五朝小说》中所收的逸文）这段话的最后一句很值得注意。不用犬作牺牲，就是表示避免杀吃祖先的物类。根据这仅能获得的文献资料，亦可作为对于图腾所行禁忌的一个例证。

④ 见广西南宁《民国日报》所刊《出路》（一九三四年八月四日及六日）。

⑤ 同上。

⑥ 同上。

⑦ 引用在罗氏《路史》注中。

村有石,名槃瓠石,民共祀焉。"①读了这些记载,使人自然联想起澳洲的图腾氏族雕刻在岩石、墓石、木头上的图像,以及亚美利加的土人雕刻在旗杆(图腾柱)、屋子、天幕等上面的图像。可以推断,这些现象都是文化不发达民族的宗教信念(图腾主义),它既是宗教的又是艺术的表现。又如沈作乾的一个调查记中说,某民族婚俗"新郎和新妇交拜成礼,然后悬一狗头人身的祖像于堂中,大家围着歌拜"②。这种结婚仪式显然是从前以犬属为图腾的原始时代礼仪的一种残留,当然也必然有和以前不同的地方。

综前所述,可以断定犬是某个南方少数民族的图腾动物③,槃瓠神话是荒远的古代人们所编造的关于氏族血统来源的说明神话。原始人崇敬槃瓠,不只是对一只"个体的"狗,而是把它当作犬的代表④。这些互相关联的制度、神话、风习等,也有因为氏族社会的进步、分化——主要的是由狩猎文化阶段进到半狩猎半耕种的文化阶段——而逐渐变形的。不过这种社会变革,毕竟不是很重

---

① 据吴任臣《山海经广注》卷十二所引用。

② 见《东方杂志》二十一卷七号。

③ 原始人以动物、植物以至无生物作为图腾的原因,是一个有争论的学术问题,至今还没有得出定论。如果这里面的原因对于不同的集群来说是各不相同的话,那么,中国南方的少数民族以犬作为图腾的原因,或者可以归结到狩猎生活时代与犬的深切关系。因为那些种族,至今还把狩猎作为一种生存的手段(虽然他们中大部分已经懂得了原始的或者是较高级的耕种法),从文献上也可以明白地看出他们以犬为劳动中的助手。我们假如想知道原始人(狩猎时代的原始人)和猎犬的亲密关系,读了下面一段记载就可以明白。"(番人)以田犬为性命,时抚摩之,出入与俱。数年前,有长官欲购番一犬,弗与,强而后可。犬出,举家阖户,痛哭如丧所亲。"(台湾《诸罗县志》卷八中所记述的番族风俗)我以为,在这样的条件下,是有可能产生以犬属为亲属的图腾主义的。

④ 据兰英所记述,其中一部分族人至今还爱护着犬属全部,这是一个很好的证明。

大的和急遽的。分散在各处的同种部落,在相当的一段时期内还会多少保存着这种制度、神话和风习。

　　本文对于槃瓠神话的考察,应该说还是不够充分的。如对外婚制①、氏族制及母系制等与图腾主义有关的问题,本来也有一一加以探讨的必要。但是,因为时间、学力等限制,只好等待将来有条件时再续笔了。

　　　　　　　　　　　　　　　　一九三六年夏作于东京

---

　　①　关于这些问题,本文再无讨论的余裕。这里只就"外婚制"略说几句。述说南方少数民族婚制的文献虽然很多,但大抵偏向于自由择配的描写,关于两方当事人的世系等却往往忽略了。不过,我们从干宝的"产六男六女……自相配偶,因为夫妇"、范晔的"生子一十二人,六男六女。槃瓠死后,因自相夫妻"以及屈大均的"婚姻不辨同姓"等等记录来看,他们的婚姻似乎是"内婚制"。这也许是图腾主义逐渐崩坏时的一种现象,因为外婚制往往是和图腾主义并行的。可是话说回来,存在图腾主义的部落,同时不一定有外婚制,而行外婚制的部落又不一定存在着图腾主义。这是已经学者们证明了的。所以,以为图腾主义和外婚制决不分离的人很多。而主张两方面没有必然联系的人也为数不少。例如在图腾研究方面卓有成就的弗雷泽(J. H. Frazer)博士,在他的重要著作《图腾主义与族外婚制》(*Totemism and Exagamy*)中,就作了如下的警告:"图腾主义及外婚制这两种制度,在许多种族中有偶然的交错和混合,但是我要请读者记住它们在起源和性质上是根本不同的。"所以那个自称为槃瓠后裔的南方少数民族没有外婚制,也决不会妨碍图腾主义的存在。对这个问题还需要深入探讨,目前只是作一个简单的推论。(近人著述的广西凌云县瑶人报告中,有关于该族婚姻的简略记载,但是这里不可能再论及了。)

中国古代民俗中的鼠[*]

一

　　不管从考古学上看，或从文献上看，人类中的某部分，他们的开化事业，在很辽远的古代就发生了，是绝没有可怀疑的。但是，人类的能够更正确地辨识客观的事物，而把它（正确的认识）表达于行动，宣泄于语文，这还不过是极近代的事。否，近代中比较少数部分人的事。在人类过去很悠久的历程上十分之八九的民众，以及现代在分量上仍占据着绝大的多数的人民，他们日常的以及非常时的对于客观诸种事物的观念、行为和叙述，除了很小的部分外，都是距离现代科学女神所达到的正确结论颇为遥远的。换句话说，他们的想法和做法等，往往是要使我们很难于理解的——假如我们全没有一点近代人类学、民族学、民俗学等常识的话。而在他们那种怪异的（在我们看来）观念、行为和叙述之中，关于鸟、兽、虫、鱼等动物的部分，占着颇大的数量。这原因很显明，就是，一般的，动物在他们那种阶段的生活上，是有着比较深切交涉的缘故。

　　* 本文原载《民俗》第一卷第二期，1937 年 1 月。

　　鼠，是一种颇敏捷、慧黠的动物。同时，它和人类生活的交涉，又很重要。它的诸种类中，有的食人禾稼，有的害人牲畜，而最平常的，便是专残害人的衣物，盗窃人的米谷。具备着这种性质的动物，在文化未成熟或简直正在萌芽的民众，对它会有种种怪异的观念、行为和叙述，这与其说是可惊异的，倒不如说是当然的事。

　　如大家所晓得，中国是历史悠久、人口众多的一个国家。她的文化，开发得很早，这是不待赘言的事实。和这同时，她的大部分民众，到现在尚停留在旧式的农耕时代，因而一般的文化便不能够突飞地成熟，这也是不必讳言的事实。我们这被称为世界古文明国之一的中国，她的大部分民众，对于那和人类有着不轻微的交涉的慧黠动物——鼠类，数千年，曾经抱着如何的观念和有着如何的行为及叙述呢？这是一个很有趣味的问题，一个在学问上很有意义的问题。而这在直到此刻为止的好事家和学者们，似乎还没有把它正式地提起过。在趣味上，在学问上，这都是不免使人稍感觉到寂寞的事情。

　　我欣幸自己有机会在这里提出这个问题，并且试给与以解答。但是，我的工作，无疑的只是一个极粗略的"速写"（Sketch）。假如容许我以更宽裕的时间和更宽裕的篇幅，使得从容地搜集、探讨和书写，那末，结果也许要比这较为完满也未可知。但是，现在是不能不在这种种极限制了的条件下把它写成。所以许多不备不周乃至不妥的地方——尤其关于那些观念、行为和叙述的学问上的解释方面——是无法避免的。总之，这里所写述的，大体仅可以说是本文题目所包含的一部分较重要资料的介绍，绝不是什么研究的结果，虽然中间也不无关于那些资料的"学问的"思索和论断的地方，但那只是比较附带的部分罢了。反复地说一句，这篇小文，不是严格的论文，而是一个"如字面所示的"（Literally）"速写"。这是要预为声明以求谅解于读者诸君的。万一，读者诸君，为它唤起了若干兴味，甚至于若干学问的思索，那真是我的预期外的成功了。

二

在这小文中，我把所要叙述的对象，略分为三类。自然，这样做的最大的理由，是为了行文上的方便。三类中的第一类，是俗信，就是中国民众素来对于鼠所抱着的几种怪异的观念。

我们要说的第一种观念，是关于变化方面的。这种观念，大约可分做两项：一项是由别的东西变为鼠的，另一项，是由鼠变为别的东西的。像说，玉衡星散了变成鼠①，鼩鼠（鼠的一种）是伯劳（鸟）所变成的②，黄金现形的时候便成了白鼠③，江中的小鱼，变做蝗虫而食五谷的，到了百岁便成为鼠④，这些便是属于前者的例子了，就是由别的东西化为鼠的观念的例子。又像说，百岁的鼠变做神或蝙蝠⑤，季春底那个月，田鼠（鼠的一种）化做鴽⑥，某些不明来源的鼠，都变成了鲤鱼等⑦，这些却是属于后者——由鼠变为别的东西——的例子了。动物和动物，动物和无生物乃至动物和超自然者间可以自由地变形的观念，是文化未成熟的民众所同具有的，

① 见纬书《春秋运斗枢》（据《初学记》卷所引）。
② 见许氏《说文》第十鼠部。
③ 见《地镜图》（据《艺文类聚》卷九十五所引）。
④ 见段成式所著的《酉阳杂俎·续集》卷八。
⑤ 见《玄中记》（据《太平御览》卷八十一及《初学记》卷二十九所引）。
⑥ 见《礼记·月令》篇。
⑦ 见《宋书·五行志》。

中国民众当然不会有什么例外。所以古来文献所载，很富于这种例子。散记、杂书一类的文籍不用说，就是所谓庄重的经史等书中，也可以遇到它。这种观念产生及传布的原因，恐怕不是很单纯的。像某一位学者所说："野蛮人看见一个毫无动静的蛋突然会变为一只鸟，或一个蛹突然会变为一只蝴蝶，一点也没有外力的加附。从一粒硬而棕色的树子的白仁中会生出柔软的根和绿色的叶来。他见到这种事实而一无惊奇之意，而因着一个天然的易于轻信的心，便将他对于变形的信仰，不仅限制于上举的数例上。所以偶有人说，某一种生物能够变成了别一种式状，他便立刻相信它。"①这恐怕只是那些原因中比较重要的一个吧。

我们要说的第二种观念是关于征兆方面的。它大略可以分做佳兆和恶兆以及佳恶不定的预兆三项。关于第一项佳兆之例：好像"鼠咋人衣领，有福至吉"②；鼠啮上服，是有喜的征兆③，咬人幞头帽子，兆得财④；半夜之前，鼠作数钱的声音，预兆得财吉⑤；鼠狼（鼠的一种）到家里来做穴，家中必然长吉⑥，看见鼠站起来，那人大大地有吉利⑦；看见义鼠（鼠的一种）是好兆⑧等都是。第二项恶兆的例：像"鼠舞国门，厥咎亡，鼠舞于庭，厥咎死"⑨；"凡（鼠）啮衣

---

①　见柯克诗女史（M. R. Cox）所著《民俗学入门》（*Introduction to Folklore*）第二章，引文依郑译。

②　见《百怪书》（据《初学记》所属）。

③　见段氏《酉阳杂俎·续集》卷八。

④　见《田家杂占》。

⑤　同上。

⑥　同上。

⑦　同上。

⑧　见刘叔敬《异苑》卷三。

⑨　见《京房易飞候》（据唐人《艺文类聚》所引）。

欲得有盖,无盖凶"①;鼯鼠(鼠的一种)跑近人的地方晚上鸣叫,是邻里将有死人的预兆;鼹鼠(鼠的一种)咬人项皮,是那人衰病的征兆②;鼠咬人手指,是预兆着晦气的事③;鼠咬麦苗稻苗,是预报着收成的无望④等都是。此外像"田塍上野鼠爬地主有水"⑤;"鼠其臭可恶,白日衔尾成行而出,主雨"⑥等,这些是农耕的民众所非常关切的事。但是,究为佳兆或恶兆,是要依当时民众实际的需要才能够判定的。所以在我们这里为行文方便的分类上,只好把它归入佳恶不定的第三项预兆中了。

观测预兆,是普泛地存在于世界各民族的一种原始的风习。而这种风习中,把动物作为占验的对象的,尤其是最习见的事情。关于鼠的预兆,我们随便举一个例子,好像旧俄罗斯人相信鼠啮衣服便兆死亡,或鼠跑入人怀中是大灾难的征兆。这不是和上述的中国民众的某些观念很相同吗?这种预兆思想的形成,那原因恐怕也是颇为复杂的。像上述诸例中,某些或者仅由于把偶然的事情当做必然而起因的,某些或者是由于从别一种信念而推演出来的。有些学者,把这种思想归源于图腾主义(Totemism)。我们不免这样怀疑:那不是把有限制的原则的功用,过分地夸张了的一种说法么?

除掉上述两种很重要的观念(变化和征兆)之外,中国民众传承中尚有种种关于鼠的奇异的观念。这些观念都是很值得注意

---

① 见《酉阳杂俎·续集》卷八。
② 见《博物志》卷九。
③ 现在广东等地俗信。
④ 见《田家杂占》。
⑤ 同上。
⑥ 同上。

的。但是,本文的篇幅,只容许我们就其中举出一二更有意味的来
谈述。第一,是凭人而卜。据晋朝葛洪引《玉策记》的记载说,鼠寿
三百岁。到了一百岁,变成白色,能够凭人而卜,名字叫做仲。它
会晓得一年的吉凶和千里外的事情。① 这种说法,似乎和上述征兆
的思想有着相当的关联吧。其次,鸟鼠为夫妇。在中国极古的文
献(《尚书》《山海经》等)上,便有所谓"鸟鼠同穴"的山名了。据
晋人的记载说,鸟鼠山在陇西首阳县西南。鼠尾短,形像家鼠。它
们的穴,入山深三四尺。鼠在里面,鸟在外面,彼此为夫妇②。唐人
注经(《尚书》),也采入了这种说法。这种错误观念的来源,恐怕
和那些自然民族的许多思想一样,是由于观察不精密的缘故吧。
关于它的不可信赖,前代学者也已有辩及的了③。再次,是除夕鼠
嫁女。日本有一个老鼠嫁女的故事。大意说,有夫妇两鼠,生一鼠
女。那鼠女年纪已长大,想给她找一个最好的女婿。找了许多有
势力之物,都没有谈讲成功,结果仍然把女儿嫁给了自己的同类。④
这故事,是否传自中国的,暂不去管它,我们且说说中国民间一个
和这种故事中所表现的思想(鼠嫁女的思想)相似的观念和风习。
中国许多地方的民众,相信鼠类在岁除那晚上(或别的晚上)嫁女。
所以他们要把一些米(或并蜡烛)放置在鼠穴旁边或谷仓上,以助
它们的婚事。这种观念和风习,在有些地方已经没有了,而在旁的
一些地方,则成了极稀薄的残影。例像在江苏省无锡地方,每年的
正月初一晚上,家家都要很早睡觉,并骗小孩子说,今天晚上老鼠

---

① 见葛氏所著《抱朴子》。
② 见晋《太康地记》(据《艺文类聚》卷九十五所引)。
③ 见宋蔡沈所著的《书集传》。
④ 见日本白驹冈编辑的《奇谈一笑》中"鼠为择配"条。

结婚,早睡了是可以听到的①。这种观念和风习(表现着人类把自己家族的生活反映于异类——鼠和人类对于动物缔结一种友好的关系的观念和风习),恐怕是极古老的民间传承了。

三

法术(magic)——中国民众关于鼠的法术,这是我们在本文里所要叙述的对象的第二类。它大体上可分为两项:一项是他们利用什么法术去制胜鼠类;另一项,是他们怎样利用鼠做法术的工具去制胜别的灾害或招来好处。

鼠,是一种有害于人类生活的动物。为了免除它的侵害,人类不能不想出种种应付的手段。"厌鼠"的法术,就是文化未成熟的民众,对于鼠的应付手段的一种表现。中国古代民众,对于鼠究竟发明和沿用过如何的法术呢?据古代文献所载,第一,有用兽类身上的某种东西和法术师(巫)的詈言以为禁厌的。《淮南子》万毕术说:"狐目狸脑,鼠去于其穴(以涂鼠穴即去)。被发向北,咒杀巫鼠(夜有巫被发北向禹步,咒曰,老鼠不祥,过自受其殃)。"②其次,有取用某种的泥土,以企求达到制胜目的的。《杂五行书》记道:"停部取停部地土,涂灶,水火盗贼不经;涂屋四角,鼠不食蚕;涂仓而鼠不食稻;以塞坎,百日鼠绝种。"③再次,有用鼠本身以做"厌

---

① 见钱小柏所记的《无锡岁时风俗志》。
② 据《艺文类聚》卷九十五所引。
③ 见《艺文类聚》卷九十五所引。"停部"或作"亭部"。

227

胜"的法术的。例像段成式所记云:"厌鼠法,七日以鼠九枚置笼中,埋于地,秤九百斤土覆坎,深各二尺五寸,筑之令坚固。"①此外,民间所传述的故事中,关于法术师用符咒制胜鼠的颇多,那且让后文再谈及了。上述几种禁厌鼠的法术,虽然中间颇有一些我们已不很明了它的意义②,但像用狐目狸脑一类的做法,尤疑是应用着所谓"共感法术"(the sympathetic magic)的原理的。朝鲜民间的厌鼠法之一,说把黑犬的血和于蟹而烧之,则鼠都集拢了来③,也是和这应用着相似的原理的一种做法。又"埋鼠于地中而筑之"的法术,恐怕和各民族所曾经流行(或现在尚流行着)的"把人或动物掩埋于地下以使建筑物坚牢的仪礼"有些关系也未可知。

我们再转到中国民众,怎样利用鼠做法术的工具以制胜别的灾害和招来好处的事。"对于疾病、痛苦的民间医药的方法,屡屡多是纯粹法术性质的。"④瘟疫,是人群最恐怖的一种仇敌,尤其是在科学的医药学未发达时代的民众,更不容易降服或避免它的肆虐。中国古代民众所产生了的对付这种病魔的手段之一,是利用着人类另一种仇敌的鼠做法术工具的。古人说:"正旦朝所居处埋鼠,辟瘟疫也。"⑤但是,鼠的法术的医药作用并不止此。它还有多种的用途。例像,医治目涩好眠的方法,可以用一颗鼠目烧研和鱼

---

① 见《酉阳杂俎前集》卷五。但据唐宋人引《风角要占》,说这种法术文是一种"长吏居官厌盗贼法"。或者这种法术,本来是"厌盗贼法",后来转而成为"厌鼠"的也未可知。自然原来就是适用于两方面的,也并非不可能的事。

② 例像取停部地土涂仓及塞坎等做法。

③ 见郑若镛著《朝鲜博物志》(原名《山林经济》)卷十。

④ 见哈顿(A. C. Haddon)博士著的《法术和灵物崇拜》(*Magic and Fetishism*)第五章。

⑤ 据《本草纲目》卷五十一下。

膏点入目眥,并把它(鼠目)用绛囊装两颗佩带着①。假若小孩齿不生长和晚上睡得不安静,可以把两头圆的雄鼠去拭擦那齿和土拨鼠的头骨挂在枕边,那么便可以长齿和安眠了②。再,妇人临产的时候,只须持着某种鼠(据说它是飞而生子的)的皮毛或爪,就没有难产的事③。这些都是属于消极功用方面的法术,就是仅给人们免除某种不好事情方面的法术。再转看看他们积极方面的法术,就是给人们添增某种好处的法术吧。利用某种动物或植物乃至于无生物,法术地以求达到性爱的目的,——这种法术物,用一句老话说来,就是所谓"媚药"——这是中国民俗学上所常看到的事情④。在这种求爱的法术中,也有利用鼠做工具的。明代李时珍引前人记述说:"雄鼠外肾之上,有文似印,两肾相对,有符篆朱文九遍者尤佳。以十一二月或五月五日、七月七日,正月朔旦子时,面北向子位,剖取阴干,如篆刻。下佩于青囊中,男左女右,系臂上。人见之,无不欢悦,所求如心也。"⑤唐人刘恂所记当日南中国土俗,也有和这很类似的做法。据说,红飞鼠,深毛茸茸。大多双伏在红蕉花间。采捕的人,若捉着一只,另外一只便不离去。南中的妇人,都喜欢买它带在身上。因为这样一来,就可取悦于人。⑥ 上述许多利用鼠做达到禁厌灾害或招来好处的目的的法术,比起前段所叙的厌鼠法术来,大都是更显明地应用着"共感法术",特别是

---

① 见肘后方(据《本草纲目》卷五十一下所引)。

② 前者(长齿方)见小品,后者(安眠方)李时珍语,同据《本草纲目》卷五十一下。

③ 见《本草纲目》卷四十八。

④ 例如相信佩带薔草能够取悦于人,佩带皂荚,可使夫妇相爱等。

⑤ 见《本草纲目》卷五十一下。

⑥ 见刘氏所著《岭表录异》卷中。

"感染法术"的原理的。例如因为鼠的眼睛很敏锐，并且它是专在晚上出来活动的，所以人们便相信用它的眼睛和鱼膏点在眼眥上，可以使人不会目涩好睡。同样，用它锐利的牙齿去拭小孩的齿，便能够使它速长。此外，像持着"飞而生子"的鼠类的皮毛或爪子，产妇就没有难产的不幸；佩着有情义的鼠的妇人，男子就会格外恋悦她。这都不外是基于一种共同原理的法术。今日世界上许多晚熟民族相信吃了善猎者的遗体，可以使自己传承他的妙技，身上佩着某种动物的皮角，便能够添增勇气等，都是和这些有着同样的信念的做法。

四

在这里，我们要进笔到本文对象的第三类了。这就是关于鼠的中国民众古来的传说。

中国，是一个"传说之国"。如像她极丰饶于自然物产，她也是极丰饶于民间传说的。有些学者，说中国是神话很缺少的国度，和这相反，她于传说却是异常的富有。中国是否为世界上于神话最贫弱之国，这还是一个有待商量的问题，但她于传说方面的富有，却是不容争辩的事实。好吧，只就关于鼠这一种动物的来说，中国传说的富有，也就够使人叹羡了（我们这里所说的还不过是指那些已见于文献的资料，此外，未被发现而尚生活在今日广大民众的口碑中的，更不知还有如何的巨量呢）。这些传说，都是民俗学、文化史等的好资料，学问上的意义是很不鲜少的。但现在因为篇幅的关系，只能够举出两三种例子来述说。

最初，让我们看一种和名字禁忌的信仰有关的传说。据《晋书·五行志下》的记载，魏齐王正始年间，中山王周南，做襄邑的长官。忽然有鼠从穴中出来，说道："土周南在某大死！"周南没有回答它。鼠便进鼠穴去了。到了那天（鼠所预言的那天），鼠戴着巾帽，穿着黑衣跑出来，说道："周南，你日中死！"他也没有答应它。鼠又跑进穴里去。过了一会，它又出来反复说着。那时太阳就要中天了。鼠跑进去，一会又跑出来，再说了和刚才相似的话。那时太阳却已中天了。鼠说："周南你不答应我，还有什么可讲！"说了，便跌倒而死。即时衣帽也不见了。走近看时，它一切都和普通的鼠没有异样。[①] 在别的古文献上，有一则和这同型式，而把其中的意义更表现得清楚的记载。它的叙述如下："清河郡太守至，前后辄死。新太守到，如厕，有人长三尺，冠帻皂服。云：'府君某日死！'太守不应。意甚不乐。其日，日中如厕，复见前所见人，言'府君今日中当死！'三日，亦不应。乃言：'府君当道而不道，鼠为死！'乃顿仆死。大如豚。郡内遂安。"[②]对于名字的禁忌（taboo），是原始人共通的一种惯习。他们相信被别人（或超自然者）晓得了自己的名字，便将陷于别人（或超自然者）的势力范围中。因为在他们的观念上，"人名是那人的一部分，神名是那神的一部分"[③]。这种观念，在原始人日常的行为中固然表现着，在他们的"语言艺术"——神话、传说、民间故事——中也同样地出现着。中国古代某地方的民众，有一种关于蛇呼人的名字的俗信。据说，那种蛇能呼过客的姓名。假如，谁听见了那呼声而答应它，那么，那人便再

---

① 《艺文类聚》和《太平广记》引此故事，说见《列异传》及《幽明录》。
② 见宋刘义庆所著《幽明录》（据《太平广记》卷四百四十所引）。
③ 用 F. B. Jevons 氏的话。

也活不成了。① 这种俗信，自然要被体现于民间故事中。直到现在，那种故事是广泛地在民众的口碑中生存着②。上述的那鼠呼人名，因为被呼者不答应它，结果不能够有所加害，反而自己死掉了的故事，和这关于蛇呼名的俗信及故事，实是属于同一种类的东西，就是关于"名字禁忌"的思想的表现。

其次，看看法术师咒鼠的传说。据宋刘敬叔的记载说："晋南阳赵侯(或作度)，少好诸异术艺。……侯有白米，为鼠所盗。乃披发持刀，画地作狱，四面开门。向东长啸，群鼠俱到。咒之曰：'凡非啖者过去！盗者令止！'止者十余。乃剖腹看脏，有米存焉。"③这也有一个和它同型的传承，那就是许迈的故事。据说，有鼠咬了许迈的衣服。他便做符召鼠。鼠都跑到他的中庭。他说："咬衣服的留下，没有咬的走开去！"这一来，许多鼠都跑开去了，只剩下一只留着。它伏在中庭，动也不敢一动。④ 此外，关于用符咒制鼠的传说很不少，但是，这里只好从略了。上述两个同型式的传说，它的主题是法术师用符咒拘获了犯罪的鼠。这无疑是从那些厌鼠的法术行为引演出来的。换一句话说，这是民间法术行为的"文学形象化"的结果。

再次，看看鼠变为人的传说。这种传说数量颇多，情节也很有差异的地方。在这里，我们只简举两个例子。一个是鼠辈送葬的故事。据《广异记》记载："御史中丞毕杭，为魏州刺史，陷于禄山贼

---

① 见《见雅》(据《渊鉴类函》卷四百三十九所引)。
② 关于这故事的型式，参看拙作《中国民间故事的型式》(东京日本民俗学会刊行，《民俗学》第五卷第十一期)。
③ 见刘敬叔所著《异苑》卷九。
④ 见《许迈别传》(据《太平御览》卷九百十一所引)。

中。寻欲谋归顺，而未发数日，于庭中忽见小人长五六寸，数百枚，游戏自若。家人击杀。群小人白服而哭，载死者以丧车，凶器一如上人送丧之备。仍于庭中作冢。葬毕，遂入南墙穴中。甚惊异之。发其冢，得一死鼠。乃作热汤沃中，久而掘之，得死鼠数百枚。后十余日，杭一门遇害。"①另一个，是鼠和人争住宅的故事。据宋人记载说，苏长史将要住居京口，那新宅素有凶名。妻谏阻他，他不听从。在他刚住进去的那晚上，有三十余人，都是一尺多高，戴着道士的帽子和穿着毛布衣，跑来对苏说："这是我们所居住的地方。你必须赶快出去！不然，灾祸就及到你身上！"苏生气起来，拿杖去赶逐他们。结果，都走入宅后竹林中不见了。他便开掘那地方，得白鼠三十余只，便把他们杀光。从此，那宅就不再凶了。②这种传说，其中大部分的描述，自然是由于人类把自己生活的模型映射于鼠类而成的，换句话说，就是把鼠的行为、心性"人间化"了的结果。但是，这类传说中有两点很常见的说法，是颇值得特别注意的。一点是说，鼠所变成的人大抵身体是很矮小的。另一点是说它化为人而出现的时候，大多是成群结队的。这些不是和鼠类本身全无关系的幻想，它是从鼠类居处的环境和生活的惯习推演出来的。就是说，因为鼠是住在地洞里和聚类而居的东西，才产生出了这种说法的——身体矮小和成群结队的说法的。

最后，我们且提到一个关于某种鼠的生理特殊情形的说明传说。据欧阳询引《梁州记》说："羍水北羍乡山，有仙人唐公房祠。有一碑。庙北有大坑。碑云是旧宅宅处。公房举家登仙，故为坑

---

① 见《广异记》(据《太平广记》卷四百四十所引)。
② 见宋徐铉所著的《稽神录》卷二。

233

焉。山有易肠鼠,一月三吐易其肠。束广微所谓'唐鼠'者也。"①
这种鼠,为什么要"一月三吐易其肠"呢? 在别的文献上这样地写
述着:"唐房(按:即指唐公房)升仙,鸡狗并去,惟以鼠恶不将去。
鼠悔,一月三吐肠也。"②但是,关于这种鼠吐易其肠,也有和这个解
释略为不同的别一种说法。据说,唐氏登天,鸡犬也跟着同去,只
是鼠却跌了下来。虽然侥幸不死,但是肠子已跌出了数寸(或作三
尺)。这以后,过三年便要易一回肠子。③ 这种事物说明传说,可以
说是一种"前科学的"思想的叙述。当然这和别的性质的传说和神
话等一样,是文化未成熟时代的民众所共有的东西。例如德意志
人关于比目鱼歪嘴起因的故事,④台湾番族的乌鸦黑羽毛由来的故
事等⑤都是这种例子。这类说明传说,从现代科学家们看来,自
然是只可供玩笑的东西,但是,在产生和传承着它的民众眼中,它
却是传达着一种很庄重的道理的。并且人类达到能够产生这种
前科学的说明传说的地步,已是经过了不少"智的斗争"的艰苦
历程的了。为着理解人类过去智的生活的进展史,更为着理解人
类过去一般的生活的进展史,我们不应该忽视了这种类似笑话的
说明传说——像我们不能忽视其他具着重要意义的神话、传说
一样。

---

① 见《艺文类聚》卷九十五。
② 据《唐类函》卷一百九十五及《艺文类聚》后集卷四十一引《博物志》。
③ 见《异苑》卷三。
④ 见格列姆兄弟(Brüder Grimm)所著《儿童及家庭童话集》(Kinder-und
Hausmarchen)"比目鱼"条等。
⑤ 见佐山融吉、大西吉寿共著《生番传说集》第四篇。

〔作者附记〕

今年是"鼠儿年"。为了要供给他们杂志的"新年号"以一些应景的文章，去年十一月下旬某一天，东京一家月刊社的编辑者，跑到我的寓所，要我给写一篇关于"鼠的民俗学"的文字。时间很匆促，篇幅也颇有限制；因为不便推辞，我终于答应了。这篇小文就是那时所写下的中文底稿，——发表的时候，是译成了日本文的。现在《民俗》季刊的编者，一再来函催稿，而一时实在写不出比较像样的论文。不得已，便把这篇还不曾和国人见过面的旧文稿，校读一回付邮了。文中不备不妥的地方，请大家原谅吧！

一九三六年十一月五日于杭州

中国的植物起源神话[*]

一 引言

最近友人黄石先生,在《青年界》上发表了一篇关于植物的神话传说的论文①,我读了深感到愉快。黄先生为了要证明中华民族的神话资料,在质或量上,并不像近人所揣测的那样穷乏,于是,便把个人在杂记书中所辑出的关于植物神话传说方面的材料揭示于众。黄先生文章的末段说:"以上七节,是作者费了不少的工夫才勾稽出来的。"或者有人要怀疑这话的过于夸大也未可知,但我却因这而更敬重作者努力于这门学艺的苦心。从大体上说,作者在这篇论文中是相当地完成了他的主要任务的——即由植物神话传说方面的材料,大略证明了中国向来神话的蕴藏是并不贫乏的。

黄先生在那文中所举出的七则神话的材料(《湘妃竹》、《龙须草》、《相思树》、《并枕树》、《断肠花》、《宫人草》、《椰树》),都是属于解释性方面的。对于某种事物,从它的名字、形态、德性各方面,

---

* 本文原题《关于中国的植物起源神话》,载《民众教育季刊》第三卷第一号,1933 年 1 月。

① 见《青年界》第二卷第二期《中国关于植物的神话传说》。

分别予以"故事式"的说明，便是这种神话的特征。这在"故事学"上的术语，叫做"原因论的神话"（Aetiological Myths）或"何故如此故事"（Why-so-Tales）[1]。神话区域中，所谓"天然神话"和"文物神话"的大部分（至少一部分），是属于这种型式的。我国古来关于这方面的植物神话传说，恐怕量和质方面，都是值得重视的。但因种种关系（例如不被文人所采录，或随所记录的文籍的散亡而散亡等），遗留到现在的不太多，这是不可掩饰的事实。但黄先生的文章给我们指明，它虽然较贫弱，却并非没有相当数量和可注目的美质的。

除黄先生所列举的以外，在古记录上关于这方面的材料，尚有若干可供我们采辑的。试略就笔者个人一时所记忆到或手边检得的抄录出来，间或附以简单的论绎。这工作，与其说是为补充黄先生勾稽的遗漏，毋宁说是在加强他的论证和酬答他为学艺的殷勤。

二　蓄草

最初使我们想起的，是蓄草的故事。这故事，依现在所能见到的较古的记录，是在《山海经》上。《中山经》云："……姑媱之山，帝女死焉。其名曰女尸，化为蓄草。其叶胥成，其华黄，其实如菟丝。服之媚于人。"[2]

旧称晋张华所著的《博物志》上，有像下录一段记载："右詹山，帝女化为詹草。其草郁茂，其萼黄，实如豆。服者媚于人。"[3]我们

---

[1]　见泰洛的《原始文化》及 Dayrell 的 *Folk Stories from South Nigeria* 序文等。
[2]　见郭璞传《山海经》卷五。
[3]　见现行本《博物志》卷三《异草木篇》。

以为这里所说的"詹草"，就是前文所引《山海经》中的䔄草，该没有什么疑义的吧①。

和张华同朝代（晋）的干宝，在他所著的《搜神记》上，也有着这么一则记载："舌堙山，帝之女死，化为怪草。其叶郁茂，其华黄色，其实如兔丝。故服怪草者，恒媚于人焉。"②在这里，只有山名和草名的不同而已，其他部分的叙述，是大抵和前两者一样的。

还有一些我们认为和䔄草故事极有关系的记录。唐李善在《文选》注中所引的宋玉《高唐赋》曰："我帝之季女，名曰瑶姬。未行而亡，封于巫山之台。精魂为草，实曰灵芝。"③又晋人张方《楚国先贤传赞》云："帝之季女，名曰瑶姬。精魂化草，实为灵芝。"④关于帝女化草的话，在这两则记载上，虽然也是很简略的，但比起前面《山海经》以下的三则，不能不说是较为具体了。䔄草（或瑶草）和灵芝是否为同一物，自然是很大的问题，但认"女尸故事"和"瑶姬故事"，是同一神话的异传，至少二者在"传承"上是有着若干关系的，这不见得是很附会的意见吧⑤。

又有人曾引习凿齿《襄阳耆旧传》"赤帝女曰姚姬，未行而卒，葬于巫山之阳"的话，以注释《山海经》女尸化草的故事⑥。我们不

---

① 清毕沅以为"詹草"是"䔄草"的讹误。
② 见现行本（非缩略本）《搜神记》卷十四。
③ 见《文选·别赋》"惜瑶草之徒芳"句注。今《高唐赋》没有此数语。旧本《宋玉集》所载的《高唐对》，有像下述数句："我，帝之季女，名曰瑶姬。未行而亡，封于巫山之台。闻王来游，愿荐枕席。"但也没有说及化草的事。
④ 张方或作杨方（见《旧唐书·经籍志》）。《楚国先贤传赞》，或作《楚国先贤志》（《旧唐书·经籍志》），或作《楚国先贤传》（《唐书·艺文志》）。原书似已佚。
⑤ 前人注《山海经》的，像吴任臣、毕沅、郝懿行等，都已先后引用瑶姬故事以释䔄草。虽他们原来的意思，不必和我们现在所具的全同，却也不是没有见解的。
⑥ 见毕沅新校《山海经》卷五注。

敢断定二者本来毫没有关系，但是蔄草故事中最重要的一点，是女尸或女魂的化草，而那传中没有显明提及，所以只好把它暂时抛开了①。

汪绂云："此（按指蔄草故事）如虞姬化为虞美人草，女子怀人，滴泪化为秋海棠之说。"②这可算说出了我们现在所要说的话了。

三　余算菜、越王竹和不实之枣

其次，我们来叙述所谓余算菜的故事。宋刘敬叔的《异苑》说："晋安平有越王余算菜③。长尺许。白者似骨，黑者如角。古云，越王行海，曾于舟中作筹算④，有余者弃之于水，生焉。"⑤

这大概是从植物的形态上及它生长的特别环境所引出来的一种空想故事。和这同型式的，有关于越王竹的一则传述。晋朝嵇含所著的《南方草木状》云："越王竹，根生石上，若细荻。高尺余。南海有之。南人爱其青色，用为酒筹。云越王弃余算而竹生。"⑥干宝《搜神记》所载吴王脍余传说也属此型，不过那传说中的主人，是动物而非植物罢了。

又张华《博物志》云："海上有草焉。名蒒。其实食之如大麦。七月稔熟。名曰自然谷。或曰禹余粮。"⑦从"禹余粮"三字看来，

---

① 郝懿行曾极辨姚姬（或作瑶姬）不是赤帝之女，而当作天帝之女。其实，这点在故事上并不是很重要的。
② 见汪氏的《山海经存》卷五注。
③ 余算菜，或作余算策。
④ "曾于"一作"会于"。
⑤ 见《异苑》卷二。或作见《南方草木状》，恐有误。
⑥ 见《南方草木状》卷下。
⑦ 今本《博物志》卷三《异草木篇》。

这种植物,在当日民间的口头上,必流传着一种"原因论的"故事,像前面所述的一样无疑。可惜记载者们是把这个忽略了。(《本草纲目》中记有禹余粮神话。但那所谓禹余粮的,却是一种矿物。)

写到这里,我猛忆起《晏子春秋》里,关于海中枣树的一段记录。文云:"景公谓晏子曰,东海之中,有水而赤。其中有枣,华而不实。何也?晏子对曰,昔者秦缪公,乘龙而理天下,以黄布裹蒸枣,至东海而捐其布。彼黄布故水赤,蒸枣,故华而不实。"[①]这虽然和前面的型式,略有不同,可是不能不说是一个较古,而且很有意味的植物起源神话。

四 虞美人草

本文第二节的末段,曾提到虞美人化草的话,现在我们来谈述这个哀丽的故事吧。

开头,且听一曲短歌:

> 三军散尽旌旗倒,玉帐佳人座中老。
> 香魂夜逐剑光飞,青血化为原上草。
> 芳魂寂寞寄寒枝,旧曲闻来似敛眉。
> ……

这是曾宣子夫人所作的《虞美人草行》[②]。我们听了,比读太史公

---

① 《晏子春秋》卷八。
② 见宋王灼的《碧鸡漫志》中所引。

的《项羽本纪》,还要觉得凄婉。

关于虞美人草的散文的记载,例如《益州草木记》云:"雅州名山县,出虞美人草,如鸡冠花。叶两相对。为唱《虞美人曲》,应拍而舞。他歌则否。"①又段氏的《酉阳杂俎》云:"舞草,出雅州。独茎三叶。叶如决明。一叶在茎端,两叶居茎之半,相对。人或近之歌,及抵掌讴曲,必动叶如舞也。"②

精魂化草,及闻曲而舞的话,原不过是半开化人之"诗的创作"。但有些过于头脑呆笨的学者,没有明白个中的原由,竟斤斤于这种草是否要闻了《虞美人曲》才能动摇的争辩③。这真有点使人不能不发笑了。

五　相思子和相思竹

涉及男女情爱,而以相思为名的植物之起源神话,除黄先生所举的相思树以外,尚有相思子(红豆)和相思竹等富有韵味的传述。

王维诗云:

> 红豆生南国,春来发几枝。
> 愿君多采撷,此物最相思!

这是没有一个读书人会背不出来的绝句。又温庭筠句云:"玲珑骰

---

① 　见宋王灼的《碧鸡漫志》中所引。
② 　见《酉阳杂俎》前集卷十九。
③ 　参看《碧鸡漫志》。

子安红豆,入骨相思知不知?"①这也是说及相思子的。

　　关于相思子的记载,要算明末岭南人屈大均的《广东新语》中的文词为较详细。屈氏云:"红豆本名相思子。其叶如槐,荚如豆。子夏熟,珊瑚色,大若茨肉,微扁。其可以饲鹦鹉者,乃蔬属。藤蔓,子细如绿豆,而朱裳黑喙。其结实甚繁。乃篱落间物,无足贵也。其木本者,树大数围。结子肥硕可玩。"②他又记述其实及关于它的神话云:"相思子,朱墨相衔,豆大莹色。山村儿女,或以饰首,婉如珠翠。收之二三年不坏。相传,有女子望其夫于树下,泪落染树,结为子,遂以名树云。"③清人钮秀,在他的《觚剩》中,也记述着这个神话。据云:"相传,有怨妇望夫树下,血流染枝,旋结为子,斯言所由昉也。"④语句和屈氏的大略相同。但"血流染枝",比仅云"泪落染树",于红豆的"颜色"上的解释,似乎更觉圆满。这个故事,和我国的秋海棠神话及西方的迦南馨(Carnation)传说,最为近似。关于这点,数年前,我已曾于一篇随笔中说过了⑤。

　　至于相思竹的故事,见于明代学者杨慎所著的《丹铅续录》中。据云:"蜀涪州有相思崖。昔有童子卯女,相悦交赠。今竹有挑钗之形,笋亦有柔丽之异。崖名相思崖,竹曰相思竹。"⑥假使我们说相思子的故事,是含着悲惨的调子的,那末,这相思竹的故事,正和它相反,却是充满着欢愉的调子的。

---

①　见温氏所作《南歌子词》(一作《添声杨柳枝辞》)。
②　见《广东新语》卷二五。
③　同上。
④　见《觚剩·粤觚》"相思子"条。
⑤　见拙著《荔枝小品》第五八——五九页。
⑥　见《丹铅续录》卷七"挟竹"条。

八　王莽竹、竹林和寻竹

前面曾述过余算菜和相思竹的故事，这里让我们索性再抄出一些关于竹的说明神话。

在松江地方，有一种王莽竹。据说这种竹，"种最大，而节间促二十余节后，方生枝叶。近根有一钱痕。俗传，王莽藏铜瓦其中以为谶云"①。这种解释植物某部分特色之由来的故事，是和湘妃竹、相思竹等传述同一模型的。

夜郎王由竹中出来的传说，是大家所熟悉的。但跟这一道，同时还有一个关于竹林起源的故事。据晋常璩的《华阳国志》里所述云："有竹王者，兴王遁水。始有一女，浣于水滨。有三节大竹，流入女子足间，推之不去。闻有儿声，取持归。破之，得一男儿。长养有武才，遂雄夷狄。以竹为姓。捐所破竹于野，成竹林，今竹王祠竹林是也。"②《后汉书》也记载竹王的来源传说，但不提及竹林的话。其实，这关于竹林的传述，本来不过是夜郎王"生自竹中"的英雄神话的附带物罢了。

晋戴凯之的《竹谱》，有云："相繇既戮，厥土维腥。三潬斯阻，寻竹乃生。物尤世远，略状传名。"释曰："禹杀共工，相繇二臣，膏流为水，其处腥臊，不植五谷。禹三潬皆阻，寻竹生焉。在昆仑之北，南岳之山。见《大荒北经》。"③

---

① 《格致镜原》卷六七引《松江府志》。
② 见《华阳国志·南中志》。依《汉魏丛书》本抄录。
③ 据《汉魏丛书》本。

　　按《山海经·大荒北经》原文云："共工之臣名曰相繇。九首蛇身，自环。食于九土，其所欤所尼，即为源泽，不辛乃苦，百兽莫能处。禹湮洪水，杀相繇。其血腥臭，不可生谷。其地多水，不可居也。禹湮之，三仞三沮。乃以为池。群帝因是以为台。在昆仑之北，有岳之山，寻竹生焉。"①这记载和前所引的，略有不同之处。又《海外北经》，也记着这个传说，但没有"寻竹生焉"的语句。看了这些记录，我颇疑心"寻竹生焉"一语，本来是和禹杀相繇的故事是没有什么必然关联的。假若寻竹（大竹）的生出，真是被认为和相繇的血（或精魂）有联系的，那么，这也可算是一则关于竹的起源神话了。

七　枫木和邓林

　　前文一再地引用了《山海经》中的植物起源神话。其实，在这部包含华族等古神话最丰裕的文献里，还有一些未及提到的资料。我们现在就把关于枫木和邓林的故事说一说吧。

　　《大荒南经》云："有宋山者。……有木生山上，名曰枫木。枫木，蚩尤所弃其桎梏，是谓枫木。"晋郭璞注云："蚩尤为黄帝所得，械而杀之。已，摘弃其械，化而为树也。"②又唐王瓘的《轩辕本纪》云："黄帝杀蚩尤于黎山之邱，掷其械于大荒之中，化为枫木之林。"③

　　枫木在中国民俗学上，是一种很占有位置的植物。例如老枫

---

　　①　据商务印书馆影明本。
　　②　见影明本郭传《山海经》。
　　③　据吴任臣《山海经广注》卷一五所引。《轩辕本纪》，《崇文总目》作《广轩辕本纪》。

化为羽人①，枫人可以作咒物②等传述，就是极好的明证。蚩尤的械，为这种神木前身的神话，在发生上恐怕是很古远了。

邓林的起源故事，大致和枫木的相近。《海外北经》云："夸父与日逐，走入日③。渴欲得饮，饮于河渭。河渭不足，北饮大泽。未至，道渴而死。弃其杖，化为邓林。"

夸父逐日故事，是我国古代著名神话的一个，所以常见于前代文籍中。弃杖化为邓林的情节，从神话的结构上看，自当属于一种余波。正如泾州的振履堆（相传是他逐日时振履之处④）一样，乃是这神话的枝叶，或后来所增益的成分。但邓林故事，也并非十分冷僻不被知道的。《淮南子》云："夸父弃其策，是为邓林。"⑤张华《博物志》云："海水西，夸父与日相逐走。……弃其策杖，化为邓林。"⑥这就足以说明化林故事的被古著述者们所注意的程度了。

八　系马蒲、莲花菜和神木

在这里，再杂录一些记载，作为本文关于资料部分纪述的尾声。

其一，是"系马蒲"的故事。据《三齐略纪》云："鬲城东南有蒲台。秦始皇东游海上，于台下蟠蒲系马。至今蒲岁生，萦委若系

---

① 《齐邱化书》云："老枫化为羽人。"
② 稽含《南方草木状》卷中云："五岭之间多枫木，岁久则生瘤瘿。一夕遇暴雷骤雨，其树赘暗长三五尺，谓之枫人。越巫取之以作术，有神通之验。"
③ 此语颇不好解。郭注云："言及日于将入也。"
④ 据《山海经广注》引《广舆记》。
⑤ 见《淮南子》卷四《坠形训》。
⑥ 见《博物志》卷七《异闻篇》。

状。似水杨，可为箭。"①在旧日的齐国境内，临海一带，关于秦始皇东巡遗迹的传说，颇常见于记载，系马蒲不过其中的一例罢了。这类传说，把它不审择地当做"狭义的"历史看，那自然是近于笑话。但我们若以为在那中间，或不无一些当日"历史的影子"藏伏着，却不见得是全然无知的看法。

其二，莲花菜的故事。《云南志》云："莲花菜出大理府洱河东上沧湖。相传大士化箭镞所成。"②这也颇和前文关于余算菜一类的故事相近。

其三，是神木的故事。据《秦州记》云："古有神妇，负土欲塞谷，绳绝，负枰木因成二树，其大数围。"③和这种传述同话根（Motif）的地方传说，现在民间口头上颇为丰富。我们于此，可悟到现在尚存活的神话民间故事中的话根，固然有若干是极后起的新分子，恐怕大多数（至少一部分）是由远古的时代遗留下来的，当然在形态上不免经过相当的修饰了。

九　结语

我抄述了前面各节所举的古代植物的起源神话之后，颇有一些感想。

第一个感想，是关于记载方面的。

---

① 依明人董斯张《广博物志》卷四二所引。
② 据《格致镜原》卷六二所引。
③ 同上。

虽然现在有少数学者,见我国古代神话在文书的记载上,比不上希腊、北欧等的丰富美丽,因而探求它的理由时,说是由于民族性的崇尚实际之故[①]。这个解说,粗看去像很近理,但实在是颇欠妥当的。神话传说的产生,是一般的人群在文化比较幼稚时必须经过的阶段。古今中外,恐怕曾经存在过的民族,能够不经过一个产生神话时期的是恐怕很少吧。因种种条件的关系,各民族神话的内容,或有不同的地方,而于数量上也当有若干的差距。这是我们应当要承认的。但是较崇尚实际(按即指我国古代之早从事耕种事业)的民族,便不能产生多量或性质伟大美丽的神话,这怕是忽视了世界各民族神话产生的实际情况吧。神话的产生及传播,自然不始于从事耕稼的农业时代,但农业时代,乃是许多民族有力地产出及传播神话的文化阶段。中国的农业时代,开辟得很早(据考古学的资料看,在商朝,农业已经占着相当的位置了)。而且直到近代,还以农业为主。这期间民间产生了大量丰富的而又性质繁杂的神话传说和民间故事。只要查看一下秦汉以来许多文籍,便不会否认的。但从中国民族历史的悠长和地域的广大看,古籍中所保存的,恐怕不及原有物的十分之一二。这是事实。现在我们所要论及的最重要的一点,是这些神话的记载大都十分简略。凡读过《山海经》、《天问》、《淮南子》等著作的人,都可以窥见我国古代神话材料的丰富吧!但同时又要感到如何的惋惜呵!在那里,许多极美丽的神话,大多只剩下一个粗略的轮廓,甚至仅留得只鳞片爪,使人难于恢复它们的原貌。虽然我们不能否认,晋代以来,许多杂记、笔记或传奇小说中,颇有一些比较详细

①　参看日本学者盐谷温氏的《中国文学概论讲话》第六章。

的记录①,但究竟为数极少。中国神话和民间故事等等的最大的劫难,是缺少著作家较详尽的记述及很少保留伟大的民俗诗人之歌咏(或原来缺少此种歌咏)。我们现在试图稍稍补救这个缺陷,当如黄先生所说过的,一方面努力于现在民间口头传述的搜罗记录,另一面把古代文籍上所记载的加以搜索整理。这样的工作,对中国神话学,乃至文化史的探讨,都是极必要的。

第二个感想,是关于神话内容方面的。

我们常以为"无中生有"这一个思想,是一般文化极幼稚的原人所独具的。因为我们在神话、民间故事中,常看到这一类思想的表现②。但据现代某些神话和宗教研究者认为,"依至上者单纯的命令的创造,对于在低度发展的野人,是全不可解的事,彼等仅知由劳动使转向的变形"③。这虽然是仅就"开辟神话"方面说的,但适当地应用在一般的神话上,我以为也是不十分错误的。依人为的劳动,使事物起变化,这是文化极幼稚的原人的一种深刻的经验。所以在反映他们的经验和思维的神话里,这种要素自然是要深重地被保留着。

本文前数节所举的植物起源神话,推而至于世界各自然民族同性质的东西,大抵都是以为某植物为某人或某物所变成的。(自然,说是由某大神用命令造成的,也非完全没有,但那恐怕当属于

---

① 例如《搜神记》中的《白水素女》,《酉阳杂俎》中的《旁饦》、《吴洞》,明马中锡所记的《中山狼传》等。

② 例如希伯来经典中,上帝的创造百物。又如许多民族神话、民间故事中,魔术师幻造各种平凡或珍奇的物件。

③ 见德学者枯奴氏(H. Cunow)所著的《宗教及信仰的起源》(Ursprun der Religion und des Gottesglaubene)第一章《世界创造》。又L. 斯宾塞氏也说过和枯奴氏大略相近的话。

较高的神话阶段的产物了。)这些神话虽然极少提到劳动的事,但从一物变化为另一物的思想是显而易见的。不取"无中生有"的形式,而取着"物体转变"的形式,这在原人思想的考察上,是很值得注意的。

末了,我要再郑重地声明一下。黄先生和我所论述的植物起源神话,都是限于我国前时代所记录的。现在新从民间搜集起来的这种记述,为量固颇丰盈,在质上也很有足供论究之处。关于它的罗列和考察,留等将来有相当机会时再续写吧。当然,关于前代的记录的论述,也希望有个弥补缺漏的机缘。

一九三二年十一月九日夜写成

第三编　自然神话故事Ⅱ：
　　　洪水和天体三子

中国的水灾传说[*]

一 序论

凡读过东方有名文献《旧约·创世记》的人，都不会忘记那里所说的，上帝因愤怒人类的强暴，降了洪水来毁灭地上一切"有生之伦"的故事吧。其实，这不是希伯来民族独有的神话。它在历史上几个文化开发得较早的国家，如东方的巴比伦、中国，西方的希腊，都有着这种人类受劫的神话，在她们古代的民间流播着。并且除了中国的说法较特殊外（这单指与禹有关的洪水而言），其他的差不多可说是如出于"同一的轨范"。

关于中国历史上的"水灾传说"，在国内尚没有什么人给以较详细的检讨；虽然为了辨伪的问题，顾颉刚先生等曾把笔尖略触动过这事件（见《古史辨》第一册）。以研究中国古代地理和历史为职志的日本小川琢治教授，却已在这不为国人所注意的材料上，试开始其饶有意义的（同时还是趣味的）探求。他在禹的故事外，兼

---

[*] 本文原题《中国的水灾传说及其它》，载《民众教育季刊》第一卷第二号，1931年2月。

提到女娲止淫水，精卫填东海，蜀王化杜鹃，伊母化空桑等；并且怀疑这一群古话，中间也许有眷属的关系，或竟是由于同一故事的"异传"（原文见他所著《支那历史地理研究》一七三——二〇三页）。这意见自然也许只是个"提议"，但他的探求的热忱与学殖的丰盈，我是对之表示相当的敬意的。

伊尹母亲化空桑的故事，小川琢治氏虽然述及，但他的原意似只想说明它和治水的禹王之关系。所以，他在这故事的上面没有什么发挥，自然也更无较详尽的"下文"。现在，我却要以这故事来做这篇小文论述的起点。这工作颇像有些给他的文章作"补充"，虽然我在拈到这么一个"主题"时，尚未拜读过他的大作；而这意思（补充他的缺漏）其实也始终不是我所曾萦心的。

本文的任务在于述说一些自战国（指被记录的时间）直至现在仍活在民间的"水灾传说"。这些传说并不仅限于题目的共同，在传述上，似也有着源流的关系。退一步，后起者倘不是先行者的嫡系子孙，最少也有某种程度上的"瓜葛"。这不是笔者有意的牵合，从它们的主要形态上考察，实在不容许我们不承认其有血统或亲眷的关系。自然，从其已变化的方面观之，它们各自的相貌却是那么歧异。

二　古代的伟人产生神话

《列子》自然是一部后人杂凑成的书。这不但是指的现存本（即晋人编纂的）为然，就是《汉书·艺文志》所著录的那个较初期的本子，恐怕在某种程度上也是如此。但我们不能因此就断定其中全没有先秦的古记录（或古传述），尤其是关于神话和传说方面的。倘我们相当地肯定这个前提，那么，对于它所载关于伊尹的传说，当做可信的传说史料看，也许不是太不合理的吧。关于这传说的语句，见于现存本的第一篇——《天瑞》，那是：

> 伊尹生乎空桑。

这是很零残的叙述。倘没有别人的记录可参证，差不多很难辨出它是有着什么故事的背景的。

倘若，《天问》也还可以算是战国时代作品的话（确否为屈原所作，自然是另一问题），那么，它的关于这传说的语句，正好同上述《列子》的载笔相证明吧。我们试打开这体制独特的古诗篇，在"成汤东巡，有莘爰极；何乞彼小臣，而吉妃是得？"之下，接着来的四句是：

> 水滨之木，
> 得彼小子；
> 夫何恶之，
> 媵有莘之妇？

这虽然仍是很断片的，但比《列子》的那一句话，却显然是较具体了。

《吕氏春秋》，据说是一部较可信任的古籍。关于伊母的传说，在其中具有着颇完整的叙说。《孝行览·本味篇》云：

> 有侁(按：侁同莘)氏女子，采桑，得婴儿于空桑之中。献

> 之其君。其君令烀人养之。察其所以然。曰："其母居伊水之
> 上。孕梦有神告之曰：'臼出水，而东走毋顾！'明日，视臼出
> 水。告其邻。东走十里，而顾其邑，尽为水。身因化为空桑。
> 故命之曰，伊尹。"此伊尹生空桑之故也。

从这以后，关于伊母故事的记述，虽颇有歧异之点，但似乎没有比
这更为详尽许多的了。伏生的《尚书大传》中，也有关于这个传说
的记载。其文见存于《尚书正义》中。

> 伊尹母孕，行汲水，化为枯桑。其夫寻至水滨，见桑穴中
> 有儿，乃收养之。

伏生为西汉初大儒，其去《吕氏春秋》成书之日，并非遥远。但就两
个记录看来，在传述上形态的变异，已是很"可观"了。

东汉的时候，王逸作《楚辞章句》，对于前文所录《天问》中四
语，注云：

> 小子，谓伊尹。媵，送也。言伊尹母妊身，梦神女告之曰：
> "臼竈生鼀，亟去无顾！"居无几何，臼竈中生鼀。母去东走。
> 顾视其邑，尽为大水。母因溺死，化为空桑之木。水干之后，
> 有小儿啼水涯。人取养之。既长大，有殊才。有莘恶伊尹从
> 木中出，因以送女也。

这个说法，大致和《吕氏春秋》的相同；但也有相当歧异处。如吕氏
书中但云"梦有神告之"，在这里，则指明所谓"神"者，是"神女"。

又这里的"臼竈生蠅",在彼处却是"臼出水"。这些地方,看去虽然所差很微末,但却不是无意义的。

晋张湛氏作《列子注》(说不定,这本冒名的《列子》,就是他编撰的),对于"伊尹生乎空桑"一语,引用了一条传记。察其语句,是全抄录自吕氏书的;不过语句的位置,前后稍有变易而已。

关于伊母的水灾传说之记录,如上文所举述,虽不能说已尽其所有,但重要的当没有什么遗漏了。现在,不妨试来对它做点考察。

这故事的重点,是在于解释一个特出人物(伊尹)产生的不同凡众。水灾的叙述,看来虽很占重要,其实在这传说上,只屈尊地做了个必需的背景而已。

如果不嫌杜撰的话,我想把这种传说叫做:伟人(或英雄)产生神话。这种伟人产生的神话,同别的许多神话(例如开辟神话啦,文物神话啦等)一样,它是常生存于各民族的原始时期的。中国这种传说的材料,似乎保全得特别多。我们只要把所谓"古代史"者翻一翻,你就可见到这同一类型的东西之复叠地出现。什么简狄吞元鸟卵而生契呀,姜嫄履巨人迹而生稷呀,在野被犬衔归的徐偃王呀,其母梦虎乳子的楚令尹呀,⋯⋯诸如此类,是不易一下数清的。我们在此且举些关于异族首领产生的记载来做例证:

> 夜郎县者,西南远夷国名也。其先,有女子浣纱,忽三节竹流入足间。闻其中有号声,剖竹视之,得一男。归而养之。及长,有武略。自立为夜郎侯,以竹为姓。⋯⋯后卒,夷僚盛以竹。王非血气所生,众为立庙。今夜郎县有竹王神,是也。
>
> 哀牢夷,西蜀国名也。其先,有妇人捕鱼水中。触沉木,

> 育生男子十人。沉木为龙出水上,九男惊走。一儿不去,背
> 龙,因舐之。后诸儿推为哀牢王。①

这种用我们现在的眼光看去,可谓荒唐透了的思想,在那产生它的
时代之民众心理上(进一步而言之,社会背景上)是有着坚牢的根
基的。反观念论者的社会学家告诉我们:社会的生产形态,达到了
某个阶段,家族的或部族的指挥者或首长,便成了极大的权力的化
身。(这种权威的领袖,不但自己日益神秘化;并且因为他们,才在
人们头脑中,产生神通广大的"神灵"——是某种"力"的被"人格
化"。)以这样的"伟人观",加上他们(民众)对于生物学知识的缺
乏,及当时所能诱导他们思考和推理的一切社会背景,这种传说中
所含蕴的思想,也就必然地或可能地产生了。

关于伟人产生于空桑之中的说法,其意义虽颇难考知,但我悬
揣,它必是古代极通行的传说。我们试看《演孔图》中的一段记录,
是可以约略推知的。那记录是:

> 孔子母徵在,游于大冢(或作泽)之陂。睡梦黑帝使请己。
> 往,梦交(或作"请与己交")。语曰:"女乳(按:意即'汝产')
> 必于空桑之中。"觉则若感。生丘于空桑之中。②

我们的"元圣"孔丘先生,也是被传说为产生于空桑之中的。

我们在这里告个小结束,就是这初期的一些"水灾传说",是被

---

① 与上条,俱录自《述异记》(亦见《风俗通》、《华阳国志》、《后汉书》等)。
② 见《艺文类聚》、《太平御览》诸书所引。

作为关于伟人产生的解释性神话而出现的。

三 中世及近代的地方传说

同样,这以水灾为题材的故事,到了第二期里(时间大约从六朝——近代),便变成了"地方传说"(Place Legend)。两者主要的异点,在于被解释的"对象",由"人物"(伟人、英雄)转为"地方"。

现本《搜神记》,自然已非干宝氏的原书,但证以唐宋古书所引,其大部分的材料,必出自原著是无疑的(其中有拉杂地抄入别的古书的地方,如第六、第七两卷,全抄《续汉书·五行志》,前人已经指摘过;但大部分,仍是辑录自前世类书所引的——即等于"辑佚"性质)。所以,除了一部分外,大都不妨信为晋代人的记述。在这二十卷书中,关于我们所要论述的水灾型传说,竟有三则记录。第一则,见于第十三卷。其文云:

> 由拳县,秦时长水县也。始皇时,童谣曰:
>
> 城门有血,
>
> 城当陷没为湖!
>
> 有妪闻之,朝朝往窥。门将欲缚之。妪言其故。后门将以犬血涂门。妪见血,便走去(按:《初学记》引此文,没有"便"字)。忽有大水,欲没县。主簿令干入白令。令曰:"何忽作鱼?"干曰:"明府亦作鱼。"遂沦为湖。

第二则,在第二十卷中,是关于古巢地方的传说。文云:

　　古巢,一日江水暴涨,寻复故道。港有巨鱼,重万斤,三日乃死。合郡皆食之,一老姥独不食。忽有老叟曰:"此吾子也。不幸罹此祸! 汝独不食,吾厚报汝! 若东门石龟目赤,城当陷。"姥日往视。有稚子讶之。姥以实告。稚子欺之,以朱傅龟目。姥见,急出城。有青衣童子,曰:"吾,龙之子。"乃引姥登山,而城陷为湖。

若严格考核起来,这两个故事的本身,也自有其差别之处(例如灾祸的启示,一由于自然的童谣,一由于报恩的动物之类)。但我们明白同一"母题"的故事、神话,以时间与地域之不同,而相当地变异其姿态,是一般的通例。所以,我们把这两则记录,和前节所引吕氏书及王逸《章句》的记载(伊母故事),当做有源流、亲族的关系看,不能算是很牵强吧。神物的启示,灾祸的预兆,老妇的逃难,地域的沦没等,是这些故事中共同的情节,也是主要的情节。从这些地方,来论定这些传说的"史"的关系,我们觉得实在具有相当的理由。

　　我们移转视线,注视到同书的第三则记录吧:

　　邛都县下有一老姥,家贫孤独。每食辄有小蛇,头上戴角,在床间。姥怜而饴之食。后稍长大,遂长丈余。令有骏马,蛇遂吸杀之。令因大忿恨,责姥出蛇。姥云在床下。令即掘地,愈深愈大,而无所见。令又迁怒杀姥。蛇乃感人以灵言瞋令:何杀我母? 当为母报仇! 此后,每夜辄闻若雷若风。四十许日,百姓相见,咸惊语:"汝头那忽戴鱼?"是夜,方四十里,与城一时俱陷为湖。土人谓之为"陷湖"。惟姥宅无恙。……

这个传说,从古代至现在,都不间断地流传着。我们但看唐人的《穷神秘苑·广异记》,宋人的《续博物志》等书中和这大同小异的记录,便可明白了。(近人记录传说中也有这个;不过,有时"蛇"被说成"龙"而已。)

从大体上看来,这故事(老姥与蛇的)和前述的伊母系神话,似乎只能说是树干与枝叶或大河与支流的关系而已。它没有前举两例(第一则和第二则)那么和它(伊母神话)有着嫡系的亲切。

让我们回到主要的论述上来吧。与《搜神记》第一、二则情节很相近的记录,我们还可以在另一部六朝人的著述中看到。《述异记》卷上云:

> 和州历阳沦为湖。昔有书生,遇一老姥。姥待之厚。生谓姥曰:"此县门石龟眼血出,此地当陷为湖。"姥后数往视之。门吏问姥。姥具答之。吏以朱点龟眼。姥见遂走。上北山,顾城遂陷焉。今湖中有明府鱼、奴鱼、婢鱼。

我想,像这样情节相同的叙述,无论怎样善于怀疑的人,恐也不能不承认它们是同出于一个"母题"的吧。

明吴兴人王脩(别号白铁道人),在他的《君子堂日询手镜》中写道:

> 州治北数里有山,名古钵。以形如覆钵,故名。上有女郎神庙。余职岁祀事,尝一至焉。……考宋元诸碑,神乃有唐姓

陈一妇人。尝纵鲤。一日，道遇白衣人告云："可快携家，避古钵山上！此地将为巨浸矣。"还告其夫。仓皇挈家。方至山半，其地已陷。今存龙池塘数十顷，即是。其后，妇遂神此山。前所谓白衣人，盖所纵之鲤，报活己恩也。……

这则传说，和前述几则，虽略有不同的地方，但从主要处考察起来，仍显然的可见得是由一个"母题"演化出来的。谁能不信？神物的启示，妇人的避难，陆地的沦没，这些传说的骨干，不都仍然在这个记录中存在着吗？

看了上面的许多叙述，当可以明白古代的水灾传说，到了这个阶段（第二期）里，怎样地变成为地方传说了。

四　现代的民间故事

到了现代，第二期（甚至于第一期）的趋向，也许并未灭绝于人间；但从我个人所接触到的材料上看，至少另有两种演变了的方向：

一、普通的民间故事

二、人类毁灭及再造神话

这里所谓普通的"民间故事"，即外国文中的 Folk-tale 或 Märchen。它与"神话"和"传说"的区别，据说是以创述者的心理之为"严肃的"或"兴味的"而定。若就我们所述的这故事各个阶段的实例来说，我们还可以把故事的"注重点"来做区别的标准。第一期的伟人产生神话，若说它是注重"人"的，那么，第二期的地方传说是注重"地"的,这第三期的"民间故事",则是注重在"故事的本身"的。

凡读过《包公奇案》的朋友,谁能忘记其中所载的《石狮子》这个故事呢?

据说,从前登州市头镇,有位崔长者,为人乐善好施。生了一个儿子,很聪明勤学。一天家里来了一位老僧,对他说:"此地有洪水之灾,员外可预备船筏,伺候走路!"崔长者问何时可见,老僧答他:"见东街宝积坊下,那石狮子眼中流血,便要收拾上路。"并诏赐他下面四句诗:

> 天行洪水浪滔滔,遇物相投报亦饶;
> 只有人来休顾问,恩成冤债苦监牢!

老僧去后,崔家一方预备船只,一面常令老妪前往东街探视石狮子眼中有无血出。事为坊下的屠夫所听悉,因戏以血(大约是猪血吧?)涂在石狮上。老妪看见了,即回去报告主人。于是,崔长老一家,便搬进所预备好的船上去了。

到了当天的黄昏时候,"黑云骈集,雨从天降。三昼夜不息。河水溢入市头镇,一伏时间,那人民、居屋、流荡无存。……只因乡民作孽太过,天以此劫数灭之。"这时,崔家因为先得神仙启示,所以独能避免这种灾难。他们的大船飘泊在汪洋的水面时,一连救活了黑猿、稚鸦及屠户之子。

水灾过去之后,崔长者有一夜,梦神人告诉他东京国母张娘娘失落了的玉印之所在;嘱他使儿子到京城去应榜,以取高官。崔家夫妇,因为不肯令单生的儿子离开左右,只得让自荐的屠户之子去代走一遭。这屠户之子(名刘英)到了都城报告之后,即被招为驸马。他把将出门时所说"倘得一官半职回来，与小弟（按指崔长老的儿子）承受"的话忘怀了。

崔长老见他久不回来，颇为纳闷。后来又听见他已被招为驸马，便即命儿子进京去看他了。谁知他不但不再认他为"小弟"，并且把他毒打了监禁起来。好在他家从前在水面救活的黑猿、稚鸦，这时都来报德。猿为他将送食物，鸦呢却替他带送家书。崔长者闻得了儿子在京中受苦楚，自然不免即刻赶来探看。刚巧在路上遇见了刘英。但结果也受了一场无理。于是，他老人家愤恨起来，便去投诉包老爷。这一来，坏人受罚，好人得官，一个故事便完满地终决了。

我们须知道，《包公案》这种书，并不是什么文人的创作，也不是真的包丞相当时审判事件的记录。它是古今"公案故事"的结集（其故事本多是民间所流传），而包丞相不过是做了这些故事的"箭垛"而已。例如，包丞相最有名的故事"狸猫换太子"，其实却是流播于东西洋（尤其是东洋的印度、波斯等国）各地的民间故事。（关于此事，胡适之作《狸猫换太子故事的演变》时，未曾提及。暇当为文专论之。）又如书中"僧衣染血"、"两人争伞"、"苍蝇告状"、"捕落帽风"等故事，皆已经有人历历指出其来源了。（见钱静方氏《小说丛考》卷上，及蒋瑞藻氏的《小说考证》卷九。）其余诸案，亦多见于它书，"而傅会为包孝肃者，不能历举也"。《花朝生笔记》中这几句话，并不是随便说说的无稽之谈。

《包公案》中的这个故事（《石狮子》），其必取材于当时的民间故事，是没有什么更大的疑点的。因为我们从这故事本身的情节看，从记载着这故事的文籍（即《包公案》）的性质上看，都有使我们下这决断语的可能。自然，我并非说现在书本上的叙述，必定是民间所传毫没有装点过的"本相"。和这相反,编述者的某程度的渲染,是不用怀疑的事实。

这故事,在叙述上不是有着确指的人名和地名吗?(我相信这种地名和人名,是写述者的渲染工作的一部分。他为的是要坚固读者对于这故事之真实性的信任。)但这些在这故事上看,是不很重要的。所以,我们要把它算做"民间故事",而与前两段的"伟人神话"及"地方传说"相区别。

和这故事一部分情节十分相似的,有现在民间流传着的《王大傻的故事》(见童话集《瓜王》)。王大傻故事拌合了两个模型的民间故事。除了水灾故事,在《王大傻的故事》中占着另一方面的情节的,是"云中落绣鞋型"。说也凑巧,这"云中落绣鞋型"的故事,也曾被吸收为《龙图公案》之一的。

照抄,固然太占篇幅,重述仍不免是近于累赘的。无已,还是撮要吧。

这里,主人翁是王大傻(他不但没有被说明是何时,何处人,连这"大傻"的名,也是"诨号的")。他不是什么"员外",却是一个卖豆腐的小贩。一天,遇了一个管水灾神化装的道士。因为他和母亲对他(道士)做了些慈善的行为,便获得下面的告语:

> ……上天要淹没这一方,一个也不留的!惟有你们娘儿俩(心肠)好,还可以得救。好好地记着:你南邻财东家门口前的一对石狮子,什么时候它的眼里滴血,就要赶快搬到南山上去住。因为那时天将下大雨,河也发大水了。那时候什么物类也可以救,只有"人"是救不得的!……(《瓜王》,第六五页)

当然,他们听了这话是很相信的。他一边预备好山上的住屋及粮食,一边常常去探视那石狮的消息。情节印板似的,南邻的妇女们,因为要欺骗这傻子的缘故,便调了红颜色把狮子眼染红了。他见了,便和母亲即刻跑到山上去。不久,洪水应验到来了。在水灾期中,他救了两只蜂、几十个蚂蚁、三只鼠子,还有那是一个"两脚动物"的人。这以后,文章便接上了"云中落绣鞋型"的情节了。不过,有一点是需要郑重交待一下的。那个被救的人,后来便是危害他的人;而那些动物(蚂蚁、鼠子等)却是向他报恩的。

看了这段节要的叙述,它怎样和《包公案》中的《石狮子》(以至从前的同型故事的许多记录)的相近处,该用不着再来反复说明吧。同时,也可明白这故事和《石狮子》一样,它是不以解释"某人"或"某地方"为惟一"目的"的,所以是异于"伟人神话"及"地方传说"的"民间故事"。

故事常是有翅膀的,所以我们在各处都可以发见它的踪迹。这故事,在广东的潮州,也有一种大同小异的说法流播着。它的说法大略是:

明朝将亡的时候,揭阳城里有一人家的婢女,因避主人的打责,逃到城隍庙里去。在那里,偷听得"大狮流血,那时便是劫数到了"的话。婢以告主人。因此常被命往探看石狮的有无流血。屠夫想捉弄她,便以鲜血淋在石狮身上。她见了回报主人。这一份人家,便即迁到别地去。不久,当地果大大地受了一场贼军的蹂躏。(详见一九二八年中山大学《民俗周刊》若水君的记录。)

这个传述,大略也和前两则相似;不过,所谓灾劫的,不是"天灾",而是"人祸"罢了(其实,在文化低下的人看来,"人祸"也就是"天灾")。

五 现代的人类毁灭及再造神话

说来也颇饶兴味,这在上古被用为解释"伟人的产生"而流播的水灾传说,到了现代,一方面变为失掉严肃性的民间故事,另一方面却衍成了极具"原始性"与"认真性"的"人类毁灭及再造的神话"。

关于这神话,有着两个记录。采访地都在浙江境内(富阳与遂安)。我们一时还不敢悬揣这故事是流播得很广阔的,但也不想断定它只存在于浙江一隅的境内。现在把叶镜铭君从富阳民间采访来的记录,照抄在下边:

> 从前,有姊弟二人。离他们家不远,有石狮。弟每日必以"镬焦粞"一个投石狮口中。习以为常。如是者,经三年。
>
> 一日,石狮谓弟曰:"我口旁有血时,世间必遭大难。届时,你可入我腹中避之!"
>
> 越数日,弟果见石狮口旁有血。原来是某屠夫无意中所涂上之猪血。他即奔告其姊,相率入石狮腹中避之。狮腹甚大,且通大海。
>
> 当姊弟俩出来时,世间已无人类踪迹。弟因向其姊提议,二人结为夫妇,以免人类消灭。姊说:"我们俩可以磨一具,搬至山上。再各人取一扇,向山下滚去。如能相合,则我们俩结为夫妇。"
>
> 弟赞成。于是就照话做去。两扇磨滚下山时,果相合。因

此姊弟俩就结婚了。(《民俗周刊》第一〇七期)

遂昌的这神话的记录者,是铃儿君。铃儿君的记录,较叶君的为详细,但情节大概相近。为避免复述的麻烦,把它的异点及重要处,择录一些于下:

一、石狮对孩子说话时,曾变成"一个须发雪白的老人"。

二、没有石狮口边流血的情节。

三、所谓大劫的,是"炭呀、油呀、火呀"的火灾。(此火"连烧了四十九天,地皮烧下三丈,海水烧干了大半,海龙王的头也痛起来了。"不用说,人类是已被烧完了。)

四、他们结婚后,这妇人生下一块肉,切成许多块,抛到各地,便化为许多人。(要知详细,可参看《新民半月刊》第五期)

在这里,我不想来怎样谈述这个神话的重要性,只要我们知道这是那上古一直传播下来的水灾传说的后裔或变形物,至少它们彼此是颇有瓜葛的,这就很够了。

六 传说中几种因素的探讨

前面几节,主要叙述故事的演变,现在来给这些故事所包含的一些重要因素,做点简要的探讨。

我们现在固然不很相信"梦是产生灵魂观念之要因"的学说,但梦在文化比较幼稚时代的人群头脑中演过很重要的"戏法",是无可怀疑的。古代的《梦书》上说:

梦者,像也;精气动也;魂魄离身,神来往也;阴阳感成,吉
凶验也。梦者,语其人,预见过失;如其贤者知之,自改革也。
梦者,告也,告其形也;日无所见,耳无所闻,鼻不喘嗅,口不言
也;魂出游,身独在,以所思念,忘身也;受天神戒,还告人也;
受戒不精,忘神言也。……(原书已佚,此转录自《太平御览》
三九七卷)

　　这虽不足以完全地表出上古时代人民对于梦所具的观念,但
也可以因之略见其大概了。关于神仙在梦中启示祸福的记录,古
书中是非常丰富的。我们大概都不会不知道吧,在乡村或小市镇
中,人们为了昨夜梦境的奇异,早晨起来,紧张着心绪去翻检"通
书"(即旧时日历)或访问于长者以求明吉凶的事是怎样的平常。
记着了这个,我们对于这传说里,神或神女在梦中预告灾难的情
节,也就可以豁然理解了。

　　在这些传说中,神在梦中启示的情节,到后来多变为物精或僧
道的明白告语。更可注意的是,这种告语,多是含有"报恩"或"福
善"的动机的,与原始的极素朴的说法(伊母的),显出昭然的差别。
应着时代的先后,这种思考法也表现了"演进的"程序。(异类的报
恩与神道的福善,这两种思想,前者是伦理的,后者是宗教的。它
们在民间故事、童话中,一样地占着极大的位置。)

　　次于"梦应"的观念,在这些传说中,深足以使我们注意的,是
"预兆"的思想。

　　关于这种思想的起源,不是此处所能详言的,所以只好搁下。
我们试单就这些传说中,被认为预兆水灾或其他劫难的物事略举
出来,然后稍加以探究。按前文各则所载,这预兆的物事,可归纳

为下列五项：

一、臼出水。

二、臼竈中生鼃。

三、城门有血。

四、石龟目赤（或云眼血出）。

五、石狮流血（或眼上，或口上，或身上）。

对于先民这种观念，倘我们大意地一笔抹煞了它的意义，那自然无须细说了。若对它少具有探讨兴味的话，那末，我以为这不是全属无稽，或没有其所以产生及存在的理由的。

尽管初民以及近初民的思想、观念等，有许多是使我们不免发笑的。但并不是整个如此。就是说，初民的思想、观念，有好些在我们现在看去也仍是"合理的"。我国从古代传下来的关于事物的谚语，不合理的（从我们现在的眼光看去）虽然很多，但近于真确的见解的并不是没有。譬如："础润而雨"这个谚语，即使它的确实性是有限制的，但却不是闭着眼睛的胡说。又如原人传说中，常有说蛤类的诞育，与月亮的消长有着关系。关于此说，近来颇有些科学家证明其并非尽属谬妄（这话，记得见于江绍原先生的《小品》）。甚至如古代的占星学，也颇有思想崭新的天文学家，对之做某部分的承认的。总之，古代人的学术、思想（皆指民众的），近来渐渐为一般学者所注意、探究，以至于对它做某部分的赞许，这乃是极显著的事实。因为他们一般的生活及思考，虽很简陋，但也自有其对于某种事物特别的观察及经验。由这种特别的观察及经验所形成的某种思想和观念（也可统称为"学"），实在不容许我们随便否定其合理性。

泛论得颇远了，赶紧回到文章的肯要处来吧。

　　前面所列的五种被认为预兆水灾及其他祸难的物事，我们自然不敢说它都是有相当合理的依据的，如石龟石狮流血等条，虽然其形成此思想的线索，不是全难于寻出的，但说到合理性一时还不能使我们打起勇气为之辩解。但其中如第一、第二两项（即"臼生水"和"臼竈中生黽"），恐怕不能只以"无稽"或"前论理主义"抹煞它吧。第一条的臼出水，当即"础润而雨"之意。《地镜》（原书已佚，此见《开元占经》所引）亦云："水忽出臼中，臣为咎，且将大水。"有些季候，天将下雨，往往天气必潮湿，房屋中的墙壁、阶础、器物，常因之多含水分，这是我们平日经验中的事实。第二条的臼竈中生黽，想也是先民生活中经验的表现。按《说文》："黽，虾蟆也。从它，圭声。"黽，即古蛙字。《别录》云："蛙生水中"。《说苑·权谋》篇有这样的一段记载："智伯从韩魏之兵以攻赵，围晋阳之城而溉之，城不没者三板，臼竈生蛙。"（《国语》亦记此故事，据云："晋阳之围，赵襄子以尹铎宽民必和，乃走晋阳。晋师围而溉之，沉竈产蛙，民无叛意。"）这不但给我们说明了黽（即蛙）和水的关系，并且也把它（黽）和臼竈的关联透露了一点出来。"臼竈生黽"，这大约是一句古代的惯言吧。

　　关于第三条，城门有血，为地沦之兆。这点，探索起来，是颇有学术上的价值的。"血"这种东西，在文化未开的原人脑里，是非常地招"忌"的。这种思想的成立，在心理过程上自然有它的"必然"。因为在他们的观察和经验中，无论同类（人）或异类（鸟兽等）出血，总是一种凶恶的朕兆。（随便举个例，如一只牛或羊，偶然给野兽或人类中伤了，伤口不住地流着血，结果它便因此死去。这在原人思考环节仅限于极短缩——一因一果，"流血"是因，"死"是果——的脑中，将造成怎样的一种"观念"，便可推知了。）女人的月经，它本身被视为毒秽的东西，且不用说，可注意的是因此之故（女人有月经），她们的身体和灵魂，也多少地被看成为有毒秽的意味的。又他们（原人）的法术或宗教中，也往往应用到"血"这种东西，这尤可见出他们对于血的重视。

如我们所知，原人的"拟人观念"是非常发达的。在人类到了某阶段，一切有生、无生物，都不免被人们在自己脑里"人格化"了。对于"流血"的事，也没有例外地被他们推衍到自然界。让我们到古代的著述上去掇拾一些证据吧：

> 地呕血，祸之极效也。——《春秋纬潜潭巴》
>
> 地呕血，兵祸并起。——同上
>
> 地呕血，或天雨蝗，皆祸败显然之征也。——同上
>
> 君过满七，则雨血。——《春秋纬演孔图》
>
> 天雨血，是谓天见其妖，不正者不得久处其位；不出三年兵起。——《天镜》
>
> 地出出血，为兵乱国亡；地忽生血，国将虚。——同上
>
> 木无故血出，及汗流出地，邑败，有兵。——同上

此外，如《地镜》中，尚有"水赤如血，邑有流血"及"井水赤，邑虚，相攻，主亡"等条，是和上举数则含有同等或相近的意味的。（在我们前文所举的预兆物五项中，如"石龟目赤"，亦同此例。）

看了上举的例子，古代人曾经对于"血"这东西，怀抱着一种如何害怕的观念，是不用再加解释的了。

关于"血兆"这古怪的信仰，还有一个有意思的故事（关于我们的孔丘先生的），留存在古代的载籍中。把它移录在这儿，是颇恰

得其所的。

> 孔子谓子夏曰："得麟之日,天当有血书鲁端门,作法:(二
> 字据《文选注》补)孔圣没,周室亡。"子夏往观,逢一郎云:"门
> 有血,蜚为赤乌(或作鸟),化而为书"云。——《春秋纬说题
> 辞》。(原书已佚。此见宋明人类书所引。唐人书注,亦援引
> 此文,但属节取。)

关于这个故事,在"尚为血书(敬文按:即指故事中的血书)图而
述"的《演孔图》中所记录,视此较为详细。这大约是魏晋以前的民
间传说吧。"孔没,周亡",这是绝重大的事件,所以被想象为天垂
血书以昭告人间。观此,更足使我们明了古人对于"血"的观念了。

除了梦应、预兆而外,像大水及地方沦陷,也来略谈几句。

大水及土地沦陷,这本来是一种不算很特别的自然现象。古
书上也常有关于这种事件的记载(例如,《吴越春秋》云:"海盐沦
为招湖"之类)。但这种事体,在知识低下的古代民众看来,是神秘
的,是惊心动魄的!因此,他们要造出许多离奇的故事来叙述或解
释它,实不足怪异。我们试信手从《列仙传》中拈出一段记载看看:

> 骑龙鸣者,浑亭人也。年二十,于池中求出龙子,状如守
> 宫者十余头,养食,结草庐而守之。龙长大,悄悄而去。后五
> 十余年,水坏其庐而去。一旦,骑龙来浑亭下,语云:"冯伯昌
> 孙也。此间人,不去五十里,必当死!"信者皆去,不去者,以为
> 妖。至八月,果水至,死者万计。

同书上，如《鹿皮公》故事，也是一段关于大水的民间传说。这类传说，视其地理的环境及别的因素的关系，在有些地方或许要格外易于产生及传播吧。

在本节之末，让我顺便提到"蛇"与"水"的问题。前文所引《搜神记》第三则（即"邛都县下有一老姥"条），有蛇因报姥仇，而使邑陷为湖的情节。在这里，似课给了我们一个问题，就是"蛇和水的关系"。这问题的解答，是没有较大的疑难的。在中国古代人民的认识中，蛇和龙及蛟，往往是纠缠不清的。（其实，蛟龙这种东西，确实的形状，我们现在也说不明白，最少，我们日常在画幅中或建筑物上所见的状态，是靠不住的。）蛟龙，是水中的动物，因而蛇也被看成与"水"有特别的关系了。何况蛇类之中，原自有一种生长在水里的所谓"水蛇"（我们乡下的人，这样称呼它）的呢？记得《玉堂清话》中，有这样的几句话：

> 蛇雉遗卵为蛟。其蛇出壳之日，害于一方，洪水飘荡，吴人谓之"发洪"。

这可以给民间多认蛇和水（洪水）有特别关系的意见，以一个极有力的证明了。

七　中外传说的比较

在这里，试把中国的这些传说，和外国的洪水传说以至火灾传说比较一下（虽然是粗粗略略地），不是没有意味的事吧。

在本文第一节里，便提到希伯来的洪水传说了。我们就先从它说起吧。这传说的大略是：

> 上帝观看世界，见是败坏了。凡有血气的人，在地上都败了行为。于是，他便和世界唯一的义人挪亚说："凡有血气的人，他的尽头，已经来到我面前。因为地上满了他们的强暴，我要他们和地一并毁灭。你要用歌斐木造一只方舟。……看哪，我要使洪水泛滥在地上，凡地上有血肉，有气的活物，无一不死。我却要与你立约，你同你的妻，与儿子、儿妇，都要进入方舟；凡有血肉的活物，每样两个，一公一母，你要带进方舟，好在你那里保全生命。"挪亚照样做了。不久，果然洪水泛滥地上。四十天之后，凡地上有血肉的动物，就是飞鸟、牲畜、走兽和爬在地上的昆虫以及所有的人都死了。后来地上洪水消退，挪亚便和妻儿及所带的动物，同出了方舟。上帝晓谕挪亚和他的儿子说："我与你们和你们的后裔立约，并与你们这里的一切活物，就是飞鸟、牲畜、走兽，凡从舟中出来的活物立约，凡有血肉的，不再被洪水灭绝，也不再有洪水毁坏他了。"他要永久保守他们间的条约，便说定以虹霓为记号。他最后道："我使云彩盖地的时候，必有虹现于云彩中，我便记念我与你们和各样有血肉的活物所立的约，水再不泛滥毁坏一切有血肉之物了……"（详见《创世记》第六——第九章）

洪水的传说，是被认为有"共通性"的。希伯来人的这传说，随着基督的势力的展开，成了许多同题目的故事中，尤其为人们所闻知的一个。但据学人的研究，它也许就是巴比伦同题目的神话之

副本。关于这点,我们在此不想多讨论。现在只问:这传说和中国
水灾系的传说(即本文所论述的),究竟在形态上有着怎样的"共
相"和"异相"呢?希伯来人的这传说中,有两个颇可注意之点:
(一)故事的构成,是含有极大的宗教意味的(即上帝"惩恶奖善"
的观念);(二)故事所解释的事件,是被认为全世界的、全人类的。
这两个要点,也许不全是传说初产生时(有人说,世界洪水的传说,
恐怕和上古冰河的融决有关系。倘这话可信,那末,其产生期必很
早了)的本来成分,而是在这民族(或另一民族)文化达到了某阶段
时所渗进去的。然而,这里似不容许我们来过问这些较迁远的问
题。把上举两点显著的观念,向中国这一个系统的故事之进程中
去追寻,在第一阶段的伟人产生神话上,似颇难找到它的形迹。
(这时期的说法中,虽然有神或神女示梦的话,但里面没有宗教的
因果的意味存在。)到了第二阶段的地方传说,宗教的报应的因素,
是显明地被加进去了(虽然中间也有例外的,如《搜神记》中的一
则)。但事件的被认为全世界的、全人类的,那在第三阶段的记录
中,才能见到。在第三阶段的关于这类毁灭及再生的神话中,我们
可以看到和前面所述希伯来的传说(以至于待述的巴比伦、希腊及
法国等的亦然)的迫近。

> 她回头转望,她不觉心伤;
>
> 她思慕如渴的眼睛已不能再张;
>
> 她的身体成了白盐,她的血流已僵;
>
> 地球将她摆定,就像一株木桩一样。(阿马克托瓦)

这几句诗,是取材于希伯来人另一个述说上帝毁灭人类(精细一点

地说,是毁灭某一个地域的人群)之古神话的。它在我们的比较上是极重要的一段资料。故事的情节如下:

> 耶和华因闻所多玛和蛾摩拉地方的人民罪恶甚著,因和天使下去察看。义人亚伯拉罕,迎他们于帐棚门口而虔事之。耶和华以此来的使命见告。他苦心地要求:如果所多玛城里有十个善人,便不要把她毁灭。耶和华应许了他的祈请,便离开了。天使到了所多玛城,善人罗得见了,恭敬地把他们迎到家里去。晚上,所多玛人迫围罗得的家屋,要他把天使们送出来给他们处置。因天使施展法力,才解了围。于是,天使便嘱罗得带家人离开所多玛城。并叮咛道:"逃命吧!不可回头看!也不可在平原站住,要往山上跑,免得被剿灭!"罗得以上山不易,请让他们逃到一个又近又小的城里去。天使应许了他。他们刚离开了那里,硫磺与火,便从上天降下,把所多玛及蛾摩拉二城和全平原及其间所有的一切物类,都毁灭了。罗得和家人逃跑时,妻子落在后边,因回头一看,便变成了一根盐柱。后来,罗得和两个女儿,离开了那个小城,住到山洞里去。大女儿对小女儿说:"我们的父亲老了,地上又无人按着世上的常规到我们这里来。我们可以叫父亲喝酒,与他同寝。这样,我们可从他留下后裔。"自然,说了她们便照话做去。结果,二人都从父处受了孕。那儿子便是摩押人及亚扪人的始祖。

这故事比之前述的洪水传说,更和中国的传述相似。第一要令我们注意的,是"火劫"。火劫的传说,想也和洪水传说一样地曾经盛行于古代的吧。和希伯来人的及中国现代的传说相似的,还有北欧的神话(其大意说,从前人类曾受过一次毁灭的浩劫。那时,地狱的恶狼和猛犬、毒蛇及许多凶神,起而捣乱天地。结果,妖火焚毁了上下一切。后来,由火劫中遗下的一对男女,重新传了第二代的人类)。又希腊的洪水传说,其中也说,众神之王宙斯,本来是拟纵火来毁灭人类的,因为有一神反对这种手段,后来才改用洪水。

中国古代传说上,也有和希伯来的相近的火灾故事,虽然它说的是一家的,而不是全世界的。例如:

> 糜竺,字子仲,东海胸人也。祖世货殖,家资巨万。尝从洛归。未至家数十里,见路次有一好新妇,从竺求寄载。行可二十余里,新妇谢去,谓竺曰:"我,天使也。当往烧东海糜竺家,感君见载,故以相语。"竺因私请之。妇曰:"不可得不烧。如此,君可快去,我当缓行。日中必火发。"竺乃急行归。达家便移出财物。日中,而火大发。(《搜神记》卷四)

两个故事的执行火劫者,都是天使。这也是颇有意思的偶合。

这故事(希伯来的第二个传说),第二要令我们注意的,是天使的警告及其(警告)应验。你看,"逃命吧! 不可回头看! ……""罗得的妻子在后边回头一看,就变成了一根盐柱。"这和伊母的不守神谕,回头一顾,变成空桑,是何等令人惊异的吻合呵!

我们前文说过有人怀疑希伯来的洪水传说,是抄袭自巴比伦的,那么,两民族的这同题目的故事,其叙述上是怎样逼肖,大概可以推想到几分吧。复述呢,真太繁累了,就掇举它(巴比伦的)和希伯来的一二不同之处吧。

一、立心要降洪水的神,是云雾之神恩勒尔(他原为素米联人[①]的大神及造物主)。

---

① 素米联人,即希伯来人。——编者注

二、把天上将降洪水的消息传给人间的，为智慧神阿亚。他到善人西那比士的梦中，去给以告语。

二、人类又毁灭之后，思勒尔因被指责而悔过。他把仅存的脱险者，赐以"由凡人转为不朽神灵"的祝福。

神在梦中启示凡人避灾一点，是和伊母传说很相符的。不过福善的观念，终于不能在这中国初期的水灾传说中见到罢了。

希腊的这同题目的传说，大致也颇和希伯来及巴比伦的相近。

据说，世界自有人类以来，可分做四个时期：第一，是黄金时期；第二，是白银时期；第三，是黄铜时期；最后，是黑铁时期。人类的生活，在第一个时期，最为完美；第二个时期，也还不错；到了第三个时期，渐变坏了，但还没有演至极度；第四个时期，人间便充分地成为罪恶的渊薮了。众神之王的宙斯，决意给这堕落了的人类，以重大的惩罚。"南风"一被放出来之后，接着人间便变成渺茫的海洋了。最后，除了群神居住的奥林匹斯山之外，只有另一个高峰，尚像小岛似的浮现出大海中。在那高峰上，有着一男一女。男的是迪克良，女的是他的妻子。他们都是善人。众神之王因为爱护他们的缘故，便收回了泛滥的洪水，使之得再生活在世上。他们以神明的启示，下山时蒙着头，不住地向后抛掷石块，卒创造了第二代的人类。后来的希腊民族，便是他们的儿子所传下的。（敬文按：据另一种记载，有"迪克良到山上去朝礼其父普罗米修斯，预得到人类不良，天神将以洪水淹没之的告语。到了大雨下降时，他便和妻子登所预造的小船"等情节。）

这故事中，抛石为人一点，颇令我们联想到中国的"这妇人生下一块肉，切成许多块，抛到各地，化为许多人"的说法。再者，它的收梢，成为民族起源神话，这和希伯来的第二个传说（即火灾的）

也正相合。

最后，我们来提到法兰西的一个地方传说。这故事最简单地说来是：从前义赛勒湖（Isere）附近的乡村，一天来了一个老叫化子。村里的人，都很优待他——给他以食物。但他到了市镇上去，情形可就不同了。女人们不但不给他食物，并且要辱骂他。他跑了出来，在道旁遇到一个很慈善的挤牛奶少女。于是，他便吩咐她道："等一下，有大炮般的声音作响时，千万不要回头！"过了一刻，果忽发生了惊天动地的音响。那少女忘了老叫化子的话，刚回头一看，便给汹涌地滚来的波浪卷去了。那声响就是那位神仙乔装的老叫化子，把市镇沉沦为湖时所发出来的。

芦谷重常氏，断说这故事，是从希伯来人的传说（即前述"火灾"的那个）演变成的。"心理学派"谓神话、故事中情节的相似，由于原人社会背景及心理状态的接近之说法是合理的；但乙地故事与甲地故事的相似，有的确是由于传播的结果。这意见，在某种限度内，我们似乎也不能否认它。虽然如此，这故事，究竟是否真如芦谷重常氏所断定，也许还是有问题的（自然，我们晓得《一千零一夜》传到西方去之后，颇产生了些相近的故事这事实）。关于这，我们在此不想来细说。

且述述比较更关重要的话。这故事和中国的第二阶段及其第三阶段的诸般说法，都极为迫近。如乞食（老叫化子向少女讨牛奶，她不吝惜地给了他），嘱不可回头看及解释地方各点，差不多是完全相同的。

本文，要在这里终结了。因为限于时间及精力的关系，使上文的论述，只完成了个草案。材料的搜集，固然有所不周；许多待说的意见，也有些没有表达出来，或表达得非常率略。最感到惭愧的,是有几处地方,应该做个适当的交待,但为了行文的便当,却把它刊落了。这是耿耿于心的事。

一九三一年一月二十八日黄昏草成

〔**附记**〕

　　文章已付排了,无意中翻读到铃木虎雄博士的《关于桑树传说》一文(见《支那文学研究》)。该文第三节,标题为《空桑传说》,中援引了《吕氏春秋》的颛顼(帝颛顼生自若木,实处空桑,乃登为帝),伊母的传说及《演孔图》(文中作"孔演图",想是笔误或错排)中孔母的故事。博士并谓这些传述和禹子启的石开传说,殷祖契的燕卵传说,同为一种极饶兴味的伟人发生传说,可以供各方面学人的研讨(参看原书五八○、五八一、五八五等页)。其所引用及结论,都和本文第二节大致吻合。我一面抱着自己读书太不广的愧恶,另一面却又颇感到"不约而同"的快慰。

　　前天,偶翻检董斯张的《广博物志》,见第四十三卷中,有如下一段记载:

　　　　海中有银山,生树,名女树。天明时,皆生婴儿。日出,能行;至食时,皆成少年;日中,盛壮;日晚,年老;日没,死。日出,复然。(未记明引用自何书)

　　读了这些话,可以使我们明白原人关于"树木会生婴儿"的观念,是颇为普遍的。

　　关于铃木虎雄博士的大作及本篇两文中所引用《春秋纬演孔

图》记载的孔母故事的文字，在语词异同及标点问题上，我颇有些意见想说。但为了怕这"尾巴"拖得太长，有"掉"不起来的危险，所以只好等有机会时再谈了。

今天，钱宝琮先生来看我，说起安徽泗州城沦没时的一个故事。情节与本文所述第一、二阶段的述说相似。按泗州城于前清康熙时沦入洪泽湖。可知这种较古老的说法，到现代是未绝迹的。

一九三一年二月五日

洪水后兄妹再殖人类神话*

—— 对这类神话中二三问题的考察，并以之就商于
伊藤清司、大林太良两教授

绪言

洪水神话、传说，是扩布世界的著名神话之一。在本世纪 10 年代末，英国人类学家弗雷泽（J. G. Frazer）在他的《圣经旧约中的民间传承》（*Folk-Lore in the Old Testment*）里面，对这种神话、传说，曾经作了相当概括的介绍和表达了他对这种神话问题的看法。1931年，日本东洋史学者出石诚彦亦发表了有关中国古代洪水神话并介绍了世界民族洪水故事的长文（《关于中国古代的洪水故事》）。

在世界洪水神话中，有一部分故事的主题是"洪水过后仅遗的人传衍人类"。它是一些古代世界文明古国如巴比伦、希腊、罗马、印度和希伯来等所共有的同类型的原始神话，是人类古典文化中的一批珠玉。

在中国西南部和东南部许多少数民族的现代口头传承中，大

＊ 本文原载钟敬文《民俗文化学：梗概与兴起》，中华书局 1996 年版。

量地存在着一种神话群,它的情节大部分与上述古典神话相似,但其中心"母题"却更富于社会史(家庭史)的意义。那就是本文所要探讨的"洪水后兄妹(或姊弟)再殖人类"的神话。据距今50年前后有些学者的搜集、统计,这一类型故事中的中外记录近50点。它的扩布地域和民族,也不限于中国境内,而是扩展到东南亚等地区。其实,就现在我们所知道的情况看,连东北亚也都有同类型(或基本同类型)的口头传承流布。

中国南方少数民族(主要是苗族的瑶族)的这种类型的神话,在本世纪30年代末40年代初,曾引起了一些人类学者、民族学者、考古学者及文艺学者等的注意。他们对它进行了科学的考察与探究,如芮逸夫的《苗族的洪水故事与伏羲、女娲的传说》(1938)、马长寿的《苗瑶之起源神话》(1940),以及常任侠的《重庆沙坪坝出土之石棺画像研究》(1939)等,而闻一多的《伏羲考》(1942年前后)[1],更是扛鼎的力作了。

全国解放后,由于政府对少数民族文化和一般民众文学、艺术的重视,各种神话、传说、民歌等口承文化的搜集、整理和出版,一时蔚为风气。这种类型的神话(特别是东南、西南少数民族口头所流传的)的记录也颇有增加,其中有一部分是出现于这些时期搜集的民族史诗里的。而这种类型神话记录的大量涌现,却是在"四人帮"被打倒后到现在的这段时期里。近几年来,我们为了编辑全国

---

① 现在收入《神话与诗》里的《伏羲考》,在1942年发表的,只是其中第二节《从人首蛇身像谈到龙与图腾》(《人文科学学报》一卷二期),其他部分,当时似未脱稿。1948年9月《文艺复兴》"中国文学研究专号"发表的《伏羲与葫芦》(即《伏羲考》第五节)的第二段,还是《闻一多全集》的编者朱自清从有关稿本中凑合起来的。

性的民间文学(故事、歌谣、谚语)三套集成,在各地区进行了这方面的普查工作。各省、市(县级市)、自治县先行编纂、出版了资料本,然后各省、自治区、市(直辖市)再精选汇编为省、区、市本。现在有些省、区、市已经完全出版了县、市等级的资料本,并编出省、区、市本的初稿。在这个广泛的调查、记录和出版的大规模学术活动中,汉族地区流传的这种类型神话呈现出惊人的情景。就我个人所看到的,大陆上除甘肃、新疆、内蒙等三个省区还没见到有关的记录外,其他省、区、市都有记载,有的地区甚至十分丰富(如河南、浙江)。它不但在数量上颇有增加,而且在故事内容上提供了许多不同层次、不同形态的新资料。这是对今后这种类型神话作进一步学术探索的极有利的凭借,是东亚神话学上一个使人兴奋的信息。

跟资料的大量涌现相应的,是我国学者(主要是中青年学者)在对这种类型神话的考察、探究上,人数更多了,观点及探究成果比起四五十年前也大有长进之处,像李子贤、姜彬、乌丙安、陶阳等的探讨,就是运用新的观点进行比较认真的考察、论证所得到的一些新业绩。

在国际(主要是日本)学者中,对这种类型神话的兴致也不弱,并且获得了一定的成果。例如伊藤清司教授,他在70年代就从中日神话比较的角度,一再讨论了这方面的问题。近年(1989),他又写作了《人类的两次起源——中国西南少数民族的创世神话》。此外,在彼国,还有村上顺子的《论中国西南少数民族的洪水神话》等文章,也是致力于这个类型神话探索的专论。

这种以洪水泛滥与兄妹结婚为主题的神话,对神话学者、民族学者和历史学者来说,本来就是具有相当吸引力的;何况在约半个世纪前后的一些时候,我国就有一批人文科学者在这个学术荒地里进行过开荒工作,并且获得了可喜的初步成就呢? 更何况世迁时移,今日我们已经拥有更丰富的资料和一些足资参考或引起思索的国内外学者的论著呢? 几年前,我就开始注意到这种类型的神话,并陆续积累了一些资料,思考过一些论点。现在,因为客观的需要,不能不赶紧执笔写出我的意见来。

过去讨论这种类型神话的文章,大都着眼于我国南方少数民族的资料。汉族所传的,即使被提到,也只处于陪衬的地位。本文却主要着重汉族现在民间传承的资料。这样做的原因是:1.汉族所传承的这种类型的神话,近年"出土"情形十分喜人,中间实在有不少问题值得我们去探索;2.探讨少数民族的论著已经不少了,我不妨避熟就生,在取材上另走一条新路径,虽然两者并不是截然没有关系的。

关于这种类型的神话,50年来,国内外学者们从各种不同的角度和观点,对它提出了种种问题(例如,它与我国古典神话人物的关系、它的族属、它的流布区域、它与日本古典神话的比较、乃至于产生怪胎等问题),做出了种种判断或揣测。现在我们即使把这类神话材料范围主要限制于汉族人民口头所流传的,可提出来研究的问题也并不少。本文只就下列三点加以论述。这三点是:

1. 神话产生的时期问题:这种神话产生在血缘婚正在流行或是它还被容许的时期,抑或是在它已被禁止的时期?

2. 这类神话中两种母题(洪水为灾和兄妹结婚)存在的关系问题:它们是在神话的产生时期就同时存在的,还是在流传的过程中才拼合而成的?

3. 石狮子和石龟的问题:现在神话异文中那预告灾难和救助兄妹的两种并存的动物(或它们的精灵),原来是各自独立产生的,还是在故事流传过程中前者由后者蜕变出来的？

这类神话的产生时期

世上的各种事物，大都有它的产生、延续、发展以至消亡的过程。像神话这种人类共有的精神产物，自然也不能例外。我们现在所探索的"洪水后兄妹（或姊弟）结婚传衍人类"这一类型的神话，在文化史上的出现是相当古老的，而它的传布又那么广泛（也许可以说是东南亚文化圈中的复合文化成分之一吧），自然亦会有自己的产生时期。而在半个世纪（特别是近十几年来）国内学者们的探究中，当然也要接触到这个问题。现在试就我国学者在这方面的意见略谈一下。

本世纪 30 年代末至 40 年代初，上文所提到的芮逸夫、马长寿、闻一多、常任侠诸位学者，虽然对这类神话做过搜集材料（主要是我国西南地区少数民族所口传的）的工作，并进行了许多的比较、推论，但他们对于神话的产生时期问题却少见着笔，尽管他们中有些人对这类神话的族属问题曾大力给予探究。全国解放后，学者普遍学习了摩尔根、恩格斯等关于民族学、原始社会及古代史的理论，对于这类神话中兄妹结婚的情节感到新的兴趣和产生了新的看法。特别是近十多年来，神话学一时成为热门，这个广泛存在于我国南方各少数民族间的洪水后兄妹结婚类型神话，就更受到青壮年学者们的注意和探讨了。他们关于这类神话产生时期的意见颇多，有的说得相当明确，有的则比较朦胧。但归纳起来，有如下两类：

1. 认为这种神话里的这部分情节，是原始时期血缘婚和血缘家庭的反映，因此，这种神话显然就是这个历史阶段的产物①。

2. 认为这种神话里的这部分情节，尽管"曲折地反射"了血缘婚的事象，但是，故事里强烈地表现着反对血缘婚的思想倾向，因此，它不可能是血缘婚正流行时期的产物，而应该是由第一阶段血缘婚家庭过渡到第二阶段氏族社会时期的产物②。

这两种说法，各有自己的根据和见解，尽管有的比较全面，有的则不免偏颇。我综合考察了汉族民间所传的记录材料，参考了少数民族所传的同类材料，并参证以周围一些民族同类型或同母题(兄妹结婚母题)的神话传说，初步得出如下意见。

这种类型或母题的神话，原来是洪水后(或天地开辟时)人或神的兄妹为传衍人类，没有迟疑地结成夫妇；或者经过神命，经过婚卜、追赶等方式，两人(或两神)结合。当时的故事形态，可能是很单纯、简朴的，然却是那个时代男女婚合情况的忠实反映。随着时间的进展，社会中两性关系由原始的族内血缘关系，发展到族外的匹配关系。这时血缘(兄妹等)婚渐渐成为社会禁忌，原来率直反映前代婚姻状况的神话也就被修改、增益了。简要一点说，这类神话是产生于血缘婚还在流行(至少也是还被容许)的时期，而在后代长期传承的过程中，才被自觉或不自觉地修改成为现在我们所看到的这种样子。我立论的根据如下：

---

① 持这种看法，说得比较明确的，如张余，他在最近发表的《晋南的神话与传说》(《民间文学论坛》1990 年 2 月)里说："伏羲兄妹成婚生人的神话，便是这种血缘家族的公社阶段的口头文学的遗传。"其他学者如宋恩常，他有些说法也近于这派，虽然他没有明确指定产生时期。

② 见乌丙安《洪水故事中的非血缘婚姻观》(《民间文学论集》第一册，中国民间文艺研究会辽宁分会，1983 年)。主张这种婚姻观的，还有唐呐等。

首先,这种类型的神话,在当代民间口头传承中,还遗留着比较原始形态的说法。要说明这一点,我们必须分析现代汉族(实际上不限于汉族)口头大量分布着的这类神话的"异文"。据我的观察和分析,它们在对兄妹婚的叙述上,情况可分为三类。

1. 对洪水(或无此点)后兄妹结婚的事情,主人公没有什么疑虑。在当时那种情形(洪水泛滥后,或天地开辟后)下,他们为了传代,就自然结合了(有的有神或动物的命令或劝导),并且传衍了后代①。有关这种说法的记录篇章虽不占多数,但也决不是个别的。少数民族的同类型(或同母题)神话中也可以看到一些例证。

2. 对结婚事情,兄妹双方或一方有疑虑,或表示反对,但经过神或动物的劝导(或者由他们自己中一方的提议),他们采用占卜、追赶、觅藏(捉迷藏)、询问等方式的一种或多种,以决疑虑或逃离困境。在他们认为是天意许可或解除了疑虑后,就结婚传代了。从我现在手头所聚集的资料数量看,这种情形占绝大部分,可以说是有较大普遍性的一种说法。

3. 兄妹双方(或一方)对结婚传代的事,开始就抗拒(不管神、动物或他们中一方的劝说、提议)。经过占卜等决疑后,他们勉强结合,但并不同床,避开性的关系(有的甚至连结婚形式也不履行),而以捏泥人解决传衍后代的问题②。这可以说是代表了极强烈地反血缘婚的态度的。从它们在资料中所占的比重看,这种说

① 例如《人的由来》(《玉环县故事卷》,1989 年)、《雷公报复》(《永嘉县故事卷》,1989 年)。少数民族如藏族、壮族、白族、水族等口传神话中都有这类说法。东北的鄂温克族的同类型神话也是这种说法,但主人公不是兄妹(或姊弟),而是父女。

② 例如《兄妹造人》(《通化县故事卷》,1989 年)、《用泥造人》(林兰编《民间传说》上卷,1931)。少数民族,如藏族、毛南族等的同类神话都有相似说法。

法也是比较占少数的。

以上三种情况,据我看来,第一种似乎比较近于神话形成时期的原始形态,而后两种虽然彼此间也有差别,但都是在长期传承的过程中,受了后起的族外婚、封建时代森严的婚姻制度及其伦理观念("同姓不婚")等的影响,而使它的面貌、性质起到了或小或大变化的结果。

这种情形,在众多的少数民族同类型神话的记录篇章里面,也呈现着相似的现象。它说明这是它们经历了近似的社会过程和文化背景的必然产物。

其次,是周围民族的比较资料。在我国东北、东南周围的许多地区或民族,如桦太、日本本土、泰国、越南等,都有洪水后兄妹婚类型或兄妹婚母题的神话①。但是,它们的情节大都是属于上述第一类的。在没有进行过严密地比较、分析之际,我们当然不能妄断它们中间彼此的"血缘"关系,但是,把它们作为一种邻近地区或民族民间同类型或同母题神话的比较资料去看待,应该是容许的。

再次,关于这个问题,还有一种有关的历史事象,值得我们把它作为论断依据而加以考虑。那就是在我国古代文献上,明显地记述着原始时代的杂婚(包括兄妹婚)一类的情况。例如古代子书中所记:"男女杂游,不媒不聘","无亲戚、兄弟、夫妻、男女之别,无上下、长幼之道"等说法②,决不是随便臆想出来的话。春秋时代,

---

①　参看大林太良编译《世界的神话》第五章《北亚细亚的创世神话》(日本放送出版协会,1976年)、《无文字民族的神话》第二章《东南亚细亚的神话》(白水社,1989年)及日本古典著作《古事记》(上卷)、《日本书纪》(上卷)。

②　《列子·汤问》(杨伯峻《列子集释》本)、《吕氏春秋·恃君览》(高诱注,清乾隆灵岩山馆刻本)。

中国早已进入"文明"时期,但是,远古那种血缘婚的事象,在某些地区、某些社会阶层里还有公开奉行者。例如,关于齐国的著名君主桓公,就有"姑姊妹之不嫁者七人"一类的事实记载①。古时有些学者曾以后代的伦理观念去评论它,其实,这不过是原始时代风习的遗留。在古代埃及、波斯等王室贵族中都有过这种风习的存在②。现代中国某些少数民族中,也还有残存着这种婚俗的。而在往古时期原始人群的实际生活中既有这种事象存在,它也就要被倒映在他们的神话传说之中,这正是极自然的事。它作为一种文化残留物,一直被保存在现在的口头传承中,这也并不是难以想象的。

看了我上面的推断,有的同行可能要提出疑问,那就是,第一种说法,既然形态比较原始(神话起初产生时的形态),那么,为什么在现代口传的记录中,它的数量反而比较少了呢?其实,这种道理是不难理解的。血缘婚的存在时期距离现在是十分遥远的。反映那种两性关系的故事能够凭借口耳相传的形式流传到现在,实在已经是不容易的事!它是经过严格的历史筛滤而仅存的"文化遗留物"。倘若它在传承过程中一点也不被侵扰,倘若它至今仍占据着同类型或同母题神话记录的绝大数量,那倒要真使我们的文化史也变成神话了。

---

① 见《荀子·仲尼篇》(王氏《集解》本)。类似记载也见于《史记·平津侯主父列传》、《汉书·地理志》等。这似乎是东夷风俗的遗留,但据《史记》所载,韩国、汉代的一些贵族都有类似这种近亲婚姻的行为。那么,这种原始婚俗的遗留,似乎又不仅限于齐国了。《金史·海陵本纪》也有类似记载。请参看易白沙《帝王春秋·多妻》,中华书局,1924年。

② 近代英法婚姻家庭史家,如韦斯特马克(E. A. Westermark)、费勒克(C. v'erecgue)等婚姻、家庭史的著者曾经在他们的专著中介绍过这种古代历史事实。

　　我国现代有些学者，把这类神话中出现兄妹婚的情形，看作是后代(即那种原始两性关系已经成为过去的时期)的人们对往古历史事象的追忆，这自然也有一定的道理。但追忆须有凭借。当时既无文献记载，这种凭借便只有源自民众的口头传承。反映原始血缘的故事，大概正是由于这种凭借被保留下来的。只是这类神话口头传承的后半部出现了矛盾说法(拒婚、卜婚等)，引起了以往学者的解释的绕弯子现象。现在，我们认识了神话中的这种矛盾，是由于后代人们在传承过程中加以修改、增益的结果，那么，也就不必在学术解释上再绕弯子了。更何况，前面所述的种种情况，大都可以帮助我们作出较为确切的推断呢①！

两个母题是固有的还是拼合的

　　在本节里，我们将讨论这个类型神话前后情节的关系问题，故要先把故事的基本情节(类型)揭示一下。关于这种神话的类型，近年国外学者也有人拟作过。现在，我根据自己所搜集的汉族传承的记录，略拟如下：

　　1. 由于某种原因(或无此点)，天降洪水，或油火；或出于自然劫数(或无此情节)；

　　2. 洪水消灭了地上的一切生物，只剩下由于神意或别的帮助

---

　　①　有的学者因为现在民间口头所传兄妹婚情节中的主人公是个体，不符合"原始社会血缘家族兄弟姊妹配偶制"的说法，因而认为它不是那种血缘婚的直接反映(或者说"不是十分典型的")。这个问题牵涉到对原始时期血缘婚情况的理解和原始文学作品反映现实的艺术特点的认识等问题，说来话长，待以后有机会再来讨论。

等而存活的兄妹(或姊弟);

3. 遗存的兄妹为了传衍后代,经过占卜或其他方法,或直接听从神命,两人结为夫妻;

4. 夫妻产生了正常或异常的胎儿,传衍了新的人类(或虽结婚,但无两性关系,而以捏泥人传代)。

这种类型,如果更集约些,大体也可以表现为下列两个母题(motif)。

(1)洪水泛滥(或天火漫延等)酿成了大灾难,毁灭了地上的一切生物,这可以简称"洪水为灾"母题。

(2)仅存的人间兄妹(或姊弟),经过某种方式(占卜、觅藏等),或听从神命,结为夫妻,传衍后代。这可以简称为"兄妹结婚再殖人类"母题。

像"绪言"中所说,50年来,特别是最近这段时期内,许多学者在这种由两个母题组成的神话故事上,很少有从这方面的现象提出问题,或者进而加以较详细探究的[1]。单从这种故事情节本身的结构看来,的确也没有显著的破绽,似乎是合情理的。但是,我们试从神话中两个母题故事在我国文字记录上的存在情况看,从我国数十年来(特别是近十年来)这类神话新记录的众多异文看,以及从我国周围地区、民族所流传的这种类型或母题的神话传说看,结论也许就要发生变化了:这种神话中的两个母题,到底从故事诞生时就一同存在,还是在故事流传过程中两者才拼合起来的呢?这点的确不免引起我们的怀疑。经过反复思索,我初步得到的看

---

[1] 李子贤在《论丽江纳西族洪水神话的特点及其所反映的婚姻状态》(《中国少数民族神话论文集》,1984年)中,指出该族这种类型神话的复合性。可惜没有扩展运用到多民族同类型神话的研究上,并开展进一步的论证。

法是：神话中的两个母题，大概原来是分别存在的，它们是在流传过程中才被拼合到一起的。下面，就让我略述理由和证据。

一、从我国古代有关这两种母题的神话传说的情况看

我国的古代文献富于洪水主题的神话传说（或者像已故松村武雄所说的"治水故事"和"下沉故事"——即"地陷故事"），像大家所知道的夏禹治洪水、共工振滔洪水以薄空桑等，都是比较著名的故事。这些故事中的洪水为灾的母题，虽大都常与别的母题相纠合，却没有与兄妹结婚、再殖人类的母题相结合的。就是那位补天造人的大女神女娲氏，后来被传为伏羲的妹和妻，而且为今天有些学者所指实为洪水后兄妹结婚再殖人类的这一类型神话的女主人公的，在《淮南子》（西汉初年著作）中被描写为遭洪水大破坏后的宇宙秩序建立者（包括她用石灰堵塞洪水的活动）①，但在那个时期，她显然也没有与兄妹结婚、再殖人类的母题发生什么关系。

到了明代，城市间流行小说的讲说和写作。其时出版的公案类小说《龙图公案》（或称《包公案》、《包公奇案》），才收有了名为《石狮子》的篇章②。在那里，不但现代口传的"洪水后兄妹结婚再殖人类"类型神话中的重要配角——石狮子开始出台了；就是从大体上看，其结构也与今天广泛流传的这种类型神话的说法相当接近。但是，在故事中，洪水过后存活的并不是同胞兄妹，而是乐善好施的崔长者一家，并且故事拼合了坏人"恩将仇报"的母题，结局是包青天（拯）明断了是非。这个把民间传说加以再创作的作品，对我们今天考察这类神话中两个母题是否原来共有的问题，似乎

---

① 《淮南子・览冥》，《淮南鸿烈集解》本，商务印书馆，1923 年。
② 明无名氏著《龙图公案》卷二，清嘉庆年间翻刻明代经元堂刊本。

特别有佐证的作用。

我国自汉魏六朝以来，文献上屡屡出现地陷型洪水传说。这类故事，较早的要算《吕氏春秋》所记的伊尹故事[1]。这个故事也断片地见于《天问》等（这种故事从另一方面看，也可以说是"伟人奇异出生"的传说）。此外，还有《淮南子注》、《搜神记》、《述异记》、《水经注》等所载的跟这类型大同小异的一些传说[2]。它们所述洪水的规模和破坏力大都比较小（这大概是因为它产生得比较晚，人们对于水灾所及范围的认识比较近于现实），但它无疑是我国古代洪水传说的一种型式。在这种类型的传说中除洪水为灾的母题外，所拼合的其他母题虽互有不同（多与动物或人类报恩型的母题相结合），却都没有与兄妹结婚再殖人类的母题相拼合的。洪水兼兄妹婚这种类型神话传说在我国开始被记录，主要是在"五四"新文化运动以后、民俗学运动正在兴起的时候。

另一方面，在我国文献上所记载的兄妹结婚繁衍人类母题的神话，是见于约1000年前唐末李冗《独异记》（下）所录的女娲兄妹结婚的故事。它被现代研究者们所重视，认为它是我国这类神话的最古文献。其实，这个所谓"女娲兄妹"的故事，主要只有这类神话的后一母题——兄妹结婚传衍人类。[3] 像许多较古记载没有这后一部分的母题一样，它缺乏前面洪水为灾的母题。我们看，这故

---

[1]　《吕氏春秋·孝行览·本味》高诱注，清乾隆灵岩山馆本。

[2]　参看张常叙《伊尹生空桑历阳沉而为湖》（《社会科学战线》1982年4月）及拙作《中国的水灾传说及其它》（《民众教育季刊》1931年2月）。

[3]　袁珂已经指出：这个神话"所记并无洪水，所以……所写只是创造人类而不是再造人类"（《古神话选释·女娲·伏羲》，人民文学出版社，1979年）。但他认为没有洪水情节是由于脱略（日本有些学者也认为彼国诺、冉二神兄妹结婚产生国土的神话，是洪水后兄妹婚类型神话的"破片"），与我的意见恰好相反。

事的开头说："昔宇宙初开之时，有女娲兄妹二人，在昆仑山下，未有人民、议以为夫妻，又自羞耻……"这不是很值得我们认真思考的么？

二、从现在国内大量被记录的口承资料和我国大陆东南方外围一些地区、民族的文献或口传资料有关这种类型神话所呈现的情况看

我们现在所看到的我国这种类型神话的大量记录（汉族及其他少数民族的），关于这个问题的情况是，兼有两种母题的篇章自然占大多数（各篇的情节自然也有种种差异），但也有一部分篇章是只有兄妹结婚母题而没有洪水为灾母题的。这方面的例子并不少见，汉族的如浙江丽水的一种传说讲，盘古开天地时，天下只有兄妹两人。他们经过滚磨的卜验后结为夫妻。① 又如吉林桦甸的记录说，天地开辟时只有大海及兄妹俩，他们在洪钧老祖的劝说下，通过滚磨穿针等活动，结果成婚传代。② 国内少数民族的如西藏珞巴族有一种说法，讲天地结婚，产生一对男女。他们长大后，一天，因为燃烧天上掉下来的鸡蛋，迸溅的蛋汁沾到姐弟俩的下体，他们因而相爱结为夫妻，繁衍后人，成为珞巴族的祖先。③ 台湾高山族的说法是，太古由石头产生兄妹，两者终结合为部落始祖等④。这些神话，都只有兄妹合婚传人类，而没有与洪水为灾的母题结合在一起。这说明这类神话中的两种每题是可以分合的。

------

① 《丽水市故事·歌谣·谚语卷》，丽水地区丽水市民间文学集成办公室，1989年。

② 《吉林民间文学集成·桦甸故事卷》，桦甸县民间文学集成编委会，1987年。

③ 于乃昌编辑《西藏民间故事·珞巴族、门巴族专辑》，西藏人民出版社，1989年。

④ 参看田上忠之《藩人的奇习与传说》（台湾藩族研究所，1935年）及大形太郎的《高山族》（育生社弘道阁，1942年）等。

　　与我国一衣带水而彼此文化传承关系密切的东邻日本,其古典文献上所记的伊耶那岐和伊耶那美两位兄妹尊神诞生国土的神话①,是中日两国学者在讨论洪水后兄妹再殖人类神话时,常被提及的。但是,这个神话尽管很有学术价值,像有些日本同行所感觉到的;但它却不能算是上述类型神话的一种典型形态。因为它只有这个类型神话的后半部分母题。反之,在越南的有关神话中,虽然也有以洪水为母题,以及有男女结合成为某族始祖的情节,但却不是兄妹结婚传代,因此也算不上我们所说类型神话的典型形态②。又南太平洋的许多民族,有不少洪水为灾的神话,也有兄妹二神或二人结合传代的神话③,但两种母题结合在一起的,虽然不是完全没有(菲律宾的口承神话中就有这种例子),但总算比较少见。上述这些情形,多少可以作我们思考和判断这类神话中两个母题拼合问题的有益参考吧。

　　三、从一般民间传承故事母题离合的情形看

　　我们知道,民间口承作品与作家书面文学间的一个重要差别,就是它的"变异性"。一个神话、一个传说或一个民间故事,由于不同时代、不同人们的口头传述,在形态上(言词、情节甚至主题)曾发生或大或小的变化,而母题的复合或分离,正是这种变异性常见的一个方面。这是为致力民间故事学的学者们所熟知的。从中国古代神话的情况看,更是证据显然了。例如,嫦娥的原始形象,是

---

① 见日本《古事记》卷上(中国有周启明译本,人民文学出版社,1983 年)。
② 参看大林太良的《东南亚细亚的神话》,《无文字民族的神话》,白水社,1985 年。
③ 参看仲小路彰编著《古代太平洋圈》(世界创造社,1942 年)、松村武雄编述《澳大利亚群岛玻利尼西亚群岛的神话传说》,《美拉尼西亚密克罗尼亚群岛的神话传说》(名著普及会,1980 年重刊)。

司月女神常羲,后羿则是东夷的著名射手(或射神)。但是,到了汉初著述家的记述中,他们已经成了夫妻关系,她甚至还演了一出盗药升天的小喜剧(其中还和原来的西域凶神西王母发生了关系)。伏羲、女娲在我国古代文献上,本来是两位不同部落、代表着不同文化阶段的大神,但也在流传过程中渐渐变成兄妹、变成夫妻或蝉联王位的圣皇①;而在近代传说中,又与洪水为灾的母题拼合起来,情节上的变化不可谓不大。至于一般传说,民间故事中这种情节的离合情形,就更是家常便饭了。例如现代号称四大传说之一的孟姜女故事,主人公孟姜女本是正谏齐王吊丧越礼的、刚直不阿的将军太太(杞梁妻),但在不同时期、不同地域人们的口传中,她逐渐成为善哭之妇,成为万里寻夫且蔑视帝王权威的孟姜女了(连名字也改变了)。在这里,不但原来正谏的母题不见了,而且善哭也不是她唯一的本领。传说又加入了邂逅结缘和远出寻夫等新母题。这种变化,竟至使现代一些拘泥于文学作品(其实是作家个人的书面文学作品)创作原则的学者,不敢承认后者是前者故事的蜕变。这种地方就不能不让我感叹那些汉、唐等古代学者的更有见解和胆识了(因为他们敢于把她的前后传说汇集在一起,承认彼此是有关系的)。

　　总之,神话等在不断流传过程中是必然要发生变化的(包括母题的离合)。对于我国现在广泛流传的洪水后兄妹结婚再殖人类这种类型的神话,我认为,其中前后两个母题的存在,很可能是由于后来的拼合,而不一定是原来所固有的。这种判断或揣测虽然

---

　　① 参看袁珂编著《古神话选译》(人民文学出版社,1979 年)中关于伏羲、女娲部分,谷野典之的《女娲、伏羲神话系统考》(《东方学》,59 期)。

有点新异,但从上面所述的几点看,它决不是无根据的怀疑。至少,是有一定理由、一定论证的意见吧。

从石龟到石狮子

　　熟悉神话、传说以及民间故事的学者,大都知道在这些种类的民间传承中,常常要出现动物(或其精灵)及神灵等角色。在故事中,他们有时是配角,有时却是主角。中国洪水后兄妹结婚传衍人类的这种类型神话,就现有的汉族大量民间口传的记录看,作为配角的动物(或其精灵),一般就是石狮子或石龟。这种情况在中原地区的神话资料中表现尤为明显。这类神话中的配角,尽管还有传说是别的动物,如野猪等,也有说是神仙的,如太白星君、洪钧老祖之类,但是占较大数量因而也较有意义的,却是它们两类。

　　在目前几乎传播到我国大陆各地(实际上也并及隔海的台湾)的这种类型的神话里,石狮子与石龟是同时在各种异式里分别扮演着同样角色的。在故事较完整的形式里,它们的任务约有三项:1.对主人公(兄妹或姊弟)预告灾难将来临的信息;2.在灾难中救助他们(或预告以避灾的方法);3.劝导他们结婚以传衍后代(有的还在此点上给以助力或充当媒人)。在故事比较简略的形式里,它们也担任其中的两项或一项任务(例如只进行预告、救助或只劝婚、当媒人)。这类神话,如果没有它们的参预,该不仅是减声减色,而且会比较难以构成故事的相对完整形态(自然,在少数记录里,它们的任务是被别的"人物"——如神仙等代替的)。

　　说到这里,或许有人不禁要问:这种不同动物在同一故事里担当同一任务的现象,是早期就存在的呢,还是在后来不断传播过程中才出现的?(从常识看,是不可能在故事一开始就如此的。)再者,如果这种现象是后来形成的,那么,这两种动物谁是最初的角色,谁是后起的角色呢? 这些都的确是值得探索的问题。

我认为,现在故事呈现的这种情景,是它们(石狮子和石龟)在历史发展过程中身份更替的结果。而从两者更替的时间顺序看,乌龟是原始的角色,狮子则是后来者——它的替身。我的判断是从分析了两种动物在我国历史、文化上的出现和活动,以及它们在我国民间传承中有关的情形等方面后得出的。以下我比较具体地进行论述和证明。

一、从乌龟方面的情形看

乌龟在我国历史上出现的古老和它在文化上的显著足迹,是稍有史学常识的人都知道的。它被认为是能预知自然变化及人类吉凶、祸福的灵物,被看作是长生不老的表征。人们给它以高贵的称号:灵龟、神龟及宝龟,又把它去跟其他一些神异动物龙、凤、麒麟结合起来,合称"四灵"。

被认为能预知事物变化和人类吉凶,是乌龟在文化史上的一大特点。从殷墟大量出土的龟甲卜辞看("先商"出土文物中已有陶龟,但未见有占卜用的龟甲),可以知道殷商的统治者,不论国家大事或日常风雨,都要凭借龟甲、兽骨去占卜。周代以来,用龟甲占卜吉凶的事,史传不绝于记载。我国最伟大的史学家司马迁在他的《史记》里,就专门设了《龟策列传》①。随着时间的不断进展,

---

① 今本《史记·龟策列传》。据过去学者考证,是后人根据原目补写的,但篇中也记述了司马氏的意见。

历史不知翻过了多少篇章,但是,直到现代,我们依然能在古庙闹市或街头巷尾的卖卦先生的小桌上,看到那些被认为有关人生命运的龟壳和金钱。这点大概足以说明乌龟与我国传统文化关系的长久和密切了。

这种传统心理和文化现象的灵物,自然要反映到民间传承的文学中来。在有关这方面资料的古代典籍记录里就早有它的踪迹。例如《庄子》所记宋元君夜梦清江使河伯(龟神)告以将为渔人豫且所获的故事①,《列子》所记上帝命十五匹大龟(鳌)首戴五座大山及龙伯国大人钓走六匹大龟的故事②,都是很著名的。秦汉以后,关于龟(或龟精)的传说更是枚举不尽。在现代汉族口头传承中,也有不少是说乌龟帮助人的③,这大概是关于它的比较古老的观念的反映。但也有一些是说它偷吃东西或侵犯民间女子而受罚的④,这就说明它已经由神圣的灵物变为邪恶的精怪了。总之,在民间传承中,乌龟(或石龟、龟精)的故事,现在还大量存在着(虽然彼此间有差异)。这也似乎象征着它被看作长寿灵物的特点吧。

现在且回到"洪水后兄妹结婚衍殖人类型神话"的正题。跟这种神话有密切关系的故事,是前文已提到的历史较古的"地陷传

---

① 《庄子·外物》,《庄子集释》本(思贤书局,清末刊)。

② 《列子·汤问》,《列子集释》本(龙门联合书局,1958年)。按:现行本《列子》虽非原书(学者们疑为晋代该书注者张湛所补辑),但书中所载的一些神话、传说以及上古习俗,大多为前代的遗传,并非出于后代学者的伪造。因此,对这类资料,我们仍不妨把它当作较古的传承看待。

③ 例如《龟山的传说》(《梁山民间故事卷》第一卷,梁山县三套集成办公室,1988年),《石龟》(《韶关民间故事集成》卷上,韶关民间文学集成编委会,1988年)等。

④ 例如《乌龟石》(《湖北民间故事传说集》,中国民研会湖北分会,1981年),《龟山的石头为啥打不成块》(《梁山民间故事集》第一卷,梁山县三套集成办公室,1988年)等。

说"。在这类传说的记述中，就有乌龟(石龟)的出现。例如晋代那位被称作"鬼董狐"的干宝，他就记录了古巢县将沦陷前，一个老太婆不吃大鱼的肉，因而得到预告，免于溺死的故事①。梁任昉所记述的历阳县将沦为湖之前，那位受到厚遇的书生，预告老太婆大祸将临的消息，使她因此得救的故事②，也属于这方面的例子。在这两个地方传说里，作为预示水灾的征兆，都有城门石龟出血(或眼红)的情节③。这种情节，也正是现代洪水后兄妹结婚再殖人类型神话里，作为部分故事中对主人公灾难的预告者和救护者的石狮子所承担的。这种古今故事中情节的吻合，决不是偶然的。它说明现代故事中的同样情节，正是从古代传说中脱胎出来的。

当然，要有力地证明这一点，我们还必须同时考察问题的另一方面的情形。

二、从石狮子方面的情形看

狮子在我国历史上的出现是比较迟的；它在文化史上经历的足迹也是比较稀疏的(特别是在中古以前)。尽管古代有些词典学者和古典注释家似乎企图把它的出现和活动提前些，因而把古书上一些兽类名词跟它联系起来，例如认为"虒"就是师子(狮子)，或者认为《尔雅》里所说的"如髦猫、食虎豹"的狻猊"即师子也"④。我们固然不好随便否定这种说法，但是，能使我们较为安心承认

---

① 《搜神记》卷二十，《学津讨原》本。

② 现行本《述异记》卷上，清末湖北书局重刊。

③ 关于这种情节的传说，请参看铃本健之的《神话·传说·故事》第二节《石龟的眼》，《中国文化史·近代化的传统》，山本书店出版部，1981年。

④ 前者见许慎《说文解字》第九卷(《说文解字段注》本，成都古籍书店影印)，后者见郭璞注《尔雅·释兽》(《十三经注疏》本，中华书局重刊)。

的,还是像史书上所说汉章帝时,西域安息贡狮子一类的事情①。自东汉以后,直到元代,都有外国(主要是西域)进贡这种动物的史实。而且有关它的记载也逐渐多起来。当然,谈到它跟中国人民生活、文化、信仰等的关系程度,它到底比不上龙虎或龟蛇。有关这一点,只要看唐代学者欧阳询所编纂的著名类书《艺文类聚》的兽类部分里没有"狮子"这个项目,就可以参透其中的信息了(同时代徐坚编的另一部类书《初学记》,所收录的也不过《尔雅注》等文献及一些诗文资料罢了)。

尽管如此,这外来的异兽狮子,终于进入中国人民的生活圈、文化圈了。如名画师顾光宝所画的狮子,就为人治疟疾;谗人诬李泌受人金狮子而终于受到惩罚的传说或历史故事等在文献上出现了②。但是,大概由于时间及实物接触等的限制吧,在民间传承方面到底不多见,像宋代官修中国古代小说之海的《太平广记》,记录龙、虎一类传说、故事多到八卷,而狮子却只寥寥三则,其中一则还是"杂说",另两则记魏武帝伐匈奴跟狮子格斗,后魏庄帝试验异国所献狮子是否有伏虎威力,不过略似民间传说罢了。

情况终于有了较大变化。像前文提到了,明代那位无名氏所编著的《龙图公案》中便载有《石狮子》一篇。尽管这种小说情节并不是与现在汉族民间广泛流传的洪水后兄妹结婚再殖人类一类神话的说法没有出入的地方,如石狮子不是灾难的预言者,结局也不是兄妹结婚传人类(它的主题是清官审判负心汉)等。但在这个故事里首次出现了石狮子眼中流血预兆水灾的情节,并有洪水泛

---

① 《后汉书·西域列传》,一般刊本。
② 前者见唐陆勋《志怪录》,后者据《渊鉴类函》卷四二九三一,近代影印本。

滥,广大生灵受害,以及善良人因善行得到救助的情节,它与今天民间所传的洪水后兄妹结婚再殖人类类型的神话,在基本上有相当多的类似之处。这无疑是我们今天研究此类型神话应当注意的一种历史资料,特别在研究石狮子与石龟前后更替关系的问题上更是如此。我以为现在汉族流行的这种类型的神话,部分记录中石狮子及其预告灾难等情节,是从较早时代地陷传说中的石龟角色及其作用所蜕变而成的。而明代小说中的石狮子及其预兆作用的叙述,正是现在这种故事有关情节的较早形态。在现代同类型神话的另外记录里,那角色仍是乌龟,这是原始说法的遗留。它说明故事情节的演变并不是一刀切的。

关于现代流传的洪水后兄妹结婚衍人类一类的神话中,那作为配角的动物(物精)的演变关系,还有其他可供佐证的资料,为了避免烦琐,就不多提了。总之,从石龟到石狮子的更替演变过程,是有迹象可寻的。

结语

上文就我所提出的三个问题,即这类神话的产生时期,神话中两个母题的离合及石狮子与乌龟的关系问题,进行了扼要的分析和论证。由于篇幅、时间的限制,也由于个人学力和精力的限制,在意义的挖掘、理论的阐述和论据的援引等方面都有些简略,或者不免于疏失。这些缺点,只好等待将来有机会再补正了。

近年因为频频翻阅这方面的大量记录,觉得这种类型神话综合看来,它的内容是相当丰富和复杂的。因此它所提出的问题也相当多。其中较大的,例如:它的流传区域,它的发源地区或民族族属,它的母题的复合性等;较小的,如所谓"怪胎"的真正的原始文化观念内涵,婚卜或试婚问题……它们有的是过去和当代学者已接触到的(甚至出力讨论过的),有的则是新问题。不管是后者或前者,都有必要根据所发现的大量新资料,运用新的科学方法或采用新的角度,去加以比较详细地分析、综合和判断,这样,才能使这种类型神话的各方面(因而也是整体)得到应有的阐明。这样做的结果,不但大大有利于现代神话学的推进,也将使东亚文化史(特别是口承文化史)的研究宏放光彩。因此,我诚恳希望国内外学者们再接再厉,以达成功的领域。我虽然年龄已经老大,但在有生之年,总要在这种学术园地里竭力去继续耕耘。

1990 年 4 月 26 日初稿于北京师大,时当米寿之年。

〔附记〕

本文写作过程中,在确定论点、整理和核对资料等方面,得到董晓萍女士的大力相助,谨此致谢。

马王堆汉墓帛画的神话史意义[*]

　　长沙马王堆汉墓的发掘和整理成绩,是近年来我国考古学界、历史学界和科学界创造性的丰硕果实。

　　这个汉墓的许多出土文物和墓葬情况,对于社会科学、自然科学和技术学,都提供了贵重的研究资料。它不但增益了我们对两千年前历史、文化和社会的了解,也活跃了我们今天考古学、历史学、艺术学及神话学等的研究空气,同时它对于世界文化科学者和自然科学者等也展开了一个历史资料的宝库。它使人们感到惊奇,并被唤起了浓厚的研究兴趣。

　　在这个古墓的许多出土文物里,最惹人注目的当然是那幅帛画①。那幅帛画在我国美术史上的价值,远远超过了一九四九年同地区陈家大山出土的凤夔人物帛画。从某些方面说,它可以跟孝堂山石室和武氏祠石室的刻像相比拟,特别因为所遗留的是不易保存的彩色帛画,它更值得我们珍视。帛画所提供的资料是多方面的,各种专门家,可以从各方面去加以探究。我自己对于神话、传说比较熟悉,想在这方面谈述一些自己的意见。它的这方面资

　　＊　本文原载《中华文史论丛》第二辑,上海古籍出版,1979 年版。
　　①　帛画,研究家们对它进行了各方面的探索,提出了关于它的新名称。本文目的只在论述画中的一些神话,与它的名称关系不大,因此,仍然沿用《发掘简报》上的称谓。

料,有的同志们已经过探索。我便从他们所达到的处所出发,做些或同或异的论述。

帛画里关于神话方面的资料是很丰富的。我的考察范围,暂限于它上部(即所谓天上部分)所绘的,而且也只着重其主要部分。其他部分的探究,待另作续篇。

一 是烛龙? 还是伏羲?

帛画上部当中站着一个人物,他披着头发,身上穿着蓝袍,下部是蛇体——那蛇体并环绕了他的四周。这个人物,无疑是位身份很高的天神,是个古神话里的有名人物。但是他到底是谁呢?研究者们有着不同意见。有的同志认为他是钟山之神的烛龙,有的说他无疑是伏羲,又有的说他是一位镇墓神……这些意见,大都持有相当理由。其中烛龙说和伏羲说,似乎更有力量些。我个人的意见是趋向于伏羲说的。

为什么呢?让我先谈谈烛龙问题。像同志们所指出,关于烛龙神话的主要材料,是《山海经》里的记录。《大荒北经》说:"西北海之外,赤水之北,有章尾山。有神,人面蛇身而赤,直目正乘(联)①。其瞑乃晦,其视乃明。不食、不寝、不息,风雨是谒,是烛九阴,是谓烛龙。"这个神的特点,是形状人面蛇身而赤。他的眼睛的开闭便是空间的晦明,并且有召唤风雨的法力。《海外北经》所

---

① 正乘,郭璞说"未闻"。清代《山海经笺疏》撰者郝懿行,认为"乘"应是"联"。联即眼瞳。

记的钟山之神烛阴,他的形状和眼睛开闭的作用大都和这相似。但是,他鼻息是风,呼吸成冬夏,并且身体的长度惊人(千里),古代注释家也承认他就是烛龙。此外,还有一段相当重要的材料,是晋人《玄中记》里所载的。它说,北方有个钟山,山顶有一个像人头那样的石头。他的左眼是太阳,右眼是月亮。他张开左眼是白天,张开右眼就是黑夜。他开口是春夏,闭上口就是秋冬①。这个神话虽然比起《山海经》里所记的简略些,明眼人都会看出它们是同一树干上长出来的权枝。关于这位北方之神的文献记载,自然不限于这些,像《天问》、《淮南子》等里面都有,但是,比较重要的材料已经大略具备于上述的记录里了。

从上述记录的内容看,像某些同志已经注意到的那样,他的神格是一个宇宙创造神。大家知道,在比较神话学上,关于世界创造的神话有几个类型,如宇宙制造说、宇宙发展说、宇宙变成说、宇宙胎生说及宇宙孵化说等。烛龙神话,是属于其中的宇宙变成说的。就是说,在这类神话里,宇宙(天地、日月、昼夜、季节、气候……)的存在、运行或起没等,是由于某种人物(神、魔之类)身体的某部分变成的或某种活动造成的。在我国古典神话里,盘古神话(古代南方部族神话)的某些说法,如盘古"垂死化身,气成风云,声为雷霆,左眼为日,右眼为月,四肢五体为四极五岳。……"②又如"盘古氏泣为江河,气为风,声为雷,目瞳为电"③,就是它的例子。这类型式的神话,古代印度、巴比伦、北欧以至日本等,都曾经产生和流传过。不过,神话的主人公和变化事物的种类,彼此各有不同罢了。

---

① 《玄中记》原书已佚,此据《太平御览》卷三十八所引。
② 见《五运历年记》,原书佚,此据马骕《绎史》卷一所引。
③ 见梁任昉《述异记》卷上。

　　烛龙神话的主要内容本来是在幽暗的地方放射光辉。《诗含神雾》说："天不足西北，无有阴阳消息，故有龙含火精以往照天门中。"[1]前引记录里"其瞑乃晦，其视乃明"等说法正表明这点。从神话产生的条件说，这是由于北方的特殊自然背景，在当时人们头脑里的想象的反映。但是，烛龙作为一个神话人物，他的职能远远超过了这一点。他是日月、昼夜、季节、气候等的主宰者，他是创造的大神。在我国古典神话里，除了女娲、盘古、帝俊那样的大神外，像他这样具有创造主的神格的并不多见。照理，他是有资格站在帛画天界的中心的。何况他的形体又正是人首蛇身，跟画里的那个神像很吻合呢？所以我们有些研究者承认他就是那个大神，并不是没有理由的。

　　烛龙尽管具有上述的神格，可是他在中国的神话史上却没有占上一个比较显要的位置，这是什么原因呢？依我个人的揣测，可能因他产生和流传于北方的部落间，在民族融合的过程中，没有被吸取或受到重视。随着社会生活不断变化，这个神话不但没有发展，反而渐渐消失了固有的光彩了。它没有在较广阔的社会里取得更大的流播和发展机会。我们试看晋人在《玄中记》所保留的那段叙述，它比起《山海经》里的记载已经颇有残缺的地方，这正透露了其中的消息。因此他在西汉初年贵族盖棺帛画的天国图中，就不容易取得那种大神的位置，尽管从他本来的神格看，是有这种可能的。

　　现在转到伏羲吧。作为帛画天国图里的大神，我认为他是具

---

　　① 　原书佚，此据《山海经》郭璞注文所引。"龙含火精"句，郭引原漏"火"字。此据前人校本补。

有较大的可能性的。为什么呢？在下面，我试举出一些理由来。

首先，因为他在古代神话、宗教和传说的古史里的显赫地位。他本来大概是陈地一个部落的主神，或竟是一个以蛇类为图腾的氏族的传说祖先（从现代民族志的材料看，这种蛇图腾的氏族或部落并不是罕见的）。在我国上古民族大融合的过程中，他的神话和宗教礼式被吸收了，在新的社会意识里被给以新的安排。我们现在所能看到的有关的资料里，对他有种种说法，有的说他是位规天矩地、创造种种社会制度的文化英雄，有的说他是继天为王的第一位人皇，有的说他是位春之神兼主管东方的天帝。自战国以后，他在人间（传说的历史）和天上的位置都相当显耀，并且陈（传说中的他的都城）和楚（长沙）在地望上又是比较接近的，他的传说容易流通。因此，他的形象就很有可能被郑重地描绘在侯爵妃子陪葬的帛画的天国图中。（这种绘画的用意，是要使她在天国那里继续享受人世的华贵生活。）

其次，伏羲的形象常见于汉代及以后的坟墓等的石刻以至绢画中。比起烛龙或其他的神话人物来，他的形象在考古学资料中占有不可比拟的优势。在西汉初年所造成的巨大建筑物鲁灵光殿，已经刻绘着"鳞身"的伏羲画像。近年和过去所发现的汉代及以后墓石（还有些其他建筑物的石头）上所雕刻的人首蛇身（或人首龙身）像数量相当多①，连边远的新疆，也在墓穴里埋藏着这种形象的绢画。这说明伏羲这个人物对死人的密切关系，说明他在汉

---

① 古书中往往龙蛇并称。闻一多说："金文龍字……和龔字……的偏旁皆从巳，而巳即蛇，可见龙的基调还是蛇。……总之，龙和蛇二名，从来就纠缠不清，所以我们引用古书关于龙蛇的传说时，就无法，也不能将它们分开。"（见《伏羲考》）关于这点，只要看古文献关于伏羲的形体或称"蛇身"，或称"龙身"，便可了然了。

代及以后的显赫地位和重大影响。难怪自李唐到清朝的一千多年间，他在国家祀典里占着稳固的地位了。因此，我们把马王堆汉墓里所发现的帛画天国图中的人首蛇身人神像，认为同于汉代以来许多古墓里出现的伏羲形象，这在道理上是相当自然的。

可能有些同志要说：武梁石室里的伏羲像，是和女娲在一起的，即两人蛇身交尾像。其他，如吐鲁番的绢画也是这样。但是，马王堆汉墓帛画里的人首蛇身像却是单身的。他能不能算是伏羲呢？

我们知道，汉代及以后，在各地发现的人首蛇身像或人首龙身像，情况颇不一致。有的是双身交尾的，有的是双身但不交尾的，但也有不少却只是单身的。这只要检看《南阳汉画像汇存》、《江苏徐州汉画象石》及武梁祠的石刻等①，便可以明白。现在我们试进一步考察一下单身的人首蛇身的伏羲像是不是能够存在？我以为这是完全可能的。因为从较古的文献上看，伏羲和女娲的故事，并不是合在一起的。《易系辞》记述伏羲的"功业"，陪着说的是神农、黄帝等而不是女娲，《楚辞·天问》，问到女娲的形体和它的制造者（"女蜗有体，孰制匠之？"），但是没有提及伏羲（把本节第一句"立登为帝"的"帝"字解释作"伏羲"，是东汉《楚辞章句》作者王逸的说法，后代注释家已给以纠正）。《淮南子·览冥训》，大段地叙述了女娲平洪水、补天缺的伟大功业。在叙述前，虽然提到伏羲的名字，但从文字看，只能说明他们两人（神？）的世代上的关系，并不能说明他们的家属上的关系。在同一章里，还有"夫钳且、大丙，

①　试以孙文青编的《南阳汉画像汇存》为例，如第六十三图墓柱石所刻是双人龙身交尾的，第六十八图墓柱石所刻，二人人身蛇尾，相向但不交尾，第五十五墓柱石所刻，一人人首蛇身，第五十九图墓柱石所刻，一人女身龙体……

不施衔辔，而以善御闻于天下，伏羲、女娲不设法度，而至德遗于后世"一类的话。这里，伏羲、女娲尽管连接着说，但是，到底仍然只能说明他们世代上的关系，而不能证明其他①。据我们的揣测，他们两人，很可能本来是两个不同部落、不同地域的大神（或者神化了的酋长），他们各人有自己的功业，各有自己的崇奉群众。从所传述的神话中透露出来的消息看，他们所代表的社会发展阶段也并不是怎样相同的。伏羲大概是渔猎时期部落酋长形象的反映，而女娲却似是初期农业阶段女族长形象的反映。他们的神话原来各自流传着，到民族大融合以后，才或速或迟地被撮合在一起。他们被说成为相接续的人皇，被说成为兄妹，被说成为夫妇（关于兄妹和夫妇的说法，可能是跟别的部落的原始神话有关）。而这种后起的传说，也不一定能够同时普及于各地区和各社会层。因此，他们形象在墓石、墓棺或其他建筑物等上面的反映，也是因时期或地域的不同而呈现异态。总之，在西汉初年，某一地区坟墓里所绘的人首蛇身伏羲像是单身的，这完全不是怎样值得奇异的事。其实，这类单身像，在考古学的资料上是有确凿证据的。它就是山东梁山汉墓壁画里那个人头蛇尾、明明标题着"伏羲"的单身画像（不过它时代稍为靠后些罢了）。

复次，是伏羲与太阳月亮的密切关系。从考古学的资料看，自西汉以后，各地坟墓里关于伏羲、女娲像，往往伴随着日月图。它

---

①　有人可能要把王延寿在《鲁灵光殿赋》里所说的"伏羲鳞身，女娲蛇躯"，来证明在西汉初期已经有两人蛇身的交尾像。其实这个并列的句子，只能说明图画里同时存在着他们两人的像，并不能证明他们是交尾的（就是说不能证明他们是夫妇或兄妹的关系）。赋里这两句的上文是"五龙比翼，人皇九头"。内容上也并不是有怎样密切联系的。

们大都被画在他们的顶上，也有画在他们两人交体中间的上下部的。例如重庆沙坪坝石棺的画像、陕西米脂官庄村墓门的刻像及新疆吐鲁番墓中的绢画等。关于帛画里的日月图，有些同志，用古代陪葬的旌旗上所绘日月等的景象来解释。这自然言之成理。但是我想它们跟那中间站着的大神（我们认为伏羲）可能有些比较密切的关系，这种假想，在文献上到底有什么根据呢？我们知道：在《易乾坤凿度》里，曾说伏羲有"立四正"的功绩。所谓"四正"，就是一、"定气"，二、"日月出没"，三、"阴阳交争"，四、"天地德正"。[①] 据这种说法，就是当时（西汉末）有伏羲调理太阳和月亮的传说。我们现在对于纬书的态度，应当一分为二：一方面要看到它制造（或集合）许多阴阳五行的妄说，为巩固当时统治阶级政权服务，另一方面又要看到它保存了当时还残余在民间的古代神话、传说。后者像关于古帝王的"感生说"，便是例子。《易乾坤凿度》关于伏羲和日月关系的记载，可能也正是属于这一类。因此，我们可以推想，那太阳和月亮跟站在中间的大神是有比较密切关系的。那个大神也就是伏羲。

最后，说明那帛画天上部分的大神是伏羲的再一个理由，就是为大家所承认的形象特点的人首蛇身。固然，在《山海经》里这种形象的神怪并不只一二，烛龙也正是这种形象。但是，这种形象对于伏羲似乎关系更加密切。这跟许多古文献的记载和古物上的刻画是分不开的。我们试看，即使立意把他当作人皇看待的历史家（例如补作《三皇本纪》的司马贞之类），也不能把他这种神话上的奇怪形象抹去，这就可见它的势力之大了。因此，我们把帛画上描

---

① 原书佚，此据《黄氏逸书考》三十八册引。

绘成这种形象的大神认作伏羲，是有相当理由的①。

从上面所陈述的四点理由，我认为帛画里站在太阳和月亮中间那位大神，很可能就是所谓"三皇"之首的伏羲，这自然只是一种推论。要得到不能移易的结论，必须有更确凿的证明。而这就有待于地底有关证物的出现，或根据文献、考古和民俗志等资料作更深入、精密的研究。

二　太阳神话：十（九）日、扶桑和乌鸦

太阳和月亮神话，是天体神话的一个构成部分，在神话史和神话学上占有相当重要的位置。现存的各原始民族和进化民族的上古时期，大都产生和流传过这种神话（尽管彼此间具体的说法各有不同），其主要原因是，太阳和月亮，不但是人们经常容易接触到的自然现象，并且跟人们的现实生活（生产、居处和身体健康等）有极密切的关系。这样，人们就必然要把它们反映到头脑中来。由于原始生产力低下和智力未发展所造成的思想上的限制，这种反映，当然不可能正确地表达客观的情况和规律，而只能出以幻想的形式，就是毛泽东同志在《矛盾论》里所指出的"幻想的同一性"。

在马王堆汉墓帛画的天上部分，画了我国古代关于太阳和月亮神话的景物。这里先说太阳方面的。帛画里画了九个红太阳和

---

①　梁萧绮所整理的《拾遗记》（据马骕《绎史》卷一所引），叙述伏羲形象，有"发垂委地"的话，颇与帛画所绘天神形状相符合。但是，现存《拾遗记》本子，"髮"多作"鬣"（这也可能是误刊或经过篡改），因此，没有引为论证之资。

一株扶桑树。在树顶的那个太阳，不但体积独大，而且中间还站着一只黑色大乌鸦。

关于十日和扶桑树的神话，是早见于先秦及汉初记录的。这种传说，大概有三种形式（不包括后羿射十日的英雄神话在内）：一、"……下有汤谷，汤谷上有扶桑。十日所浴，在黑齿（国）北，居水中，有大木。九日居下枝，一日居上枝。"（《山海经·海外东经》）①二、"东南海之外，甘水之间，有羲和之国，有女子名曰羲和，方浴日于甘渊。"（《山海经·大荒南经》）三、"若木在建木西，末有十日，其华照下地。"（高诱注云："若木端有十日，状如莲华。"《淮南子·地形训》）帛画所表现的，大概是第一式。即十个太阳，栖扶桑树上，更迭出照的说法。这大概是我国远古住在海滨的人民，对于每日太阳都从海那边出来的现实光景所作的想象的说明。（唐人《登天坛望海日赋》："山惟隐天，海则孕日。"）

所谓扶桑，或作扶木或搏桑，大概是原始人民心目中的一种神树，也就是神话学上所称的"世界树"。最著名的，是北欧神话里的伊格德拉西尔。《山海经·大荒东经》说扶木"柱三百里，其叶如芥"。又《玄中记》说："天下之高者，有扶桑无枝木焉，上至于天，盘蜿而下屈，通三泉。"②《淮南子·地形训》在叙述神山昆仑及悬圃之后，接着说到扶木和建木："扶木在阳州，日之所曒（照）。建木在都广，众帝所自上下。"可能扶木也有这种为天神所由上下的作用。在另一方面，扶桑又和太阳里的乌鸦有瓜葛。《玄中记》里又说："蓬莱之东，岱舆之间，有扶桑之树，树高万丈。树巅常有天

---

① 《大荒东经》里也有一段近似的记载。

② 原书佚，此据《齐民要术》卷十引。"盘蜿而下屈"句，鲁迅辑本（在《古小说钩沉》里）校注说，《事类赋注》引作"盘屈而下"。又据影明本，"泉"字下有"也"字。

鸡，为巢于上。每夜至子时则天鸡鸣，而日中阳乌应之。阳乌鸣，则天下之鸡皆鸣。"①关于天鸡先鸣，天下之鸡应之的传说，原来是独立存在的。在这传说里已经把它和神树扶桑及太阳中的乌鸦联结在一起了。这是神话、传说里一种常见现象。这样一来，它就使太阳神话的内含更加丰富了。

现在我们谈谈九个太阳的问题。上面说过，帛画扶桑树上共有九个太阳，一个大的在树巅，那八个小的分散在树枝间。这跟古文献上所谓"十日"的说法显然不一致（说"十日"的，除《山海经》、《淮南子》外，还有《庄子》、《招魂》及《竹书纪年》等文献）。这个问题，自然要引起当前研究者的注意，并试图给以解答。有的同志说那散布在树间的八个是北斗星，有的认为可能有一个隐藏在树叶后面，也有的认为是神话的歧传。我是赞同后一种说法的。因为在神话、传说上这种现象是习见的，是相当自然的。神话、传说本来是用口头语言创作和传播的，它很容易出现歧异的现象。何况在不断的扩布和流传的过程中间，必然要受到那些转述者自觉或不自觉的修改呢！例如传说的古史里，帝尧儿子的数目，有的文献里说他是十个，有的却说他只有九个。又如关于那位远古寿星公彭祖的年龄，说法可更热闹了。有的说是七百，有的说是七百六十七，有的说是八百，有的却说是八百余。到底是多少岁呢？没有人说得准。好在也没有人想去搞清这种糊涂账。至于神话、传说里的故事情节、人物性质歧传得彼此大异的更非少见。像鲧那样的人物，我们在屈原作品里所见到的，和其他一些古文献的记录，在性质上几乎是相反的。因此，对古文献所说的十日，在帛画里却

①　原见《古玉图谱》卷二十四。此依鲁迅辑校本转引。

只见到了九个，如果我们从民间口头创作的特点来考虑，就好理解了。

其实，所谓"九阳"或"九日"，在文献上也并不是怎样少见的。自战国以后，两千多年中，中国的文人学者，在他们的诗歌、散文和论著里，不断使用这两个词（特别是"九阳"）。这里我们试举一二例子。《吕氏春秋·慎行论》："禹至交阯，……九阳之山、羽人裸民之处、不死之乡。"《远游》："朝濯发于汤谷兮，夕晞余身兮九阳。"①东汉王逸的《九思·遭厄》："蹑天衢兮长驱，踽九阳兮戏荡。"仲长统《述志诗》："沆瀣当餐，九阳代烛。"魏嵇康《琴赋》："夕纳景于虞渊兮，旦晞干于九阳。"晋傅咸《烛赋》："六龙衔烛于北极，九日登曜于扶桑。"唐李峤《为百僚贺雪表》："三元肇景，九阳初动。"宋朱熹《次秀野韵》："淋浪座客休辞醉，饮罢晞身向九阳。"清张锦芳《满江红·木棉花》："一簇晨霞标乍起，九枝海日光齐跃。"……我们前代的作者从不同的角度使用了这两个名词，注释家们的解说也不完全一致。（像王逸把《远游》里的"九阳"，解作"九天之涯"，从上下文看，分明不妥，前代注释家已经有矫正它的。）但是，"九阳"、"九日"，在文书上并不是稀见的名词，而且大都跟太阳神话有相当关系，这决不容否认。从这里，我们以为汉初帛画上那跟常见文献的说法有出入的九个太阳，很可能是哪位有才能的民间画师根据当时口头的歧传绘画出来的，他并不是故意或无意少画了一个。

我们再谈谈"九"字和"十"字在古代的使用问题。我们知道这两个字，有时固然作为实数用，但是在许多场合，它们（尤其是"九"

_____

① 《远游》相传为屈原作，近人定为西汉人作品，所以放在《吕览》之后。

字）是当作"虚数"用的，即一种"公式数字"（三、七、三十六、七十二、百、千、万等都有这种性质）。但是，"九"字比"十"字，这种用法似乎更常见些，从天地山川、制度物品，以至抽象的事物，凡数量比较多的，大都可以加上这个数词。如九天、九地、九域、九霞、九曜、九阁、九族、九品、九卿、九经、九锡、九歌、九死。……简直无法数得完。在古代南方这个词相当流行。光拿《楚辞·天问》一篇略算一下，就有九重、九天、九子、九则、九州、九衢、九辩、九歌、九令等九个。《淮南子·天文训》说到天空，就一连用了五个"九"字（"天有九野，九万九千九百九十隅"）。如果我们把古代书籍里用有"九"字的语词搜辑起来，那真可以成为一部小辞典。因为这种显眼的现象，清代的学者汪中所以特地写了一篇《释三九》的专论。从这种情况看来，那么，帛画里的太阳，不作"十"个，而作"九"个，并不一定就不合理些。总之，神话里的那些太阳，说它"十"个固然可以，说它是"九"个也不见得就是错误。（苗族的开天辟地神话里，就说初创造的太阳是九个。那真是一个近于巧合的例子了。）

最后，我们再谈谈那只乌鸦问题。太阳里有乌鸦，也是比较古老的传说了。现在我们所能看到的早期文献，像《天问》里那两句问话："羿焉彃日？乌焉解羽？"《山海经·大荒东经》也有"一日方至，一日方出。皆载（戴）于乌"的话①。到了《淮南子》里，自然说得更明白了。他说："日中有踆乌。"（高诱注："踆，犹蹲也。"《精神训》）又说："羿仰射十日，中其九日。日中九乌皆死，堕其羽

① "皆载于乌"，虽然也是一种说法，但是从文献记录和考古学的资料看来，还是以《初学记》卷一所引"皆戴（同载）乌"为是。

翼。"①为什么太阳里会有乌呢？过去除了汉代的王充加以论难外，似乎很少人注意到这个问题。近代外国研究者曾提出一些答案。有的从天文学的角度，说是太阳黑点的反映，也有的认为是由于鸦的"晨去暮来"的行动所引起的联想②。总之，这点，我以为还值得我国神话研究者的进一步探索。

大家知道，关于太阳里的乌鸦，过去有"三足"的说法。这种说法大概流行于西汉末。因为在那时期出世的纬书像《春秋运斗枢》、《春秋元命苞》等都记载着它了。西汉时代的司马相如在《大人赋》里说："西王母……有三足乌为之使"，因此有人以为太阳里的三足乌可能是从这里演化来的。我们从帛画里的那只乌看，却是平常所见的那种两足乌，这是跟早期的文献记录一致的。（虽然后来的古物材料上，有的把它画成了三足的奇形。）

三 月亮神话：蟾蜍、兔子和嫦娥

现在把话题转到月亮神话。

帛画天国部分在太阳和扶桑树的另一方，便是一弯镰刀形的白色月亮，上部有一只大蟾蜍和一只体积较小的兔子，两旁缭绕着云气。镰月下面是一个飞腾而上的女人，她就是嫦娥。虽然不能说完全没有遗漏，但是我国古代月亮神话里的一些主要事物已经

---

① 此依王逸《楚辞章句》所引，与今本《淮南子·本经训》所记有出入（《北堂书钞》与《艺文类聚》所引，略同《章句》）。

② 见出石诚彦的《关于上代中国的太阳和月亮的故事》（收在著者《中国神话传说的研究》一书中）。

被表现在一起了。

月亮里存在蟾蜍的说法是比较古老的。《天问》里"夜光何德,死则又育? 厥利惟何,而顾菟在腹?"这四句问话,初期的注释家王逸,把"菟"释为"兔",把"顾"释为"顾望",因此把后二句演作"言月中有菟(兔)何所贪利居月之腹而顾望乎?"但是这种生硬的解法,宋代的《楚辞》研究者朱熹已经表示不同意了。他认为"顾菟"应该是兔的一种名称(专名)[①]。到了近人闻一多,才把这个动物的正身确定了。他用了十一个语言学上的佐证,判定"顾菟"就是"蟾蜍",而不是"兔子"[②]。这样一来,《天问》的话,可算是月中蟾蜍在文献上最早的记录了。其次,就是《淮南子·精神训》那句"月中有蟾蜍"的话。但是,这些时期(战国至汉初)月亮里有玉兔的记载,在现在保存下来的文献里却还没有见到。有些外国研究者把王逸的注文当做真凭实据,因此断定月亮里兔子的神话在周代已经广泛流传了[③]。至少从文献的角度看,这是不确切的。

我们虽然不能准确知道月亮里有兔子的神话产生或广泛传播于哪个时期,但是,从文献上看,蟾蜍和兔子并存于月亮里的传说,在西汉末年已经相当流行了。因为这时期的学者刘向(纪元前七七——前六)曾经用"阴阳论"的观点去解释这种蟾、兔并存的现象[④]。此后关于这方面的文献记录和被发现的实物材料就数见不鲜了。(关于实物方面的石刻,像孝堂山石室、少室石阙里的这类

---

①　见朱熹所著《楚辞辩证》卷下。闻一多在《〈天问〉释天》里说:"《章句》又释顾为顾望,朱熹以下诸家皆无异说……惟毛奇龄以顾菟为月中兔名庶几无阂于文义……"这是他一时失察的地方。

②　见上注《〈天问〉释天》(《闻一多全集》乙集)。

③　见 A. 福尔克《中国人的世界观》第七章。

④　见《五经通论》,原书佚,此据《艺文类聚》卷一、《太平御览》卷四等所引。

图像,是大家知道的。)但是这次马王堆汉画中月亮神话图景的发见,却补充了文献上的记录,提前了蟾、兔神话出现在实物上的记载时期。这在神话史和考古学研究上同样是值得注意的事。

在这里,顺便谈谈月亮神话里这两种生物的起源或来源问题。关于月里蟾蜍的来源,以前似乎很少人注意到。闻一多在论证"顾菟"问题时,曾经附带涉及它。他的结论是:"月中虾蟆(蟾蜍)之说,乃起于以蛤配月之说,其时当在战国,……"这个论断虽似新奇,但是从论证过程看,却颇为坚实可信。关于"蛤"字兼有"蛤蚌"和"虾蟆"两种意义的说法,除了他举出的两个例证外,我在这里再提供一些证明的资料。宋苏轼《宿余杭法喜寺后绿野亭望吴兴诸山怀孙莘老学士》诗:"稻凉初吠蛤,柳老半书虫。"注:"岭南谓虾蟆为蛤"(据清人金檀《青邱高季迪先生诗集》注所引)。又明高启《闻蛙》诗:"何处多啼蛤,荒园暑潦天。"注家也认为蛤即是虾蟆。我们乡下(广东海丰)的口头说话里,虽然也有蟾蜍一词(它是比较文雅的),但是一般都称虾蟆为蛤或蛤牯。我问过一些生长在南方别的省份的朋友,据说他们那里也有这种叫法。此外还有性质相关的某些记载,为免烦絮,就不多引了。上述一些文学的和民俗志的资料,或可以为确证闻说之一助吧。

关于月亮里有兔子的起源问题,过去似乎比较受注意些。但是所说不免怪诞或迂阔。例如有些谶纬家,认为月亮里存在着蟾蜍和兔子是由于阴阳要相制相倚。("两设以蟾蜍与兔者,阴阳双居,明阳之制阴,阴之倚阳也。"[①])这是半神话式的解释。近代外国有些所谓东方学者,认为中国古代的民族和文化是西来的,甚至

---

① 见《春秋元命苞》。原书佚,此据《初学记》卷一等所引。

以为连某些神话、传说的东西，也是从外国输入的。有人看到中国古代有月亮住着兔子的神话，因为古代印度也有相似的故事，就不管三七二十一，断定中国的月兔是一种舶来品。（主张这种说法的，如 W. F. 梅耶斯。）不错，古代印度有一个关于月兔的故事，大意说，一只有善行的兔子，因为不能取得肉以供天帝的需求，便毅然投身火里，成了焦兔，天帝把它放到月亮里，以昭示它的高行。这个传说，在唐代曾被收录在一部佛教经典的类书里①。但是，像有些学者所指出，月亮里有兔子的传说，不但中国、印度有，就是和我们远隔重洋，很少交往的古代墨西哥也有，南非洲的祖鲁兰德那里一样流行着这种传说②。产生在中国纪元前的月兔神话，为什么一定是从印度输入的呢？

　　自然，我们知道，比邻民族间文化（特别是传说、故事之类的口头创作）的交流是常有的现象，古代中、印间学术、文化的互相影响，也是不可否认的事实。但是根据现在考古学的新材料，在我国西汉初年就已经流行的月兔神话，却未必是从次大陆传来的进口货。除了从东半球到西半球各民族都有这种传说，和它在中国流传时代比较早的理由之外，从传说的内容看，尤其不能承认印度输入说。因为印度传说带有浓重的佛家说教色彩。中国早期关于月兔的说法，却不见有这种痕迹。中国的传说，原来没有比较具体的故事，后来虽有"月中捣药"的文献和实物的图像，但时代较迟，而且也跟"修菩萨行"的印度兔子不相类（它倒是近于本土道教思想的产儿）。这是判定月兔是否输入品问题的关键。

----

　　① 指唐代李俨撰《法苑珠林》。月兔传说，见该书卷四《日月篇》。（《法苑珠林》，唐释道世撰，唐李俨作序。——编者注）

　　② 见出石诚彦《上代中国的神话及故事》第二节。

关于月兔来源的解释,我们暂时只能以比较常识性的"阴影说"为满足。月亮里有阴影,这是原始的人民也会感觉到的,所以世界上许多文化早熟或晚熟的民族差不多都有关于这种现象的传说。中国较早期的蟾蜍和兔子,后期的兔子捣药、吴刚伐桂树等故事,大都直接或间接和解释阴影的现象有关,虽然其中有的还别有思想背景(如前面所已经说过的,蟾蜍和蚌蛤的关系之类)。东汉天文学者张衡,在他所著《灵宪》里说:"月者,阴精,积而成兽,象蛤兔焉。"①抛开他的阴阳之说不管,后两语正暗示出蛤(蟾蜍)、兔的形象和月面斑点的联系。又纬书《诗推度灾》说:"月,三日成魄,八日成光,蟾蜍体就,穴鼻始萌。"(宋均注:"穴,决也。决鼻,兔也。")②后两句说明两种生物的象(阴影的象)随着月形由缺趋圆的逐渐形成。晋人虞喜也曾在他的著作里,说从月亮的自缺向圆的过程可以看见传说里的人物和桂树逐渐形成的情况③。这也暗示传说中的人物、桂树是指的阴影。古代印度,除了修行的兔子的传说之外,还有一些其它解释月中阴影的故事,如认为它是高大的阎浮树的影子,或认为它是大海里鱼鳖等影子在月轮里的显现④。这和我们古代解释月里阴影的蟾蜍、兔子等说法,在思考方式上是相似的。

最后,谈谈嫦娥的神话。这是我国民间流传相当久远和比较普遍的一个天体神话。他在我国各种艺术的创作里也成为习见题

---

① 原书佚,此据《太平御览》卷四所引。唐章怀太子注《后汉书·天文志》,也引此文,字句略有出入。

② 原书佚,此据《法苑珠林》卷四及《太平御览》卷四所引,又《易乾凿度》也有此文。

③ 原书佚,此据《初学记》卷一、《太平御览》卷四所引。

④ 参阅《法苑珠林》卷四《日月篇》。

材或典故。近代我国最伟大的文豪和思想家鲁迅，为了批判当时
某种恶劣的社会现象，也取材于这个古神话，而写成了光辉的讽刺
小说《奔月》。现在我们有机会在帛画上看到跟最早记载它的文献
差不多同时的、非常生动的艺术表现（这是后来石刻和壁画里所见
的飞仙艺术的先驱），实在是学术界的极大喜悦。

　　像大家所知道，记录嫦娥故事的最初文献是《淮南子》①。《览
冥训》里说："羿请不死之药于西王母，姮（嫦）娥窃以奔月。"因为
作者是作为说理的譬喻而使用的，所以语词相当简略。在许慎、高
诱及其他东汉一些学者的注释和记述里就比较说得详细些。我们
试举张衡的纪述："……其后有凭焉者。羿请无死之药于西王母，
姮娥窃以奔月。将往，枚筮之于有黄，有黄占之曰：'吉。翩翩归
妹，独将西行，逢天晦芒，毋惊毋恐，后其大昌！'姮娥遂托身于月，
是为蟾蜍。"②这在内容上比较丰富一些了（尽管它也还是有缺略
的地方，例如没有提及她和后羿的关系），而且把它和已经存在的
蟾蜍捏合起来。这个故事，后来还有一些发展的说法，这里就不再
引述了。

　　这个传说的情节，是融合了别的一些神话的人物和动物的成
分的。羿是上古东方部落的英雄神，他的故事很多（《天问》就再三
地说到他），最著名的当然是射日。他本来是独立存在的神话人
物。西王母是大家知道的古代西方神话里的重要人物（虽然原来
是一个地名）。《穆天子传》的记载即使有问题，但是汉人在文献和
实物里已经常表现她。蟾蜍和不死药是传说、故事里的东西，就更

---

　　①　清代学者丁晏曾解《天问》"白蜺婴茀，胡为此堂"二语为关于嫦娥神话。这
里没有采用其说。
　　②　原书佚，此据《后汉书·天文志》唐章怀太子注，《太平御览》卷四所引较略。

不用说了。这些表明这个传说的产生的时期多少要迟些。另一个证据，是它具有方士求不死药的道家思想，而这种思想是从战国到西汉初才流行的。

我国古代实在有比嫦娥传说更古老的月亮神话，那就是《山海经·大荒西经》所记的常仪浴月的故事。它说："有女子方浴月（按指所画图景）。帝俊妻常仪，生月十有二，此始浴之。"郭璞注说"义与羲和浴日同。"关于《大荒南经》所记羲和生日和浴日的故事，我们在上面已经提到过。这种神话，情节自然很简略，但是相当真实地反映了原始人民朴素的想象。跟这种原始的神话比较起来，嫦娥故事就显得有些复杂和藻饰了。尽管如此，它们也不是截然无关，后者的名字（嫦娥）就是从前者的名字（常羲或常仪）来的，因为在古代，两者的音读是接近的。但是大概由于故事较富于情节和主题思想较合于后来某些人的心理，嫦娥传说在口头上和艺术上取得了较长久的生命。

嫦娥神话是什么性质的神话呢？它无疑也是一种解释性的神话。有些研究者认为它所解释的是月亮的每月缺而复圆的现象。这大约是可信的。原因有二：其一，我国古代人民似有把月亮的圆缺看作同人的生死一样的想法。汉代学者刘熙所著的字书《释名》里，有这样一段话："晦，月尽之名也。晦，灰也，火死为灰，月光尽似之也。朔，月初之名也。朔，苏也，月死复苏生也。"①朔、晦两字的原来意思是否如此，姑且不论，以圆缺为生死，却是初民容易产生的一种朴素的思想。这位古训诂家的话很可能是有所本的。其

---

① 见该书卷一《释天》。

次，世界上别的民族也有这类想法。例如南洋菲吉岛的神话说，月神与鼠神讨论人类的死的方式问题，月神主张应当像她自己那样暂时死亡而又再生，但是那鼠神却不听她这一套，主张人类应当像鼠类那样死不再生。他的话得胜，此后人类就不能像月神所说那样幸运了。这种想法正和刘熙所说的相同。嫦娥所以能够成为"死则又育"的月亮的神，是由于她吃了不死的药，这种解释正是从认为"月是不死的"原始的想法化生出来的。

四　阶级斗争与神话

神话是原始社会人们的一种意识形态，是具有相当特点的一种意识形态。这种特点，即马克思所说："任何神话都是用想象和借助想象以征服自然力，支配自然力，把自然力加以形象化。"①

马列主义的认识论告诉我们：人的认识是客观事物的反映，这种反映决定于人们的社会实践（主要是生产实践），回过头来，它也能反作用于人们的社会实践。伟大导师们的社会历史理论又告诉我们：在阶级的社会里，人们的意识是跟着他们的阶级对立而互相对立和互相斗争的。神话虽然具有一定的特点，但是，它既然是一种社会意识，自然不能跳出这种一般性的规律，好像孙行者跳不出如来佛祖的掌心一样。过去的研究者们，对于神话的反映现实方

---

① 见《政治经济学批判·导言》第四节，《马克思恩格斯选集》（四卷本）第二卷第一一三页。

面,曾经作过某种程度的探讨,但是对神话在不同社会形态里作用的转变方面,却较少注意。我现在对马王堆汉墓帛画的神话这方面作些探索。由于有关文献的缺少和时间的匆促,这种探索只是尝试性的。

像我们前面所说过,伏羲原是一个部落的主神,照理他的神话,应该相当丰富。可是现在我们看到的古文献上的记录,却数量不多,而且相当零碎。这大概由于从战国起他就被历史化了,加以儒家的"不语怪"精神,也在发生作用。关于他的主要功绩,最突出的是教民渔猎。所谓"伏牺氏"的名字大概就是从这里出来的。他的另一个功劳是发明八卦,这是说他使用一些常见的实际事物去做记事的符号。又说他是人类婚姻制度的创立者和某些乐器的发明者。此外,还有说他感生的奇迹(神女感虹而怀孕)和做东方天帝等的神话(做天帝的说法是比较后起的)。这里所谓功绩,大概都是代表一种文化现象产生或发展的阶段。这种文化都是群众在长期的社会实践中逐渐形成的,决不是一两个文化英雄在短时间里所能创造出来。关于伏羲的功绩的说法,至多只能表明他是个原始社会的文化神。这种神是许多民族神话、传说里所常见的。中国传说的历史里如燧人氏、神农氏之类,大都就是这种性质的人物。这种所谓文化神,虽然是虚妄的,但是他也多少反映了社会历史的某些现象和要求,在生产力非常低下,人类智力发展还在幼年时期的社会里,他对于部落成员的团结、奋斗等,并不是完全不起一些作用的。马克思告诉我们:"想象力,这个十分强烈地促进人类发展的伟大天赋,这时候(引用者按,指原始社会的'野蛮时期的低级阶段')已经开始创造了还不是用文字来记载的神话、传奇和传说的文学,并且给予人类以强大的影响。"①

　　但是,社会性质的转变,必然要影响到流传下来的神话、传说的内容和作用。原始部落的文化神,到了封建社会的西汉初期,他不能不起重大的变化。他不但被说成为最早的人皇,而且在神国里的位置也升高了。他不再是只流传于部落里的大神,而是天国里的大神了。他的像尽管仍然披着头发和具着一半蛇体,但是,他庄严地立在太阳和月亮的中间,成为地上贵族灵魂的接待者和保护者了。这时期,他是我国封建社会一个地位显赫的大神,对于地主贵族阶级是关系亲密的。汉代及以后,许多贵人坟墓和其他重要建筑物所以刻绘着他的形象,原因正在这里。

　　帛画里所表现的太阳和月亮神话,也大部分产生于原始社会(或接近这社会)时期。原始部落的人们为了保障自己的生产和安全,对于太阳和月亮(特别是前者),不能不很关心。他们要认识它们的性质和运行规律,并且往往作出某种相应的活动,企图给以影响。这种要求和活动,就成为原始的神话和法术。原始的神话的作者,决不像某些资产阶级的学者们所说,是一些科学家、哲学家或审美家,凭着冷静的理智在做哲学探讨,或凭着什么灵感在创造艺术。我们不能忘记,原始神话的创作,以及往往和它相伴在一起的法术行事,是原始人们在那极困难的生活条件下,企图认识自然,从而控制自然的一种精神活动。

　　帛画里所表现的那些太阳和月亮神话,本身已经相当简单(它们彼此在产生时期上似乎也并不一致),跟它们相关的其他材料更

---

　　①　原见《路易士·亨·摩尔根〈古代社会〉一书摘要》,此据曹葆华译《马克思恩格斯论文学》(人民文学出版社刊本第九七页)引。

少保留下来。这对于要较深入地理解它们当时的作用颇为困难。但是，如果耐心寻求，也并非没有一些痕迹。生活在公元三世纪的郭璞，在他的《山海经》注里，留下了一段可注意的文字："羲和，盖天地始生，主日月者也。故《启筮》曰：'空桑之苍苍，八极之既张，乃有夫羲和，是主日月，职出入以为晦明'，……故尧因此而立羲和之官，以主四时，后遂为此国，作日月之像而掌之，沐浴运转于甘水中，以效其出入。……所谓世不失职耳。"①这段注文（主要是后面部分），注者没说明出处（这也是古注释家常见的事），他是当时一个极博学的人，所说当有来历②。他说的，古人作太阳和月亮的像，在甘水里沐浴运转，以仿效它们每天的运行。这种做法，决不是儿童游戏，而是原始人的严肃行为。它是一种在原始社会里和神话一样广泛存在的交感法术。原始人为了对某种现象或事物达到一定的目的，便模仿对象的形状或行为，或并加以咒语，认为这样便会产生预期的效果。正像恩格斯对原始宗教所说，它把"关于自然界的虚假观念"去作"史前期的低级经济发展"的"补充"③。我国古代盛行着这类法术的作法不用说了，就是在近代的民俗里还多少残余着。例如月蚀时，人们认为是天狗在吃它，因此敲锣打鼓，去把它解救；又当天时阴雨缠绵时，人家用纸剪成一个女子提帚打扫的形状（叫做"扫晴娘"），把它粘贴在壁上，以为这样便可以转雨为晴。这些都是企图用想象的活动去控制自然。

① 见该书《大荒南经》。
② 《拾遗记》卷十"瀛州"条，有一段记载和郭璞所述内容相似，不过文字较粉饰罢了。
③ 见一八九〇年十月二十七日《恩格斯致康·施米特信》，《马克思恩格斯选集》第四卷第四八四页。

羲和和常仪浴日月的神话，正是和浴日月的法术相互并行的。它们是想通过想象及相应的动作去影响他们还无力控制的自然现象。这种神话和法术虽然不会产生真正的效果，但是到底是他们在当时条件下，向自然斗争的一种意志和努力的表现。这是他们集体所创造的人类曙光期的文化的构成部分，是人类后来发达了的文学、科学活动等的萌芽。

但是到了奴隶社会，严峻的社会阶级的对立，使一切原始遗留下来的思想、文化，都受到性质上的改变；到了封建社会，这种原始文化所受到的侵袭当然有加无减。帛画里所表现的天国神话，是适应于地主贵族的要求而选择、安排的，它不能不带上这个统治阶级的烙印。嫦娥奔月故事的比较原始的形态，我们已经无法知道了，从常仪浴月的神话来看（我国南部的彝族，也有过近似的神话，说初创造成的日月，不大明亮，经过两位天女的洗浴才放出光辉来。由此，可见常仪神话是一种比较原始的传说），它至少是经过思想上的修改的。方士思想原是为迎合当时统治阶级的需要而发展起来的。我们只要看一看秦始皇、汉武帝是怎样跟这班家伙（方士）打交道的，便可以明白了。汉初方士思想侵入固有的神话领域是很自然的。这样一来，就必然要改变原始神话（或比较接近原始的神话）的面目了。

更重要的问题，尤在于这些古神话到了新的社会（初期封建社会）里，它在起着什么作用，为什么人效劳。关于这幅帛画的名称和作用虽然还在讨论中，但是有一点是明白的，就是它（特别是天国部分）是要死者的灵魂升上天国（"人死魂气归天，形魄归地"，这是中国古代人们对死者的想法），在大神的尊严和日月的光明中继续她生前的繁华的生活（甚至于比生前所享受的还要美好的生活）。太阳和月亮，本来是自然现象，但是在原始社会里，它们已经不能摆脱和人们的关系了。关于它们的原始神话（乃至于相应的法术行事），就是一种证明。当时这种神话是属于整个部落人员的，是为他们大伙服务的（尽管实际上不一定有多少效果），但是放在马王堆侯爵妃子棺上的辉煌的日月神话图，却是属于那"高贵的"的女主人的东西。那乌鸦，那蟾兔，那郁茂的扶桑树，都成为贵族宫邸苑囿里的禽鸟花木，连那飞空的嫦娥的身上也不免缭绕着贵族的"薰香"了。

这种关于神话作用的巨大的变迁，证明了马克思、恩格斯所指出的那个不可动摇的原理："任何一个时代的统治思想始终都不过是统治阶级的思想。"[1]任何时代意识形态领域里的阶级斗争，都准确地反映着当时的物质分配和社会关系领域里的阶级矛盾。在阶级社会里，被统治的阶级，正像他们物质产品的被掠夺一样，他们的精神产品也难免这种被掠夺的命运。在这意义上，帛画是一种历史性的文件，是当时统治阶级进行文化掠夺的真实罪证！

以上数节，对马王堆汉墓帛画上部所绘的神话景物和从它所看到的阶级斗争现象，作了一些论述。这种论述是很不充分的，还可能有错误。但是，从这里可以感觉到这幅创作于二千多年前的彩画，在我国神话史上乃至世界比较神话学上的重大意义。它展出我国古典神话里的一些重要篇章，印证并补充了文献上这方面的旧记录，提供了考古学上某些神话题材的早期资料。更值得注意的，是它显示了封建统治贵族篡夺原始人民的精神产品的例证，

---

① 见《共产党宣言》，《马克思恩格斯选集》（四卷本）第一卷第二七〇页。

使我们在鲜明的画面上看到古代阶级斗争的具体情况。过去我们颇致憾于绘有丰富神话和历史故事的巨大建筑物，如楚"先王庙及公卿祠堂"和鲁灵光殿等的片瓦无存。现在这块汉墓的帛画，尽管篇幅有限，但是它所提供的神话史料，是可以稍慰我们这方面的渴想的。

群众是物质财富的生产者，同时也是精神财富的生产者。这种真理，从这幅帛画的发现，又一度得到证明。在我们用正确的批判眼光，扫除去那些玷污着这种人民创造的秽垢之后，它将更加放射出不灭的光彩来。

一九七三年春夏之间写成

一九七八年夏订正

第四编　英雄传说及其他

关于孟姜女故事研究的通信

(五则·附顾颉刚按语)

广东海丰的孟姜女传说 *

颉刚先生：

读尊作《孟姜女故事的转变》，甚佩！这一条"流传了二千五百年，按其地域几乎传遍了中国全部"的老故事，本是千头万绪，很不容易捉摸的，给先生这么一度整理，竟如剥茧抽丝，毫不紊乱；而且替他解释了许多"所以转变"的理由，尤见精心独到。其实呢，像先生这样整理的方法，是对于中国现在学术界很有裨益的工作；尊作在工程上有无完全奏功，还是比较的次要一点的问题。

我没有多大能力给《歌谣周刊》的《孟姜女专号》做一篇有系统而且重要的文章，像尊作一般模样的；我只想找寻一些素材，以供大家之探索。可是，在我这样窄隘的希望内，还不能如愿以偿——我所得到的关于她的故事的材料，太少、太少了！

---

 * 本文原载《歌谣》周刊第七十九号，1925 年 2 月。

十二月山歌中之第七首道：

> 七月里来秋风吹,孟姜烈女送寒衣。
> 哭崩长城八百里,不见范郎来穿衣。

这首歌,因为篇幅过于短简,找不出和普通关于她的传说的大歧点;但也有两点是略应注意的:

一、孟姜女有送寒衣的一回事;

二、她所哭倒的城墙长达八百里。

我幼年听过的关于她的传说,印象已经迷蒙得连轮廓都记不起了。以下是一个朋友告诉我的关于这个故事的话:

> 孟姜女,是古代的一个孝女。她的父亲给人埋筑在万里长城的下面;她傍城大哭,城墙为她倒塌了八百里远,她在那里发见了她的父亲的死尸。后来那已倒塌了的城墙之缺处,几次补筑,终于随建随崩,不能够仍旧完好。其缺处至今犹依然云。

这一段话使我们十分惊愕,就是,把"征父"代替了"征夫",把"烈女"变成了"孝女"。这和两千余年来相沿的传说是如何的差异啊!倘若不是他(我的朋友)记忆的错误,便是一个极可注目的变态了。其次,她所哭倒的八百里长城的缺处,屡筑屡崩,终不能够再行补好,这种极端的"精神感天说"也是古来关于她的传说上所比较少见的(就先生所举及我个人所知的范围内说)。

以上两段材料,自然有些支离破碎,无当大用;但在我一时总算尽其搜集的能事,对于先生(或者不只先生)也许不无少助参考之用。为此,我终于愿意给你写出来,虽然自己很明白,这不过是像"野人献曝"一般愚蠢的事情。

如蒙下教,至感！敬颂撰祺！

一九二四年十二月十五日

敬文于海丰公平

李白诗中的崩山之说 *

颉刚先生：

前天寄上一信,——关于孟姜女的故事的,想已邀阅了。

今天偶然掀开《乐府诗集》一看,见李白的《东海有勇妇》起首四句云：

> 梁山感杞妻,恸哭为之倾；
> 金石忽暂开,良由激深情。

读此,可知道在唐朝的时候,关于她的故事,除了"崩城"之说,还另有一种"崩山"之说,所崩的便是梁山。这种传说,是否始自唐人,我们无从考见；其在传说上,也不过是一个类似的小异点,无关于全体的重要。但在我们,其实,只当说在你,有意穷究他的原委的

---

* 本文原载《歌谣》周刊第七十九号,1925 年 2 月。

人,不能不注意到罢了。

一九二四年十二月十八日　敬文于公平

〔颉刚按〕　崩山之说确是一个大发见。我初见李白这诗时,很怀疑这种传说的曾经成立,因为在别处绝没有见过。但后来又知道《曹子建集》中《黄初六年令》有云"杞妻哭,梁山为之崩",乃知此种传说自汉魏至唐未尝歇绝,不过古籍缺佚,找不到详尽的记载罢了。推其原因,由于汉人重天人感应的奇迹,所以崩城不足,继而崩山。唐以后,孟姜女的故事完全偏于"闺怨"方面了,所以这个传说就无形地消失了。

情史及戏曲大全中之孟姜女[*]

颉刚先生:

覆书诵悉。李白诗中语,先生以为由于春秋时有"梁山崩"(见《春秋》)之事而起,甚为有见。然此事果为当日民家传说之缠误,或李白个人之错用,则尚待查考也。

前寄上之以孟姜为孝女的一则传说,现搜不到别种旁证(如戏曲歌谣之类),或出于友人之误记,亦未可知。

我虽在百戏名中见到《八八烈女许孟姜》之一出戏目,然终于寻不出一本关于孟姜女之戏曲。吾邑曲本歌册,大都来自潮、梅两

---

[*]　本文原载《歌谣》周刊第八十三号,1925 年 3 月。

邻封,而来自潮地者尤多。吾拟于本月中旬到潮一游,当留心向彼乡寻找,届时或有以报命也。

詹詹外史氏所著之《情史》内"情感类"中有《杞梁妻》、《孟姜》两篇,盖一事之双出也。《杞梁妻》篇所述,与前人崔豹、马缟之言大略相似,可以代表她上半截之传说。《孟姜》篇则多取材于她后半截之传说,故其言颇与近日坊间各唱本所云类近。其全文曰:

> 秦孟姜,富人女也。赘范杞梁,三日夫赴长城之役。久而不归,为制寒衣送之。至长城,闻知夫已故,乃号天顿足,哭声震地。城崩,寻夫骸骨,多难认。啮指血滴之,入骨不可拭者,知其为夫骨,负之而归。至潼关,筋骨已竭,知不能还家,乃置骨岩下,坐于旁而死。潼关人重其节义,立像祀之。

先生一月十一号启事中,谓现关于孟姜女之戏曲只得到一种。盖从《戏考》中考见者。我曾于《戏曲大全》中(此书为上海文明书局之出版物)看过一篇孟姜女之戏曲(编者云是京剧)。我未见《戏考》,不知是否即与之同属一剧? 请先生试一检阅之!

吾又于《戏曲大全》中见到下面一首关于孟姜女之山歌:

> 第十三条手巾绣得奇,
> 孟姜独自送寒衣,
> 寻夫万里人人晓。
> 这样女子世间稀!
>
> ——《六十条手巾山歌》之第十三节

339

关于孟姜女之图画、小说等，此间无从见到，莫可应征，其他关于各种故事之材料（如雷峰塔、祝英台之类），当于可能之范围内努力以将命。

南宋周燀所撰《北辕录》中云："八日至雍丘县，……次过范郎庙。其地名孟庄。庙塑孟姜女。偶坐配享者，蒙恬将军也。"此段记载颇足资考览，因并录上。

敬颂著祺！

敬文

一九二五年二月四日

〔颉刚按〕《戏曲大全》中的《孟姜女》，已与《戏考》对勘，完全相同。《情史》所载，孟姜女死于潼关，那地并有她的庙，与《孟姜仙女宝卷》相同，也是一个重要的记载。潼关的庙现还存在吗？希望陕西人给我一个回答。孟姜女为孝女的传说，我已经寻到证据了。象县刘策奇先生新近寄我一册《花幡记》，是广西的孟姜女唱本。开头便说：

> ……目莲救母上西天；
> 孟宗哭竹冬笋生；……
> 王祥行孝鱼出现；
> 郭巨埋儿天赐金；
> 董永卖身葬父母，
> 天差织女结成亲；
> 丁兰刻木为父母，

> 后来天地自然兴。……
>
> 诸般古人休要说，
>
> 且说姜女送寒衣。

它把许多孝子引起孟姜女的送寒衣，似即以她的送寒衣为孝行之一。这还可以说偶合，刘先生又寄来一册《歌钱临风》，上面说道：

> 我唱"二十四孝"人；
>
> 第一行孝舜明君……
>
> 第二行孝是目莲……

这样的排至"十一"，即云：

> 十一行孝孟姜女，
>
> 丈夫去春(疑当作春)万里墙，
>
> 亲自哭到长城地，
>
> 寻得骸骨转还乡。

这是很明白的以孟姜女的行事为"孝行"了。想来在民众的头脑中确有以儿子的善事父母、妻妾的善事夫君都称为孝的，所以寻夫的孟姜女亦可加以"孝女"的称号，与缇萦、曹娥无别。久而久之，就在这个孝字上又转出"寻父"的故事来了。钟先生这信上说："吾邑曲本歌册，大都来自潮、梅两邻封，而来自潮地者尤多。"刘先生的《刘三姐传说》(见《歌谣》八二号)中也说："传闻刘三姐系广东潮梅人，有唱歌之天才，走遍两粤，不获一对手。后至立鱼峰(广西柳州），遇一农夫，……"这两段话均可见潮梅歌唱的势力之大。许多故事，大都从歌唱中流传变化。孟姜女之有孝称，和她的竟为孝女，说不定即是由潮梅人唱出来的，所以他们歌唱势力所及的地方，有相类的故事与唱本，而象县得来的唱本就可以解释海丰传说的故事了。钟先生要到潮州去搜集歌本曲册，我们十分佩服他的精神，更十分祝颂他的成功！

筑城曲与贯休诗 *

颉刚先生：

　　四月六号寄去一信，谅已接悉。

　　你在《孟姜女故事的转变》上篇，在引述贯休诗之后，接着说："所以会得如此转变，……这原因至少有二种：一是《乐府》中《饮马长城窟行》与《杞梁妻歌》的合流，一是唐代的时势的反映。"在下面你又举了三国时陈琳和唐朝诗僧子兰的两篇作品，以证实你所说的第一个原因——《饮马长城窟行》与《杞梁妻歌》的合流。这总要算考据得很明显了。但我记得唐朝大历间诗人张籍有一篇《筑城曲》，其事其词都与贯休诗——也可说这个故事的大转变——有密切的关系。我且举出于下：

　　　　筑城去，
　　　　千人万人齐抱杵。

---

* 本文原载《歌谣》周刊第九十六号，1925 年 6 月。

重重土坚试行锥，

军吏执鞭催作迟。

来时一年深碛里，

尽着短衣渴无水。

力尽不得休杵声，

杵声未定人皆死。

家家养男当门户，

今日作君城下土！

后人对于这个题目(《筑城曲》)虽有两个解释(秦始皇筑长城与梁孝王筑睢阳城)，但终以秦事为近，至少亦两者可以并存。我们现在看他临末一语与贯休"筑人筑土一万里"句，何等吻合！贯休诗所受于这诗的影响——《筑城曲》；尚有元稹、陆龟蒙诸人的作品，词意亦与张作相类——恐不下于那自汉末一直盛行到唐末的《饮马长城窟行》哩。你对于这个故事的大转变，说"当然有很复杂的原因在内"，这确是不错的话。我现在上面所举的《筑城曲》，也许就是他许多原因之一。然小小的考据一件故事，其牵涉材料之广，竟至于此，真非我们起初所能想及的了。

敬文　六月一日

〔颉刚按〕钟先生所说的理由极为充足，等到将来搜集得材料多一点时，当另作《从唐代的诗歌和时势中看孟姜女故事》一文，详论它们的关系。

说福佬话人民的孟姜女传说及其他 *

颉刚兄：

久没有信寄你，因我近来很忙也。

关于孟姜女的唱本戏曲，我虽托人四处去搜买，但终于没有得到一本。我们这里有一种《送寒衣》的唱本，但内容是说韩湘子和韩文公的，所以没有邮奉。在我们这里的《山伯英台》唱本中，有一段叙山伯作城工和英台万里寻夫的事节，颇与孟姜女事相近，可以作旁面的参考，因录出寄上备阅。

对于孟姜女被讹传为孝女之事，你在专号第五期按语中所说的话至为中肯。我可以给你那个假设证实，如我们这里的客家人，确有以女子事夫尽节谓之"孝"的事。至两广传说，因流传作用，可以拿来互证，那更是无可疑的。

我们广东有三种方言，即本地话、客话、福佬话是也。海丰主要为通行福佬话和客话之区域，我前所写给你的那段传说是从一个说客话的朋友口上抄下来的，所以很可代表客家关于这个故事的传说。现在我又在说福佬话的朋友口里抄到下面的一则：

> 孟姜女，是秦朝时候的人，她嫁了一位很文弱的丈夫。那时秦始皇要就北边山陵的间隙，加以填补，使成了一道巩固的长城，用以防阻胡人的南下。秦始皇有一条宝鞭，给他一打，

---

* 本文原载《北京大学国学门周刊》1925 年第七期，1925 年 11 月。

天下的石都归集到那儿去供填塞之用。在他征召筑城工人名册中，不幸也有孟姜女丈夫的名字。他应征到了那儿，因身体柔弱，经个起繁重的操作，不久便一命呜呼了。死后，他的尸首便给人埋葬在城墙下。孟姜女在家见丈夫久不归，就单身前去寻觅他。人告以丈夫死埋城墙下，她大哭不已。至诚感动了天地，上帝命五雷下降，把城墙裂开，孟姜女因得见丈夫的骸骨。

这大概可以代表说福佬话的人关于这个故事的传说。但口传文学随地而异，并不能以同方言之故而统系之。所以，我这个区分不过就材料上而言的一种相对的说话，实非什么绝对严格的。

我很对不起你，当我写寄那首《关于孟姜女的邪歌》的时候，没有把其中的名物详细注出，致使你有所误会。现在特在这里补过一下。"四角面布"一词，我以为它之训作"面巾"（即手巾）是很显明易知的，所以没有加上注释；不意你因它有"涂里拖"之语而误解为裙，这可见我初头之设想是太大意了。这首歌创作的时代大概已不是现在，因为此时的手巾已没有长得披拖在地上的。至于说手巾内绣鱼龙、人物的话，颇可怀疑。盖一条手巾，任管它的边幅大到怎样，也没有把它绣上这许多东西的道理（虽手巾上绣些花草、虫鱼是很寻常的事）。我怕这是唱歌的人故意夸大其词的说话而已。所以你要征求到这条奇迹似的手巾，或不是容易的事吧。

我曾听见入过"三点会"（或云当作"三合会"）的人说，他们每开会的时候，一定要先祭过姑嫂（姑嫂的故事说来很长，现在且略提一提吧。从前有姑嫂二人，一名陈玉兰，一名郭秀英，是最初入这会的会员。因为给一个姓马的会友所调戏，她俩便跳水死了。

后来,会员很佩服她俩的贞烈,所以把她俩当作神明崇奉)。祭时,必读一篇很长的哀歌。那歌中有一段是提到孟姜女的故事的。可惜对我说话的人忘记了,不能够录出来供我们一览。不知别的人也有知道这个歌词而肯把它写出的否?

上海某书局出版的《新鲜歌唱大观》中有一篇《孟姜过关新唱春》,与《孟姜女十二月花名》语句大略相似。卷首有一幅《孟姜过关图》,她身着古装,手拿一把雨伞,背上负着包袱,在关山古道中踽踽独行。这没有什么可以供你研究的,不过顺便写了出来给你看看罢了。

拉拉杂杂,写来又是一大堆,破费了你披阅的精神,占据了专号通信栏内的篇幅,我要郑重的告一声"罪过"。

敬文

一九二五年十月二十二日于南海之滨

〔颉刚按〕　读完钟先生寄来的《梁山伯祝英台节义全歌》,又使我得到一个出乎意外的发见:原来祝英台的故事中掺入了不少的孟姜女故事及其他故事的分子了。孟姜女为婺州人,我前在《花幡记》内见到;今此歌云"婺州梁家一子儿",则又以梁山伯为婺州人了。还魂之后,山伯考中状元,丞相李立定要把自己的女儿嫁与他,则又以蔡伯喈的故事插进去了。及山伯坚不愿,为李立所害,令往北番买马,后又"发去幽州作城工",则很明白的又是一个范杞良了。英台在家,公姑病故,"家资费尽苦千般,变物买棺葬公婆,拜辞祖先就起行,沿途借问到东京",则竟是赵五娘与孟姜女了。(黄世康秦孟姜碑文云"倚闾之影奄然",又云"绕床登奠,伤行役之未归,负土成坟,悼幽沦之难返",又云"逢人稽首,掩泪陈情;按剑破颜,闻风远觅",则孟姜女亦是于姑死之后出门的,恐即是受赵五娘故事的影响。)她在路中伯店逢棍徒,山林遇贼人,均与《花幅记》等所叙孟姜女事相似。后来山伯救回,李立贬斥通番,番王派使送九曲明珠到朝,扬言穿不过便进兵,卒为英台穿就,则又以孔子与采桑娘的故事加进去了。所以,这一篇唱本给予我们以一种深切的教训,便是:研究一件故事是不能专就这一件故事的本身去研究的,必须同时研究别的故事,始可寻出它们的交互错综的痕迹。

三点会中的哀歌,请钟先生留心寻觅。《新鲜歌唱大观》中的《孟姜过关新唱春》,请钟先生抄与我。

呆女婿故事试说[*]

如果我们依照西洋人的方法，要把中国民间流行的故事，区分为若干类式（Types），那末，谁也不容否认，呆女婿故事是其中的一个，并且占有很重要的地位。

"呆女婿故事，在我国民间传说中，可说是很通行的。它之集合关于人性愚呆方面之故事的大成（是所谓箭垛），正犹如徐文长之集合关于人性尖刻方面的故事之大成一样。"像这样意思的话，我不知道重复地说了多少次。若我们承认徐文长一类的故事，在中国民间故事中，是很值得特别注意探究的，那末，同样的我们对于这呆女婿的故事，也不能不加以相当的研讨。徐文长的故事，已早有周作人、赵景深两先生替它论述过，呆女婿故事则除了故事本身的传写外，尚没有人肯把它探讨一下。我是很早提议记录呆女婿故事的，老是看看人家对它漠然地不别加青眼的状态，心里实在有点忍受不下。好，现在我就来摇笔尝试一下这个不为人们所感到兴趣的事情吧。

我所依据的资料，略举如下：

《中国童话集》两篇（《痴人》、《傻女婿》）

＊ 本文原载《中国民间故事试探》,《民众教育季刊》第一卷第一号,1931 年1 月。

《民间趣事》第一集三篇(《一女许三婿》、《愚夫卖猪的故事》、《三个问题》)

《民间趣事》第二集七篇(《呆女婿的故事》其一至其七)

《黎明》周刊一篇(《愚女婿故事》)

《闽南故事集》六篇(《戆子婿的故事》)

《世界日报》副刊一篇(《呆女婿的故事》)

《民间文艺周刊》一篇(《呆女婿的故事》)

以上二十余篇中,所包含的这类故事不下数十则,虽不能说所有的呆女婿故事已尽于是,但我们总可以由这些材料中,窥见这个故事内容及形式上一点概略的状态。数年来,商务印书馆出版的《少年杂志》中,继续登载了许多民间趣话,又第七卷的《妇女杂志》,亦有民间传说的刊录,可惜这些书刊一时不在手头,否则,其间当更有帮助我们探究的若干好材料也说不定。

要作这个代表愚呆人性方面的呆女婿故事之探讨,我们不可不先说一下这个故事所以会产生的根据和背景。

我们都知道,人群中之免不了有愚呆人性的表现,正犹如也免不了有伶俐人性的表现一样。无论如何,在一群人当中,总有些是蠢得可怜,有些是聪明得可爱的。就一个人说,所表现的举动,也往往有极聪明可爱的地方和愚呆得可厌的地方。代表了极端的智慧机警方面的人性而出现于民间故事中的,在希腊有伊索,在中国有徐文长,代表了愚呆方面的人性而出现于民间故事中的,则是呆女婿了。

我们又知道,中国的社会是通行以男性为中心的大家族制的,一方面又是十分讲究仪式的礼义之邦。因为通行这种家族制,所以对于亲族姻戚等,看得很紧要,所谓父族、母族、妻族,都和个人有特别重大的关系。礼教的严重，尤为个人生活上极大的枷锁，差不多无论何人，都不许超越的。你有意地超越了，或愚笨地干不来，那你只好做大众的嘲笑对象。俗语说："女婿当半子。"这话是不错的，中国人的儿子（假使他是讨了老婆的），不但是自己父亲母亲的"属物"，而且还要做老婆的父亲母亲的"半属物"。社会上又是那样注重礼节的，一年中四季八节，生死寿忌，差不多都有所谓应有的礼节。疏一点的戚友，且不容不因教循礼，何况半子的女婿呢？而这些礼节中，最被重视的，当无过于祝贺岁首及生辰上寿。这乃是后辈对于尊长者一种极重要礼数。因此，呆女婿故事中许多元正上厅及称樽上寿等情节，便产生出来了。（至于讨了老婆不晓得性交，这自然是发生在中国社会从来不把性教育公开的根据上，但我以为也许它在故事上的出现，是半因为女婿、丈人等名词发生联想关系，而孕育出来的。）

综看呆女婿故事所包含的内容，约可分为下列几种：

一、拙于礼数的应付

二、对于性行为的外行

三、其他种种愚蠢的行动

第一项，拙于礼数的应付，是这个类型故事的主要部分，差不多最丰富而且最有趣的。这一项中，也可分为数式：

一、牵绳线教动作——这是一种极滑稽而有意思的故事，且流行也颇普遍。记得印度寓言中，也有和这很相似的一个故事。各处所述，大略相近。但有些地方妻子教动作的记号，不用牵绳线而用打鼓。

二、说吉话——说吉话，是拜谒人家时，一种必具的礼数。呆女婿之成为呆女婿，也大半为了这点。但其所表现的形式，或先说对了而后来才错,或一开口便教人难受,有种种不同的地方。

三、吟诗或行酒令——我国无论是文人或非文人,往往有点喜欢附会风雅的脾气,所以在民间故事中,吟诗作对的情节,非常之多。呆女婿的故事,自然免不了此,因为这正是挖苦他的好机会。

第二项,对于性行动的外行,这也是极有趣味的事。民间的思想是很壮健的,所以对于性的故事的传说,很少忸怩的意态,因而这类故事便很畅行了。呆女婿是代表愚呆人性的"大王",而性行动的外行,正是他们所认为极大愚呆故事,是很为可笑的。所以在这类故事中,会有许多关于性的外行情节,原因就基于此。他的外行可细剖为三点:

一、绝不晓得有所谓性交的事

二、不知怎样性交

三、性交后的迷恋

第三项,包括许多上两项以外的种种愚蠢动作,如以买纸衣,走错路,认僧为鹅,放鸭下水,跳下茅厕里,打破大人家的东西等,不能尽举。

呆女婿故事有一个很大的特征,就是"学话的失败"。关于他的故事,差不多十篇有八篇是"学话"的。有的初学来的几句,并未用错,只后来一句便全失败了。有的一开口,就叫人忍受不下。也有的始终没有学错,那是极少数的了。

研究故事的人,想都会晓得,故事中外形的构造,有些是单纯的,有些是复合。大约单纯者比较是先产生的,而复合者则稍为后起的了。呆女婿故事也逃不了这个例子,如我自己所传述的十余则,都是每则为一故事,没有什么联系的,而彩英仙子君所记的一篇,则是联合七则单纯的故事,为一个复合的故事了。

　　天下有许多事情，是免不了"例外"的，有正面的文章，常有反面的陪衬。故事是民间许多聪明好事的人创作出来，传述开去的。他们对它可以随时增加或减少，变换或粉饰。不但它的外形要因时因地而不同，就是它的内容也要因为他们的口味而改变。如中国最通行的徐文长故事，无论它的方式如何更易，但内容总要是在表现他为人的机警、尖刻、恶作剧。可是，事实上，大多数的篇章固然是在表示他的智慧，然而却不免有小部分说他怎样吃亏上当的故事。同样，呆女婿的故事也如是。呆女婿他本来是一切"呆子"的代表，不论他的故事在形态上如何差异，总应走不了愚呆这一点。哪里晓得，他在某些地方的故事中出现时，往往却变成很伶俐的好女婿，要使丈人们大大为之称羡、惊奇。（这是这个类型故事很值得研究的一个问题，可惜这方面的记录目前还不太多。）

一九二八年于广州

论民族志在古典神话研究上的作用*

——以《女娲娘娘补天》新资料为例证

民族志与古典神话研究

民族学这门学科,主要包括两个部分。一个是以研究民族事象为任务的民族学(Ethnology),就是理论的民族学;另一个是以记述民族事象为职志的民族志(Ethnography)①,就是记录的民族学。这两部分是有密切关系的(有些学者把后者看作理论民族学的"下属科学"),但是,在一定的程度上,它们的活动可以或应该相对地独立进行。

作为一种比较严格的科学,这种学问的形成和发展,显然是近代的事情。它跟近代资本主义的兴起及其海外通商、传教和殖民等活动有着密切关系。但是,如果我们要去探寻这种学问的远源,那么,在欧洲可以追溯到古希腊的著作,例如希罗多德的《历史》,

---

　　* 本文原载《北京师范大学学报》第二期,1981 年 3 月。
　　① 这个名词,日本过去学界曾译作"土俗学"(或"土俗志学"),我国解放前出版的某些著作也沿用了它,例如谢六逸编译的《神话学 ABC》第一章;我自己也曾在某些文章中采用过。

就包含着这类有关异民族的风俗记录；在我国，则那部大约编纂于两千年前的《山海经》（其中《海内外经》等部分），就提供了这方面的可贵资料（当然不免夹杂着一些怪诞的东西）。唐、宋以来，这方面的记述就逐渐多起来了，关于境外民族的，如《诸蕃志》、《真腊风土记》等；关于国内民族的，如《蛮书》、《台湾使槎录》①等等都可以说是有一般文化史和民族学史价值的。"五四"新文化运动以后，特别是前中央研究院成立以后，有关的学术单位，依照世界这门科学的宗旨、方法去进行工作，对于南方的苗、瑶、倮㑩（彝族），东北的赫哲族等，都进行了调查、探究活动，并取得了一定的科学成果。可惜对于我国历代所积累下来的这方面的丰富文献，没有给以必需的整理，而研究工作也没有较广泛地展开。

解放以后，由于我们国家的社会主义的性质和正确的民族政策，对众多兄弟民族的历史、文化，做了许多工作，取得不少资料。但因为太偏重于为当前的政治服务，因而相对地忽略了对各民族历史、社会、文化的广泛调查和深入研究。至于对过去这方面文献的整理工作，就更少动手了。这使我们学界在建立以马克思主义为指导的，具有中国特点的民族学（包括民族志）及发展各种文化科学（包括神话学）的工作上，都受到一定的损失。这种"负"的经验，是值得我们认真总结，作为今后工作的借鉴的。

我们应该毫不犹豫地承认，民族志及民族学的原始资料和研究成果，对于我国乃至于世界文化史及一般文化科学的研究和发展，是极其宝贵的。因为中国境内，有五十多个兄弟民族，他们不

---

① 《蛮书》，唐代樊绰著，其中第四卷和第八、九两卷，所记为云南少数民族及周围民族的情况。《台湾使槎录》，又名《台海使槎录》，清代黄叔璥著，该书后半部《番俗六考》记述当地高山族的民俗和歌谣等。

但所住的地域各自不同，所处的社会形态也大相悬殊。直到全国解放前，他们当中有不少民族，社会性质还处在原始公社的末期，还保留着原始社会的制度、风习和文学、艺术。有些民族则停留在奴隶制或农奴制的阶段，有的处在封建社会的初期。他们不同程度地保存着与社会形态相适应的制度和文化。这几十个民族，差不多把人类所经历的社会阶段状况，同时地展开在我国辽阔的版图上。它成了社会发展史的形象的展现。这对学者们进行社会、文化各学科的考察、研究，是何等有利的条件！

近年，有的同志从纳西族现代保存的某种婚姻习俗（"阿注"），联系到他们的宗教、神话等，去阐明该族远古历史上存在过的婚姻制度及社会性质，取得了有说服力的科学成果。这只是一个小例子，但它能说明民族志的资料，对于社会史、文化史的探究、阐明，具有多大的作用。

现在稍谈谈民族志跟古典神话研究的关系问题。

我国古典文献里，保存了不少神话、传说的记录。这种宝贵的资料，从"五四"以来，逐渐引起我国学者的关注。解放前和解放后，从事这方面搜集、探究工作的人不能算太少。我们只要翻翻那册没有公开发行过的《民间文学论文索引》（所收限于解放前，而且并不是怎样完备的）①里神话、传说部分的论文，解放前这方面的情形，就可以大略明白。解放后，中国民间文艺研究会编辑过好几年的民间文学论文资料索引，但似乎并不怎样完全。因此，现在我们不大容易明了这方面的论文和记录篇章到底有多少。但是，只凭

① 《民间文学论文索引》（初稿）系上海民间文学工作资料组编，作家出版社上海编辑所，一九六四年。

我个人过去耳目所及而现在还记得起来的，数量也就颇不少。我们这方面决不是一张白纸。但是，从观点的应用看，从使用的方法看，的确都还存在着一些问题。现在只有认真总结经验，并且今后作进一步的努力，才能使我们在世界学坛上无愧于主人翁的位置（世界学者——特别是日本学者，正在大力研究我们这方面的文化遗产）。

大家知道，无论从事哪一种文化科学的研究，都必须注意到研究的方法，重视那有关的辅助科学，忽略了这些，即使具备了其他的必要条件（如正确的观点、可信赖的基本资料等），也可能限制了我们的科学成就，甚至使我们陷于困境——不能有所收获。

如上文所说，我国古代文献中的确保存了好些神话、传说资料（有的就是在世界神话学上也是很有价值的）。它决不像过去一些西洋学者所说，中国古代缺乏这种文化产物，或者要把后来的神怪小说等去冒充它。但是，跟古希腊、印度等民族比较起来，我们这方面的资料，大都是分散的、零碎的。特别值得注意的，是它们在书面化的过程（事实上当然不仅限于这种过程）中，受到种种损害，弄得面目模糊，甚至于性质全异——关于这些问题，下文要比较详细谈及。这种状况，对于我们进行古典神话学的研究、探索，无疑是不利的。它阻碍我们去取得更高的成果。为了突破这点，我们必须充分利用各种辅助科学。我们必须求援于古文字学、考古学、民族史、民族志及原始文化史等。在这些辅助科学中，我觉得民族志（神话、传说是构成它内容的一个部分），必须给以应有的重视，充分发挥它在研究资料上的辅助作用。

民族志的范围是十分广泛的，居住在五大洲的大小民族（特别是那些文化晚熟的民族和地理上靠近我国或文化上跟我们有历史关联的)都能提供这种宝贵资料。如印度、越南、日本、朝鲜以及南洋群岛等地区的民族社会、文化的记录,对于我们的古典神话研究,都可能产生一定的有益作用。

这方面的工作,过去已经有些外国学者在尝试了。例如法国的马斯伯乐教授,就用印度支那民族的神话、传说,去阐明我国那些古典神话(羲和、洪水等传说),并且得到一定的成绩①。

国外民族志(神话、传说记录)的利用固然是必要的、有效的。我现在更要着重指出的,是对国境内许多兄弟民族的民族志资料的重视和运用。这种资料,数量是相当庞大的,质量也有不少是极贵重的,它是一个巨大的神话资料宝库!它对于我们研究那些在记录上有种种缺点的古典神话,能提供极丰富也极重要的一般比较材料。有些古典神话记录,意义不大清楚,在某些民族志资料的照明下,往往能够使它原来的性质、意义显现出来。

特别值得我们看重的,是兄弟民族这方面的民族志资料,不仅能提供一般性质的比较资料,往往还能提供一种跟我们文献上某些古典神话"血缘相关"的更为宝贵的资料。就是在现在一些兄弟民族的神话、传说记录里,既有那些在较古时代就已经流传入我们古典神话的领域,成为我们古典神话的一个构成部分的;也有原来为汉族的神话、传说,因接触关系,流传到兄弟民族的口头上,而直到现代,仍然以大致相似或相同的原来面貌在流布的。这是十分宝贵的学术资料。它有利于并促进我国古典神话学的研究是不用说的。

去年,我们集合了十六所高等院校的一些有关教师在北京师

①　参看冯沅君翻译《书经中的神话》第一、二节,商务印书馆。

范大学共同编纂《民间文学概论》的教材。在拟定的章目中有一个是"我国各民族民间文学的交流和相互影响"。开始时,我们觉得这方面现成的材料不多,但是,经过这部分负责同志认真的调查、探索,结果却发现了不少的有关资料,终于完成了那一章的写作计划。这件小事,对于今天我们考察古典神话,研究它与民族志(民族的神话、传说及有关的风俗、制度的记录)的关系问题,是一个有益的启示。

总之,我们今天要攻下古典神话学这座关口,重视和运用我国境内数十个兄弟民族的民族志资料以及有关的民族史成果,是非常必要的,那样做也是一定能奏效的。为了进一步证实这种观点,我现在试通过论述我国古代女娲神话记录上的缺陷和新发现的民族志资料《女娲娘娘补天》的作用,来使我们提出的问题得到有力的证实。

女娲在我国古典神话上的位置及有关记录的缺陷

女娲是我国古代神龛上的一位尊神。

从文献上看,在先秦时代,有关的材料是极零星的,有的还意义模糊(如《天问》里的两句问话)。到了汉代,情形就不同了,不但在许多著作里可以见到她的名字和事迹,连那部文字学的书(《说文解字》)里也有关于她的记述出现。直到唐代,这种记录并没有断绝。跟黄帝、伏羲等被编入古史里的神话、传说人物一样,女娲也在朝廷和民间被立庙崇祀,成为民族祀典上的显要人物。她的某些神话上的活动(炼石补天)还成为民间的纪念性的节日

（"天穿节"），长远地流传在现实生活里。至于她的故事在历代文人、骚客的文学作品中，被作为某种理想的典范而经常出现，那就更不用说了。

到底，女娲在神话学上是一种什么性质的神呢？或者说，她的活动，是属于哪一范畴的神话呢？关于这些，在这里，我想不需要更多的论述，只要简略地提点一下就得了。

从过去那些零碎的文献资料看，女娲是原始神话中的一位重要人物，还可能像许多民族所传诵乃至崇奉的一位大母神。她被传述的伟大功业是创造人类，是修补残缺的天体，是杀戮怪物和平定洪水，是某种民族乐器的倡制者；她又是另一大神的妹妹或妻子，是民间所崇奉的媒神，……总之，她的功业和身份非常显赫，是民族神话上的一位创造大神。

现在有些神话工作者，把从各种著作所见到的关于她的活动和情况，联串起来，编成一种比较完整的"神话故事"①。目的是供给一般读者观览，这自然没有什么不可以。但是，从严格的神话学研究的角度看，我们现在所能入手的、关于她的文献资料，在理解和使用上是碰到种种难题的，尽管它不一定是永远不能解决的。

首先，使我们感到困难的，是那些资料的分散、残缺，甚至于彼此矛盾。像大家所知道，在《天问》里那两句问话"女娲有体，孰制匠之"，真有点没头没脑的样子。《淮南鸿烈》（《淮南子》）里一再谈到这位女神，而且关于她所建立的大部分功业如补天、立极、杀怪物、平水患等都数说到了②。到了东汉，应劭的《风俗通义》（在

---

① 例如袁珂编著《中国古代神话》第二章第五、六节。
② 见该书卷六《览冥训》。

古代类书里被省略作《风俗通》）里，既叙述了她创造人类的重要故事，也提到她跟伏羲的兄妹关系①，在他同时代（东汉）的大思想家王充的著作里，也记载了她修补天体等故事②。后来的学者也继续有关于她活动的记述③。

　　尽管材料不少，记录却很分散，且大都是断片的，许多活动事象没有形成比较完整的、系统的神话形象、神话组织，像我们在古代希腊、印度神话及日本《古事记》里等所看到的那样。例如在《淮南鸿烈》里，女娲的故事尽管出现不少（主要在《览冥训》里），但是像在后来记录里被认为跟女娲的补天、平水等活动有密切关系的共工撞倒不周山（天柱）的故事，虽然书里一再出现，故事内容却是独立的，不但跟女娲补天的活动没有关联，而且跟她的整个事业都没有关系。至于她用泥土造人，制造乐器以及跟伏羲的亲属关系等就更没有影迹了。总之，在古文献上许多关于女娲事情的记载，大都是分散的、断片的，是没有系统的。

　　其实，关于女娲记录上的缺陷远不止此。有些内容相当重要的材料，在学者们的记载里，说法却是互相矛盾的。最明显的例子，是女娲用五色石补天，断鳌足立极的活动和共工发怒撞倒不周山的故事。这在她的神传上是相当重要的。但是，对于这两种活动的关系，在文献上却存在着不同的，乃至显然相反的说法。我们已经说过，这两种活动，在《淮南鸿烈》里是分别地记录在不同的篇章里的，相互间根本没有什么联系。但是，在东汉及以后一些学者

---

　　①　见《太平御览》卷七八、《路史·后纪注》所引。

　　②　见《论衡》"谈天篇"、"顺鼓篇"所述。

　　③　除注②所引《论衡》里的记录以外，像司马贞所补的《三皇本纪》及古本《列子》（据《路史注》所述）都如此说。

的记述里，却把它们联串在一起了，不过故事情节的安排，又截然不同。一种是把撞山放在前，补天等的活动放在后，前者成为后者的原因，即因撑天的柱子（不周山）被碰倒了，天盖倾斜了，地的系带也断了，所以需要她去做修补等工作。这看起来自然是很顺理的。可是，在另一些学者的记录里，却并不如此。他们虽然也把两方面的活动连接在一起，但顺序和上述形式却正好相反，是先叙述她的补天工作，接着叙述共工因战败撞倒了天柱，并解释了"天倾西北""地不满东南"的天文、地理形势①。这样排列起来，两者虽然形式上相接连，却并没有内在的逻辑关系。这些矛盾现象，在宋代已经引起史学家罗苹的注意，到了现代，更使国内外许多学者对它进行揣测、评论②。

我国古典神话在文献上的仅存断片，甚至于有的记载不免彼此矛盾。这种现象，自然不限于女娲神话。但是，在女娲神话的记录上，它无疑是显著存在的。

女娲神话记录上的另一种缺陷，是它在被文字记载的过程中遭受种种"异化"的作用③，它被历史化、哲学化及文学化（藻饰化），结果，使它面目模糊，或者变成另一种性质的东西。这种现象，在我国古典神话的文献上，差不多是具有一定普遍性的。

女娲神话在先秦时代，除了受到阶级社会思想的一定影响之

---

① 如《博物志》卷五（据士礼居校刊本）及今本《列子·汤问》等所述。

② 罗苹的话，见《路史发挥》卷一注。现代学者对此发表意见的，国内如顾颉刚、茅盾、吕思勉等，国外如森三树三郎、杰克·波德等。

③ "异化"一词，这里所用的意思，是某种文化产物受到不同体系的思想侵袭、改变。神话在阶级社会的流传过程中，首先所受的"异化"作用，是不同阶级思想的自然侵袭。但是，我们这里所要着重说明的，是它在被记录过程中的问题（当然，如追根究底，这种"异化"作用，最后也不能摆脱掉不同阶级意识形态的关系）。

外,在民众口头上,大体可能仍然保存着比较朴素的口头文学原来的性质和形态。但是,到了汉初(就现在所能看到的文献说),在《淮南鸿烈》里,她已经明确地被编织入黄帝、伏羲等"古帝王"的行列了(有所谓"伏羲、女娲不设法度,而以至德遗于后世"等说法)①。到了东汉,注释家高诱,在《吕氏春秋》(《用众》、《孝行》)的注文里,把女娲和伏羲、神农算作"三皇",②到了唐代,学者司马贞,觉得太史公的大作《史记》没有记述黄帝以前的"人皇",是个缺陷,因此毅然写了《三皇本纪》去把它填补起来。女娲这位"女皇"在正史上的位置就更合法化了。笃古的史学家司马贞,他虽然极力要把远古的神话人物"人皇化",但是,那些神话的活动如补天、立极等,经过长时间的口头和文献传播,差不多已经成了尽人皆知的故事,不容许他随意删去;而且如果把它删去了,这位显赫的古"女帝",剩下可记载的功业就太稀少了。因此,他只得勉强把它保留在"本纪"的记录里。这就使她在后代读者心里成为一个半人半神的人物。这种做法就是中外学者在神话学上所常谈论的"历史主义"(Euhemerism)。神话被历史化的结果,往往使原来形象活泼的神话,改变了状貌,甚至于性质全异。这种现象,在"五四"以后,已经受到国内一些历史学者和神话研究者的批判,使中国一部分古典神话恢复了本来面目。

其次,是哲学化(包括宗教思想化)。中国古典神话资料,主要见于东周以来的许多公私著述(特别是私家著述)中。春秋以后,我国的显学,有儒家、道家等。他们是思想家,在著作里记述神话、

---

① 参看该书《览冥训》。
② 汉代主此说的,还有纬书《运斗枢》、《元命苞》及经师郑玄。

传说,主要是为了发挥或寄寓自己的思想。他们不像后代的一些记述家为了好奇或笃古而动用笔墨,更不像现代的民间文学的研究者,为了保存、探讨广大人民的古代文化(包括文学、艺术)去忠实记录。因此,在那些思想家的胸中笔下,原来丰富而活泼的神话作品,首先要受到他们胸有成见的选择,其次(这更可怕),他们一定要在那上面加上本来没有的"哲学"。这就必然使原来充满人民想象的作品,既改变了形象,也改换了意义。当然,在那些学者们中间,情况也有些区别,大概说来,儒家(或接近儒家的)是比较崇实的,他们自负"不语怪"。而产生于远古的神话(原始人的思想、想象的产物),却不免有些怪诞,乃至具有不符合后代义理的"逆伦"因素。因此,在他们的著作里,神话的材料,较少被利用。一旦被选用了,自然也要蒙上他们思想的灰尘(灰尘多少要看各作者的具体思想情况而有所不同)。在《论语》、《孟子》及《荀子》等有名的著作里,我们很少看到情节比较完整的神话,即使是被哲学化或伦理学化了的也不多见(当然不是完全没有,例如《孟子》里关于舜的故事)。孔子论"夔一足矣"的故事,虽然不见于《论语》,却也正是儒家用理性观念去歪曲民间神话、传说的一个好例子[1]。这种现象,时代越靠后越加厉害。像王充那样杰出的哲学家、思想家,当时文献上记载的和口头上流传的许多神话、传说,差不多都被他根据当时所能理解的事理和物理给以批驳或否定。对女娲神话的态度,当然也是那样。那神话中共工头颅撞倒天柱(不周山),女娲用五色石补天和断鳌足立四极等情节都遭到他的批难[2]。这种"合理

---

① 参看《吕氏春秋·察传》。
② 参看《论衡·谈天篇》。

主义"，无疑是不利于古代神话、传说的保存和解释的。（但是，事情有另外一面，由于王充广泛地谈论到那些当时还存在的神话、传说，事实上就违反了这位唯理主义学者的主观意愿；因为正由于他的著笔，才使我们今天有可能知道那些宝贵的古代神话资料。）自然，学术史是随着社会的发展而发展的。王充那种"合理主义"的解释，终于要被更科学的见解所代替。这是历史发展的铁的规律。

跟儒家等不一样，道家是崇尚幻想的，因此，在他们的著作里，比较能容纳古代人民富于想象力的文学作品。但是，他们一般地也要"彼为我用"。结果，仍然要使神话披上他们的思想外衣，甚至于使它"脱胎换骨"。前者例如《淮南鸿烈》，后者例如《庄子》。《淮南鸿烈》不仅记载了较多的神话、传说，而且有的地方还叙述得比较丰满，例如《览冥训》里关于女娲功业和经历的记述。但是，"醉翁之意不在酒"，他的真正目的，在于宣传"不彰其功，不扬其声，隐真人之道，以从天地之固然"那一套道家清静无为的哲学，庄周这位富有文采的道家，在他那部名文《庄子》里，那些狂肆的想象，多少是有民间神话、传说作基础的（如海若、浑沌、鲲鹏及姑射神人等）。但是，它像放在鸡汤里用火熬煮得烂熟的白菜一样，已经很少保存着原来的味道了。一句话，他已经完全"庄子化"了。

总的说来，哲学家、思想家著作所记载的古代神话、传说（包括女娲神话），并不比在历史家著作里所见到的强多少。

最后，谈到文学化。本来，世界上许多开化比较早的民族，他们的原始神话、传说的保存，除靠史学家、宗教家等以外，主要是诗人、文士、美术家等的功劳。古代希腊这方面的情形就是典型的例子。自然，这种保存也是常有副作用的。我国古代南方的文学，主要是《楚辞》，为我们保存了相当数量的神话、传说资料，最显著的

是《九歌》、《天问》和《离骚》等篇。在北方文学里,《诗经》是一部
韵文方面的总集。可是,它不像希腊、印度等民族史诗那样包含着
许多可贵的民族神话、传说。古代作家文学,一般地说,是有利于
古代神话、传说的保存的。但是,像上面所说,它有时也有副作用,
主要就是把质朴的人民口头创作藻饰化了(另一方面,也往往把它
肢解了),这种藻饰发展到高度,就像被凿窍的"浑沌"那样,终于失
去了它的生命。因为在这种作品里,作者必然要把自己的思想(包
括美学思想、情趣)渗入其中,这一般是很难避免的,特别是在过去
的时代,不过彼此程度上会有所不同罢了。有些著作,本来是可以
较多地保存人民创作的本来面目的。但是,由于作者不能抑制自
己的美学思想和技巧,就把原来的作品过分藻饰化了。仍以《淮南
鸿烈》为例证。这书的主旨虽然是效法自然的道家思想,那些参与
编纂的人却是富于文采之士,或者说,他们是有文采的道学家。因
此,他们笔下的神话、传说,不但渗入道家的种种思想(例如嫦娥的
窃药奔月,成为仙人等),而且在许多地方也把它文学化(藻饰化)
了。例如关于女娲建立伟大功业之后接着的那一段描述:

> 阴阳之所壅沉不通者窍理之;逆气戾物,伤民厚积者绝止
> 之。当此之时,卧倨倨,兴眄眄,一自以为马,一自以为牛,其
> 行蹎蹎,其视瞑瞑,侗然皆得其和,莫知所由生,浮游不知所求
> (来),魍魎不知所往,……①

这些已经够藻饰了。但是下面更加描绘得淋漓尽致。

---

① 见《览冥训》。倨倨,卧无思虑的样子;眄眄,据说应作盱盱,无智巧的样子。

　　……(女娲)乘雷车,服驾应龙,骖青虬,援绝瑞,席萝图,
黄云络,前白螭,后奔蛇,浮游消摇,道鬼神,登九天,朝帝于灵
门,宓穆休于太祖之下,……①

这简直像封建时代朝廷文臣歌诵当今帝王或其先祖的文章。它跟
原来原始人民创作的朴素的思想、想象和文体实在相差太远了。
这种文学化的方法,后来不乏继承和发展的著作,像晋代王嘉所撰
的《拾遗记》就是一个好例子。像这样浓妆艳抹,以致失去原来真
面目的神话记载(有的实际上等于再创作),要想从它那里去探讨
原始(或近原始)人民的思想和美学,如果不细致地对它进行科学
的分析、比较,剥去那些外加物,恢复它的原来状貌,那么,在学术
上是不会有多少用处的。

　　上举三种"异化"作用,固然各有一定范围,但是,事实上却往
往结合在一起,这对于神话就起着更大的损害作用了。

　　综上所论述,像女娲故事一类的古典神话,在古代各种记录上,
由于种种原因,它是残缺的,被各种思想及表现方法等所"异化"的。
(这种"异化"作用,有的性质上是极严重的,例如应劭在《风俗通
(义)》里所记的女娲造人故事,渗入了后代阶级社会的意识形态②,

---

　　① 见《览冥训》。驾,为衍字,瑞,应作"应"。高诱注云:"殊绝之瑞应,援而致
之也。"萝图,前人注为"车上席",或疑"席"是"饰"字之误。帝,上帝。太祖,是"道
之太宗"。
　　② 该记录后半说女娲用黄土造人的工作太繁忙,一时力量顾不上,就把大绳浸
入泥浆里,然后举起挥洒,借以造人。从此,世上出现了两种人:一种是上等人(富贵
者),就是她亲手用泥土捏成的;另一种是下等人(贫贱凡庸者),就是她用绳子挥洒
出来的。这种对于"人"的看法,分明不是原始社会人们思想的反映,它是原始神话
在后来阶级社会流传过程中,上层阶级意识所渗入的结果。

尽管这种篡改未必一定是著者个人的责任。)我们现在对古典神话研究的首要任务,是从那里去探究和阐明古代人民对自然现象和社会现象的思维、想象(艺术才能)及其所反映的社会、文化的性质、形态等。要达到这种科学的目的,首先一个条件,就是所掌握的资料要有可靠性。没有这一点,一切努力不免徒劳。在上述那种情况下,要较有效果地进行工作,除了正确的观点等以外,必须借助于一些跟它有密切关系的辅助科学,而民族学、民族志,在这种研究上是尤其有效的工具或手段。通过本文下节例子的介绍和探讨,可以使我们对这点有一个比较清楚的认识。

《女娲娘娘补天》的发现及其史料价值

现在,我先对这个民族志的新资料《女娲娘娘补天》的发现及内容作些介绍。

这个神话资料,是在本世纪六十年代初年被记录下来的,到去年夏天才作为内部研究资料给以印行。它流传的地区是云南省迪庆藏族自治州。自治州位于云贵高原的西北角,跟西藏高原相连接。居民有八万余人,其经济、政治、文化,跟汉族及其附近民族都有相当关系。

《女娲娘娘补天》的采集地点是汤美村,记录者马祥龙①。一九六二年三月到六月,云南大学中文系的师生到自治州的中甸、德钦

①　资料本上,马祥龙的"祥"字误作"祈",此据云南大学中文系民族文学研究室李子贤同志的来信订正。本段关于云南大学中文系师生到迪庆藏族自治州搜集民间文学的活动情况,也是他提供的。

两县采录民族民间文学,这篇神话,就是当时的收获品之一①。作品经过整理后,跟其他藏族的民间文学资料同时刊载于《云南民族文学资料集》第十三集(钢板写印本)。据说,该地区藏族老人都能讲述它。

这个关于女娲神话新资料的情节,大略如下:

一、世界开始时,只有女娲和许多动物。那些动物都不会说话和走路,因此,女娲感到苦闷。

二、一天,女娲在河边捏泥巴,结果,成了泥人。他(?)会走路②。

三、女娲带着泥娃娃到森林里去转转,并教导他(?)对动物分清敌人和朋友。

四、过了些时候,泥娃娃跟白兔到大森林去玩。结果,走失了。

五、一天,女娲在森林里遇到一个小姑娘③,——小姑娘在那里听河水唱歌。

六、女娲有所感触,因此制造出芦笙、箫给娃娃玩。

七、一天,正在游玩着的小娃娃,有一个睡下去死掉了。

八、女娲怕娃娃们因此死光,便叫他们依照自己愿望匹配起来,并分散到各处去。

九、过了多少年,那些分散开去的人(的后代),回来看望"祖母"——叫她(女娲)"奶奶"或"妈妈"。

---

① 同时所收集到的古代神话,还有《开天辟地的传说》、《创世纪》等篇。

② 所捏造的泥人是单数还是复数,不大清楚(据下文所述,似乎是多数),又所属性别,记录上也没有明白交代。

③ 这个小姑娘的来历也不清楚,是女娲所造泥人之一? 还是由别种原因所产生的?(神话开始时说,地上只有女娲和许多动物存在。)

十、从此,各处都有人类存在。

十一、一天,火神与水神相遇打起架来。

十二、火神被打败,发怒撞倒布州山①,因而压得天河漏了水。

十三、此时,怪龙乘机吃人。

十四、大水涨起来,淹没了大地。

十五、女娲的子孙后代,请求女娲去治怪龙。

十六、经过了三天三夜的战斗,女娲终于打败了怪龙。

十七、接着女娲去补天。用泥补,用木堵,都没有成功。

十八、女娲正在焦急,遇见了一只大虾鱼②。

十九、大虾鱼知道了女娲不高兴的原因,就砍下自己的四只脚,让她去拄天。

二十、女娲见了大虾鱼已经没有脚,就撕下自己的裙布,给镶在两边。

二十一、女娲用了大虾鱼的四只脚去拄天,——长的拄东边,短的拄西边,从此,每天太阳都往西边落下去。

二十二、女娲又上天下海去找寻五彩石。

二十三、女娲用了五彩石去补天,因此,天上有五种颜色。

二十四、女娲用剩下的五彩石去填地。因为石子不够用,南边没有填好。从此,北高南低,水也往南流。

二十五、上天下地补填好,女娲就死了。人们建筑了女娲宫纪念她。(原记录附在本文后面)

这篇关于女娲神话的新记录,尽管有些地方叙述不够清楚,并

---

① 布州山,应该同于古籍记载的不周山。

② 大虾鱼,是一种根据虾类虚构出来的动物(依照当地一位藏族干部祁维光同志所说),我们知道文献上的鳌鱼,也是想象的动物。

且有跟古记录出入的地方，但是，总的看来，它无疑是关于这个重要的古典神话的比较完整的记录。它给我们这方面的科学研究射进了一道强光。它在神话史料学上的价值，应该说是相当高的。

为了证明这个民族志的新资料的价值，我们得把在古文献上女娲神传上的重要功业项目简略地列举一下：

一、用泥土制造人类的祖先（《风俗通》所记）；

二、用五色石修补倾塌的天体（《淮南鸿烈》等所记）；

三、用鳌脚建立四极（《淮南鸿烈》等所记）；

四、杀黑龙，平洪水（《淮南鸿烈》所记）；

五、制作乐器笙簧（《礼记·明堂位》等所记）。

我们现在试把这些项目去跟上面介绍的《女娲娘娘补天》的新资料对比一下，就可以知道它们间的密切关系。新资料的第二节，就是古记录中的造人故事，第五、第六节，就是古记录中的制造笙簧的故事，第十一、第十二、第十八节等，就是古记录中的撞山及补天的故事，第十三节至二十一节就等于杀黑龙、平洪水的故事。此外，如关于某些天象、地势的解释，新旧记录都同样存在着，只是具体说法有所不同罢了。

这个古典神话新资料的科学史的价值，首先在于它具有古文献上那些重要的活动项目，并且比较完整地组织着这些项目。它把那些在古记录上相当分散的、断片的活动项目（如造人、制乐等）结合在一起——不，应该说，它保留了那神话的原来的活姿态。因此，它不仅使我们得以印证那些被分离的各个项目，更使我们能够看到它原有的、较完整的存在形态。

其次，这个新资料的学术史价值，还有决不容忽视的一点，就是它没有像我们在一般古文献中所见到的那种被硬加上的"异化"

因素。它没有被历史化、哲学化,没有被弄成油头粉面的模样——文学化。它依然保存着原始思维、想象和艺术的刚健、朴素的风貌。

以上简略的论述,充分说明《女娲娘娘补天》的民族志新资料,对于理解和研究女娲神话具有何等重要的意义。

不错,在女娲神话的古代记录里,她的活动或有关事项,还有好些,如肠子化为神(《山海经》)、一日七十化(《淮南鸿烈》、《楚辞注》等)、跟伏羲的亲属关系(《风俗通》、《世本》等)、为高禖之神(《风俗通》等)……这些事项,当然也是研究女娲神话所需要注意的。在新资料里,却都没有出现。但是,从性质上看,比起前面所列举的五项,这些事项大都是比较次要的。其中有些事项,如跟伏羲的亲属关系,本来就是比较后起的说法,不一定是女娲神话的原始部分。从另一角度看,现在新资料的发现,倒坚定了我们认为女娲、伏羲故事本是各别存在的神话的观点。

即使我们退一步,承认后面所举的四项,都是女娲神话的相当重要部分,也无大损于新资料应得的科学史料上的价值,至多,只能说它有些缺陷而已①。

上文,我们肯定了新资料跟女娲神话古记录里的重要事项的大致吻合,但并不否认两者间所存在的一些差异之处,有的差异还是值得相当注意的,如古记录的共工是水神,它的对立面祝融(或作颛顼),却是火神。在新资料里尽管仍然说是水、火二神相斗,但是,那撞倒山(布州山)的却是火神。这可能是讲述者错记了,或者

---

① 这个新资料,眼前在记录上还是比较孤立的。为了女娲神话研究的向前发展,我们希望云南大学民族文学研究室的同志们今后能够再接再厉,短时期内,在当地继续进行采集、记录,贡献出有关于这个重要古典神话的新的异文。这正是国内外学术界所关心和盼望的。

另有其他原因。又如，对于地形等的解释，也显然跟传统记录的说法有差异。但是，大家知道，一个神话、传说在讲述上有出入，用我们的行话说就是"变异性"，这正是一般口头文学的普遍现象（如果不说是规律）。即使是同一时期、同一部族或民族，不同的人们的讲述，就可能呈现出种种歧异状态，何况相距数千年，地域远隔的人们对于同一主题故事的讲述呢？说句老实话，如果今天云南边远地区藏族成员口述的女娲神话，跟文献上所记载完全一模一样，没有一些出入的地方，那倒要使我们怀疑它是从古文献上直接抄来的了。这种新旧记录上存在的某些异文，也许正足以说明新资料在史料学上的可靠性。

总之，眼前这份女娲神话新记录的出现，对研究这个古典神话，是具有很重要意义的。新记录使我们得借以印证古文献上所记的这个神话的那些重要事项，而且它是保存着这个神话的比较完整的形式的（口头创作的生命力是这样惊人！），更重要的是，它没有像古记录那样受到种种有害的"异化"。

我们不惜高度地评赞这个新记录在神话资料学上的价值。

从上面的论证，使我们自然地要回到本文第一节所提出的民族志资料在古典神话研究上的作用这个一般性问题。民族志所提供的新资料，有效地印证了女娲神话的古记录，并纠正了古记录的种种缺陷。从这个著名的古典神话本身说，这当然是件大喜事。而从整个神话学的角度看，这还只不过是这种现象中的一个重要例子而已。

上文已经提到，现代我们境内兄弟民族所能提供的这方面资料是那么丰富，对满足我们这方面研究的需要来说，它差不多是"取之不尽，用之不竭"的。我国古典神话中的许多重要名目，如天地开辟神话(不论是躯体化生的说法,或天地开始紧贴着的说法)、人类起源神话、英雄射日神话、洪水神话、祖神槃瓠神话……都可以在现在兄弟民族活生生的口头传承中,得到重要的比较材料,乃至于得到彼此有"血缘"关系的宝贵材料。这是别的国家的古典神话研究者不一定能够享有的一种幸运。

说到这里,我们不禁记起这方面学术史上的一件旧事,它对于今天我们理解所面对的问题,多少是有所帮助的。

抗日战争时期,因为我国沿海以及中部一些省份的大城市,相继沦入敌手,许多原来住在那里的知识分子和有关的学术机关,大都往内地及西北、西南等边疆地区迁移。边疆正是少数民族聚居的地方,这就不免唤起了那些知识分子的注意,使他们去记录、探究他们的生活、习俗和文化。于是,那在二十年代末及三十年代前期刚露头角的我国民族学(包括民族志)活动,就迅速发荣滋长了。当时有些学者,用他们所能看到的洪水传说(民族志资料),去跟古文献上的伏羲、女娲神话相比较,从而论证了它们的"血缘"关系①。这种做法,曾经引起国内外学界的注意。从现在看起来,那些学者当时的观点且不说,他们所作结论的某些部分也还有值得商榷的地方②。尽管如此,他们那时用现代民族志资料去论证古典

————————

① 参看芮逸夫的《苗族的洪水故事与伏羲女娲的传说》(《人类学集刊》第一卷第一期),闻一多的《伏羲考》(《闻一多全集》第一册)等论文。

② 芮君等没有提到伏羲与女娲原来是各自独立存在的,他们的亲属关系,是比较后起的传说形态等问题。我认为这两位神格性质不同的大神,本来是分别存在于不同的部落或部族的。我曾在《马王堆汉墓帛画的神话史意义》中表示过这种看法。今年,日本青年学者谷野典之君,在彼国《东方学》杂志上发表《女娲、伏羲神话系统考》论文(该志第五十九期),对于那种"女娲、伏羲南方洪水神话一元说"(谷野君的用语)表示怀疑,并对那两位大神与洪水传说的关系作出新的论断。

神话的方法,是应该肯定的,他们的工作在我国神话学史上是有一定贡献的。

这是三四十年前的事情了。我们现在进行学术研究的条件,比他们强得多。只要我们认识到民族志资料可能发挥的作用,并科学地去运用它,就能取得前人所不能取得的成绩,就能提高古典神话学的科学地位。抗战中洪水传说的探究,固然只是这种学问的一曲前奏,《女娲娘娘补天》新资料所显示的作用,也只是许多宝贵资料能够产生作用的一个例子。无限丰美的科学成果的收获还在未来。

最后,让我再郑重说两句:民族志,是我们研究古典神话学的一个得力帮手。它是这种学问的一门必需的辅助科学!

一九八〇年十月二十二日初稿写毕,北京

附:《女娲娘娘补天》(原始记录)

在古代的时候,有几百几十种动物。这些动物都不会说话,不会走路。惟有女娲会说话、会走路。于是,女娲感到很孤独和苦闷。要给这些动物说话吗?它们又听不懂。……

有一天,女娲到河边去玩。坐在河边上用手去捏泥巴。首先她捏成圆的,然后又捏成长的,最后她把泥巴做成像她一样的人。当她将这个泥巴人塑好放在地上时,这个泥巴娃娃就走起路来。

这时,女娲就领着泥巴娃娃在森林里转。看到白兔、蜜蜂,便告诉他,这是朋友,可以跟它们玩。看到老虎、豹子,告诉他这是凶恶的敌人,不能跟它们玩。

又过了一些时候,这个娃娃跟白兔到大森林去玩,没有回来,就打失了。

又过了不知多少年,女娲到大山上的森林去玩,看见一个小姑娘,女娲便问了:

"你在这里干什么?"

小姑娘回答说:"我在听河水唱歌。"

当时,女娲想到孩子是因一样没有好玩的才跑到这里来。于是,女娲便做了些芦笙、箫等乐器给这些娃娃玩。

有一天,小娃娃正在玩时,忽然有一个小娃娃睡下去就死了。

女娲就想到,如果这样继续下去,必会死光。

女娲想了个办法,根据他们的愿望,将他们配成对,愿意去东边的就走东边,愿意去西边的就叫他们去西边。

又过了不知多少年,这些人回家来玩时,有的喊她"祖母",有的喊她"奶奶"、"妈妈"。

这时,各地到处都是人了。

有一天,火神与水神在路上相遇,两个互相不让,就打起架来。

后来,火神被水神打败了。火神就生气了,碰在布州山上。布州山被碰倒下来,就压在天河上。天河就漏起水来。

在这个时候,有一个怪龙,乘此机会,就下来吃人。

水涨起来，各处都被水淹了。

在这个时候，女娲子孙后代，就来请求女娲，战胜怪龙。

女娲答应了他们的请求后，同怪龙战了三天三夜。最后，终于打败了怪龙。

女娲打败怪龙后，紧接着又去补天。

女娲今天用泥巴补上，还是漏水，明天用木头堵水，又被水冲垮。

女娲正在没有办法，着急的时候，在大海边遇到了大虾鱼。

大虾鱼就问女娲："你为什么不高兴呢？"

女娲就说："顶天的布州山垮了，天河也漏了，现在没有办法补。"

大虾鱼听了以后，就说："砍掉我的四只脚去顶山。"

女娲听了后，舍不得砍掉大虾鱼的脚，便问大虾鱼："如果把你的四只脚砍掉，你又如何走路呢？"

大虾鱼不听劝阻，在暗地里，就用嘴咬断自己的四只脚，拿来给女娲。

女娲看到大虾鱼没有脚，她就从自己裙子上撕下四块布，贴在大虾鱼的两边。

女娲拿了大虾鱼的四只脚后，长的那两只顶在东边的天上，短的那两只顶在西边天上，所以太阳往西边落。

女娲把天顶住以后，又去大山上、海底下找五彩石。

找到以后，女娲用五彩石炼了补天。因为五彩石补的天，又光滑，又好看，有五种颜色。

女娲将天补好以后，就把剩下的五彩石用来填地。

填地是由北边向南边开始的。填到南边后,因为五彩石没有了,南边就没有填。因此形成了现在的北边高、南边低,水也不断向南流。

天地补好以后,女娲就死了。人们为了纪念她,建筑了一个女娲宫。

材料来源　口　述
搜集地点　汤美村
记　　录　马祈龙①

---

① 本文录自云南大学中文系少数民族语言文学教研室编《云南民族文学资料集》十三集,一九七九年六月。除了区分段落、订正个别语词之外,都依照原印本。

刘三姐传说试论[*]

绪言

　　刘三姐传说①，为我国南部著名民间传说之一。其流传地区遍及广西、广东、湖南、云南、贵州等省（自治区），但主要为两广，特别为广西。

　　由现今所能见到之文献观之，此传说在南宋时代已见于学者所编著之地志②。至明末清初，刘三姐传说及有关歌谣更多出现于文人学者之记载。著名文人，如屈大均、王士禛等之著作中皆涉及之。此后继续记述者不绝，有私人之著作，亦有公家编纂之地方志书。然对此传说及其歌谣注意较多，并开始用新眼光对之进行记录、论述者，当起于"五四"新文化运动之后，学界热心于搜集民间

　　＊　本文原载日本松本信广先生追悼论文集《稻·舟·祭》，日本六兴出版社1982年版。

　　①　刘三姐，前代文献，大抵作刘三妹，现在个别地区，亦有仍沿旧称者，但大多数已作刘三姐。过去及现在记录，亦有称刘三妷、刘三娘、刘三姑者，但并不普遍。本文一般行文，泛称"刘三姐"，惟引用文献或转述别人记录时，大抵仍沿用原文称谓。

　　②　见南宋王象之《舆地纪胜》。

歌谣、故事及民俗,并给以探讨之时期。其时,如北京大学之《歌谣》周刊、《研究所国学门周刊》,中山大学之《民间文艺》、《民俗》周刊等,都曾刊载过有关资料及试论性文章。

一九五八年后,由于全国大规模采集民歌运动与提倡编写各少数民族文学史活动等文化浪潮之激荡,广西学艺界对广泛流传在本自治区内之刘三姐传说及有关歌谣,引起极大注意,大力进行采集工作,并在所得资料之基础上创作具有地方及民族特色之新歌剧:《刘三姐》,不久又把它移上银幕。新创作流行全国各大城市,从此,刘三姐之姓名与故事,已普及全国矣。此种新中国之文艺浪潮,必然亦要飞涌到邻邦之学艺界。如数年前日本刊行之村松一弥教授所著《中国之少数民族》,书中即有介绍及此传说之篇页。此只随手拈来之一例而已。

刘三姐故事,虽然原来仅一区域性之民间传说,然由于所根据之社会风俗之深固,与流传地区之广阔、时间之长远,加以曾有较多之记录文献,使彼不仅具有丰硕文艺性与社会意义,而且含有多方面之学术问题,值得国内外学者去作广泛与深入之探讨。

本世纪二十年代末,我曾一度对此传说深感兴趣,并写作过有关之小论及进行资料辑集工作①。几年前,我因将赴兰州,参加少数民族文学教材编选及学术讨论会,在比较匆忙之期间,准备关于此传说之讲稿,后来并在学术讨论会上讲过。但回到北京后,讲稿一直留在录音带中。现今,为应国外学界编辑纪念著名东洋文化史学者松本信广先生逝世一周年论文集之需,再取出当日讲稿大

---

① 《歌仙刘三妹故事》,《民间文艺》周刊第五期;《几则关于刘三妹故事材料》,《民俗》周刊第十九、二十合期。

纲及有关资料（其中亦有年来继续收得者），加以考量、组织，草草写成此文。

此传说，内容与涉及问题颇为众多，如刘三姐传说产生之年代与地域、所传主人公之籍贯、族属及经历，故事流传过程与分布地区……此种种问题，皆值得用力探讨。本文因限于时间等，只拈出两三要点加以论述①。其他问题，请俟他日再作续篇或补篇，以弥缺陷。

前代文字记录之功过

刘三姐传说，由民间之口头传承，开始被记录于文字，至今已有七百多年之历史。最初被作为地方传说出现，即南宋王象之所著《舆地纪胜》中之《三妹山》，文字极简略，只指明山之得名，与刘三姐有关而已②。至明末清初，学者所记乃稍详。今以广东诗人屈大均之记述为例。其所记《刘三妹》云：

> 新兴女子有刘三妹者，相传为始造歌之人。生唐中宗年间。年十二，淹通经史，善为歌。千里内闻歌名而来者，或一日，或二三日，卒不能酬和而去。三妹解音律，游戏得道。尝往来两粤溪峒间。诸蛮种族最繁，所过之处，咸解其语言。遇

---

① 附带声明一句，本文所论述之现代口头资料主要取自广西境内所流传者，他省所传，一般从略。（我准备另写《论广东传说中之刘三妹》一类论文。）

② 《舆地纪胜》卷九十八"三妹山"条下云："刘三妹，春州人，坐于岩石之上，因名。"（据清道光二十九年慎盈斋刻本。）

某种人,即依某种声音作歌与之唱和,某种人即奉之为式。

往下,诗人接叙三姐与秀才对歌之故事:

> 尝与白鹤乡一少年,登山而歌,粤民及瑶壮诸种人围而观之,男女数十百层,咸以为仙。七日夜歌声不绝,俱化为石。土人因祀之阳春锦石岩。

再下,描述岩之形状及有关三姐异闻:

> 岩高三十丈,林木丛蔚,老樟千章,蔽其半。岩口有石磴,苔花绣蚀,若鸟迹书。一石状如曲几,可容卧一人,黑润有光,三妹之遗迹也,月夕,辄闻笙鹤之声。岁丰熟,则仿佛有人登岩顶而歌。

该文最后叙述三姐对后代民歌之影响及受崇敬:

> 三妹,今称歌仙。凡作歌者,毋论齐民与瑶、壮人、山子等类,歌成必先供一本,祝者藏之,求歌者就而录焉。不得携出。暂积遂至数箧。兵后,今荡然矣。①

屈氏此则记录,对刘三姐之籍贯、时代、学养、才能、行止及影

---

① 《广东新语》卷八《女语·刘三妹》。

响,皆有叙及,在古代文献中,此种记述,已是较为详赡难得者矣。清代前期,其他文人学者王士祯、陆次云、闵叙及张尔翮等之记录,较此,或略或详,所述各点,亦互有出入,如关于主人公之籍贯,屈氏谓为阳春(广东),王、陆、闵、张皆谓为贵县(广西);三姐之斗歌对手,屈氏谓为白鹤乡一少年,闵、张等则皆谓为秀才张伟望。此外,尚有不一致者。然从故事之主要点观之(如一女子善歌,后遇敌手,唱酬俱化为石,及被后代尊为歌祖等),则大体相同,可推断其大略出于共同之口头传承。

由宋至清(特别在清代),不少文人学者,或由身历其地,得之见闻,或由披览前人抑同时人之著述,陆续记录过此兼有社会风俗史与民间文艺学价值之歌手传说,使此种原来只流传于一定地区之民间口头创作变成书面文献,因而能为读书界所知悉,不管记录者之动机如何,此种工作及其结果,在对民间文化之传播上,乃值得称述者也。何况从今日观之,彼又为我国民间文艺学之研究,提供关于此重要传说之历史珍贵资料乎?

然而一种事物,其性质、作用,往往不限于一方面。前代文人学者,不断用比较固定与易于传远之文字,将民间口承之刘三姐传说变成文献,当然为一种值得庆幸之事。然而我等须观及彼等操笔之士,由于出身之家庭,所受之教养,以及在生活实践中所形成之审美趣味等(概括言之,由于彼等之世界观),在记述过程中,不免掺入某种偏见,以及不符合事实之想象或推测之辞,因而导致或多或少改变、损害民间创作之原来面貌与意义。此种情形,前代记录中,各家所表现者虽并不全同,然其倾向则大抵一致也。兹就此方面情形,指出几点:

（一）强调刘三姐之学问，特别称赞其书本知识

前代记述者多将此出色之民间所传女诗人兼歌唱家（刘三姐），作为当时富贵家庭之才女看待。彼等根据自身所熟悉与要求者以进行构想，对女主人公加以种种打扮、渲染。如云："年十二，淹通经史"（屈语），"甫七岁，即好笔墨，……时人呼为女神童"（张语）。如此犹嫌不足，更夸张其语言与音律方面之知识、才能，如云："三妹解音律"（屈语），"溪峒初不知歌，有三妹游戏得道，侏僮之音，无不通晓。就其声作歌，为谐婚跳月之辞，苗人奉以为式"（陆语），"三妹解音律，……尝往来两粤溪峒间。诸蛮种族最繁，所过之处，咸解其语言。遇某种人，即依某种声音作歌与之唱和，某种人即奉之为式"（屈语）。[①] 以上所引，除记述语句有彼此互相沿用抄袭问题之外，同时显示出记录者等心眼中之民间诗人、歌唱家，在学问、才能上竟达到若何境地。根据此种叙述观之，则刘三姐真成为一个封建时代上层阶级之才女犹难比拟之超人矣！此乃彼等匠心经营之结果也。现今许多根据民间口头传承之忠实记录，刘三姐乃一农家（多说为贫农家）之劳动妇女，彼虽爱好唱山歌，并且心灵才捷，为一出色之民间诗人与歌唱家，但极少（几乎无有）说其通经史、解音律及通诸民族方言者。是足以证明前代文人学者此方面之记述，乃彼等对民间传说加以篡改或涂饰所作成者也。

---

① 屈语见前注。张语见《刘三妹歌仙传》，《古今图书集成·方舆汇编·职方典》一四四卷。陆语见《峒溪纤志·志余》，《昭代丛书》丙集。

（二）改变刘三姐之家世及出身

如上文所述,在现在口头传承记录中,刘三姐乃农民家庭出身之女子,其家庭成员,大抵只有共同从事劳动（种地、砍柴等）之兄妹二人,有少数记录谓尚有母亲或嫂嫂。此当为民间传说之本来说法（或比较近于此种说法）;即前代文人记录中亦多无称说三姐之显赫家世者,如屈大均所记云"新兴女子有刘三妹者",王士禛云"有刘三妹者,居贵县之水南村"①,所说止如此。

然前代学者记录中,却有与上述相反者,谓刘三姐出身于仕宦世家,并详记其父、姊。如《刘三妹歌仙传》作者张尔翮,不但认三姐为汉族人,而且追溯其远祖至汉代,并记明其父姓名及事略等。彼云:

> 仙女三妹,系汉刘晨之裔。其父尚义,流寓斯土,生三女。长大妹,次二妹,亦善歌,早适有家,而歌不传。

此种说法,无疑出于附会。附会者虽可能为别一读书人,但更可能即此传作者。对人讲究家世门第之观念,乃封建社会中上层人物社会观之重要部分;但处在受压榨地位之广大人民,彼等却缺少此种观念,更不会想到在自己之口头创作中对所喜爱之主人公给予此种"高贵"身份。上面所引之此种叙述,不但显示其为原传说之外加成分,且无疑已改变人民创作之原有性质矣。

---

① 王语见《池北偶谈》卷十六"粤风续九"条。

（三） 渲染刘三姐赛歌对手之身份及对唱歌曲

前代文人学者关于与刘三姐比赛歌唱对手之身份，或说为秀才，或说为书生张伟望，而现代民间传说中则大都谓为劳动青年，如农夫、樵夫、牧童等。在现代口头传承中亦有秀才、书生一类参与赛歌之人物，但彼等一般并非作为与三姐势均力敌之对手，而乃作为配衬出三姐卓越诗才与歌才之丑角人物。彼等配角也，非正角也。至于古代记录所载对唱之歌曲，尤多为操笔者渲染之词。《刘三妹歌仙传》记二人对歌及其所唱歌曲云："乡人敬之（按指三姐与秀才张伟望），特架一台，置二人于上，一唱《阳春》，一唱《白雪》，流风激楚，不分高下，非《下里》《巴人》比也。"此已颇见装点矣。但尚未及诗人王士禛所记之藻绘炫目也。王氏云：

> ……有刘三妹者，……善歌，与邕州白鹤秀才，登西山高台，为三日歌。秀才歌《芝房之曲》，三妹答以《紫凤之歌》。秀才复歌《桐生南岳》，三妹以《蝶飞秋草》和之。秀才忽作变调曰《朗陵花》，词甚哀切，三妹歌《南山白石》，益悲激，若不任女声者。观者皆歔欷。……

此段文词，真将二人对歌情景，写得声色动人，特别其中几个歌曲之名称，更极其"雅丽"。但此种情景及歌曲，恐为诗人想象之产物，并非民间当日对歌时之实在情景和事物，亦非真正民间传说所固有之面貌。现代广西等地尚在流行之对歌情景，固然无此种幽雅场面及其"雅丽"歌曲名称，在数十份刘三姐传说之新记录中，亦绝无其影迹,特别是其歌曲名称(现在民间流传之对歌,不少为极优美动人者,然与彼等所举曲名,根本异趣)。王士祯之诗歌创作风格以爱好文词"漂亮"著称(前人所谓"王爱好",与朱彝尊之"朱贪多"并称——也可谓为"并嘲"),其写作笔记、诗话,亦同具此倾向。以此种笔墨记述琐事、佚闻,是否得当,姑且不说,但以之记录民间创作,却无疑为有害者也。

以上三点之外,前代关于刘三姐传说记录之藻饰化之处尚有,其最明显者,即关于三姐状貌之庸俗描绘是也①。总之,前代文人学者对刘三姐传说之记录,有其功劳方面,亦有其过失方面。吾人今日从研究之角度说,要阐明传说之全貌,当然必须利用此种历史文献;然为保持科学性,同时亦不能不存警戒之心。因为传说之原形颇被改变也。为更好看出此种古记录所取材之民间传说原貌,其有效方法之一,即利用现代口头传承之忠实记录,以进行比较,而此种新记录资料正相当丰富也。(新记录,亦有藻饰化者,当分别观之。)

传说形态之发展

近年,刘三姐传说,出现大量新记录,其篇章数量与故事内容之丰富,远非前代记录所能比拟。根据此种资料,吾人可以窥见其现今形态发展及分布地区之大略状况,同时亦可以衡量其历史的

---

①　如张氏《刘三妹歌仙传》中云"至其貌之羞花掩月,光彩动人,见之者无不神驰意荡"之类是也。

及文艺的价值。

比之前代所记录之传说,近今之记录资料,无疑增添若干新成分。此种新成分,大抵为较早时期之记录所无或少见者。

但,此传说在发展上并不平衡。一般虽在不断发展,然亦有在进程上比较缓慢,或近于停滞者,吾人且从此后者说起。

在二十年代,广西一位民俗学热心者(据说此人在大革命失败时已成为烈士),曾经在《歌谣》周刊上发表一则关于刘三姐传说之文字。该文前半,写述柳州立鱼峰之情景,下半即介绍象县所流传之三姐故事。此部分文字不长,今转述于下:

> 传闻刘三姐,系广东潮梅人,有唱歌之天才,走遍两粤,不获一对手。后至立鱼峰,遇一农夫,与彼对唱,一直唱过三年又三月,三姐似不支,心中一急,呆然化为石像。农夫瞧瞧叹息一声,悠然逝去。①

此则记述,情节简单,然刘三姐传说之核心部分(女子善歌,与人对唱,结果化为石),已大略具备,而质朴、无藻饰语。即使非此传说之最初形态,当亦近似之矣。近人所记桂林歌仙台传说②,情节虽与此略有出入,但其大体骨干及叙述简朴之点正与此相似。盖亦现代口承中之接近传说原形者也。此类说法,尚有其他记录,不更一一述及矣。

---

① 《歌谣》周刊第八十二期,北京大学歌谣研究会。该文作者为刘策奇。
② 《歌仙台》,原见《桂林山水》,现据《刘三姐专集》(《中国当代文学研究资料》,广西师范学院,一九七九年)所载。

与此种简式之传说形态相异,现代民间所传此故事形态,许多乃比较丰满与复杂者。此乃现今传说之主流。下文试略分地区介绍之。

贵县,其刘三姐传说,已见于前代记录,今日仍为此传说之流行地。现代记录亦不止一篇,兹转述其较典型者。

　　明代末年①,广东有一位排行第三之女子,因逃难,随家人移居贵县南山,务农为生。彼女善唱歌。其歌传自仙女麻姑。后移居西山,从事纺织。至今西山凌口石上,尚留有其脚印。

　　时,广东有一秀才,姓张名伟望,闻三姐善歌,约李姓友人,共载满船歌书,至西山寻三姐赛歌。既至,在村口见一洗衣女,因向之问三姐所在,彼女实即三姐也。其时彼伴问寻三姐何事,秀才等以来意答。三姐即唱歌嘲弄之,有"洗纱便是刘三姐,两只盲驴何处来"之句。两秀才虽气愤,然终对不出歌来。不得已,请三姐另起唱,适时正下微雨,三姐即景口吟六句,请作回答。两秀才又终不能作答。彼等心恨所载歌书无用,因将书与船俱覆入河中。(后其处突起,即所谓"覆船山"也。)两秀才仍不服输,约三姐同至山岗上白口对唱。歌声嘹亮,引动西山青年男女聚观,因此,触怒村中土豪等,认为三姐等对歌有碍治安,使人到场捕捉。但彼等不识谁为三姐与秀才,群众诳之曰,对歌者乃石人。土豪等又以为妖,因用狗血等物禁厌之。至此三姐知其地不可再居,因逃往他处。

---

　　① 据记录者《附记》云:原来《贵县志》谓为"唐代",此乃彼根据当地(贵县)开化时期所断定。(但并未说明现代口头所说为何代。)按《歌仙刘三姐的传说》(见下注),亦称"唐朝时候"。

　　三姐虽已离开西山,但唱歌之风并不因此消歇。当地青年组织歌堂,并唱三姐所唱过之歌,用其歌之形式创作。在开歌堂时,要请三姐之灵坐歌堂,散堂时送之回去。①

　　贵县在广西东南部,接近广东西部之灵山、浦北等地。此等记录,有移居西山及与秀才张伟望对歌等情节,颇与本省旧记录及广东前代所传者部分相近。后者盖由于地域接近,易于传播也。然亦有为较古之记录所未见者,如土豪等之迫害及当地群众回护三姐等是也。总之,此新记录之贵县传说,既具有前代记录之主要成分,亦有后来继续增添之成分(后者多为现在广西境内同一传说所具有者。详见后文)。其中可注意之点,即故事收梢处,不见两人(或三姐一人)化石之情节,只余群众诡云"唱歌者乃石人"之一点痕影而已。

　　兹再看广西东北部恭城关于刘三姐传说之记录:

　　据说,古代恭城马鞍山附近,有一地名刘家圳,中有一佃农人家,兄嫂与姐妹三人共居。三妹(三姐)容貌美好,爱唱山歌。附近有一财主家大少爷想娶之。然彼女却钟爱养牛青年凤哥。彼此乃一对天生好歌手。三姐哥嫂却嫌凤哥贫穷,希望与富家结亲,因而不满三姐所为,课以种种难为之事,如使之种最大之田地,捡分相混之油麻(芝麻)、绿豆,甚至使煮石

---

　　① 《关于刘三姐的故事调查报告》,彭祜声记述,见《壮族民间故事资料》第一集,壮族文学史编辑室,一九五九年;《歌仙刘三姐的传说》,《广西壮族文学》第二编,广西壮族自治区人民出版社,一九六一年。此下所举贵县、恭城、扶绥、宜山等地现代传说记录,原皆为语体。兹因保持全文文体之统一,一律改为浅近文言。

头为糍粑,然三姐因仙鸟、仙人之帮助,终得完成任务。

三姐扬言,有能对歌胜己者即嫁之。官家、富家子弟皆想得其为妻。秀才等亦想在与其对歌中取胜。有桃、李、余三秀才载一船歌书来求对歌。遇三姐在河边洗衣裳。彼女诡称为三姐之妹,问知彼三人姓氏后,即开口嘲之,其歌有"三个脓包哪里来"之句。秀才等翻遍歌书,无以对答。因狼狈逃去。

其后,官家、富家互相勾结以对付三姐。时值中秋夜,当地青年男女正在欢唱,富家带领家丁,实行抢婚。行至半途,忽狂风骤雨,将轿子吹上山顶,因不知三姐去向。

(此段民间有种种歧传,或谓三姐跳崖反抗,因攀住树藤得救。此时已被害之情人凤哥变为鸟儿驮三姐上天去。或谓地主拉三姐抵债,因反抗被送入狱,凤哥劫狱,被追捕,数日后,两人在山头化为石人云云。)

恭城福利河岸有岩洞,岩口压有极多歌书,据说乃三姐遗物也。①

此传说,有三姐与劳动青年相爱、受富家迫害及哥哥出难题等情节,乃明末清初记录中所少见者。而现代广西境内传说之新记录,却大多数有之。当然彼此在细节上亦有差异,如三姐情人所变之鸟儿救彼上天之说法,乃颇有特点者也。又其哥哥课给三妹之

---

① 《恭城有关刘三姐的传说故事》,《广西壮族文学资料》,壮族文学史编辑室,一九六〇年。

难题,如捡分芝麻、绿豆,由动物(鸟)之帮助而得完成等,乃从民间流行其他故事中借用者。

再看广西南部地区扶绥县此传说之当代记录:

从前有个刘三妹,乃刘家第三女。彼女美丽聪明,并且勤劳。又善唱歌,无论上山砍柴,下地种植,或至河边洗衣裳,皆必唱歌。同时歌手无能及之者。邻近青年,闻彼女歌声,即来与对唱。彼等想唱胜之,曾集合与之对唱三昼夜,卒为彼所败。

刘三妹因青年对己追逐者多,扬言谁对歌得胜,即嫁与谁。因此,青年四出请歌手教歌,准备战胜彼女。三妹歌名远播,县城中绅士闻之,用黄金数十两,抬轿打鼓,向三妹家求婚,三妹坚决反对。

三妹心爱常同上山打柴之青年,其人勤劳、勇敢,且亦为一天才歌手。然三妹之母亲哥哥却要强迫彼与城中绅士结婚。母亲以甜言相诱,三妹心终不动。绅士只得暂时作罢。

但从此母亲与哥哥憎恨三妹。彼女在劳作中经常与所心爱之青年对唱,歌名不断传扬。后来,传入一家船客耳中。彼船客原有三位著名歌手,在歌场中无敌手。此时船客闻三妹善歌消息,大喜。即与歌手等共载三船歌书,来到三妹所住村边,向人询问三妹是否在家,彼等乃来与对歌者。此时,适三妹出门挑水,即答应对唱。三位歌手连忙检阅歌书,准备对答,但对三妹所唱第一首歌即对答不出。翻遍歌本,皆寻不出可用之歌词。气极,因尽倾所载歌本入河中,匆忙离去。

从此,三妹歌名更远扬。城中绅士老爷闻彼女与人对歌,又生坏心。用更多之黄金向刘家求婚,三妹仍然拒绝。哥哥见彼如此固执,心更憎恨,暗想谋害之。

　　某日,三妹在靠河之山上砍柴,哥哥乘其不备,用力推之。但被挂在藤上,未果坠下,此时犹唱歌咒骂其哥哥。三妹挂于藤上三日夜,第四日,哥哥复来劝诱,彼终不答应嫁富豪家。哥哥狠心割断其所挂藤,三妹终于坠河死去。然其歌声长留石壁上,后人走过河边,犹能听见其动人之歌声。①

　　扶绥地与贵县相近,往东南行,即为广东西部之钦县、防城等地②。此处流传之刘三姐故事,有心爱同村之劳动青年,拒嫁富豪人家亲事,及哥哥见憎并相害等传说中后起情节,一般比较完整。然如该传说之重要情节,为从来记录所具有之三姐化石,此处传说记录中亦已不见。所谓歌声长留石壁上,或为该情节一种极淡之遗痕乎？此种情节变态之产生,恐由于传说中三姐之结局,非因对歌神疲精竭,乃为被哥哥害死。由此,可悟传说、民间故事,在发展中形态变化之一种原因。

　　再者,扶绥地域虽与贵县相近,但从此新记录传说观之,与贵县所传颇有差异。如贵县传说中已早见于文献之对歌敌手张伟望,两人对歌情形与绅士等迫害原因及做法,亦各有不同。此等处,关系并不太大,然亦可以推见口承文艺歧传之状况及其形成原因之复杂也。

　　最后,吾人且看处于广西西部宜山地区之现代传承：

<hr />

① 《关于刘三妹的传说》,《壮族民间故事资料》第一集,壮族文学史编辑室,一九五九年。
② 钦县、防城,今属广西。——编者注

从前,宜山下涧村有一女子,姓刘名三姐。彼女极勤劳,每日打柴织布,与哥哥共过生活。彼爱好唱歌,每中秋节日,青年男女对歌,尤人能胜之者。彼因此歌名远扬,村内外向之求婚者颇多,但彼惟爱同村卖柴之李小牛。小牛亦为一好歌手。两人常一处唱歌,并互赠礼物。此事为当地地主莫海仁所知,认为有伤风化,即命人将彼二人捆缚,投之于河。小牛被淹死,三姐因抓住一块木板,随流飘至柳州,被一渔父所救,并认其为义女。

此后,三姐在柳州唱歌扬名。莫海仁探知此事,又特请三个歌手去与对唱,想使三姐名声败落。谁知三人均非三姐敌手,反而增益其名望。莫海仁更恼怒,即令打手将彼捆缚装入猪笼,投之柳江中。虽经人捞起,然已不能再活矣。

群众捞起三姐尸首之日,恰为中秋佳节,彼等将尸首装扮后葬于河边,并在坟上供奉两条大鲤鱼。正供祭间,坟墓忽裂开,三姐跃出,骑一鲤鱼飞空而去。剩下一鲤鱼,变成小山,即今日柳州市对河之鱼峰山,又曰立鱼峰。峰有岩洞,其中供三姐石像,每至中秋夜,群众皆瞻仰。①

此宜山传说,有三姐与劳动青年恋爱,与三歌手对歌,为绅士迫害及受群众救助等情节,大体颇与现代贵县(东南)、扶绥(南)、恭城(东北)所传述者相近(其结尾亦无三姐化石情节),而与明末清初记录相差较大。可见传说形态变迁与时代、社会密切关系也。

---

① 《歌仙刘三姐的传说》,《广西壮族文学》第二编,广西壮族自治区人民出版社,一九六一年。

又根据当地同传说之另一记录①亦有涉及鲤鱼峰之情节,虽然具体说法有出入。宜山与柳州地相近,且交通比较方便,其传说涉及柳州三姐故事遗迹,亦自然之势也。

由上面之举例介绍与简略分析,吾人可以得出下列几点看法:

(一) 传说之发展及停滞

自明末清初,刘三姐传说被文人等予以记录、介绍之后,三四百年来,彼本身仍在我国南方地区(主要为广西)广泛流传。随时间之向前、社会生活文化之进展、交通之发达、人口移动之频繁等,此传说,在大部分地区从内容到形式皆有发展。此种发展,不仅提高传说之思想内容,同时亦丰富故事之艺术形式,强化其社会作用。自然,在此种发展过程中,某种原有情节(如三姐化石)亦有被遗落者。此点从传说之原貌看,似可惋惜,实亦事物发展过程中所不能避免者也。

传说随时代、社会而发展,此乃其主要方面,然同时亦有其次要方面,即某地区故事仍大体保存原始状貌,其例,正如本节开始处所介绍之象县一带所流行之传说是也。此种说法虽然流行于现代群众之口头中,但比现代其他多数地区所说者无疑显出简单、朴素,甚至于比之前代记录中之某些说法,亦较近于传说之原始风貌。彼处于一种停滞状态中。吾人固然应重视传说之一般发展状态,但对此比较特殊之状态,亦不能忽视也。因为彼能为吾人提供

---

① 《关于刘三姐的传说》,邓业建记录,《壮族民间故事资料》第一集,壮族文学史编辑室,一九五九年。

传说比较早期形态之标本,使吾人得以明了其发生、发展之整个过程也。

(二) 传说形态发展中之不同线索

广西各地区传说之发展结果,当然有若干共同点,但并非所有情形皆如此。反之,颇有彼此参差之处。例如绅士等之迫婚、抢婚或以礼教、风化一类名义迫害三姐,为此传说现代流传说法中之重要情节,然贵县传说即无之。又如三姐与村中劳动青年相爱之情节,亦为现代说法中之极重要者,然扶绥所传亦不之见。反之,某种情节在其他地区传说中皆不见,但在某地区传说中却占有显著地位,例如扶绥传说中对于哥哥课与三姐之种种难题。又恭城传说中无三姐战败对歌三客人一类情节,然彼在其他地区传说中乃常见者。依此种情况揣测,刘三姐传说在广西广泛流传过程中,其形态发展可能有主线,还有支线,即在一定程度上,除大部分地区之传述,沿袭共同之说法外,另有部分地区之传说,由于种种条件,产生出某种新情节(此种情节一部分可能从其他流传之故事中借用者),形成一种新形态。此种相对分头发展之情形,当即造成上述若干差异现象之一种原因。在发展上形态之分歧,本乃一般民间故事、传说之常态(从此种文艺之表现媒介及流传过程等言之,或者应谓之"必然状态")。但关于所以导致分歧之原因却并不单纯,其具体情况,还有待于此方面研究家,根据大量材料,进行细密之探索与阐明也。

（三）本传说与其他故事之牵连

一般民间故事、传说研究之结果告诉吾人：一个故事在长期口头流传过程中，往往从其他故事借用某类情节，造成两个故事情节上之牵连，甚者，乃复合两个以上本来各自独立存在之故事以成一体，如我国北方地区所传之大黑狼故事，或南方某地区所传之蛇郎故事，皆有此种异状。在故事之牵连上，刘三姐传说并不例外。例如上文所提到，三姐哥哥不满意彼之爱唱歌或不愿嫁与富豪家，因课以种种难题，其中如使捡分散于地上之油麻、绿豆，彼因动物或其他超自然力量之帮助，得以解除困难之情节，乃中国民间故事中所常见者。彼之出现于刘三姐传说中，无疑从其他流行故事借来者。又如某地区说三姐被恶人害死后，从坟中跃出，骑鲤鱼上升之情节亦为从我国古代著名仙人传说中脱化而来者①。又，在广东北部所传刘三姐故事，更有与罗隐传说复合者②。由此观之，刘三姐传说在发展过程中，除直接从当时社会现实取用某种新材料之外，还从流行之固有民间故事、传说中，采用某种情节以充实原有故事。此种采取或借用（郎故事间情节之牵连）原为故事发展常态之一，只要接合得自然，并有相当意义，对原有故事言之，不但无害，而且有益也。

---

① 仙人琴高骑赤鲤鱼出水与弟子相会后，又骑鲤鱼而去之传说，为我国古代著名仙话之一（见《水经注》卷九）。又，传说晋时江阴渔人子英，初得赤鲤，养之池中。后赤鲤长大，子英骑其背上，升天为神仙（见《搜神记》卷下）。

② 《山歌原始的传说及其他》，愚民，《民俗》周刊第十三、十四合期。

（四）传说在发展过程中丰富提高

刘三姐传说，在南方广大地区不断扩布流传过程中，经无数民众，特别其中文艺天才及专业艺人之不断讲述、修改、润色，传至近今，其思想内容、故事情节、人物典型及表现手法等方面，日臻丰富、完善，整个故事显然被提高矣。例如三姐之大胆恋爱劳动青年，拒绝富豪之诱婚、迫婚，反抗哥哥之无理干涉，用智慧、歌声击败迂朽之秀才，渔夫、群众对三姐之同情、救护，以及三姐之骑鲤鱼上升等情节之出现，表明此传说经过不断创造之后，反映、概括社会现实生活更为深入与广泛，更能代表广大民众之思想与愿望，更能显示民众之艺术才能与趣味。总之，现代所见到之刘三姐传说，不但富有社会史、民族史、文化史等方面之价值，且亦为当地民族文艺府库中一份贵重珍宝。无怪乎，当五十年代末，此传说及有关歌谣被当代文艺工作者集体创作成歌剧，搬上舞台及银幕之后，即风行全国，博得无数观众之鼓掌声、喝彩声，及一般报刊上之赞美声。此种文艺上之巨大胜利决非出于偶然。其重要原因之一，由于剧本之故事与大量歌词，乃广大群众长期集体创造之硕果也。

刘三姐乃歌圩风俗之女儿

前代若干刘三姐传说之记述者，皆云刘三姐乃南方少数民族之喜爱唱歌及歌圩①之创始人,认为关于彼女之传说,乃一种真实之人物传记。解放前有些学者基本赞同此说。近年来部分研究者虽有较明达之见解,然缺乏详尽之论证,因此,问题尚未比较充分阐明。吾人今日实有给以稍加辨明之必要。

认刘三姐为广西一带地区唱歌风俗始祖之说法,其由来颇久,明末清初文人学者之著述中,曾经一再涉及。如《广东新语》之著者云:"新兴女子有刘三妹者,相传为始造歌之人。"又如《峒溪纤志》之著者云:"诸溪峒初不知歌,善歌自三妹始也。"此后,私人著作,地方志书,多有沿袭此说者。盖本为民间口头传述,并非记录者之臆造也。

当代著述,亦尚有记及此说者,如关于歌圩之起源,广西各地虽有各种不同说法,然谓其创始于刘三姐之善歌与倡导之说,仍占相当大势力,如蓝鸿恩在《歌圩》中举述四种来源说法,其最后一种即云:"壮族古代有一歌仙刘三姐,发明山歌,众往学之,人多聚成圩市,因此,就有歌圩。"②在若干地方,刘三姐被尊为歌唱之神,对彼举行祀典。有些地区如上节所提及之贵县,唱歌之初与唱毕,要举行迎三姐、送三姐之仪式。又某地区,传说当地某著名歌者之出众才能,乃歌仙刘三姐神灵所授予③。由此种种情形观之,刘三姐为唱歌及歌圩之倡导者之说,今日民间固仍甚流传也。

再观全国解放前学者对历史上果否真有刘三姐其人,歌圩风

---

① 歌圩,为群众定期对唱民歌之一种民族节日,在广西境内甚流行,前人记述云:"四月间,乡村男女,指地为场,赛歌为戏,名曰歌圩。"(《龙州县志》"风俗"条)约略等于日本古代之歌垣、耀歌会之类。

② 《歌圩》,原刊一九六二年六月二十四日《南宁晚报》,此据广西壮族自治区群众文化资料编辑室编印《广西歌圩资料》所述。

③ 《岭表纪蛮》第十八章《歌谣》,商务印书馆,一九三四年。

俗果否真为彼女所倡导等问题，究持何种看法？关于此点，吾人且
先举《岭表纪蛮》著者刘锡蕃之意见以为例。彼于该书中称刘三姐
为"蛮歌之鼻祖"，并引上文所述陆次云"蛮人之善歌始于此"之
语。刘氏虽不赞同传说中之神话部分，却认为"刘三妹（姐）或许有
其人"。彼申述其看法云："与张（伟望）唱歌三日，知为敌手，相慕
之甚，乃托言登山唱歌，因而相偕私奔。"又解释《浔州府志》所谓三
姐化石后，其未婚夫往视之，亦化为石之情节云："大约其未婚夫寻
其未婚妻，以致失踪，所谓化为顽石，乃当时戏言嘲笑，久而讹为事
实耳。"①此在神话、传说学上，乃一种《论衡》式之合理主义之解
释，非近代科学神话学之理论也。又如《粤江流域人民史》著者徐
松石，亦在其著作中称"刘三姐乃两粤山歌之祖"，在引用古代文献
及现代口头传说之后，感叹三姐以一女子而为两广民谣、粤讴、木
鱼歌、龙舟歌、采茶歌之远祖，然其历史竟如此不明实为可惜。

　　如上文所提及，近年来，对刘三姐是否实有其人及歌圩是否为
彼所创始等问题，在理论上有所进展。如蓝鸿恩认为：歌圩归功于
刘三姐，乃后人对赛歌之作用发生兴趣，因考其根源，于头脑中出
现歌仙形象，从而产生刘三姐之传说②。最近农学冠在《壮族歌圩
之源流》一文中，对刘三姐倡始唱歌（又曰"传歌"）之传说，采取否
定态度。彼认为一种社会流行之风俗，决不出于某人所组织或倡
导，实乃由其深刻社会原因所产生者。彼又认为壮族歌圩发展到
唐代，已臻完善，并已造就众多"刘三姐式"之民间歌手。刘三姐传

---

　　① 《粤江流域人民史》第二十七章《杂论·刘三姐出处》，中华书局，一九三
九年。
　　② 《歌圩》，原刊一九六二年六月二十四日《南宁晚报》，此据广西壮族自治区
群众文化资料编辑室编印《广西歌圩资料》所述。

歌之传说,其实,乃体现当日歌圩发展潮流之情形①。此种看法,大体可谓正确,惜论述未畅耳②。

记得二十年代末,我草写《歌仙刘三妹故事》小文时,已明确指出刘三姐传说之产生,乃后人根据当地流行之唱歌风俗,加以想象(如化石情节),所造成者;文中虽然略引证粤俗好歌之文献,但对自己所提论点,并未作深入之探索与陈述。近年重检阅此传说之古代文献及现代记录,对此等问题,有进一步之了解与看法。一九七八年冬,在兰州民族文学学术讨论会上,作关于刘三姐传说之讲演时,对此等问题曾予以适当论述。今在此重新提起,然限于种种条件,亦只能作大体之论述而已。兹将我之意见分三点言之。

(一) 社会风俗为集体创造之产物

每一社会中所流行之风俗、习惯,乃至其大部分制度、文物,大抵由该社会之民众,迫于共同之需要,凭借现实所能提供之条件(物质的、精神的)所创成。在流行过程中又不断受到广大群众之补充或修订,一世代又一世代,一地域又一地域,流传与扩布,直到原来之社会需要及所凭借之各种条件已经变迁、消失,此种社会文化产物亦逐渐或迅速成为一种"残余物",或终沦于消亡。此乃其一般社会文化现象发生、发展之规律。而对此规律之发见与阐明,

---

① 《广西民间文学丛刊》一九八一年第一期,广西民间文学研究会。

② 在抗日战争期间,《广西特种部族歌谣集》(中央银行经济研究处,一九四二年)编著者陈志良在该书上册《歌谣之研究》第三章已说出比较明达之见解,大约谓该地人民对民族流行之唱歌风俗,推源思本,要个善歌者作开始人。刘三姐故事,就在此种情况下产生者,然陈氏亦未作较多之论述。

主要却为近代社会科学之功绩。在科学尚未发达，或虽发达而未能被其光耀之广大群众，对传统风俗、习惯等往往不免采取一种"前科学"之解释，并世代沿袭之。彼等因为一面对于周围存在之事实，产生寻源问底之历史要求，另一方面实际智力等又不能与要求相符，于是，产生一种空想或半空想之解释。彼等凭借局限之经验、知识与较少之推理能力等以解释某事物之起源。在此种思想活动中，幻想起极大作用。其结果即为各民族大量存在之"推原论的"神话、传说。刘三姐及其传歌之传说，乃此种解释传说之一个显例。此种传说，作为人民文艺创作看，固不失为一种有价值之作品，作为社会史、文化史及民族心理学等之科学研究资料看，亦有其相当价值。但作为风俗、习惯起源之科学的解释，则不足取也。

论此种思想产物之一种特点，乃将集体创造之社会事象之起源，归功于一二杰出人物。此种人物，可能为见于历史文献之有名人物，亦可能为民间杜撰之人物。我国古代风俗、习惯中之起源神话、传说，如寒食节禁火之推源于介子推之被焚；端午竞渡与吃粽子推源于屈原之溺水及保证彼能安全获得祭品；全国各地优秀之建筑物，皆被谓为鲁班之巧艺……此类事例，俯拾即是。此等解释性传说，充分说明过去群众对社会文化事象（风俗、习惯等）作解释时，其所遵循思想途径与表现形式之一种共有特点。

此种特点，不仅过去民众惯用，我国古代历史家亦常用之以推断远古历史人物及事物。大家熟悉之古史人物如伏羲、黄帝等，皆被说成许多社会文物、制度之创制者；而许多文化事物如弓箭、农具，以及渔猎、耕种、养蚕、织布等生活技术，皆莫不各有其有名有姓之创始人物。我国此种神话、传说式之古史观，流行两三千年，一直到近代历史科学之知识发达后，方使之根本改变。刘三姐被当作南方歌圩风俗之创始人,乃此种传统的历史、文化解释法在风俗问题上之一种表现。

我国地域广阔,民族繁多,以汉族为首,各民族皆有唱歌风俗存在及流传,因而亦各有其关于唱歌起源之传说。如河南罗山地区汉族民众,说始传歌者为秦始皇时代之一女子(或云太白金星所变之老人),彼女可怜辛苦筑造长城之工役,因唱歌以消除其疲乏,后人遂沿袭成风①。又吴地汉人认张良为山歌创始人②。甘肃地方流传关于花儿(当地汉、回、藏等民族所喜唱之民歌)起源之故事,谓河州昔有一牧童,歌唱从道士所传授之花儿,见悦于一女子,两人遂结成伴侣,此种歌曲被传唱至今③。广西地区,壮族民间流行之唱歌起源传说,约有数种,故事中之主人公有名有姓者,如邕宁所传陆葛姐、周哥美郎之类④,多数虽无主人公姓名,但皆个人,并非集体。此正说明用刘三姐传歌以解释歌圩之起源,乃民众文化事物解释法之一种惯例。歌圩起源之科学的解释,不能以此为据也。然此种传说对歌圩起源问题之研究,亦并非全无用处,但看如何运用之耳。

总之,从文化史之角度观之,广西等省区少数民族喜欢唱歌及赛歌风俗,起初并非某个人所发起、创造;反之,乃居住其地之民族,开始由于为满足众人之生活需要,而集体创造之,又经过各时期民众之传袭、丰富及改变而成今日之状态者。此乃关于此种社会现象之科学的说明也。

---

① 尚钺《歌谣的原始传说》(通讯),《北京大学研究所国学门周刊》第七期。

② 《新刻姑苏花锦城赵盛兰山歌刻传》,此处据张亚雄编著《花儿集》一二〇页转引。

③ 据《广西特种部族歌谣集》上册所述。

④ 《多采的邕宁壮族歌圩》,《广西歌圩资料》,一九六三年。

（二）刘三姐乃歌圩风俗之女儿

前人，乃至某些近人，谓刘三姐为至今尚广泛流行之壮族民族艺术节日歌圩之创始人，或"第一领袖"。其实恰好相反，彼女乃此艺术节日之女儿。彼之哀丽传说，乃此种民族风俗活动之倒影。歌圩产生之时代及其原因，前人与近人，已有种种说法（部分亦见上文所提及）。此种问题，本身相当复杂，关联之处又颇多，须作比较深入之探索，方能充分阐明，此处暂不详论，仅拟简单触及之。此种风俗之产生时代，恐当在较遥远之部落生活时期，并非如过去一般记录者所说，始于唐代或明代。至其产生原因，现在民间所说，除刘三姐故事外，尚有种种说法，如娱神说、择偶说、老歌手选女婿说、纪念殉情者说，……此种种说法中，颇有值得注意研究者（如前两说）。总之，从一般社会学、文化史之观点看，社会风俗、习惯之形成，必由于特定社会生活之需要，其发展与衰颓，亦必与其社会生活密切相关。如歌圩此种源远流长且广泛扩布之民族节日，其起源甚古，当时无疑是作为一种社会文化机能而存在者。在流传过程中当有增益、修改，产生一定之变化状态。不管如何，歌圩在产生与流传过程中，必然与当地群众生活、文化及集体思想有极其密切之关系，并不断起各种现实作用（实际的或心理的）。此种风俗具有一定强度之生命力，从远古到现代，仍兀立于其地民众社会生活之原野中，如一株常绿不凋之大树。过去封建时代，国民党统治时期及林彪、"四人帮"篡政时期，皆曾对此种群众喜爱之民族节日活动，给以横暴摧残——污蔑、禁止，甚至捕捉处罚歌手。然此种野蛮之压力，并不能使之真正歇绝。彼依然继续生存，在新社会中还添入新内容。因为与广大民众血肉相连之文化活动，决不可能任意将之斩绝也。

此种具有坚强之生命力之民间风俗，在其长期发展过程中必然将产生许多杰出之民间诗人、歌手（我国解放前及以后各地区，特别少数民族地区，即出现不少此种人物），彼等之诗才、歌艺及种种逸事，必然要广受群众注意，因而在民间流传。当流传过程中，不断被喜爱诗才歌艺之群众，尤其是民间艺人，当作创作素材，加以剪裁、熔铸，逐渐使之成为一种传说，一种民间散文艺术作品。此种过程，往往跨越时代，江河长流。同时作品亦不断受到增益、改变。一般说，愈至后来，情节愈丰富，当然亦可能有情节脱落，甚至性质改变者。传至今日，形态繁复、流布广阔之刘三姐传说，极可能为依据此种文化条件与创造过程所产生与发展者。传说中若干显著之景况、情节，如男女对唱、唱歌时之背景（山野间）、对唱往往连亘数昼夜、观者之众多以及上层阶级之敌视等，皆明显为从现实唱歌风俗中所取材者也。在现代中国南部流行之民间传说中，如刘三姐一类之女歌唱家并不少见。仅就以盛产山歌著名之广东东江一带，其所传之民间女诗人、女歌手，除刘三姐（妹）外，尚有山歌仙子张六满、捷才歌手黄小妹等①。彼等大抵皆沿如此途径中所产生传说中之女诗人与歌手也。在刘三姐传说流行之主要地区广西，亦不少此种传说，现在试举流传该自治区南部横县之四仙女赛歌传说为例，其故事略云：

横县陶圩一带壮人极喜唱歌，因而以此著名。一日，天公

---

① 《山歌故事》，《粤东客家山歌》，梅县民间文艺研究会（筹），一九八一年。

想授彼等以唱歌本领,因使四仙女下凡。仙女至其地后,发见彼等之唱歌才能。四个壮族青年即与彼女等对唱于山上,经四昼夜,仙女等渐感不支。天公知之,即令返回天上。然彼女等不甘服输,仍继续对唱,唱至第五夜,其歌声遂断绝。盖已化为四块石头矣。其山,后称四仙岭,至今尚有四仙女所化之石头在焉。①

此传说情节,有与刘三姐故事差异之处,如女歌手共四人且为天公所派来人间者,又化石者仅为女歌手(刘三姐传说中间亦有如此说者)等,但基本情节,却极相似。倘非同一传说之歧传,即同一社会文化土壤上所生长之花卉也。彼表明在同一唱歌风俗中,必然会产生此类歌手故事。

总之,歌圩风俗与刘三姐及传说之关系依据传统之说法,后者(刘三姐)为母亲,前者(歌圩风俗)为女儿。但事实正相反,后者乃女儿,而前者却为母亲也。然则,前代学者之记载及现代某些学者所肯定者,实为倒果为因之说法。而此种说法,乃一种"前科学"之理论也。

(三) 传说与历史事实问题

从一般情况说,民间传说大抵为一种群众之文艺创作,虽然彼不能不取材于社会事实(往往并涉及某种自然现象)。我国民间实有恒河沙数之传说,在形成上自然有种种不同情况,但大略可分为

---

① 《四仙女赛歌》,《壮族民间故事资料》第一集,壮族文学史编辑室,一九五九年。

三种:一、幻想或想象成分较多或简直占压倒优势之作;二、现实成分较多,幻想只限于局部者;三、基本上依据"真人真事"作成者。第一种不必说,乃一种道地的文艺创作,即主要乃取材各种资料,由创作者以高度之想象结构而成者。即第三种(此于数量上恐属少数),除彼本身具有之"传奇性"以外,在社会流传过程中,不能不受种种不同身份、经历、趣味之传述者,特别特殊之故事讲述家或民间艺人之剪裁、陶炼、藻饰、改动,因而必然具有一定之"创作性",与原有故事中之人物、事件不能再完全相同,甚至可能有相当大之差异。此种情况,从现代口头流传之若干古代历史名人传说中,固可以探知其消息;而现在吾人所知悉之某些人物、事件,在社会流传中所起种种变异事实,亦大足供参证也。

刘三姐传说之形成,究属上述三种中之何种,一时不易判断。属于第一、二种,当然有颇大可能性。即使属于第三种,即其始有如传说中所云之杰出民间女诗人、女歌手及其与某男子对歌,结果两不相下之真人真事;而其终变为石头之情节(此乃故事形态上相当重要之部分),已属于虚构。至其后,故事不断丰富,乃至某些基本情节之改变(如对歌者变为三秀才,收梢已无化石之事等),更无须多说矣。由此观之,刘三姐传说,实与韩凭妻、孟姜女、山伯英台、白蛇娘子及望夫石等我国著名传说,同属于取材广泛社会生活而经过一定虚构之民间口头创作。其历史性,乃广义的,并非狭义的也。过去学者信任民间相传之说法,固属非是,对此种民间创作,企图探本寻源,究明刘三姐之确为真人真事,此种想法,毋论不可能实现,即使真正成功,意义亦并非甚大也。

一九八一年十月二十四日,北京

钟敬文先生学术年表[*]

1903 年 (清光绪二十九年)

3 月 20 日出生，原名钟谭宗，广东海丰人。祖上是以种植为业的自耕农，至他的祖父、父亲开始成为小商人。①

1910 年 (宣统二年)

上学，进的是一个旧式的学塾。教师由几位"东主"集资聘请。读《三字经》《大学》《中庸》《幼学琼林》一类的课本。

1911 年 (宣统三年)

在"子曰馆"里上学，关于辛亥革命的回忆，只隐约记得两件事：从学塾放学回家吃午饭的时候，看见许多市民挤在贴告示的墙壁下，口里喃喃地在念着什么；不久之后，母亲便惋惜地把他的一

---

* 本年表由董晓萍编制。

① 钟敬文《生平自述》："我的祖上，一向是以种植为职业的。到我的祖父，他方始离开了农村，在市镇上的一家商店里当伙计。父亲三十岁以前，也是个商店里的伙计，后来，自己才慢慢地经营起小商业来。七岁以前的事情，现在想起来已很模糊。但那中间，家里有一件比较重要的事，我还清楚地记忆着。六岁那年的冬天，祖母死了。那时候，祖父和父亲等，虽然已居住在市镇上，但在距离市镇三十里，那被苍翠的群山所包裹着的故乡中，尚存着一个老家。祖母和一些叔父、婶母等，就居住在那里。我们的家庭，虽然不过是个自耕农兼小商人的地位（其实，祖父还是被雇佣的工人），但因为祖父在市镇上年月的久长和父亲的颇善于交际，祖母死的时候，除宗族、姻戚之外，居然有一些惯在城市中点缀着富人婚丧礼的角色（所谓'绅士'之流）来参与葬仪。这在当时那远不上千人的小农村里，是被认为可以夸耀的一件事。"

条大而不长的辫子剪掉了。

1922 年

毕业于广东省陆安师范学校,是年开始接触民间文学,搜集整理《陆安民间传说集》等。

1923 年

任广东海丰县小学教员。

1924 年

成为北京大学歌谣研究会通信研究员。自是年起陆续在北京大学《歌谣》周刊、《北京大学国学门周刊》、《语丝》等杂志发表文章。

11 月 30 日,《南洋的歌谣》(歌谣杂谈之四) 刊于《歌谣》周刊第七十号。

12 月 14 日《潮州婚姻的俗诗》刊于《歌谣》周刊第七十二号;24 日,《海丰人表现于歌谣中之婚姻观》刊于《歌谣》周刊第七十四号。

是年,《三朵花》(与马醒、林海秋合著) 自印本、《恋歌集》推出。

1925 年

2 月,《关于孟姜女故事研究的通信 (五则)》(简称《通信》)之《广东海丰的孟姜女传说》《李白诗中的崩山之说》刊于《歌谣》周刊第七十九号。

3 月,《歌谣的一种表现法:双关语》(歌谣杂谈之一) 刊于《歌谣》周刊第八十号。《海丰的峯歌》(歌谣杂谈之三) 刊于《歌谣》周刊第八十一号。《通信》之《情史及戏曲大全中之孟姜女》刊于《歌谣》周刊第八十三号。

6月,《通信》之《筑城曲与贯休诗》刊于《歌谣》周刊第九十六号。

11月,《通信》之《说福佬话人民的孟姜女传说及其他》[1]刊于《北京大学国学门周刊》1925年第七期。

是年,《陆安民间传说集》编成。

1926年

入岭南大学中文系学习,兼任文牍员。

7月4日,《音乐化的客歌》刊于《黎明》周刊第三卷第四十五期。

8月18日,《特重音调之客歌》刊于《北京大学国学门周刊》第二卷第二十四期。

9月19日,《读〈中国民歌研究〉》刊于《黎明》周刊第三卷第四十五期。

10月,编《民间趣事》由北新书局出版。《〈民间趣事〉小序》收入《民间趣事》第一集。

12月,《重编〈粤风〉引言》刊于《文学周报》第四卷第六号。

1927年

任中山大学中文系傅斯年先生助教,兼任预科国文教师。与顾颉刚、容肇祖等发起成立民俗学会,编辑《民间文艺》、《民俗》周刊,出版"民俗学会小丛书",提倡办民俗学讲习班,为《黎明》《新生》《倾盖》等杂志编写民间文学专号。

2月,《客音情歌集》由北新书局出版。《疍歌》由开明书店出版。《客音的山歌》刊于《语丝》第一百一十八期。

---

① 原题《福佬民族的孟姜女传说及其他》。

4月5日,《谈两部民歌集——〈吴歌甲集〉与〈白雪遗音选〉》刊于《一般》第二卷第四期。

9月,《荔枝小品》,由北新书局出版。

12月6日,《马头娘传说辨》刊于《民间文艺》1927年第六期。

是年,《粤风》(李调元编)整理本,由北京朴社出版。

1928年

任浙江杭州高级商业学校教师,兼浙江大学文理学院讲师。

1月,《七夕风俗考略》刊于《国立第一中山大学语言历史学研究所周刊》第一集第十一、十二期合刊。

2月,《谈谈兴诗——致顾颉刚先生信》刊于《文学周报》第五卷第八号;《关于〈诗经〉复沓篇章的意见》①刊于《文学周报》第五卷第十号。《宋代民歌一斑——读〈京本通俗小说〉》(歌谣杂谈之五)刊于《文学周报》第五卷第二十二号。

3月,J.雅科布斯《印欧民间故事型式表》(修订本,与杨成志合译)由中山大学语言历史学研究所出版。《闽南故事》刊于《民俗》1928年第二期。

4月,《倮猓情歌》(与刘乾初合译)由中山大学语言历史研究所出版。《台湾的民歌——谢云声君编的〈台湾情歌集〉序》刊于《民俗》1928年第三期。

5月,《读〈三公主〉》刊于《民俗》1928年第六期。《呆女婿故事探讨》刊于该刊第七期。《艺术三家言》刊于该刊第八期。

6月,《民间文艺丛话》(中山大学民俗学会丛书)由中山大学语言历史学研究所出版。《同一起句的歌谣》(歌谣杂谈之二)收

---

① 原题《关于〈诗经〉中章段重叠之诗篇的一点意见》。

入该书出版。《池田大伍的〈支那童话集〉》刊于《民俗》1928 年第十三、十四期合刊。

7 月,《关于〈孩子们的歌声〉——序黄诏年编的儿歌集》刊于《民俗》1928 年第十七、十八期合刊。《中国印欧民间故事之相似》刊于《文学周报》第六卷。

8 月,《几则关于刘三妹故事材料》刊于《民俗》1928 年第十九、二十期合刊。

9 月,《歌谣论集》由北新书局出版。

10 月,《花束》刊于《文学周报》第七卷第十四期。

12 月,编《马来情歌》由上海远东图书公司出版。《马来的民歌——〈马来情歌〉序》①,收入该书出版。《楚辞中的神话与传说》刊于《大江周刊》1928 年 11、12 月号。

是年,《偶然草》,由中山大学出版部出版。《两广地方传说》《粤歌集》《黄叶小谈》出版。

1929 年

任浙江大学国文系讲师。

2 月,《柳花集》由上海群众图书公司出版。《绝句与词发源于民歌》《盲人摸象式的诗谈》收入该书。

8 月,《西湖漫拾》由北新书局出版。

10 月,《别来无恙的一封信》(给容肇祖信)刊于《民俗》1929 年第八十三期。

12 月,《答茅盾先生关于〈楚辞〉神话的讨论》刊于《民俗》1929 年第八十六期。

---

① 原题《马来民歌研究》。

是年，《游草一束》，由上海金马堂出版。《未寄的情书》，由上海尚志书屋出版。《谈艺集》《风俗论略》《民间文学试探》出版。

1930 年

秋，任浙江民众教育实验学校民众教育专修科教师，至 1933 年春。

2 月，《楚辞中的神话和传说》（中山大学民俗学会丛书）由中大语言历史学研究所出版。

3 月，《湖上散记》由上海明日书店出版。

是年，《海滨的二月》由北新书局代售。《〈山海经〉是一部什么书——〈山海经研究〉的第三章》刊于《浙江大学文理学院学生自治会会刊》。《关于〈山海经研究〉一封回答郑德坤先生的信》刊于《民俗周刊》（杭州《民国日报》副刊）1930 年第五期。

1931 年

1 月，《中国民间故事试探·〈田螺精〉后记》《呆女婿故事试说》刊于《民众教育季刊》第一卷第一号。

2 月，《中国的水灾传说》①刊于《民众教育季刊》第一卷第二号。《风俗学资料征求范围纲目》刊于《新学生》第一卷第二期。

7 月，《中国的地方传说》《中国民间故事型式》《金华斗牛的风俗》刊于《开展月刊》第十、十一期合刊（即《民俗学集镌》第一辑）。

1932 年

6 月，《蛤蟆儿子》刊于《民众教育季刊》第二卷第二号。

8 月，《蛇郎故事试探》《中国民俗学运动歌》刊于《民俗学集镌》1932 年第二辑。

---

① 原题《中国的水灾传说及其它》。

10 月,《老虎与老婆儿故事考察》刊于《民间月刊》第二卷第一号。

1933 年

任浙江大学国文系讲师。

1 月,《中国的天鹅处女型故事》《中国的植物起源神话》①《民间文学和民众教育》刊于《民众教育季刊》第三卷第一号。

2 月 15 日,《中国古代的民间文学》刊于《新秦先锋》1933 年第一卷第五期。

4 月,《与 W. 爱伯哈特博士谈中国神话》②刊于《民间月刊》第二卷第七号。

8 月,《中国神话之文化史的价值——序清水君的〈太阳和月亮〉》刊于《青年界》第四卷第一期。

11 月,《中国民谭型式》日文版(《中国民譚の型式》)刊于日本《民俗学》第五卷第十一号。《关于民间艺术——〈艺风·民间专号〉卷头语》刊于《艺风》第一卷第九期。

1934 年

4 月,赴日本早稻田大学研究部留学,专攻民俗学、神话学和文化人类学。为日本民俗学会创办的学术期刊《民俗学》(《民族学研究》)提供关于神话、传说和故事的研究论文,同时为国内组织和编辑民俗学期刊《民俗园地》《民间文艺专号》并发表文章。

3 月,《〈中国民间文学探究〉自叙》刊于《亚波罗》1934 年第十三期。

---

① 原题《关于中国的植物起源神话》。
② 原题《答爱伯哈特博士谈中国神话》。

5月,编《故事的坛子》(刘大白遗著),由上海黎明书店出版。收入《钟序》。

10月,《老獭稚型传说的发生地——三个分布于朝鲜、越南及中国的同型传说的发生地域试断》《前奏曲》刊于《艺风》第二卷第十二期。

1935 年

1月,《马来情歌》,由上海神州国光社出版。

2月1日,《〈民俗园地〉引言》《〈越风〉序》①刊于《艺风》第三卷第二期。是月,《老獭稚传说之发生地——三个分布于朝鲜、越南及中国的同型传说的发生地域试断》(文言文)刊于日本《民俗学》(《民族学研究》)第一卷第一期创刊号(原定1934年10月印行,后因故延期)。

3月1日,《〈帝京岁时纪胜〉中的禁忌》刊于《艺风》第三卷第三期。

8月1日,《〈东国岁时纪〉中的禁忌》刊于《艺风》第三卷第八期。

是年,《天问室琐语》,在日本自印出版。

1936 年

夏,国内全面抗战开始前夕,离开日本,返回祖国。任浙江民众教育实验学校国文教师,兼西湖国立艺术学院文艺导师。其间为《民众教育》月刊编辑《民间艺术专号》《民间文化专号》。组织举办了民间绘画展览会,展出浙江各地的民间绘画、木刻数千帧,并印行民间绘画专刊一种。

---

① 原题《介绍一部百年前的俗歌集》。

1 月,《民间文艺学的建设》《古传杂钞之一（八则）》刊于《艺风》第四卷第一期。

2—4 月,《槃瓠神话的考察》日文版刊于日本《同仁》第 1 卷第二、三、四号。

4 月 1 日,《〈异民族土俗专辑〉序言》刊于《艺风》第四卷第四期。

6 月,《关于说明神话——写在〈妇女与儿童〉的〈说明神话专号〉之前》《古传杂钞之二（六则）》①刊于《妇女与儿童》第二十卷第九号。

11 月 1 日,《被闲却的民间艺术》刊于《民众教育》第五卷第二期。

12 月 1 日,《民众宗教活动的调查》刊于《民众教育》第五卷第三期。是月,《征集农事的宗教资料》刊于《艺风》第四卷第十期。

1937 年

全面抗战打响后,从杭州辗转浙西、南昌、衡阳等地。于 1938 年初到达桂林,在当地无锡教育学院（从江苏南迁）任教。

1 月 30 日,《中国古代民俗中的鼠》刊于《民俗》第一卷第二期。

2 月,《中国民谣机能试论》②《金华斗牛的风俗》刊于《民众教育月刊》第五卷第四、五号合刊。

1938 年

在广西桂林任江苏无锡教育学院讲师,兼任北京香山幼儿教育

---

① 原题《古传说钞》。

② 原题《中国民谣机能底探究》。《民俗季刊》1942 年第一卷第四期再发表,仍用原文,题目改为《中国民谣机能试论》。

师范学院国文教师,后赴抗战前线,在广州四战区政治部做宣传工作,期间赴粤北战地考察,撰写战地报告文学《银盏坳》等多篇。

1939 年

《东南草》出版。

1940 年

新诗集《未来的春》由上海言行社出版。

1941 年

任中山大学文学院副教授、教授、研究生导师,兼文化学院教授。

1 月 5 日,《民间艺术探究的新展开》刊于《新军》第三卷第一期。

11 月,《我国古代民众关于医药学的知识》(原题目为《〈山海经〉中的医药学》)刊于《民众教育季刊》第二卷第一号。

1942 年

《诗心》(格言体诗论)由诗创作社出版。新诗集《脚印》出版。

1943 年

5 月,《关于农谚》刊于《民俗》第二卷第一、二期合刊。

1945 年

7 月,从广州到香港,任香港达德学院文哲系教授。

1947 年

《新绿集》《文艺丛谈》出版。

1948 年

6 月,《谈〈王贵与李香香〉——从民谣角度的考察》刊于香港达德学院文哲系《海燕》。

是年,《寸铁集》出版。《诗论》,由中山大学文学院印行。

1949 年

响应党的号召,5 月由香港经天津到北京,在北京大学、辅仁大学和北京师范大学三所高校任教授。7 月参加全国第一届文代会,参与筹备中国民间文艺研究会。

1 月,《诗和歌谣》刊于香港达德学院文哲系《关于创作》。

5 月,《方言和民间文艺的搜集整理——〈方言文学运动的新阶段〉中的一节》刊于《方言文学》1949 年第一期,由香港新民主出版社发行。《方言文学运动的几点意义——〈华南方言文学运动的现状和意义〉中的一节》刊于《方言文学》第五期,转载于香港《大公报》1949 年 5 月 4 日第 6 版。

7 月 1 日,《读了〈半湾镰刀〉等以后》刊于《华北文艺》1949 年第六期。是月,《民间文艺的意义和价值》《收集研究工作的过去和今后新发展》刊于《全国文代会特刊》。

8 月 16、17 日,《谈谈口头文学的搜集》刊于《新民报》。

1950 年

春,钟敬文先生参与筹备的中国民间文艺研究会正式成立,并任研究会副主席,兼任《民间文艺集刊》《民间文学》《文学遗产》《文艺研究》等学术刊物的编委。

8 月 20 日,《〈民间文艺新论集〉付印题记》刊于《光明日报》。是月,《民间文艺新论集》由中外出版社(北京师范大学出版社)出版。

12 月,《口头文学:一宗重大的民族文化财产》①刊于《民间文艺集刊》1950 年第一期。

---

① 　原题《口头文学:一宗重大的民族文化遗产》。

1951 年

9 月 20 日,《歌谣中的醒觉意识》①刊于北京师范大学中国语文系编《文艺集刊》第一册《爱国主义与文学》。

是年,《口头文学:一宗重大的民族文化遗产》由北京师范大学出版社出版。

1952 年

全国高校院系调整后,留在北京师范大学,任副教务长、科学研究部主任,一级教授。

5 月,《歌谣中的醒觉意识》由北京师范大学出版社出版。

1953 年

在北京师范大学招收新中国第一批民间文学专业研究生。

3 月 11 日,作《歌谣与妇女婚姻问题》(未刊稿)。

1955 年

在北京师范大学成立全国第一个民间文学教研室。

4 月 30 日,《民间文学发刊词》刊于《民间文学》创刊号。

1957 年

《高等学校应设置人民口头创作课》刊于《新建设》1957 年第七期。

1960 年

12 月,《未寄的情书》(合著),由香港新月出版社出版。

1963 年

7 月 30 日,《晚清革命派著作家的民间文艺学》刊于《北京师范大学学报》1963 年第二期。

---

① 原题《中国歌谣中所表现的醒觉意识》。

1979 年

在北京师范大学恢复招收民间文学专业硕士研究生。

4 月,《"五四"前后的歌谣学运动》刊于《民间文学》1979 年第四期。《马王堆汉墓帛画的神话史意义》刊于《中华文史论丛》1979 年第二辑。

7 月,《为孟姜女冤案平反》刊于《民间文学》1979 年第七期。

是年,作《中国民间文学工作者第二次代表大会开幕词》(未刊稿)。

1980 年

任北京师范大学中文系主任。

主编中国大学教育史上首部民间文艺学全国高校教材《民间文学概论》等。

2 月,《把我国民间文艺学提高到新的水平》刊于《民间文学》1980 年第二期。

3 月 15 日,《晚清时期民间文艺学史试探》刊于《北京师范大学学报》1980 年第二期。

5 月,译著《鲁迅的印象》(〔日〕增田涉著),由湖南人民出版社出版。

7 月,主编《民间文学概论》,由上海文艺出版社出版。

10 月,《建立具有中国特点的民间文艺学》刊于《思想战线》1980 年第七期。

12 月,《四年来我国民间文学事业的恢复和发展》刊于《民间文学》1980 年第十二期。

1981 年

任国务院学位办学科评议组中国语言文学组成员和国务院授

予的首批博士生导师,兼任中国民间文艺研究会主席、北京市政协常委等。

3月15日,《论民族志在古典神话研究上的作用——以〈女娲娘娘补天〉的新资料为例证》刊于《北京师范大学学报》1981年第二期。

5月,《民间文艺谈薮》,由湖南人民出版社出版。

6月,《民俗学与民间文学》刊于《民间文学论丛》,由中国民间文艺出版社出版。

12月2日,作《〈孟姜女故事论文集〉序》,收入《孟姜女故事论文集》,于1983年出版。

1982年

1月10日,订正《晚清改良派学者的民间文学见解》(未刊稿,1964年3月14日写完)。15日,《作为民间文艺学者的鲁迅》刊于《文学评论》1982年第一期。

3月,《加强民间文艺学的研究工作——〈民间文艺学文丛〉卷头语》《晚清革命派作家对民间文学的运用》收入《民间文艺学文丛》,由北京师范大学出版社出版。《刘三姐乃歌圩之女儿》刊于《楚风》1982年第一期。

4月,《关于鲁迅的论考与回想》,由陕西人民出版社出版。

夏,《刘三姐传说古代记录之功过》刊于《山西民间文学》1982年第二期。

8月,《天风海涛室诗词钞》,由文丛出版社出版。

9月,《刘三姐传说试论》,收入日本松本信广先生追悼论文集《稻·舟·祭》,由日本六兴出版社出版。

10月,《钟敬文民间文学论集》(上),由上海文艺出版社出版。

《刘三姐传说之发展形态》刊于《湘潭大学学报(民间文学增刊)》。

是年,主编《民间文艺学文丛》,由北京师范大学出版社出版。

1983 年

恢复中国民俗学会,任理事长,兼任中华诗词学会副会长等职。

7 月 17 日,《建立新民间文艺学的一些设想》刊于《民间文学论坛》1983 年第三期。

9 月,《孟姜女故事论文集》(与顾颉刚合著),由中国民间文艺出版社出版。

12 月,《民俗学及其作用》刊于《中国民俗学会会刊》1983 年第一期。

1984 年

3 月,《民俗学的历史、问题和今后的工作》刊于《中国民俗学会会刊》。

11 月 21 日,《中国民间文艺学的形成与发展》刊于《文艺研究》1984 年第六期。

12 月,《神话学及当前任务》刊于《民族文化》1984 年第六期。

1985 年

6 月,《钟敬文民间文学论集》(下),由上海文艺出版社出版。

10 月,《民俗学与古典文学》刊于《文史知识》1985 年第十期。

1986 年

首次招收博士研究生 1 人。

4 月,《加强中国文化史编著工作》刊于《东西方文化研究》试刊号。

11 月,《谈谈民族的下层文化》刊于《群言》1986 年第十一期。

1987 年

2 月,主编《民间文艺探索》,由北京师范大学出版社出版。是月,《从文化史角度看〈老鼠娶亲〉》刊于《中国文化报》。

3 月 11 日,《民族民间文化的搜集保存与新文化创造》刊于《中国文化报》。

7 月,为美籍华人学者丁乃通《中国民间故事类型索引》撰序并收入该书,由中国民间文艺出版社出版。

10 月,《新的驿程》,由中国民间文艺出版社出版。是月,《我们要建立怎样的社会主义文化》刊于《东西方文化研究》1987 年第二期。

1988 年

主持北京师范大学民俗学学科点的建设并成为国家重点学科。

2 月 21 日,《民间节日的情趣》刊于《光明日报》。

3 月,《我与浙江民间文化》刊于《北京师范大学学报》1988 年第二期。

1989 年

6 月,主编《中国抗日战争时期大后方文学书系·通俗文学卷》,由重庆出版社出版。《钟敬文散文选集》(蔡清富编),由百花文艺出版社出版。

11 月,《钟敬文采集口承故事集》(张振犁编),由黄河文艺出版社出版。

12 月,《重视民族精神的支柱》刊于《群言》1989 年第十二期。

是年,主编《中国各民族神话传说》(全十册),董晓萍、刘铁梁等编写,由新蕾出版社 1989—1991 年出版。

1990 年

2 月,《话说民间文化》,由人民日报出版社出版。

是年,主编"书外书"丛书五册,由南海出版公司出版。

1991 年

2 月,《钟敬文教育及文化文存》(董晓萍编),由南海出版公司出版。《钟敬文生平·思想及著作》(杨哲编),由河北教育出版社出版。

5 月,《中日民间故事比较泛说》刊于《民间文学论坛》1991 年第三期。

1993 年

创建北京师范大学中国民间文化研究所并任首任所长。

3 月,《兰窗诗论集》,由北京师范大学出版社出版。

10 月,《西湖漫拾》,由中国文联出版公司出版。

11 月,《钟敬文散文》(杨哲编),由中国广播电视出版社出版。

1994 年

5 月,《荔枝小品·西湖漫拾》,由河北教育出版社再版。

9 月,《钟敬文学术论著自选集》(连树声编),由首都师范大学出版社出版。《我与中国 20 世纪》(合著),由河南人民出版社出版。

1995 年

8 月,主编《中国近代文学大系(1840—1919)》第 8 集第 22 卷《民间文学集》,由上海书店出版。

1996 年

主持北京师范大学民俗学学科成为第一批"211 工程"建设单位。

1月,总主编《中国散文经典·当代卷》,由中国工人出版社出版。

2月,《芸香楼文艺论集》,由中国文联出版公司出版。

11月,《民俗文化学:梗概与兴起》(董晓萍编),由中华书局出版。《进入九十年代》,由北岳文艺出版社出版。

1997 年

12月,《雪泥鸿爪:钟敬文自述》,由山西人民出版社出版。

1998 年

3月,《钟敬文民俗学论集》(涂石编),由上海文艺出版社出版。《艺术的梦与现实》(梦岩编),由湖南人民出版社出版。

5月,《南国已深秋了》,由新世纪出版社出版。

10月,《民间文艺学及其历史》(董晓萍编),由山东教育出版社出版。

12月,主编《民俗学概论》(许钰、董晓萍副主编),由上海文艺出版社出版。该书是中国大学教育史上首部民俗学全国高校教材。主编《民间文化讲演集》,由广西民族出版社出版。

1999 年

2月,为汉学家艾伯华(Wolfram Eberhard)《中国民间故事类型》撰写的《中译本序》收入该书,由商务印书馆出版。

8月,《世纪老人的话:钟敬文卷》(访谈人:肖立、董晓萍),由辽宁教育出版社出版。

9月,《中国民间文学讲演集》,由北京师范大学出版社出版。《西湖的雪景》,由吉林摄影出版社出版。《钟敬文文集》(全五卷),由安徽教育出版社 1999—2002 年出版。

12月,《建立中国民俗学派》(董晓萍编),黑龙江教育出版社出版。

2000 年

主持"中国民俗学教学的改革与实践"项目,获北京市普通高校优秀教学成果一等奖和国家级教学成果一等奖。

1 月,《履迹心痕》,由中国旅游出版社出版。

9 月,《钟敬文学述》(董晓萍编),由浙江人民出版社出版。

10 月,《历史的公正》,由大众文艺出版社出版。

12 月,《永在的温情:文化名人忆鲁迅》(合著),由河北教育出版社出版。

2001 年

任首批教育部人文社科研究重点研究基地"北京师范大学民俗典籍文字研究中心"学术顾问。

3 月,《谣俗蠡测》(巴莫曲布嫫、康丽编),由上海文艺出版社出版。

2002 年

1 月 10 日辞世,享年 100 岁。

1 月,《沧海潮音》,由黑龙江人民出版社出版。《婪尾集》,由新世界出版社出版。

民俗学中国化的一块基石

——论钟敬文的故事学研究

董晓萍

钟敬文是我国民俗学和民间文艺学的创建人和奠基者,故事学是这两门学问的一块基石。本书收入钟敬文的故事学研究代表作,首次全面呈现钟敬文的故事学学说,同时也展现钟敬文的故事学对他坚持中国民俗学和民间文艺学的中国化所发挥的关键作用。

钟敬文的另一本书《楚辞中的神话和传说》,出版于 1930 年,是一本小书,但很特殊,是钟敬文故事学的研究大纲。将两本书拆开看意思不大,而合起来就是独一无二的配套书。

以下,我主要从专业的角度,阐述钟敬文故事学研究的历史地位、学术价值、理论体系、方法论和中外影响。

一 历史地位和学术价值

钟敬文故事学代表作 23 篇,此次全部收齐,编为此集。其中,有 16 篇写于 1925—1936 年,曾在国内和欧亚国家产生很大的学术影响。另外 7 篇写于 1973—1991 年,其间由于战争和社会动荡,拉开时间比较长,但也不是另起炉灶,而是在条件允许的情况下,补入新发现的考古发掘与田野资料,完成早年的计划。后面的论文因发表于晚年,他创建的中国民俗学和民间文艺学已蓬勃发展,故事学观点更加充实,论文也愈加重要。

钟敬文的故事学,从时间上说,与中国民俗学和民间文艺学的初建与发展同步,对传统学术这一薄弱面加以发展,与国际民俗学同行和海外汉学界共同感兴趣的中国故事问题保持对话,根基深厚且思想开放,达到了同时代所能达到的历史高度。钟敬文之所以能取得如此成就,与他的三个经历有关:一是投身五四运动,对创新维护中国传统文化有深刻的理解;二是留学日本,通过了解世界人文科学的前沿进展,反观中国学术的特点;三是个人天赋、治学勤奋与时代机遇的碰撞、融合。

对钟敬文故事学的学术价值可以从多方面去讨论,但其中的关键点是在最大程度上将民俗的学问中国化。民俗学来自西方,由于钟敬文建成中国故事学,民俗学就成了中国的学问。民间文艺学是钟敬文本人提出来的,西方没有,日本也没有。西方和日本是把民间文学艺术研究天然地纳入民俗学之中,没有分离出来。钟敬文根据他对中国故事学的研究、对经史子集与中国故事的历史联系的认识,以及对中国口头故事巨大存量的评估,下决心将民间文艺学建成独立学科,与民俗学并列。民间文艺学就是故事学,再适当补以中国古已有之和需要以现代人文科学方法改造的歌谣学。从故事学到民俗学和民间文艺学的建设,体现了钟敬文的文化自觉和学术自信。

二　理论体系和方法论

钟敬文故事学的要点主要有五：一是由故事分类学切入，阐释中国传统学术与民众知识之间既联系又排斥的复杂关系，从广义上界定中国故事的概念，包括神话、传说和故事，并在此基础上，首次创编中国故事类型。二是提出中国故事的自然观、宇宙观和社会观的协调叙事秩序，与以往突出帝王世系神话的中国正统观念相区别，也与西方故事学的宗教神学取向相区别。从中国实际出发，将自然神话前置，将英雄传说及其他故事列于其后，并运用现代人文科学方法，兼收传统国学中的适当方法，进行深入研究。三是建立中国故事学的经典研究个案，包括动物故事、植物故事、洪水故事、天体故事和英雄传说及其他奇迹故事，本书对这些论文已全部收齐。四是创建中国故事学方法论，包括涉及核心概念和基本问题的总体方法，也包括对多民族、多地区的多样化故事进行研究的具体方法。五是与国内多学科学者、国际民俗学同行和海外汉学家长期对话，既坚持中国化又强调开放性。

（一）创编中国故事类型

钟敬文的故事学研究始于芬兰民俗学派的故事分类学，但他不是从芬兰直接拿到资料，而是经过了日本和英国的渠道。1927年，他参考日本学者冈正雄的日译本，与杨成志合作，翻译班恩

（Charlotte Sophia Burne）《民俗学手册》所附《印欧民间故事型式表》[1]。这个时间点很特殊，比芬兰正式出版 AT 类型著作还早一年[2]，也比普罗普出版俄罗斯分类的《故事形态学》（1928）要早一年[3]。也就是说，钟敬文对国际民俗学的变化很敏锐，通过翻译，让中国人很早就与当时正在欧洲流行的故事分类法接触，其速度不亚于东亚的日本和南亚的印度。

这个中译本的印欧故事类型共 70 个，命名如下：1. 丘匹得与赛支式、2. 麦罗赛那式、3. 天鹅处女式、4. 皮涅罗皮式、5. 哲诺未亚式、6. 判赤京或生命指南式、7. 叁孙式、8. 赫刺克利斯式、9. 蛇儿式、10. 恶魔罗伯式、11. 金小孩式、12. 利尔式、13. 侏儒式、14. 里亚·塞尔米式、15. 杜松树式、16. 和尔式、17. 卡斯京式、18. 金发式、19. 白猫式、20. 辛得勒拉式、21. 美人与兽式、22. 兽姊妹夫式、23. 七只天鹅式、24. 孪生兄弟式、25. 从巫术逃出式、26. 白太式、27. 哲孙式、28. 谷德纶式、29. 悍妇驯服式、30. 脱刺是卑耳德式、31. 睡美人式、32. 赌婚式、33. 约克和豆茎式、34. 旅行地狱式、35. 杀巨人者约翰式、36. 波力飞马斯式、37. 斗法式、38. 巧智退魔式、39. 大胆约翰式、40. 预言实现式、41. 法术书式、42. 盗贼式、43. 勇敢的裁缝匠式、44. 威廉退尔式、45. 忠心约翰式、46. 茎勒特式、47. 报恩兽、48. 兽鸟鱼式、49. 人得到支配兽类的法力、50. 亚拉

---

① 〔英〕库路德（Rev. S. Baring-Gould）编，约瑟·雅科布斯（Joseph Jacobs）修订：《印欧民间故事型式表》，钟敬文、杨成志译，"中山大学民俗学会小丛书"，中山大学语言历史研究所 1928 年版。

② Antti Aarne（安蒂·阿尔奈），*The Types of the Folktale*, FFC. 3. Translated and Enlarged by Stish Thompson（斯蒂斯·汤普森）, FFC. 184, Indiana University, second revision. 1961. Helsinki, Academic Science, Finland, fourth printing, 1987.

③ 〔俄〕普罗普（Vladimir Propp）：《故事形态学》，贾放译，中华书局 2006 年版。

丁式、51. 金鹅式、52. 禁室式、53. 贼新郎式、54. 骸骨呻吟式、55. 白雪姑娘式、56. 拇指汤式、57. 安德洛麦达式、58. 蛙王子式、59. 刺谟皮斯地理武士京式、60. 动物语言式、61. 靴中小猫式、62. 狄克喜亭吞式、63. 正直与不正直式、64. 死人报恩式、65. 笛手皮得式、66. 驴桌及棍棒式、67. 三蠢人式、68. 替泰鼠式、69. 老妇与小豚式、70. 亨利坟尼式。

　　钟敬文经对以上印欧故事类型做对比，于 1928 年发表论文《中国印欧民间故事之相似》。他在这个标题中使用的"中国印欧"四字，学界也习惯称为"中西印"，两种提法都有"印"，即印度。从人文科学来说，这都是指西方 18 世纪兴起的东方热，印度和中国都是西方人想象中的、浪漫的东方国度。对民俗学来说，还有另一层意思，"西"，专指欧洲。这是因为，格林兄弟在 18 世纪中期提出了"印欧文化圈"的假设，他们认为，欧洲故事的故乡在遥远的印度，可以从印度故事中找到欧洲故事的根，这样"印欧文化圈"就同时也是一种研究方法。在钟敬文翻译印欧故事类型时，这种方法仍在国际民俗学界占据主流地位，这让钟敬文看到当时世界公认的民俗学方法论。他怎样做呢？他要借助这种方法，找到在世界语境中识别中国故事的途径，然后发现中国故事的特点，再通过研究，加以科学概括，构建中国故事的分类形态与方法，将之中国化。在这篇论文中，他指出，中国与印欧故事有 10 个相似类型，它们是：1. 类型三、天鹅处女式，2. 类型十五、杜松树式，3. 类型十六、和尔式，4. 类型十九、白猫式，5. 类型二十一、美人与兽式，6. 类型四十七、报恩兽，7. 类型四十八、兽鸟鱼式，8. 类型五十四、骸骨呻吟式，9. 类型二十六、白太式，10. 类型六十七、三蠢人式。他还提供了中国故事类型的历史文献出处和现存口头资料。

1929 年至 1931 年,钟敬文开始编制中国故事类型,共 45 个,分别是:1. 蜈蚣报恩型、2. 水鬼与渔夫型、3. 云中落绣鞋型、4. 求如愿型、5. 偷听话型、6. 猫狗报恩型、7. 蛇郎型、8. 彭祖型、9. 十个怪孩子型、10. 燕子报恩、11. 熊妻型、12. 享夫福女儿型、13. 龙蛋型、14. 皮匠驸马型、15. 卖鱼人遇仙型、16. 狗耕田型、17. 牛郎型、18. 老虎精型、19. 螺女型、20. 老虎母亲(或外婆)型、21. 罗隐型、22. 求活佛型、23. 蛤蟆儿子型、24. 怕漏型、25. 人为财死型、26. 悭吝的父亲型、27. 猴娃娘型、28. 大话型、29. 虎与鹿型、30. 顽皮的儿子(或媳妇)型、31. 傻妻型、32. 三句遗嘱型、33. 百鸟衣型、34. 吹箫型、35. 蛇吞象型、36. 三女婿型、37. 择婚型、38. 书呆子掉文型、39. 撒谎成功型、40. 孝子得妻型、41. 呆女婿型、42. 三句好话型、43. 吃白饭型、44. 秃子猜谜型、45. 说大话的女婿型。①

就在同一时期,1928 年至 1930 年,钟敬文同步完成了另一种工作:撰写并出版《楚辞中的神话和传说》和完成《山海经研究》的部分书稿。《楚辞》和《山海经》的性质是什么呢?它们是中国神话的祖本。"五四"以来,中国学者和海外汉学界对此都有共识。他对印欧故事类型不是就翻译而翻译,对中国故事类型也不是为了编制而编制,这些都是必经之途,但不是最终目标。钟敬文头脑中的"中国化"是一项扎扎实实的大工程。

他于 1930 年出版的《楚辞中的神话和传说》,使用"自然神话"的核心概念,初建与西方分类完全不同的中国故事分类大纲②。他1931 年至 1936 年发表研究中国故事的连续论文(见本书),其中使

---

① 参见钟敬文《中国民间故事型式》,本书第 20—32 页。
② 关于钟敬文创建中国故事分类体系的早期工作,详见钟敬文《楚辞中的神话和传说》。

用了他归纳的前述 10 个中国与印欧故事相似的表层套式,但完全按照他建立的中国故事母题和主题,进行了差异化分析,得出了令人惊异的新结论,这些都是证明。不仅如此,他不管外界理解或不理解、热捧或冷漠,在此后 64 年中,都没有放弃这项研究。他在晚年提出建立民俗学的"中国学派"是他毕生探索与科学实践的必然结果。

从中国民俗学史和民间文艺学史来说,钟敬文创制中国故事类型的意义如下:

第一,故事类型是钟敬文故事学的门径,也是认识中国民俗学和民间文艺学的入口。钟敬文完成印欧故事类型译文后,顾颉刚撰序说:

> 民俗可以成为一种学问,以前人决不会梦想到。他们固然从初民以来早有许多生活的法则,许多想象的天地,可怜他们只能做非意识的创造和身不由主的随从,从来不会指出这些事实的型式和因果。……现在我们的眼睛已为潮流所激荡而张开了,于是陡然看见沃野膏壤可以做我们的田地,许多嘉卉珍果可以做我们的农产;我们心知在这很近的时期之内可以收获到一笔大产业,那里禁得住不高兴,那里禁得住不呼喊道:"我们要开辟这些肥土! 我们要在这方面得到丰盛的收获!"[①]

---

① 顾颉刚《民俗学会小丛书前言》,〔英〕库路德编,约瑟·雅科布斯修订:《印欧民间故事型式表》,钟敬文、杨成志译,第 1 页。

　　"五四"以后，顾颉刚和钟敬文接触民俗和民间文学资料日久，而方法日蹙。接触到故事分类法后，他们眼前一亮。中西方做学问，分类都是第一门径，但故事分类法，传统国学中没有，西方人却在表音文字系统中提出来了，还找到了可以匹配的概念，能把故事进行成套的排比和分类，这种启示是补白性的。顾颉刚认定故事类型法可以成为民俗学的支柱。正是由于他的肯定和鼓励，成就了钟敬文的故事学。

　　第二，认识中印故事传播研究的重要性。将印欧故事译成中文，钟敬文不是第一人。许地山、郑振铎、赵景深都走在他的前面。就在1928年的当年，许地山的译著《孟加拉民间故事》问世①。至1935年，他又出了三本书，介绍印度的两大史诗《罗摩衍那》《摩诃婆罗多》和三大印度佛教故事集《五卷书》《佛本生故事》与《故事海》，这些译著都对钟敬文产生了很大影响。而季羡林在三十多年后也肯定许地山译介印度故事文学的才能和功力②。但许地山只是翻译，不研究故事类型。而当时他的工作已在给钟敬文以助力。钟敬文在1928年撰写的《中国印欧民间故事之相似》一文中，还采用了郑振铎的意见。郑振铎曾翻译泰戈尔的诗，并于1927年发表

---

　　①　〔印〕戴伯河利(Lal Behari Day)：《孟加拉民间故事》(*Folk Tales of Bengal*)，许地山译，商务印书馆1929年版。

　　②　季羡林：《印度文学在中国》，《比较文学与印度文学》，北京大学出版社1991年版，第114页。多年后，季羡林及其后学团队翻译出版了全部印度佛教故事著作，并增加了注释和研究，提供了新线索，例如，钟敬文早年翻译印欧故事类型的"第二十六则白太式"和"第六十七则三蠢人式"，在王邦维选译汉魏佛经《百喻经》中，就有《食盐》《挨打》《认兄》和《赞父》等同类作品。(参见王邦维选译《佛经故事·百喻经》，中华书局2009年版，第2—4页。)

论文《民间故事的巧合与转变》，提出故事相似说的几个流派①。钟文也提到赵景深："景深按，比较近似一点的，我以为还是牛郎和织女的故事，此故事也曾编成戏剧《鹊桥相会》，在七夕演唱；并且拙编《中国童话集》中也收得有这个故事。"②1929年钟敬文编制第一批中国故事类型后，赵景深发表"大家分力合作"的意见③，表示赞成。钟敬文于1932年发表《中国的天鹅处女型故事》一文，回应了赵景深。

第三，由故事学观察中国传统国学中上下层文化研究的联系与区别。钟敬文和顾颉刚其实一辈子都在合作。顾颉刚侧重历史学，兼做民俗学。钟敬文侧重民俗学，也重视历史学。他大量使用历史文献，同时使用口头资料，他不仅使用故事类型法，还使用其他方法，包括传统国学研究的适用方法。

第四，就中外同行共同感兴趣的中国故事问题开展共享题目研究和发展学术对话。钟敬文曾雄心勃勃地说："关于中国的乃至于世界的这型式的故事，我希望将来有较详细地讨论一下的机会。"④日本民俗学者松村武雄曾翻译印欧故事类型并开展个案研究，钟敬文很欣赏，也走这条路。他曾与松村武雄就"槃瓠"神话进行双向研究，互相启发⑤。

钟敬文的中国故事类型研究首先在日本引起反响，1933年，他

---

① 郑振铎：《民间故事的巧合与转变》，《矛盾月刊》1932年第1卷第2期；又见《郑振铎文集》第6卷，人民文学出版社1988年版，第255—258页。

② 钟敬文：《中国印欧民间故事之相似》，本书第16页。

③ 钟敬文：《中国民间故事型式》，本书第20页。

④ 钟敬文：《〈中国民间文学探究〉自叙》，《钟敬文民间文学论集》（下），上海文艺出版社1985年版，第405页。

⑤ 钟敬文：《槃瓠神话的考察》，本书第196页。

的《中国民间故事型式》被译成日文,以《中国民谭型式》为题,在日本《民俗学》月刊上发表。1937 年,德国汉学家艾伯华(Wolfram Eberhard) 在芬兰出版《中国民间故事类型》,对钟敬文编制的 45 个中国故事类型全部采纳①,其中有的类型还被芬兰 AT 的修订本收入②。1978 年丁乃通(Nai-tung Ting) 在芬兰出版《中国民间故事类型索引》③,也对钟敬文的故事类型加以引用。迄今为止,欧美学界对钟敬文故事学的了解,主要是他编制的中国故事类型。

(二) 动物故事研究

钟敬文的故事学,在核心概念上,关于"故事"的界定,是采用广义的概念,即包括神话、传说和故事三者;在理论上,揭示中国故事将自然观、宇宙观和社会观加以协调和综合叙事的现象,用以区别于西方民俗学的故事观及其神学宗教基础。

以下我们讨论钟敬文于 1927 至 1936 年撰写的论文。这批论文的总体思想,以《楚辞中的神话和传说》中提出的"自然神话"为基本概念,以异形人的动物、植物、洪水、天体和英雄故事为序,选择个案,进行深入研究。本书着重收录了这批论文。下面先谈他

---

① 〔德〕艾伯华:《中国民间故事类型》(修订版),王燕生、周祖生译,商务印书馆 2018 年版,关于艾伯华使用钟敬文编制的中国故事类型的经过,详见董晓萍为该书写的《编后记》。

② Antti Aarne(安蒂·阿尔奈) , *The Types of the Folktale*, FFC. 3. Translated and Enlarged by Stish Thompson(斯蒂斯·汤普森) , FFC. 184, Indiana University, second revision. 1961. Helsinki, Academic Science, Finland, fourth printing, 1987.

③ 〔美〕丁乃通:《中国民间故事类型索引》,郑建成、李倞、尚孟可、白丁译,中国民间文艺出版社 1986 年版。

的动物故事研究。

钟敬文的故事学研究以动物故事为主,在他编制的 45 个中国故事类型中,动物故事类型有 26 个,占半数以上,它们是:1. 蜈蚣报恩型、2. 云中落绣鞋型、3. 求如愿型、4. 偷听话型、5. 猫狗报恩型、6. 蛇郎型、7. 燕子报恩、8. 熊妻型、9. 龙蛋型、10. 皮匠驸马型、11. 卖鱼人遇仙型、12. 狗耕田型、13. 牛郎型、14. 老虎精型、15. 螺女型、16. 老虎母亲(或外婆)型、17. 罗隐型、18. 求活佛型、19. 蛤蟆儿子型、20. 怕漏型、21. 人为财死型、22. 猴娃娘型、23. 虎与鹿型、24. 百鸟衣型、25. 吹箫型、26. 蛇吞象型。

钟敬文的动物故事研究涉及动物 16 种,分别是鸟(云鸟、天鹅、燕子)、蚕、蛇、猫、鼠、狗(槃瓠)、虎、龙(龙王、龙子、龙女)、青蛙(蛤蟆)、鱼(老獭稚)、牛、田螺、猴、熊、蜜蜂、蜈蚣。其中出现虎 4 次、龙 4 次、鸟 2 次、蛇 2 次、狗 2 次,其余均出现 1 次。

从故事角色看,含动物助手 7 个,动物丈夫 9 个,动物妻子 2 个,动物儿子 1 个,动物报恩 3 个,动物对手 7 个。很多动物能开口说话,如鸟、牛、狗。在上一小节提到钟敬文讨论的 10 个中印欧相似类型中,动物故事占 8 个,达 80%,所举述中国对应动物达 90%。

钟敬文的动物故事研究贯穿了三项工作:一是用中文给印欧故事类型命名,其中部分故事类型使用了具有中国色彩的篇名,如"睡美人式""报恩兽""禁室式"和"骸骨呻吟式"等。二是用中国人耳熟能详的词语为中国故事类型命名,如"云中落绣鞋型"①、"呆女婿型"、"傻妻型"②、"后母型(灰姑娘型)"和"歌唱的骸骨

---

① 关于钟敬文将印欧故事类型中的"三蠢人式"归入中国故事类型"云中落绣鞋型",参见钟敬文《中国民间故事型式》,本书第 22 页。

② 钟敬文:《中国民间故事型式》,本书第 29 页。

型"。我将他这种命名法称为"民俗志法",其特点是根据中国民俗志的特点和民俗志修辞用语的分类,奠定了中国故事分类学的历史基础[1]。在钟敬文晚年的著述中还对这些类型进行了补充研究[2]。它们后来都成为中国民俗学界常用的类型名称。它们也都是 AT 的重要类型,日、韩民俗学者一直借用这些命名,如"呆女婿型"。三是就中国故事类型研究提出了"母题"和"主题"两个工具概念,这个工作是非常有创造性的。艾伯华就使用了钟敬文的这两个概念。

钟敬文的动物故事分类和研究特点是,在故事世界中,动物都是"异形人",人与动物之间变来变去,没有实质上的区分。人与动物相处的形式,有人兽婚、动物助手、动物报恩等多种。

钟敬文所研究的著名动物故事个案有:马头娘、蛇郎、蛤蟆儿子、田螺娘、天鹅处女、老虎与老婆儿、老獭稚、獒瓠和鼠。

1. 马头娘[3]

在钟敬文翻译印欧故事类型和制作中国故事类型时,对这种西方主流方法的争论就在他身边爆发了,这对他是极大的考验。他说:"自《印欧民间故事型式》由国立中山大学语言历史学研究所刊行之后,有些人珍爱备至,常用以为写作民间故事论文援引的'坟典'。但也有些人,却很鄙薄它,以为全无用处,甚至把它视为断送中国民俗学研究前途的毒药。"[4]他与沈雁冰为马头娘故事产

---

① 董晓萍:《现代民间文艺学讲演录》,广西师范大学出版社 2008 年版,第380 页。

② 钟敬文对"灰姑娘型"和"歌唱的骸骨"故事类型的研究,对"不到黄河心不死"的故事类型研究,参见《中日民间故事比较泛说》,本书第 62,64—75 页。

③ 钟敬文:《马头娘传说辨》,原文撰于 1927 年,本书第 105—111 页。

④ 钟敬文:《中国民间故事型式》,本书第 21 页。

生的争论即是其中的一例。马头娘的文本取自晋干宝《搜神记》，沈雁冰用现实社会的观点看待故事中的马与女子的婚姻，批评其怪诞。钟敬文用故事世界的观点做解释，指出在这种地方，"我们可以见到一点原始时代的背景——尤其是那时代的思想和信仰"[①]。1928 年 4 月，钟敬文发表《读〈三公主〉》一文，再次指出，文学家与民俗学者对待故事类型是有区别的。文学家改造故事，"以表达自己的感情、思想及艺术"[②]。民俗学者研究故事，就要按照故事思维的规律看问题。我们看到，编制中国故事类型，让故事学从文学批评中独立出来，这是我国民俗学早期构建的一个过程。

2. 蛇郎[③]

钟敬文研究蛇郎型母题的文章发表于 1930 年。从他的研究看，蛇郎母题可分为"原形的""变态的"和"混合的"三型，其中与"混合型"粘连的类型，还有老虎外婆型、田螺娘型和灰姑娘型等。该类型的叙事套式有时会夹杂问答和鸟的咒语。钟敬文还将蛇的故事类型与印欧故事类型做比较分析，其中小妹被害变形的情节，他认为是印欧故事类型的一种：

> 欧洲民间故事中的"杜松树式"（Juniper Tree Type）（格林童话集中，有这个故事的记录），云前妻子为继母所杀，灵魂回生：第一次变成树，第二次变成鸟，卒以歌唱之力，换到一具磨

---

① 钟敬文：《蛤蟆儿子》，本书第 133 页。

② 钟敬文：《支那童话集》，收入《钟敬文民间文学论集》（下），第 460—461 页。

③ 钟敬文：《蛇郎故事试探》，原文撰于 1930 年，本书第 112—128 页。

石,把后母击死,而自己从烟火中仍回复为人,与父、妹重叙天伦之乐。大体上与这故事极相近。①

对女子与蛇丈夫结婚的情节,他指出,与其他人兽婚故事相比,"与蛇结婚的似乎很不普遍"。但他也注意到这个故事类型的世界分布现象,指出中国的蛇郎故事与印欧故事类型中"美人与兽型"的相似性。

两年前,我曾把《印欧民间故事型式》,与中国民间故事作一比较探讨。文中有这样的话:"这故事(按指《美人与兽》*Beauty and Beast*)自一至四(指表中所列)所述的情节,和我国流传很广的民间故事《蛇郎》,真符合极了。"《美人与兽》的型式如下:

一、三姊妹中最小的受轻蔑。

二、父出旅行,应承给她们一种赠物。最小的只要求一朵花。

三、取花时,父陷于危险,他应许交出女儿以赎他的生命。

四、因此女儿极富饶,并得了一个漂亮的爱人。

五、姊妹们谋害爱人,几置之死地。

六、最小的救了他的生命。②

在分析这个故事类型时,钟敬文采用了欧洲的 AT 法,但也不

① 钟敬文:《蛇郎故事试探》,本书第121页。
② 同上书,第124—125页。

是全用,他把蛇郎、父亲和三个女儿分别当中心角色,再对各个中心角色展开情节分析,这种分析就不是西方的 AT,也不是普罗普的中心角色法,而是他发明的多角色法。这为容纳大量地方文化资料和多民族母题的民俗内涵找到了一种可行的方法。艾伯华很敏锐地捕捉到这种方法,并在他编撰的《中国民间故事类型》中全盘挪用。

钟敬文的另一种方法是利用 20 世纪初被介绍到中国的格林童话进行中印故事类型比较,也解决了一些难题。据季羡林的研究,格林童话的部分内容有印度故事来源:

> 欧洲中世纪的故事集像《罗马事迹》(*Gesta Romanorum*)里已经收入《五卷书》里的寓言。其他许多著名的寓言家和童话家像薄伽丘(Bocaccio)、斯特拉帕罗拉(Straparola)、乔叟(Chaucer)和拉芳丹(La Fontaine)都借用过《五卷书》里的寓言和童话。德国格林兄弟的童话集,虽然是采自民间,但里面也有不是的《五卷书》里的童话,甚至欧洲各处的民间传说都受了《五卷书》的影响。[①]

季羡林是直接使用梵文研究印度故事的,钟敬文后来与他的学术交流很多。钟敬文引用格林童话越多,靠近印度故事来源的概率也就越大。他曾三次使用格林童话,对比分析蛇郎、青蛙儿子

---

① 季羡林《梵文〈五卷书〉：一部征服了世界的寓言童话集》,《比较文学与民间文学》,北京大学出版社 1991 年版,第 30 页。

和田螺娘故事类型中的中印相似性①。其中,除蛇郎型在他翻译的印欧故事型式表的 70 个类型之内,其余都在 70 个类型之外。

3. 蛤蟆儿子②

钟敬文在中国故事研究中提出了蛤蟆儿子的母题,此即青蛙儿子型母题。他指出,中国有两种青蛙儿子型,在印欧故事类型中,也有两个母题或两个主题。这是他的发现。他所说的两种,分别是蛙郎型和蛙王型③。据他分析,蛙郎,近似蛇郎,是动物丈夫。但与蛇郎相比,蛙郎的"最重要的一点,是人类生产或抚养小动物或别的小物类"。他使用了《搜神记》《续搜神记》和《稽神录》的三条记载,指出三种小动物分别是蛇、虾鱼和狼。蛙王,指故事中的人类"生产或抚育的不是异物,却是躯体异常渺小的人类",后来当上国王。该异式与格林童话中《蛤蟆王子》十分相似。他还使用《后汉书》的马头娘资料,指出文献中记载马立战功的情节,也属于这种异式④。在中国的历史文献中,这种异式的记载是久远的。在印欧故事中也有相似的类型,原文如下:

> 这故事的第一式几乎全与前文所说欧洲的蛇儿子式故事
> 相同。它的型式,据约瑟·雅科布斯的《修正表》所述如下:
> 一、一个母亲无子女。她说只要有一个,即使是一条蛇、

---

① 钟敬文在对蛇郎、青蛙儿子和田螺娘母题的分析中引用格林童话,详见钟敬文《蛇郎故事试探》,本书第 121 页。在此处分析中,钟敬文与约瑟·雅科布斯的印欧故事类型中的"类型十五、杜松树式"做了比较。另见《蛤蟆儿子》,本书第 132 页;《田螺娘》,本书第 142 页。

② 钟敬文:《蛤蟆儿子》,原文撰于 1930 年,本书第 129—135 页。

③ 同上书,第 129—130 页。

④ 同上书,第 132—133 页。

一只兽亦好。

　　二、她果在床上产生了一个小孩，竟如她所希求的。

　　三、她把小孩嫁给一个男子，或娶一妇人，在夜里能变成人形。

　　四、她脱弃其皮而焚烧之。以后，她的小孩脱离兽的形态。①

　　钟敬文在对青蛙王子型的分析中，使用了民间语源学的方法，但这次不是分析动物命名，而是分析开口说话在动物故事中的作用和相关语言民俗，指出开口说话的情节与"法术、祈祷、谶兆、禁忌"的关系。这段分析相当精彩：

　　　　原人对于"语言"的观念，颇不像我们现在这样平凡。他们以为话语一出口（尤其偶然的或虔心的），往往要发生某种可喜的或可怕的结果。法术、祈祷、谶兆、禁忌的盛行，都不能说和这没有某种限度以内的关系。我们做小孩子时，母亲对于我们的口，是非常注意的。无论对于神、鬼、山川、草木，都不容许我们乱说话，尤其是在年节的时候。好像我们的话，真的会像所谓"出必应验"的"圣旨"。②

　　他对故事中的以口吹蛙退敌、祈祷求子、咒语变形、禁忌难题等情节的民俗文化要素也做了简要分析③。动物开口说话的母题

① 钟敬文：《蛤蟆儿子》，本书第132页。
② 同上书，第133页。
③ 同上书，第134页。

是在世界许多国家普遍存在的,但在钟敬文最初研究时,在我国尚未得到多少关注,他是开辟者。

4. 田螺娘①

钟敬文最早进行中国的田螺娘型母题研究。这个母题的异文区分是有没有动物妻子。钟敬文发现,我国的田螺娘型有人兽成婚和未婚两种异式,并指出,在《搜神后记》和《述异记》中,分别记载了这两种异式,他对此提出三个值得注意的要点,也指出研究方法上的差异。

第一,历史文献和口头资料的差异。对这个母题,郑振铎曾从文献出发进行研究,钟敬文则结合文献和口头资料两者做研究。钟敬文指出,学者在对待文献记载的故事上,应该首先提出问题,"我们要先问的是,螺女的故事,本身是否在未被著录前已经是一个流行民间的传说"②,这样才能对书面记载与民间口头的不同时态的判定问题,不去轻下断言。他对赵景深用文化进化论的观点所做故事母题解释也持不同意见,提醒说"不能概括地用时间来区分","还要留心到同时而'地域'不同的,同地而'阶级'不同的"③。在口头故事的考察方面,他指出,田螺娘型之有两个异式,是因为民间文学有时空变异的特征,故"仍不妨当它做同一个'类型'的故事看"④。

第二,田螺娘与印欧类型的差异。赵景深认为,田螺娘属于印

① 钟敬文:《田螺娘》,本书第136—146页。
② 同上书,第139页。
③ 同上书,第140页。
④ 同上书,第139页。

欧故事类型中的天鹅处女式。钟敬文认为,田螺娘和天鹅处女不同,两者属于两个母题。在田螺娘的两个异式中,只有人兽婚型与天鹅处女型相似,而人兽未婚式更接近格林童话中的《罗岑及五月鸟》①。

第三,变形与未变形的差异。他指出,有两点是重要的,即变形和人兽婚。

> 变形的思想,起于何时,虽然不很容易确知,但灵魂主义时代,该已有它的存在了吧。许多原始人都相信人会变成各种动物(如虎、狼、鳄鱼之类),以捉弄人或残害人;同时也相信各种动物,能幻形为人(老婆子、少女等),与人类婚媾或吃掉他们。这故事的重要思想之一,就是动物之精灵幻为人形,与人类结合。这种故事的类似者,差不多在各民族中都可找到。②

钟敬文的这个观点是90年前提出的,他在文末所做的概括"(动物故事)差不多在各民族中都可找到",今天看仍然是要紧的。

5. 老虎③

钟敬文于1930年发表《老虎与老婆儿故事考察》一文。老虎精,

---

① 参见钟敬文《田螺娘》,本书第142页。
② 同上书,第143页。
③ 钟敬文:《老虎与老婆儿故事考察》,本书第147—155页。关于本文的撰写时间,第155页文末记为1932年,但在同页"附记"中说明是两年前的作品,则应为1930年。

在我国南方很多地区也称"猪哥精"。钟敬文还对广东该类型中的命名做了统计,指出,在广东,命名"猪哥精",比命名"虎精"的比例要高出一成,即四比三,"猪哥精"的说法要胜出一筹①。在北方,称"虎精"为多。在对这个母题的分析上,钟敬文抓到两个要点。

第一,老虎母题。钟敬文指出,老虎母题的特征是,多个过路人成为帮手。在帮手中,行业工匠和工匠手工制作的器物成为中心角色,它们变形为各种小精灵,小精灵团结在一起,产生了巨大的力量,最后战胜了一个比自己强大得多的对手。

> 种种过路的帮助者,他们是组成这故事的重要成分之一种。这些帮助者,大概可分为两类:
>
> 一、帮助者,为各种物精(生物的、器物的),而用以为助之物,即其本身。
>
> 二、帮助者是各种行业的人,而用以为助的,是他们行业中的物品。
>
> 属于第一组的例,如正文中(老虎与老婆儿)的纺车精、蝎子精、炮仗精、西瓜皮子精、溜柱精、蛤蟆精、碾子精。属于第二组的例,如潮州的(若水君记)卖摇鼓的、卖猪屎的、卖蛇的、卖甲鱼的、卖蟹的、卖鸡蛋的、开井的、糊纸眠床的、卖牛的。②

---

① 钟敬文:《老虎与老婆儿故事考察》,本书第148页。
② 同上书,第148—149页。

钟敬文的发现,几与 AT 的工匠母题不谋而合①,钟敬文还提出了这类母题的中国命名,指出了行业工匠的名称,这在 AT 中见不到。钟敬文还将这种分析发展为鲁班母题研究②。

中国的工匠故事类型为传统文献所吸收。《说文解字》就对工匠器物做过解释。按《说文》的说法,工匠具有神秘性、奇迹性和巫算性③。我国流传至今的工匠故事仍有这些特点,我们可以将之概括为工匠通鬼神的巫巧、手艺技术的神巧、工具算数的能巧和器具制造的精巧。

第二,食人魔母题。钟敬文指出,在该母题中,人成了动物的助手,而不是动物给人当助手。印度《五卷书》也有同型故事。

　　印度的古文献《五卷书》中,有雀和啄木鸟、苍蝇、蛙等协力杀象的故事,恐怕是此型民间故事中较古的记载了。其型式可约述如下:

　　一、雀儿苦于象。

　　二、雀儿求助于啄木鸟。

　　三、啄木鸟为求助于苍蝇。

---

① AT 工匠母题类型约 4 个,如 A729 樵夫和金斧子,〔日〕池田弘子(Hiroko Ikeda)《日本民间故事类型与母题索引》(*A Type and Motif Index of Japanese Folk-literature*),董晓萍译,FFC. No. 209,Helsinki:Finish Academy of Science,1971,第 169 页。另如 A563 型,参见〔德〕艾伯华《中国民间故事类型》,王燕生、周祖生译,174、176 页。〔美〕丁乃通《中国民间故事类型索引》,郑建成等译,第 198 页,另参见第 190—199 页的相关类型。

② 钟敬文主编:《民间文学概论》,上海文艺出版社 1980 年版,第 191 页。

③ 关于"工"和"匠"的古文字解释,参见王宁、谢栋元、刘方《〈说文解字〉与中国古代文化》,河南人民出版社 1994 年版,抽印本,第 15—16 页。关于工匠民俗分析,参见拙著《说话的文化》,《能人之道》,中华书局 2008 年版,第 72—85 页。

四、苍蝇为求助于蛙。

五、蛙设定了分工合作的毙象办法。

六、它们各依计做去，象卒毙咻。

依上列的型式看，从"二"到"五"的辗转求助，及由最后的一位帮助者(蛙)，设定整个毙象的计划等节，和我国及日本等的说法，虽稍有出入的地方，但在大体上，仍可说是同属于一个型式的故事。例如此型民间故事最重要之点，是各帮助者以自己的特长，去诱致或伤害当事者的敌人，而造成了美满的大团圆。这种情节，在这故事中。是明显存在着的。……又这种型式的民间故事，其造成全体故事的起因，大都是由于弱者的无力抵抗其敌人，以悲哭而引起物类或人类的援助。这一点，它也一样具备着。①

季羡林译《五卷书》对此有过讨论：

《五卷书》第一卷第十八个故事讲的是麻雀、啄木鸟、苍蝇和虾蟆四个身体极小的东西，联合起来，同心协力，利用计策，竟杀死了一头大象。②

从王邦维的研究看，印度佛典故事还有其他相似母题，如王子投虎型(《王子摩诃萨埵》)③。人类为什么会帮助看上去远比自己

---

① 钟敬文：《老虎与老婆儿故事考察》，本书第152—153页。

② 《五卷书》，季羡林，人民文学出版社2001年版，《译本序》第7页。季羡林对麻雀、啄木鸟、苍蝇和虾蟆战胜大象故事的翻译见该书第120—123页。

③ 王邦维选译：《王子摩诃萨埵》，《贤愚经》，《佛经故事》，第153—157页。

强大的老虎？老虎吃人，为什么反被人所帮助？读了印度佛经故事方知是佛祖舍身护生所为，再看该母题中的动物（包括食人魔）的"哭"的习俗，或者是食人魔以哭声获取帮助者的情节，才能了解钟敬文早年写过的"以悲哭而引起物类或人类的援助"的故事情节的含义，AT 也有这种"小孩精灵"情节。

钟敬文将这个问题解释为"人牲献祭"的古老习俗①，但"人牲献祭"中的"人"是通神的工具，但在"虎精"母题中，"人"（工匠或印度国王）却是通神者，他们能与鬼神对话，而不是工具，所以，这两种角色是有差别的。

6. 天鹅②

在钟敬文翻译的《印欧故事型式表》中，天鹅处女式被列为第 1 号。六年后发表《中国的天鹅处女型故事》一文，成为他研究中国故事类型的重要代表作，也是成名作。在此期间，他得到敦煌石窟文本《搜神记》，其中有唐代记载的同型故事。他运用民俗学的方法研究敦煌文献，与欧洲和日本汉学中的敦煌学研究同步，并具有中国学者的特点，因而带来了广泛的国际影响③。他在此文中指出，中国的"天鹅处女型"故事，与印欧故事类型的第 4 号白猫式中的季子得胜式、第 6 号报恩兽式和第 7 号兽鸟鱼式中的动物报恩型故事颇为相似，但却是在中国各地广为流传的、具有中国特色的中国故事类型。他以此文与日本著名汉学家西村真次对话，西村后

---

① 钟敬文：《老虎与老婆儿故事考察》，本书第 153 页。

② 钟敬文：《中国的天鹅处女型故事》，原文撰于 1932 年，本书第 156—193 页。

③ 关于钟敬文利用敦煌文献研究"天鹅处女型"故事的专题研究，详见拙著《跨文化民俗学》，中国大百科全书出版社 2016 年版。

来是他在日本早稻田大学留学的导师。

钟敬文接触天鹅个案的时间很早,在 1927 年翻译印欧故事类型时已经开始,但他文山研究论文的时间较晚,是在六年之后。这时他已在理论上增加了新的储备,吸收了英国弗雷泽的人类学、德国格林兄弟的故事学、日本汉学等多种新说,也发挥传统国学的优势,思想装备较为严整。钟敬文通过研究鸟(天鹅)的异形人类型,首次对动物故事做了比较系统的分析,对动物故事的森林空间给予留意,并补充了其他学者研究中没有提到的中国文献。

他对动物故事中的宇宙观做了独到分析,指出,中国的动物故事可以在宇宙中变幻成无所不包的天地万物,最后因中心角色的转化,造成动物故事体裁的转化。这些动物故事大体可以转化为三种体裁:名人传说、自然神话、人文神话①。

他提出动物故事的母题组合问题。有的可以独立成篇,有的彼此粘连,如"洗澡""动物或神仙的帮助""仙境的淹留""季子的胜利""仙女留居人间""缘分""术士的预测"和"出难题"②,组合后的故事类型,有洗澡型、禁忌型、动物助手型、狗耕田型、仙妻型和难题求婚型。钟敬文重点对三个与印度佛教故事有关的鸟类型做了分析。

第一,洗澡型。钟敬文认为,洗澡故事有民俗内涵,可以将之与"许多印度欧罗巴民族间多有相似的风习"做比较。在对印度故事的比较分析上,他使用了许地山译《孟加拉故事》中的一篇《豹媒》:"在印度,也有王女到外面的池里洗澡,遇着了豹的一类故

---

① 钟敬文:《中国的天鹅处女型故事》,本书第 182—183 页。
② 同上书,第 185—193 页。

事。"①据他分析,印度的同类故事能帮助理解我国历史文献上记载的"野浴"风俗,也能在与人类学者所谓向神"献贞或净化"的方向上,推测出或多或少的这种意味②。

第二,缘分型。他说,在中国的动物故事中,出现人与动物结缘的类型,其中有很多情节都含有印度佛教思想。他以洪振周在辽宁奉天搜集的《牛郎》和孙佳讯在江苏灌云搜集到的《天河岸》为例分析:

> 中国天鹅处女型故事中关于缘分的情节(洪振周、孙佳讯二君所记述的),是很近于通常的形式的。本来缘分的思想,不是中国的固有物,这只要查考一下汉、魏以前的神话、传说便了然了。它大约是跟佛教一道传入中国的。所以,六朝以来的故事中,多浓郁地带着这种色彩。自然,我们晓得一种思想或制度,由甲地传至乙地,在那里所以能够发育滋长,是要有相当的土壤的。③

钟敬文提出了"因缘"的课题,但继续研究者不多。

第三,难题求婚型。钟敬文将印度的《佛本生故事》(Jātaka)中的难题故事与中国的《李太白识破蛮书》和《孔子穿九曲明珠》做比较,也将这个类型与日本的《大国主命逃出根坚洲国》做比较,指出这个类型的特点,是主人公被要求做常人根本做不到的事情,或

---

① 钟敬文:《中国的天鹅处女型故事》,本书第186页。
② 同上。
③ 同上书,第191页。

者承受常人根本无法承受的苦难,或者猜测生死问题的谜语。经动物帮忙,难题破解,摆脱困境,主人公获得成功。

> 古代印度的故事中,像耶沙怕尼王误听了恶臣的谗言,使正直的和尚去做种种超越人力的工作,也是这类故事的适例。关于试验智力一类的故事,中国现在民间颇丰富。要求和女子结婚的青年,被女子的家族课以种种困难的工作或可怕的危害,但他卒因女子(或超自然者)的帮助,得以成功,这是所谓有名的"求婚故事型"。我国古代记录中,如杨伯雍求婚于著名徐氏之女,徐氏故索白璧一只为聘仪,杨氏因超自然者的助力,终于达到他的目的。虽然这故事的一部分情节,和一般的求婚故事型略有出入,但因求婚而被课以自己力量上所难办到的事物,而终由于"他力"的帮助解除了那困难,这种要点是赫然存在的。天鹅处女型故事的古记录中,田章被召回的时候,有解答奇异问题的情节。这大体上可看作"答难题故事"一类的说法。①

钟敬文最早开始从事难题型故事研究,中日韩几代学人追随他的脚步,日本著名民俗学者伊藤清司接续钟敬文的工作,对日本难题型故事进行了研究②。

---

① 钟敬文:《中国的天鹅处女型故事》,本书第 193 页。
② 参见〔日〕伊藤清司《中国古代文化与日本——伊藤清司学术论文自选集》,张正军译,云南大学出版社 1997 年版。

7. 老獭稚[1]

钟敬文的《老獭稚型传说的发生地》起草于杭州,赴日后交日本《民族学研究》创刊号发表。后转载于国内期刊《艺风》1934 年第 2 卷第 12 期,1934 年 10 月刊出[2]。这是钟敬文研究跨国流传故事类型的个案。日本著名学者松本信广曾就此文对钟敬文提出批评,后来他又将此文收入他的个人文集中,作为主要参考文献,与他的著作一起发行。钟敬文晚年对此事做了委婉的答复。自 1934 年松本信广的批评,至 1984 年钟敬文给予答复,时隔 50 年,松本信广和钟敬文各自都发挥了重要的学术影响,他们之间的这场学术风波也在时间的检验中得到了回答。而整个事件的被关注程度超过了故事研究本身。

在钟敬文之前,日本学界研究老獭稚型故事的时间已不止 20 年,以鸟居龙藏、今西龙和松本信广为最有名。钟敬文在此文中,分别对他们的研究做了讨论,他们的论文篇名是:鸟居龙藏《三轮山传说》(1913)、今西龙《〈朱蒙传说〉及〈老獭稚传说〉》(1930)和松本信广《老獭稚传说之越南异传》(1933)。三人都使用了中国史料,差异在于,使用中国口传资料的地区不同。鸟居龙藏和今西龙使用了中国东北的口传资料,但鸟居龙藏本人曾于 1911 年至 1927 年多次参加中国境内的"满蒙调查"和朝鲜境内的高句丽文

---

① 钟敬文:《老獭稚型传说的发生地——三个分布于朝鲜、越南及中国的同型传说的发生地域试断》,原文 1934 年写于日本,本书第 33—54 页。
② 同上书,第 36 页注释①。

物遗址调查,他的论文是依据他的实地调查资料撰写的[①],他的重点是清太祖传说。今西龙的重点是朝鲜传说,不过他的资料和研究过程都是跟在鸟居龙藏后面的,结论并不扎实。松本信广的重点是越南丁部领传说,他在越南境内获得了第一手的调查资料,所以他的研究有一定的权威性。

钟敬文指出三人的不足。鸟居龙藏的不足在于:"所介绍的两则传说(一则关于明太祖的,一则关于清太祖的),都算不得较完整的老獭稚型传说,因为它们都缺乏天子地的一部分情节,换句话说,它们仅具有老獭稚型传说的前部分(三轮山型)而没有那后部分(天子地型),虽然它们也同样地带着异物所生之子孙,终于成功为人间的帝王的一类说明性部分。""鸟居博士于引录了《后魏书》中关于朱蒙传的记载的后面,接着说道:'这(朱蒙传说)我以为是和前述的豆满江畔的传说(他所介绍的关于清太祖的传说)颇同其形式的东西。'又说:'像以上所述的,那些传说,初看虽然像不同的样子,但把它们细加考察的时候,可以说是同一形式的东西。'"[②]今西龙的不足在于:"在那篇论文中所引用的关于朱蒙传说和老獭稚传说等的资料如下:《论衡》、《好太王碑》、《魏书》、金富轼《三国史记》、《旧三国史记》(以上朱蒙传说),崔氏《云渊实迹》、卢氏《记清太祖之父传说》、《清太宗汗之父努尔哈齐故事》、《努哈齐神话》、《老努哈赤之父底传说》、《兀良哈传说》、《清室祖先传说》、《满洲始祖出生故事》、《兀良哈始祖传说》等(以上老獭稚传说及

---

① 参见〔日〕鸟居龙藏《三轮山传说》(1913),《有史以前の日本》,东京:矶部甲阳堂1925年版。另见〔日〕鸟居龙藏《亚洲民族考古丛刊》第6辑《满蒙古迹考》,陈念本译,台湾南天书局有限公司1987年版。

② 钟敬文:《老獭稚型传说的发生地》,本书第34页注释③。

和它部分地相类的传说）。"①今西龙本人并未掌握任何新资料，也没有提出有价值的个人看法。

关于松本信广的老獭稚型故事研究，钟敬文认为，他的问题是使用越南资料的说服力不足："松本教授云：'这两种传说（老獭稚传说和丁部领传说）的相异点，并没有那么重大，都是从同一的本源而出的异体无疑。'但从他的整个的结论看，所谓'从同一的本源而出的异体'的，并不是指的这两个传说的全部分，而只是它们中间的某一部分，即关于天子地的那部分。"对松本信广认为发现于越南的新证据，钟敬文也指出，已见于中国清代类书："松本教授所用以证明越南地方原有的三轮山型传说的存在的，是《渊鉴类函》上一段关于南方獭类习性的记载。"②于是关于这条越南资料的独立性问题，如果拿不出新的证明，就难说了。钟敬文说："松本教授的这个论断，对我们现在所直面着的问题，是否具有妥当地解决的能力呢？在我们看来，松本氏的论断，对于他所处理的原有的材料说，既已稍嫌牵强，他对事象构成的解释，是采取着那么凑巧的方式，而所援引的证据，又不免稍濒于薄弱。"③

我们可以把钟敬文的问题简要归纳如下：这个故事分两段，前段是三轮山型，后段是天子地型。鸟居龙藏和今西龙都使用了中国东北的资料，但只讲了三轮山型，对后段天子地型解释不清。松本信广对越南传说的民族志和文化史研究，解释了后段的天子地型，又对前段解释不清，所以三人的研究都不完整。钟敬文说：

---

① 钟敬文：《老獭稚型传说的发生地》，本书第34页注释⑤。
② 同上书，第35页注释②，第44页注释①。
③ 同上书，第44页。

我们邻国的三数学者,各自运用专门的学识,来从事这类颇近于冷僻的"民间传承学"上的比较研究工作,他们的热心和毅力,是叫人钦佩的。正因为这样,我们不能不利用自己的方便,在他们赤足踏过了的道径上做更进一步的探险。这结果不一定就是成功,但我们总算尽了自己可能尽的责任,也是人类文化演进史上的一种必需的共同协力。①

他根据所掌握的中国资料,提出老獭稚型故事的发生地在中国。

我所企图尽力的,不是要重新来讨论老獭稚型传说是否为朱蒙传说的原形的问题(关于这,我同意松本教授的结论),也不仅是为论定这两个传说同出于一源的问题。我的主要的工作,是一方面提供出他们所不曾发见的同型式(老獭稚型)的中国的资料,一方面根据这新资料而做出比较确切的论断——关于这些同型传说发生地域的决定。②

这三个分布在亚细亚的东南部的同型式的传说,它发生的地域以位置于中国境内为适宜。③

钟敬文补充了中国大量历史文献,提供了中国境内老獭稚传说的南北方完整资料,特别增加了中国"东南部的江苏、湖南、广东等省"的资料④,分析了中国的老獭稚型故事的特点。他说,中国的

① 钟敬文:《老獭稚型传说的发生地》,本书第 35 页。
② 同上书,第 35—36 页。
③ 同上书,第 44 页。
④ 同上书,第 50 页。

这个故事类型由两个母题组成,即日本学者看重的三轮山型与中国特色的天子地型,两个母题合为一个主题型故事。他说:"这传说大体上可分为两部分,前部分是叙述女子私和水獭婚合,以至于怀孕及水獭的被发现等情节的,就是日本故事学者们所谓的'三轮山型'。后部分是叙述地师发现天子地,使老獭稚入水葬骸骨,以至于试验结婚及成为天子等情节的,就是我所谓'天子地型'。"①

在老獭稚型故事的研究上,直至钟敬文发表此文之前,都是以日本学者的意见为主,但他们的资料来自中国东北,缺少中国南方的资料。他们进行同型故事比较,又使用了中国以外的东南亚的南方资料纳入研究,这个资料系统是有问题的。钟敬文对中国的南方口头资料的补充,不是多一份资料或少一份资料的问题,而是补充了支撑性的学术资料。有了这批中国南方的资料,日本学者沿用多年的残缺资料系统才得以补全。钟敬文使用这批南北方完整资料,与中国历史文献进行相对完整的整合,再与朝鲜、日本的故事资料做比较分析,做综合研究,得出了新结论。以往关于三轮山型讨论的纠缠不休的一团迷雾,以及关于天子地型的位置问题,此时被破解为两个母题。这个多国故事类型比较的问题是复杂的,但现在有了新的问题线索,这项研究也就到达了一个新阶段。松本信广对钟敬文的这些工作也是称赞的。

今天我们知道,对故事的起源地的讨论是冒险的。松本信广的批评就发生在这一步。钟敬文看到孙佳讯搜集的流传于江苏灌云的宋太祖出生传说,将这一条与朝鲜的老獭稚型故事、越南的丁部领传说比较,看到了三者在形式上的相似性,于是被故事类型法

---

① 钟敬文:《老獭稚型传说的发生地》,本书第36—37页。

的形式所鼓舞,从形式中产生了灵感,他幸福地说:"读完了这宋太祖出生传说,不免使我们感到不小的惊异。它和前节所述的朝鲜的老獭稚传说及越南的丁部领出生传说,三者除一些细节不同之外,大体上是多么相像啊!"①他接着大胆地宣布该类型产自中国,这是故事类型的一元中心传播说。当他只根据江苏这一条资料就"更简截"地对故事类型的内容下判断时,他的风险就来了。即便这个故事类型从中国起源,那么后来到了别国别地,也可能会发生适应性的新变化;或者由于现在我们还不知道的资料的原因,这个故事类型有多元化的发生地也不无可能。松本信广的"越南说"固然不能完全落地,但在这里等他。当时钟敬文已经在摆脱 AT 形式的束缚,却没有警惕在故事内容的提炼上仍存在着简单化的风险。

西村真次、松本武雄和松本信广,三位日本学者都与钟敬文保持了长期的学说关注。1981 年松本信广辞世,钟敬文寄去长篇论文《刘三姐传说试论》深切悼念,被日本学者收入《松本信广追悼文集》中发表②。钟敬文晚年还写了另一段回答松本信广的文字,始终没有忘记这位学术前辈:

三十八年前(1935.4)松本信广教授写在明石负吉《〈老獭稚传说的安南异传〉的灵物与天文的关系》短文之后的《附记》,在那里教授对我所发表的《老獭稚传说之发生地》提出了一些看法。我当时(后来也一样)没有作过什么答复,女士推论这种沉默,可能是由于松本教授的《附记》中夹有一些不逊

① 钟敬文:《老獭稚型传说的发生地》,本书第 43 页。
② 钟敬文:《刘三姐传说试论》,收入松本信广追悼文集《稻·舟·祭》,日本六兴出版社 1982 年版。另见本书第 378—406 页。

457

的话。现在回想起来，我当时所以沉默的原因，主要恐怕有下列一些理由：

（1）松本教授的文章，虽然对我的论文提出了一些疑问，但对我的基本论点，并没有作正面的反驳。（他对我就这个问题，提出他所不知道的中国资料，表示了由衷的感谢。稍后他写作《印度支那的文化》的专论（见《东洋史潮》）时，还把我的论文列为参考文献之一。）

（2）松本教授所正面提出的意见（或者说一种历史考察的方法）：中国文化是一个复合体，它本身自来受到四面民族的影响。因此，对于像老獭稚传说这样广泛传播于东亚各地的民间传承，不一定是由中国发生的。他的看法（或方法），一般地说是有道理的。（某些法国的"中国学者"已经把它应用在对中国古典神话传说上，并且取得一定的成绩。）但是，它也不是没有局限的，主要还要看所面对的具体问题才能决定。此外，当然还有研究者本身所具备的条件问题。

（3）对于一个有争议的问题，暂时不妨让不同的意见并存。我对松本教授《老獭稚传说的安南异传》提出了自己的见解和论断，他对我的论述也提出了新的看法，我当然可以给以回答，但也不一定非回答不可。因为世上还有第三者，他们是可以作公判人的。

1984.1.26 钟敬文记①

---

① 〔日〕加藤千代：《钟敬文之日本留学——从日中交流方面论述》，何乃英译，钟敬文主编：《民间文艺学探索》，北京师范大学出版社 1987 年版，第 79—80 页。

中日学者的跨文化探索和纯正的学术心态，为后学树立了榜样。这一个案还说明，跨文化的故事研究是高难度的探险，资料、方法、理论和在时间上的等待，都不可或缺。

8. 槃瓠①

钟敬文于1936年撰写《槃瓠神话的考察》一文。在此之前，松村武雄曾应钟敬文之邀，撰写论文《狗人国试论》，从日本寄到中国，由钟敬文发表于浙江省立民众教育实验学校编《民众教育季刊》的"民间文学专号"上。钟敬文为此文撰写《编者按》，记录了这次中日民俗学者对话的历史事件："本篇，乃松村博士特为本'专号'撰述的论文。原稿是用日文书写的。我们为了印刷及多数读者理解的方便，所以谨请周学普先生把它翻译成国文。"②钟敬文此后发表《槃瓠神话的考察》，是对松村武雄观点的补充与发展。

研究这个故事的起因，是松村武雄在自己的著作《欧洲的传说》中，讨论了一个裂裳量地型的故事，在这个故事中，出现了动物助手——狗。它按照主人的吩咐跳跃，跳跃产生的方圆面积成为某国的国土。但在松村武雄研究的狗人国故事中，狗并不跳跃，而是通过人兽婚，成为某国的领袖，称"槃瓠"。松村武雄将这个故事称为异形族传说，他使用他所掌握的中国资料，对这种故事类型的社会角色、社会心理和少数民族文化进行了分析。他的研究问题

① 钟敬文：《槃瓠神话的考察》，原文撰于1936年，本书第194—220页。
② 钟敬文：《槃瓠神话的考察》，本书第196—197页。在此两页中，钟敬文就撰写此文与松村武雄就槃瓠神话展开讨论的原文是："博士在那篇《狗人国试论》的论文中，引用了关于这个神话的历史文献及其他记录，从而推断说槃瓠是某个南方少数民族的图腾。……看到这一情况，笔者不敢偷安，决心要尽力来耕耘那些尚未开拓的部分。"另，在第213页，他也阐述了与松村武雄在干宝《搜神记》的文献使用的讨论意见。

和研究方法对钟敬文产生了很深的影响。一年后，钟敬文完成长篇对话论文《槃瓠神话的考察》，经松村武雄的推荐，在日本著名学术刊物《民族学》上发表。

这项研究对钟敬文有两个意义。首先，他通过故事学研究，体会到民俗学的民族性特征。自我想象优等的汉族古人，在记录和评价少数民族故事时，表现出傲视的态度和优越感。但对南方多民族故事中的怪诞母题，不能用优势文化眼光评价，不能贬低多民族故事类型的价值。在此文中，他借助松村武雄本人使用的欧洲人类学和民俗学的观点分析故事类型与图腾的关系。事实上，他在两年前已从这个角度关注松村武雄的观点与方法，他感到松村武雄能帮助他解决南方多民族神话中的"异人形"图腾问题。

> 松村博士在他的《印欧民谭型式》译注中，说世界上这类同型的故事从童话学者麦考劳克氏的称呼，可叫做"蛙女婿型"（Frog-Bridegroom Type）。他又说这类故事的产生，在文化低的民族里，是有着下列的民俗背景做根据的。
>
> 一、相信自己的祖先是某种动物，即所谓图腾（Totem）的信仰。
>
> 二、相信人、动物都能够自由地变形为自己所喜欢的东西。
>
> 三、事实上存在，部落的少女被类人猿一类的动物抢夺，而成了它的妻子。
>
> ……
>
> 关于中国的乃至于世界的这型式的故事，我希望将来有

较详细地讨论一下的机会。①

他希望以人之长,补己之不足。松村武雄让他对"异形"的故事现象产生了新的认识。他对狗祖先故事类型的分析,还引用涂尔干的理论,使用了成年礼的分析法,对这个类型的民俗含义给予解释,法国结构人类学派在半个世纪后还在使用这种方法。

狼氏族的少年战士达到成年的时候,用狼的皮包住身体,和其他同样装束的战士们一齐把两手放到地上,做四脚走路的样子并且学狼的叫声。②

他将自己的这项研究扩展至我国西南地区苗、瑶、畲等民族存在着的动物始祖故事类型,他还有一种理想,就是通过社会制度的研究,对多民族动物故事背后的民俗文化史加强研究。在这里,他把故事学的研究与"五四"思想启蒙运动联系起来,并借鉴了日本民俗学和法国社会人类学等跨学科的观点。

9. 鼠③

1936 年钟敬文结束日本留学回国前夕,日本东京的《同仁》月刊向钟敬文约稿,当年正是日本的"鼠儿年",该杂志组织"鼠的民俗学"一组文章,其中包括钟敬文的一篇,在"新年号"上发表。钟

---

① 钟敬文:《〈中国民间文学探究〉自叙》,《钟敬文民间文学论集》(下),第404—405 页。

② 钟敬文:《槃瓠神话的考察》,本书第 212 页。

③ 钟敬文:《中国古代民俗中的鼠》,原文撰于 1936 年,最初以日文在日本发表,中文本发表于《民俗》季刊,1937 年第 1 卷第 2 期,本书第 221—235 页。

敬文在此文中,以故事类型与民俗信仰的关系为基本问题,研究动物故事中的"鼠"。

故事类型与民俗信仰。他在文中提到,老鼠嫁女型故事来自印度,在中国和日本也有广泛流传。相关问题是法术仪式。他注意到,故事中经常讲到法术,关于鼠的法术,分为民众制胜鼠类的法术和利用鼠做工具去制胜别的灾害或招来好处的法术。中国历史文献记录的鼠的法术,有"厌鼠"术,用兽类身上的某种东西和法术师(巫)的詈言以为禁厌的或以鼠本身来做"压胜"的法术,还有法术师用符咒制胜鼠的。利用鼠做工具去制胜别的灾害或招来好处的法术,主要有埋鼠以辟瘟疫,将鼠用于医药,或制成"媚药"等。他还认为,"鼠"的故事类型是一种文化史研究的资料。他说:"为着理解人类过去智的生活的进展史,更为着理解人类过去一般的生活的进展史,我们不应该忽视了这种类似笑话的说明传说——像我们不能忽视其他具着重要意义的神话、传说一样。"[1]

(三) 植物故事[2]

钟敬文的植物故事分类和研究的特点是,在故事世界中,植物都是"异形人",人与植物之间变来变去,没有实质上的区分。人与植物相处的形式,有神判、婚姻、衣食住行等多种,代表作是他的《中国的植物起源神话》,发表于 1932 年 11 月,同年发表的还有《中国的天鹅处女型故事》,两文一篇谈植物,一篇谈动物,合起来

---

[1] 钟敬文:《中国古代民俗中的鼠》,本书第 234 页。

[2] 钟敬文:《中国的植物起源神话》,原文撰于 1932 年,本书第 236—249 页。

观察,可见钟敬文对异形的动植物故事的关系有一些整体认识。他在此文《引言》提到,黄石在《青年界》发表植物资料七种,说明他对人类学者的工作是关注的。他的关注点还有赵景深前一年发表的《孟加拉民间故事》,文中所谈"生命指示物"中也有植物。钟敬文指出,植物神话与植物故事是同样的含义:"都是属于解释性方面的",可以"予以'故事式'的说明"①。

　　植物故事研究的问题之一是"森林广场"问题。从钟敬文写作此文,我们能看到当时我国学者在"森林广场"问题上的初步认识。从这点看,钟敬文撰写此文有三个意义:一是从社会文化史上看,中国故事与印度故事对植物描述的丰富和想象力强不同,中国故事的叙述相对简约,历史文献也记载简约,但这不等于中国人过于务实而不能创造伟大美丽的故事,而是因为"缺少著作家较详尽的记述及很少保留伟大的民俗诗人之歌咏"。我们把他的这个观点再发挥一点说,就是中国的故事与文学结合的程度不如印度。不如此结合又怎样呢? 那就是民间有庞大繁复的故事群,但被比较详细地记录下来的极少,结果造成中国故事的"劫难"②。二是从民俗学上界定"森林广场"中的树木含义,指出中日印有相同的"生命树"。以枫树为例,他说:"枫木在中国民俗学上,是一种很占有位置的植物。例如老枫化为羽人,枫人可以作咒物等传述。"他同时还举述了其他富有中国特点的生命树类型,如夸父的桃林,还提醒大家注意"化林故事的被古著述者们所注意的程度"③。季羡林也谈过印度史诗《罗摩衍那》中有《森林篇》,婆罗多就是到森林里

---

① 钟敬文:《中国的植物起源神话》,本书第 236—237 页。
② 同上书,第 248 页。
③ 同上书,第 245 页。

去找罗摩①。罗摩也在森林中与食人魔罗刹相遇②，好像小红帽的妈妈在森林中被狼欺骗一样。我们看到，经他们的分析，故事里的"森林广场"意义日渐清晰，它是神权广场，是神祇变形或人兽中心角色转换的空间。现在中外民俗学者已能经常讨论森林广场的话题，但在钟敬文讨论动植物故事的早期涉及这个问题的人还很少见。三是指出在植物故事中，所发生的变形情节，是一种"物体转变"的变形，或称"物体变形"。这与我们将要讨论的钟敬文分析的"人体变形"和"人兽变形"都有所不同，也不是钟敬文所说"无中生有"变形。再缩小一点范围说，仅从"物体变形"看，钟敬文还讲过"器具的变形"，如在虎精或猪哥精母题中，那些器皿化精当人类助手的情节，还有聊斋故事常用的"建筑变形"情节。但钟敬文在此文中说明，植物的"物体变形"是单独一类，他为此表述的观点是"推而至于世界各自然民族同性质的东西，大抵都是以为某植物为某人或某物所变成的"③，这是他吸收外来学说发展中国民俗学的总结性意见。

钟敬文的动植物故事研究，将自然神话故事前置，将英雄传说及其他神迹故事滞后，改变传统国学唯帝王世系神话传说是尊的做法。

（四）洪水故事

世界各国都有洪水故事，其共性是对洪水成因、创世故事、造

---

① 参见《五卷书》，季羡林译，第396页。
② 参见季羡林《罗摩衍那》，《比较文学与民间文学》，第258—259页。
③ 钟敬文：《中国的植物起源神话》，本书第248页。

人故事、动植物故事和器物故事的综合叙事,差异是对洪水成因和创世故事的解释不同。西方的洪水故事以《圣经》为圣本,强调上帝创世和上帝造人。在西方基督教的教义中,洪水故事成为古老的神迹传说,很早就随着基督教在世界许多国家的传播而广为流传。中国的洪水故事是中国农业社会的重要文化产品,在古代典籍中就有记载,其中大禹治水的神话载于《十三经》和《二十四史》,自上而下家喻户晓。大禹不是上帝,是中国历代政府建立农政水利制度的象征。以《诗经》为代表的经学神话,将大禹纳入帝王世系世代记诵,故在传统国学中,这类洪水神话也占有重要位置。在中国民间,洪水故事也有大规模藏量,并与上层文献典籍记载一样,都呈现出迥然有别于西方神学神话的特点,但以往缺乏记载,更缺乏研究。

钟敬文研究洪水故事的代表作有两篇,一篇是 1931 年发表的《中国的水灾传说》①,使用《山海经》《礼记》《楚辞》等大量非正统和正统文献,主要是利用上层历史典籍和民间口头资料两种文献,指出中国洪水故事的基本结构,不是西方神学的两段式,即发洪水和以上帝为最高权威的一神创世,面对上帝主宰世界的理由做解释;中国是三段式,即发洪水、多神创世和再造人类,三者都是主题,各主题之下还有不同的母题。主题与母题在不同层面上相互联系,构成一个神话系统。在这个系统中,洪水主题最复杂,反映了中国多地区、多民族洪水故事的各自特点,但在主题与母题的组合上也有一定规律,即强调人类与众神和动植物的协同努力,提醒人类在自然环境和世界秩序中有正确的作为,同时也要有预防、对

---

① 钟敬文:《中国的水灾传说》,原文撰于 1931 年,本书第 253—282 页。

抗和减轻灾害的意识,有灾后救助、灾后创建和再造人类的母题。另一篇根据在中国西南地区新发现的藏族口头故事资料撰写,发表于 1990 年,题目是《洪水后兄妹再殖人类神话》①,重点讨论再造人类母题,指出与西方洪水故事构建神谱的区别。钟敬文故事学中的洪水故事研究论文虽然不多,但都极具开创性,并直指要害,为后来者的研究打下了重要基础。

1. 中国的水灾传说

钟敬文此篇论文在与日本汉学家小川琢治和铃木虎雄的对话中产生,主要是将小川琢治的关于中国历史与传说混淆的假设,改造为中国故事学的异式群假设,提出西方的洪水故事与单一母题,中国的洪水故事中一个多样化的异式群在不同时态中变迁传承的"主题"。这是一个非常重要的改造,钟敬文的原文如下:

> ……一些自战国(指被记录的时间)直至现在仍活在民间的"水灾传说"。这些传说并不仅限于题目的共同,在传述上,似也有着源流的关系。退一步,后起者倘不是先行者的嫡系子孙,最少也有某种程度上的"瓜葛"。这不是笔者有意的牵合,从它们的主要形态上考察,实在不容许我们不承认其有着血统或亲眷的关系。自然,从其已变化的方面观之,它们各自的相貌却已是那么歧异。②

钟敬文提出的中国洪水故事异式群,由 20 个相同情节的不同

---

① 钟敬文:《洪水后兄妹再殖人类神话》,原文撰于 1990 年,本书第 283—305 页。
② 钟敬文:《中国的水灾传说》,本书第 254 页。

时代故事异式组成,为这类中国故事描述了叙事特色、历史文献形态和现存口述传统的面貌。

伟人奇异出生型。钟敬文称之为"伟人(或英雄)产生的神话",指上古经典记载的名人伊尹在洪水空桑中诞生的故事,同类异式有《诗经》叙述的简狄生契、姜嫄生稷,与南方神话中流传的夜郎侯生水中竹木、孔母生孔丘于空桑等,在先秦至汉代文献中被记载,但钟敬文认为,这些异式的流传时代要比文献记录的时间更早,他将之归纳为"初期的"洪水故事①。

地方传说型。它们由神话故事变为地方传说,同类异式有神物启示、妇人避难、陆地沉没、治水型和下沉型等。它们在汉魏典籍中被记载而延至唐宋,不过故事记录的时间与文献传抄的时间错出。钟敬文指出,这部分洪水传说历经历史文献和社会变迁而存在,在异式流传过程中,已被地方化。它们"被解释的'对象',由'人物'(伟人、英雄)转为'地方'",拥有地方性新特征。他把这群异式归为洪水故事的"第二期"②。

现代洪水故事。钟敬文把现代意义上的 Folk-tale 中的洪水故事称为第三期,分两类,一类是普通的民间故事,同类异式有傻子型、云中落绣鞋型和石狮子型,另一类是人类毁灭及再造神话,同类异式有姊弟婚型、再造人类型、肉团型、城陷型、恩将仇报等。对现代故事,钟敬文强调两个特点:一是它们有文化耐力,能"从上古一直传播下来",二是它们有社会黏性,能附着在不同社会中,延续为"后裔或变形物",或"颇有瓜葛"的情节③。

① 钟敬文:《中国的水灾传说》,本书第258页。
② 同上书,第259页。
③ 同上书,第268页。

钟敬文此文的方法论价值有三：一是处理中国历史文献与民间口头资料的矛盾，创造了异式群、跨时态传承等新概念，尝试动态化分层法的研究；二是处理民俗学与故事学的矛盾，避免单一故事与复杂民俗分析中出现简单化的倾向，提出相同情节的异文群分析法；三是处理母题与主题的差异，主要使用主题法，辅以母题法，进行中国洪水故事研究。

2. 洪水后兄妹再殖人类神话

1990 年 4 月，钟敬文根据新发现的云南民族志资料再撰《洪水后兄妹婚再殖人类神话》对上述改造小川琢治假设而提出的异式群假设，又做了补充，并继续与日本汉学家松本信广的弟子伊藤清司和日本神话学者大林太良展开对话①，主要针对再造人类母题，就 1931 年《中国的水灾传说》一文的遗留问题进行补充论证，主要有三：一是这类故事的历史文化叙事是描述血缘婚禁忌期还是解禁期？二是洪水母题和兄妹婚母题是不是复合性主题？三是石狮子和石龟的动物故事，其中的动物原来同时存在，还是后者衍生了前者？这三个问题所依据的文本，都没有西方一神观的思维特点，而在中国的洪水故事思维中才能找到。

禁忌故事。补充论述第一个遗留问题，钟敬文的看法是，这是洪水故事中的婚姻异式群，在汉族和少数民族中都有流传。它们是血缘婚制度的非禁忌与禁忌背景彼此连接的超时间叙事，又分三个异式组：①人类两性自动结合；②在神或动物助手的谕示下，举行占验仪式，人类完婚；③人类占卜成婚，捏泥人造后代，不存在

---

① 参见钟敬文《洪水后兄妹再殖人类神话》，本书第 283—305 页。

性关系。①

兄妹婚故事。补充论述第二个遗留问题。同类异式有洪水致灾型、兄妹结婚再殖人类型。钟敬文认为，这同样是汉族和少数民族共同传承的类型，洪水型与兄妹婚型可分可合，没有固定的结构，但以两异式分开流传居多，合二而一反而"比较少见"，这"很可能是由于后来的拼合"②。

石狮和石龟故事。补充论述第三个遗留问题。钟敬文通过文化史分析和故事文本比较法，提出在中国的洪水故事中，狮子和龟两种动物，曾发生角色更替。"乌龟是原始的角色，狮子则是后来者。"③同类异式还有河伯型、鳌驮大山型、龙伯国大人钓大龟型等。

钟敬文还要解决早期研究中的理论争论和方法论问题，要点如下。

如何处理异式群不同时代传承与历史文献记载的矛盾？钟敬文认为，汉魏笔记杂纂存在从别处抄书和互相抄书的现象，但也有前代流传下来的本土文献。

他使用了《搜神记》第十三卷和第二十卷所记录的三则洪水故事，认为该书是相对可靠的资料。季羡林则对我国六朝以后抄印度书的背景做过研究，指出汉魏志怪小说与印度文学的相似性④，这对钟敬文的研究是有启发的。

如何处理文献与口头资料的矛盾？钟敬文指出，洪水故事分三期的异式差异，在于其"注重点"不同。"第一期的伟人产生神

---

① 参见钟敬文《洪水后兄妹再殖人类神话》，本书第289页。
② 同上书，第296页。
③ 同上书，第300页。
④ 参见季羡林《印度文学在中国》，《比较文学与民间文学》，第103页。

话,若说它是注重'人'的,那么,第二期的地方传说是注重'地'的,这第三期的'民间故事',则是注重在'故事的本身'的。"①现代口头流传的洪水故事文本,在异时态分布上,反而差异更大。他说,"到了现代,一方面变为失掉严肃性的民间故事,另一方面却衍成了极具'原始性'与'认真性'的'人类毁灭及再造的神话'"②。他的这个观点于1931年提出,至1990年未改,经受住了时间的检验。

如何处理故事叙事的矛盾?以洪水故事中的动物故事为例,钟敬文做了两组动物分析。在1931年的《中国的水灾传说》中,他分析了一组动物,包括龟、龙、鱼、蛇、猴、乌鸦、蚂蚁、鼠和蜂,指出,它们都是异人形的灵物,能预言洪水,但有两种情况,一种是借助童谣谶语预言洪水的动物,如龟、龙、蛇和鱼;一种是动物报恩式预言洪水的动物,如猴、乌鸦、蚂蚁和鼠。这让"我们明白同一'母题'的故事、神话,以时间与地域之不同,而相当地变异其姿态,是一般的通例"③。在1990年的《洪水后兄妹再殖人类神话》中,他分析了第二组动物,包括狮子和龟。他认为,这个动物故事的组合与外来文化有关,主要是受到东南亚文化的影响,但这类动物在中国落户后,又带有中国特点,只用内部文化变迁去解释这类输入文化现象是没有说服力的。他还说:"这种变化,竟至使现代一些拘泥于文学作品(其实是作家个人的书面文学作品)创作原则的学者,不敢承认后者是前者故事的蜕变。这种地方就不能不让我感叹那些汉、唐等古代学者的更有见解和胆识了(因为他们敢于把她的前后

---

① 钟敬文:《中国的水灾传说》,本书第262—263页。
② 同上书,第267页。
③ 同上书,第260页。

传说汇集在一起,承认彼此是有关系的)。"①

如何处理故事的古老观念与现代思维的矛盾? 钟敬文认为,可以对故事与谚语做综合研究,发现其中的民间智慧。他说:"尽管初民以及近初民的思想、观念等,有许多是使我们不免发笑的。但并不是整个如此。就是说,初民的思想、观念,有好些在我们现在看去也仍是'合理的'。我国从古代传下来的关于事物的谚语,不合理的(从我们现在的眼光看去)虽然很多,但近于真确的见解的并不是没有。譬如:'础润而雨'这个谚语,即使它的确实性是有限制的,但却不是闭着眼睛的胡说。……(洪水故事情节单元)第一条的臼出水,当即'础润而雨'之意。"②古老的谚语在初民时期和现在看来都是"合理的",而谚语往往就是故事的内容。

如何分析洪水故事中的动物故事? 钟敬文认为,动物故事是中国洪水故事中有代表性的异式群结构。动物故事在洪水故事中的功能十分复杂,可以成为一个独立的研究课题。他在《洪水后兄妹再殖人类神话》一文中,对动物故事的功能做了长篇阐述,重点是狮子与龟,这是从前没有其他学者谈过的题目,他的见解完全是新见,值得再次回顾:

> 熟悉神话、传说以及民间故事的学者,大都知道在这些种类的民间传承中,常常要出现动物(或其精灵)及神灵等角色。在故事中,他们有时是配角,有时却是主角。中国洪水后兄妹结婚传衍人类的这种类型神话,就现有的汉族大量民间口传

---

① 参见钟敬文《洪水后兄妹再殖人类神话》,本书第 298 页。
② 钟敬文:《中国的水灾传说》,本书第 270—271 页。

的记录看,作为配角的动物(或其精灵),一般就是石狮子或石龟。这种情况在中原地区的神话资料中表现尤其明显。这类神话的配角,尽管还有传说是别的动物,如野猪等,也有说是神仙的,如太白星君、洪钧老祖之类,但是占较大数量因而也较有意义的,却是它们两类。

……

它们的任务约有三项:1. 对主人公(兄妹或姊弟)预告灾难将来临的信息;2. 在灾难中救助他们(或预告以避灾的方法);3. 劝导他们结婚以传衍后代(有的还在此点上给以助力或充当媒人)。在故事比较简略的形式里,它们也担任其中的两项或一项任务(例如只进行预告、救助或只劝婚、当媒人)。这类神话,如果没有它们的参预,该不仅是减声减色,而且会比较难以构成故事的相对完整形态(自然,在少数记录里,它们的任务是被别的"人物"——如神仙等代替的)。①

他特别提到,乌龟在殷墟卜辞中出现,是中国古代文字与古老文化中的神圣灵物,狮子从西域引进,是外来的神兽符号。

我认为,现在故事呈现的这种情景,是它们(石狮子和石龟)在历史发展过程中身份更替的结果。而从两者更替的时间顺序看,乌龟是原始的角色,狮子则是后来者——它的替身。

……

---

① 钟敬文:《洪水后兄妹再殖人类神话》,本书第299页。

被认为能预知事物变化和人类吉凶,是乌龟在文化史上的一大特点。从殷墟大量出土的龟甲卜辞看("先商"出土文物中已有陶龟,但未见有占卜用的龟甲),可以知道殷商的统治者,不论国家大事或日常风雨,都要凭借龟甲、兽骨去占卜。周代以来,用龟甲占卜吉凶的事,史传不绝于记载。我国最伟大的史学家司马迁在他的《史记》里,就专门设了《龟策列传》。随着时间的不断进展,历史不知翻过了多少篇章,但是,直到现代,我们依然能在古庙闹市或街头巷尾的卖卦先生的小桌上,看到那些被认为有关人生命运的龟壳和金钱。这点大概足以说明乌龟与我国传统文化关系的长久和密切了。

……

狮子在我国历史上的出现是比较迟的;它在文化史上经历的足迹也是比较稀疏的(特别是中古以前)。……能使我们较为安心承认的,还是像史书上所说汉章帝时,西域安息贡狮子一类的事情。自东汉以后,直到元代,都有外国(主要是西域)进贡这种动物的史实。而且有关它的记载也逐渐多起来。当然,谈到它跟中国人民生活、文化、信仰等的关系程度,它到底比不上龙虎或龟蛇。有关这一点,只要看唐代学者欧阳询所编纂的著名类书《艺文类聚》的兽类部分里没有"狮子"这个项目,就可以参透其中的信息了(同时代徐坚编的另一部类书《初学记》,所收录的也不过《尔雅注》等文献及一些诗文资料罢了)。

……

情况终于有了较大变化。像前文提到了,明代那位无名氏所编著的《龙图公案》中便载有《石狮子》一篇。尽管这种小

473

说情节并不是与现在汉族民间广泛流传的洪水后兄妹结婚再殖人类神话的说法没有出入的地方，如石狮子不是灾难的预言者，结局也不是兄妹结婚传人类（它的主题是清官审判负心汉）等。但在这个故事里首次出现了石狮子眼中流血预兆水灾的情节，并有洪水泛滥，广大生灵受害，以及善良人因善行得到救助的情节，它与今天民间所传的洪水后兄妹结婚再殖人类类型的神话，在基本上有相当多的类似之处。这无疑是我们今天研究此类型神话应当注意的一种历史资料。……我以为现在汉族流行的这种类型的神话，部分记录中石狮子及其预告灾难等情节，是从较早时代地陷传说中的石龟角色及其作用所蜕变而成的。而明代小说中的石狮子及其预兆作用的叙述，正是现在这种故事有关情节的较早形态。在现代同类型神话的另外记录里，那角色仍是乌龟，这是原始说法的遗留。它说明故事情节的演变并不是一刀切的。①

钟敬文指出，中印动物故事是有关联的。他在 1931 年的《中国的水灾传说》中就提出，中国洪水故事的异式《狸猫换太子》在印度也有，"是流播于东西洋（尤其是东洋的印度、波斯等国）各地的民间故事（关于此事，胡适之作《狸猫换太子故事的演变》时，未曾提及。暇当为文专论之）"②。他在 1990 年的《洪水后兄妹再殖人类神话》中再次强调，部分记录洪水故事的国家，如"巴比伦、希腊、罗马、印度和希伯来"，洪水故事广为分布③，这时季羡林也发表过

---

① 钟敬文：《洪水后兄妹再殖人类神话》，本书第 300—304 页。
② 钟敬文：《中国的水灾传说》，本书第 264 页。
③ 钟敬文：《洪水后兄妹再殖人类神话》，本书第 283 页。

对印度洪水故事的看法。

自钟敬文将乌龟和狮子一起放进动物故事中讨论,他在1931年提出的动物故事异式群的关系,现在就分为三组:①动物是有宗教色彩的神族或宗教故事的角色,能变形,能预言,能占卜,能充当传达最高神旨的使者发布神谕,如太白星君和洪均老祖都是;②动物是创世神话的中心角色,人也是创世神话中的中心角色,有时动物和人都是创世故事的中心角色,双方不分轻重,相互合作;③动物是宇宙起源类故事的助手,可以为宇宙生成或人类繁衍提供帮助。

(五) 天体三子

天体三子,指日、月、星。天体三子神话,顾名思义,是对太阳、月亮和星辰神话的总称。中国的星辰神话发生很早,大约从公元前六至七世纪的先秦诸子著作,至十一世纪的宋代笔记,都有记载,历时长达17世纪之久,这在世界神话史上都是少见的。

钟敬文对天体三子神话的研究开始很早。他在1930年出版的《楚辞中的神话和传说》中,就对日、月、星做过自然神话分类和讨论。在1932年发表的《中国的天鹅处女型故事》中,他对星辰神话中的牛郎、织女二星故事做了深入研究。40年后,在《马王堆汉墓帛画的神话史意义》一文中①,他使用当时最新出土的楚国旧地考古发现资料,对中国的天体神话做了整体研究,具体包括太阳神话中的"三足乌"神话,月亮神话中的月神嫦娥与解释月亮阴影的兔子、蟾

---

① 钟敬文:《马王堆汉墓帛画的神话史意义》,本书第306—332页。

蜍、桂树和捣药故事。钟敬文在这方面的研究,指出中国农业社会对天体神话高度重视,但天体的主宰者不是上帝,而是由人类、动物和植物组成的集体。天体神话不是宗教神话,而是自然神话。

（六）英雄传说及其他奇迹

钟敬文对这部分的讨论是最具颠覆性的。在中国几千年的封建社会中,在正统文化、经学神话和主流意识形态上,都是帝王世系占支配地位,但在钟敬文的故事学中却是弱者、被支配者和不见于经传者为王,而这些形象在民间口碑中,又多被视为受人尊敬的人祖、英雄好汉、奇绝女子、机智人物和能工巧匠,各种传奇故事广为流传,乃至在诗词歌赋、戏曲舞台和笔墨绘画中都少不了他们的名字。钟敬文研究这类英雄传说和奇迹故事的代表作有哪些呢?本书收录四种,分别是:女娲①、孟姜女②、呆女婿③与刘三姐④。当然,这种分类是相对的,在钟敬文故事学的整体框架中,有些讨论是互相包容的,如女娲神话和呆女婿故事,但就钟敬文的英雄传说分类而言,这四种文本的地位在这方面又是十分突出的。在钟敬文之前,神话的帝王世系分类似乎天经地义,对帝王世系之外的小人物,没人进行仔细的研究,钟敬文开辟了这项研究的先河。

女娲,我在上面多次提到了,在这里简要谈谈钟敬文对呆女婿

---

① 钟敬文:《论民族志在古典神话研究上的作用——以〈女娲娘娘补天〉新资料为例证》,原文撰于 1980 年,本书第 353—377 页。

② 钟敬文:《关于孟姜女故事研究的通信（五则·附顾颉刚按语）》,原文撰于 1925 年,本书第 335—347 页。

③ 钟敬文:《呆女婿故事试说》,原文撰于 1928 年,本书第 348—352 页。

④ 钟敬文:《刘三姐传说试论》,原文撰于 1981 年,本书第 378—406 页。

故事的研究。钟敬文于 1928 年发表了《呆女婿故事试说》，这是他首次为这类故事命名。他还给出定义说："呆女婿故事，在我国民间传说中，叫说是很通行的。它之集合关于人性愚呆方面之故事的大成（是所谓箭垛），正犹如徐文长之集合关于人性尖刻方面的故事之大成一样。"[1]他指出，呆女婿故事的主题包含"数式"，如牵绳线教动作、说吉利话、吟诗或行酒令、性行为的外行、买纸衣、走错路、认鹅为鹅、放鸭下水、跳下茅厕、打破大人家的东西和学话失败等。这是由约 11 个主题联合组成的"复合的故事"[2]，就是前面所说的异式群。异式群在经学神话中有，在民间神话中也有，而且相当活泼热闹。钟敬文还指出，在印度寓言中，也有傻子故事[3]，如牵绳线教动作的异式。

（七）比较研究

我在这里需要强调，钟敬文并不是比较文学专家或比较民俗学家，比较研究不是他的主旨和目标，这是读者从本书中可以看到的。但比较的方法又是必要的，而我国的传统国学方法中就有比较，文学学、古典文学和古代文论中都有。我在这里提出比较研究，不是说钟敬文因袭旧法，而是说他如何脱颖而出。

我在前面多次说过，要将钟敬文的《楚辞中的神话和传说》与本书对看，除了故事学研究的专业要求之外，还有一个看法要在这

---

① 钟敬文：《呆女婿故事试说》，本书第 348 页。
② 同上书，第 350—351 页。
③ 同上书，第 350 页。

里补充，就是钟敬文的比较研究与出现其他重量级学者的研究有关。他人的学问传统、资料使用能力、理论视点和研究分量要足够，要真懂中国。比较研究要有真问题，要真刀真枪、有来有往、批评商榷、有俾于学术史，而不是唱独角戏、空城计，孤芳自赏。总之要值得比。

我在这里补充一位日本学者的信息，即狩野直喜。他是日本著名的传统汉学家，也是传统日本汉学向现代汉学转型的一代大家。19世纪末20世纪初，在日本的中国通俗文学、古典文学和民俗学研究领域，他数一数二。他的弟子盐谷温在钟敬文故事学著作中频频出现，另一个弟子青木正儿也与钟敬文有来往，这两名弟子的成就都离不开狩野直喜打下的汉学基础。狩野直喜重视《楚辞》研究，其《楚辞·天问》的研究文章闻名遐迩。盐谷温研究《楚辞》的成绩我将在《楚辞中的神话和传说》新版的编后记中讨论，现在要说的是青木正儿研究《楚辞·九歌》之作也收在钟敬文的教学书目中。青木正儿关注《楚辞》的祭祀歌舞性质，关注王逸《楚辞章句》的观点，做古典文学、民俗学与民族志的综合研究，对《粤风》中的《俍歌》做民族志比较研究[1]，这类工作都与钟敬文不谋而合。比较研究的最高境界是跨文化穿越带来的思想发现的快乐，应该是这个道理吧。简单说几句，如大家有兴趣，可以拓展这个话题。

---

[1] 参见〔日〕青木正儿《楚辞九歌之舞曲的结构》，孙作云译，《国闻周报》1936年第13卷第30期，第21—28页。

三 钟敬文故事学的形成特点

　　钟敬文故事学也曾模仿西方,但他又几乎是从一开始就要做有别于西方的中国故事研究,这是"五四"学者的特点,是他们那一辈开山泰斗的特点,也是各门类各学科学术大师的成功之道。不学习无以立,不创造无以成。中国学术有鲜明的自我优势,但要进入世界体系必经此途。中国故事学资源雄厚,但要在世界环境中发展,就必须平地拔起学术高峰,才能为他者所识,四方辐辏。但钟敬文从来不是孤军奋战,国内还有多学科同人和其他民俗学者在努力。亚洲邻国同行和欧洲汉学家也没有停止脚步。在这一阶段,敦煌学、历史学、社会学、人类学、民族学和民族志学都在蓬勃发展,相继产生了中西印日故事研究的新成果,钟敬文无疑是这个强大阵容中最勤奋的学者之一。日本著名汉学家直江广治博士曾对这段历史做过研究,对 1930 年代钟敬文的治学成绩给予极高的评价①。钟敬文本人也认为,直江广治博士掌握了广泛的史料,所做出的结论不是随便得出的。

　　钟敬文故事学的理论贡献,以 20 世纪 30 年代的论文为主,自他在《楚辞中的神话和传说》中提出中国神话的整体分类大纲,创设"自然神话"的概念,对《楚辞》和《山海经》两祖本开展研究,就已初成蓝图。本书的论文又说明,他按照研究大纲的规划,抽取具有代表性的中国故事学问题进行研究,建立经典个案,同时坚持系

---

① 参见〔日〕直江广治《中国民俗学》,东京:岩崎美術社 1967 年版。

统性研究,终于建成有规模、有中国特点的中国故事学。他提出的
"自然神话"的概念,针对西方"宗教神话"的概念使用,有助于分
析中西神话的差异;他成功地对以往不占主流地位的"非经学神
话"开展研究,打破"经学神话"之"神话",增强了中国传统国学和
民众学问研究的整体性。在 20 世纪初,为实现这个目标,他付出
了极大的智慧和坚忍不拔的意志力,而今在 21 世纪中国身处世界
重组格局和世界正在重新认识中国的环境中,他这项工作的前瞻
意义和重要价值更加凸现出来。

我们来回顾他以中国神话为基础对中国故事做的重新分类、
内涵与学术史位置:(1)自然力及自然现象类,即尊重自然的农业
文明观;人与动植物的关系并不截然分开,没有另外一个上帝主
宰,而是自律与互惠;(2)神仙鬼怪类,即儒释道结合,与历史上的
中印交流,促成中国故事多元化发展,形成新体裁;(3)英雄传说和
其他奇迹类,这个分类与正统国学中经学神话的区别有三:一是帝
王世系之母"姜嫄",《诗经》必谈,钟敬文在此未提;二是帝王世系
的主要神话人物,如尧舜禹,钟敬文只提到了禹;三是在帝王世系
神话中没有地位的、断言散篇的神话人物,如女娲,钟敬文使用民
俗学、民间文艺学、历史学、考古学和东方学等多学科资料进行了
专题研究。钟敬文将他创造的概念和分类思想贯穿到他的毕生研
究中,开辟了中国故事学研究的新格局。

在钟敬文的故事学研究过程中,框架是骨骼,经典个案是与骨
骼血肉相连的有机体,两者缺一不可。钟敬文那一代学者做学问
不容易,连年的战争破坏和巨大的社会变迁给静心做学问造成极
大的障碍,他们的很多天才想法只存于草稿之中,留下了框架,钟
敬文也有这种艰难和无奈。好在他的故事学研究是完整的,这是

学问之幸,后学之幸。

钟敬文故事学研究取得很高的学术成就,不能不提到跨文化学术对话。本书就有多篇论文直接设立了与中外同行或海外汉学家对话的副标题,这里仅举几例,例如,《中国的天鹅处女型故事》(1932),副标题是"献给西村真次和顾颉刚两先生";《老獭稚传说的发生地》(1934),副标题是"三个分布于朝鲜、越南及中国的同型传说的发生地域试断",《洪水后兄妹再殖人类神话》(1990),副标题是"对这类神话中二三问题的考察,并以之就商于伊藤清司、大林太良两教授"。钟敬文使用副标题的方法,表达了他的学术开放意识和科学严谨的治学态度。他严肃认真地对待中外同行的研究成果,对中国故事研究的基本问题与共享问题指出其原创的出处,然后将其中国化的研究成果放到国际环境中讨论,交给时间的长河去检验,以拳拳之心,期待来者。